I0736562

VERFLUCHTER WOLF – KREATUREN DER ANDERSWELT

Brogan Thomas

AUS DEM ENLISCHEN VON
TANJA KLEMENT FÜR LITERARY QUEENS

Dies ist ein Werk der Fiktion. Namen, Personen, Orte und Begebenheiten sind entweder der Phantasie des Autors entsprungen oder werden fiktiv verwendet.

Kein Teil dieses Buches darf ohne schriftliche Genehmigung des Urheberrechtsinhabers vervielfältigt oder in irgendeiner Weise verwendet werden, mit Ausnahme der Verwendung von Zitaten in einer Buchbesprechung.

Veröffentlicht von Brogan Thomas, Sligo, Republik Irland.
WWW.BROGANTHOMAS.COM

Copyright © 2023 von Brogan Thomas

Alle Rechte vorbehalten.

Ebook ASIN: B0CB1R78VC
Taschenbuch ISBN: 9781915946041
Gebundene Ausgabe ISBN: 9781915946058

Übersetzt von Tanja Klement
Umschlaggestaltung von Melony Paradise

VERFLUCHTER WOLF

KREATUREN DER ANDERSWELT

BROGAN THOMAS

Für meinen Ehemann

KAPITEL EINS

MIT DEM KOPF auf meinen Pfoten entspanne ich mich auf dem sonnenbeschienenen Gras, während das Licht durch die Bäume über mir fällt. Die grünen Lichtstrahlen legen mit der leichten Brise tanzende Muster über mich. Ich liebe die Sonne auf meinem Fell. Wenn ich mich wirklich sicher fühlen würde, würde ich bestimmt auf dem Rücken liegen und mit ausgestreckten Beinen eine tote Fliege imitieren, während die Sonne auf meinen Bauch scheint.

Leider habe ich mich seit einer gefühlten Ewigkeit nicht mehr sicher gefühlt, und draußen zu sein, ist das Beste, was ich zustande bringe.

Mein Name ist Forrest.

An schlechten Tagen wiederhole ich meinen Namen Hunderte Male, um mich daran zu erinnern, dass ich einmal ein Mädchen war. Ein Mädchen mit grünen Augen und roten Haaren.

Scheiße, ich bin schon länger ein Wolf, als ich jemals ein Mädchen war.

»Forrest« – habe ich sie mir eingebildet? An manchen Tagen wünschte ich, ich hätte es getan. Es wäre so viel einfacher, Forrest gehen zu lassen, aber ich bin stur.

Gott, ich hasse mein Leben. Ich hasse es, mit der ständigen Angst zu leben, etwas Falsches zu tun. Egal, was sie mit mir machen, ich kann mich nicht wehren. Wenn ich es täte, würden sie mich für verwildert erklären und das als Vorwand nutzen, um mich zu töten.

Das ist echt beschissen.

Ich strecke mich ein wenig, meine Krallen graben sich in den weichen Boden, mein Hintern hebt sich in der Luft, und dann mache ich mich wieder ans Schnüffeln. Der beruhigende Geruch von aufgewühlter Erde umgibt mich.

Es ist lächerlich, dass ein Haufen Wandler die Dreistigkeit besitzt, mich wie einen bösen, unerwünschten Hund zu behandeln. Aber was habe ich, als jemand, der in Wolfsgestalt gefangen ist, auch anderes erwartet?

Ich glaube, es ist eine echte, dunkle Angst, die sie alle haben, weil sie wissen, dass das auch ihnen passieren könnte. Eines Tages wandeln sie sich in ihre pelzige Gestalt und dann BÄM, sie können sich nicht mehr zurückwandeln. Verwildert, falsch, und man muss sie von ihrem Elend befreien. Ich glaube, ich kann verstehen, warum ich ihnen Angst mache.

Warum sie mich hassen.

Ich bin mir sicher, dass sie nicht bemerken, dass ich im Inneren noch ich selbst bin, daher die Hundebehandlung.

Ein verwilderter Wandler, also das Albtraumszenario, in dem das Tier komplett die Kontrolle übernimmt, ist ein ungewöhnliches Phänomen, und keins, unter dem ich leide – ich bin nicht verwildert. Ich bin dieselbe Person, die ich in meiner menschlichen Haut wäre. Ich habe die volle Kontrolle über mich – ich stecke nur fest und weiß nicht, wie ich mich zurückwandeln kann. Niemand weiß, wie man mich zurückwandeln kann. Meine Magie ist defekt, gebrochen.

Ich stoße einen Atemzug aus. Nicht in der Lage zu sein, zu kommunizieren, ist furchtbar und unglaublich frustrierend. Die Isolation und das Aufwachsen in der Gefangenschaft eines Wolfes – vor allem eines Wolfes, der buchstäblich wie ein Hund behandelt wird –, war keine leichte Aufgabe.

Ein Marienkäfer landet auf meiner Pfote. Ich schnuppere an ihm. *Hallo, kleiner Käfer …* Ich bin so verflucht einsam, aber ich würde es bereitwillig in Kauf nehmen, ein Außenseiter zu sein, wenn sie mich dann einfach in Ruhe lassen würden. Klingt lächerlich, ich weiß. Ich habe im Laufe der Jahre gelernt, dass mein Rudel mich nicht mögen muss – zum Teufel, ich habe es aufgegeben, es zu versuchen. Ich wünschte nur, sie hätten weniger Freude daran, mich zu verletzen.

Die Tage vergehen, die Zeit läuft weiter, die Welt bewegt sich um mich herum, und doch bin ich hier und verändere mich nie.

Ich liebe diesen Platz unter den Bäumen, wo ich ungesehen bleibe, aber alles sehen kann. Das Rudelhaus zieht meine Blicke auf sich, dieses protzige Monstrum. Temple House – wie es auch genannt wird – liegt mit seinen fünfhundert Hektar in Singleton, Lancashire. Es ist ein uraltes Haus, das meine Mutter im 14. Jahrhundert gebaut hat.

Meine Mum war steinalt, bevor sie starb. Wandler können Tausende Jahre leben, und meine Mum war eine unnachgiebige Frau aus einer anderen Zeit. Sie war hart zu mir und niemand, der ein Kind verhätschelt. Sie konzentrierte sich darauf, mir Dinge beizubringen, die mir beim Überleben helfen sollten. Es kam mir immer so vor, als hätte sie mich aus Pflichtgefühl statt aus Liebe aufgezogen. Vielleicht, wenn wir mehr Zeit gehabt hätten ...

Trotzdem, ich vermisse sie. Ich vermisse meine Mum so sehr.

Als ich klein war, war meine Mum um meine Sicherheit besorgt. Im Nachhinein betrachtet ist das ironisch, denn meine Mum hat unwissentlich meine jetzigen Peiniger in unser Rudel aufgenommen, um uns zu schützen. Magie ist in unserer Welt allgegenwärtig: Wandler, Dämonen, Hexen, Vampire und eine Vielzahl von Fae. Aber es gibt eine Kluft zwischen den Rassen – Kreatur gegen Kreatur, während die reinen Menschen ums Überleben kämpfen.

Als weiblicher Wandler war ich selten und begehrt – unsere weibliche Geburtenrate ist niedrig. Um mich zu schützen, verbot mein Rudel mir, zur Schule zu gehen. Ich wurde zu Hause unterrichtet – oder zu Hause gedrillt, wie es sich manchmal anfühlte. Meiner Mum hatte es keinen Spaß gemacht, mich zu unterrichten. Ihre Unterrichtsfächer waren vielfältig und, wenn ich zurückdenke, wahrscheinlich nicht unbedingt für ein Kind geeignet. Aber ich bekam eine fundierte Schulbildung, und als ich sieben Jahre alt war, konnte ich mehrere Sprachen sprechen und mich wie ein richtiger Dämon prügeln.

Es war irgendwie eine Tragödie, dass ich, nur zwei Jahre später, nie wieder in der Lage sein würde, zu sprechen. Meine Mum war tot und ich saß in meiner Wolfsgestalt fest.

Ich höre die Autos lange, bevor ich sie sehe. Ich hebe den Kopf und beobachte, wie sich zwei schwarze Fahrzeuge die von Bäumen gesäumte Auffahrt hinaufschlängeln.

Oh, da sind sie, pünktlich auf die Minute. Die Gäste zum Sonntagsessen. Na ja, *ein* Gast mit einer ganzen Reihe von Bodyguards, die sie beschützen. Ich kann mir nicht vorstellen, dass jemand, der bei Verstand ist, versucht, Liz zu entführen. Pah, wenn sie es täten, würden sie sie umgehend zurückgeben.

Liz Richardson. Ich kräusle die Lippen vor Verachtung. Jeder, der Zeit mit der Kuh verbracht hat, versteht, was ich meine. Sie ist eine verwöhnte, reinrassige Wolfswandlerin mit einer ganz schlimmen Attitüde. Oh, wenn sie etwas will, lächelt sie und ist überaus höflich. Aber gegenüber unwichtigen Menschen – oder in meinem Fall Tieren – zeigt sie eindeutig soziopathische Tendenzen.

Beim Aussteigen aus dem Auto winkt Liz ihre drei bulligen Bodyguards weg, während sie an ihr Telefon geht und mit dem Handy am Ohr auf mein Versteck zukommt. Liz trägt heute ein hübsches blassblaues Sommerkleid. Die Farbe passt zu ihren Augen, und ihre braunen Haare ist zu einem perfekten Bob gestylt.

Liz ist unglücklicherweise Harrys Mädchen. Harry ist mein Stiefbruder und Mitglied des Rudels. Kann man jemanden überhaupt seinen Stiefbruder nennen, wenn beide Elternteile tot sind? Ich zucke im Geiste mit den Schultern. Wie auch immer, Harry ist ein Jahr älter als ich und wurde nach dem Tod unserer Eltern auf ein Internat geschickt – vielleicht um ihn vor der wilden Wolfswandlerin zu Hause zu schützen und um sicherzustellen, dass er sich mit dem, was ich habe, nicht ansteckt.

Ich weiß nicht, wie viele Jahre vergangen sind – es ist nicht so, dass ich Zugang zu einem Kalender hätte. Jeder Tag fühlt sich wie eine Woche an und jeder Monat wie ein Jahr. Ich habe schon tausend Leben in meinem Pelz gelebt. Ich wurde schnell erwachsen, das musste ich auch. Aber als Harry zurückkam, hat sich mein Leben durch seinen Beitrag massiv verbessert. Enorm. Ich habe Harrys Wohlwollen viel zu verdanken. Ich glaube, ich war kurz davor, den Verstand zu verlieren, bevor Harry zurückkam, um bei dem Rudel zu leben.

Scheiße, ich will nicht zurück in diese Jahre – lieber würde ich sterben. Ich zittere immer noch, wenn ich daran zurückdenke. Für eine lange Zeit war es ...

Ich schaudere, schließe meine Augen und hole ruckartig Luft.

Ich will es auf den Punkt bringen: Wenn Harry in der Nähe ist, tun sie mir nicht so sehr weh. Er ist mein unbeabsichtigtes Schutzschild und ihr Gewissen.

Ich öffne meine Augen. Liz ist immer noch am Telefon und schlendert auf mich zu. Schockierenderweise kann ich einen Mann am anderen Ende hören. *Igitt, ekelhaft* – er redet absolut schmutzig mit ihr. Oh, und Spoiler-Alarm, es ist nicht Harry am Telefon. Das ist ein echtes Problem, denn soweit ich mitbekommen habe, ist heute der Tag, an dem Harry und Liz verkünden wollen, dass sie sich offiziell paaren werden.

Was macht Liz ... O mein Gott, betrügt sie Harry? Warum in aller Welt sollte sie das tun?

Ich verziehe das Gesicht und runzle angewidert die Schnauze, als Liz das Gespräch mit einem Kichern beendet. Ein kleines Knurren dringt ohne meine Erlaubnis aus meiner Brust. Wenn ich Hände hätte, würde ich sie mir jetzt auf die Schnauze schlagen, um das Knurren zu dämpfen. Was zur Hölle war das denn? Was habe ich mir nur dabei gedacht?

Liz erstarrt und ihre Augen weiten sich.

Ihr panischer Blick sucht den Garten und die umliegenden Bäume ab. Sie erhascht meinen Blick, und ich bin in ihrem giftigen blauen Anstarren gefangen.

Jetzt wäre ein guter Zeitpunkt, um vom Boden verschluckt zu werden. Ich sinke tiefer auf meinen Bauch und versuche verzweifelt, mich kleiner zu machen. Liz' Gesichtsausdruck verändert sich zu einem selbstbewussten, eingebildeten Grinsen. Sie zeigt mir warnend ihre Zähne.

»Oh, das ist ja süß. Spionierst du etwa, Hund?« Liz schaut sich noch einmal verstohlen um, dann glättet sie ihr blaues Kleid und zupft imaginäre Fussel vom Rock. Ich habe keinen Zweifel, dass sie sich vergewissert, dass wir allein sind. »Was machst du denn hier draußen? Solltest du nicht irgendwo in einem Käfig sein?« Sie stößt ein böses, übertriebenes Cruella-Lachen aus und stolziert auf die Stelle zu, an der ich kauere. »Ich wette, du hasst es, nicht wahr, Hund? Bist du eifersüchtig, dass ich meinen Gefährten besuche? Dass ich mit deinem Rudel zu Mittag esse? Zum Teufel, du darfst in meiner Gegenwart nicht einmal den Boden zieren. Stört es dich, dass ich mein bestes Leben lebe, während du in deinem Inneren verrottest? Wie fühlt es sich an, Hund, zu wissen, dass deine Tage gezählt sind, wenn ich mich deinem Rudel anschließe?« Liz verengt die Augen und tritt von der Auffahrt zwischen die Bäume. Sie schlendert näher an mich heran, und das Laub raschelt unter ihren lächerlichen High Heels.

»Was du gerade gehört hast, geht dich nichts an, nicht, dass *du* etwas dagegen tun könntest.« Sie schnieft und rollt die Schultern zurück. Sie verschränkt die Arme unter ihren Brüsten und senkt ihre Stimme auf ein Flüstern. »Unter uns, Hund, der gebissene Wandler, den ich ficke, macht viel mehr Spaß als dieser langweilige Harry.« Liz begutachtet das Haus mit einem Grinsen. »Aber um dieses Anwesen zu bekommen, würde ich mich mit einem Troll paaren. Alles, was mal dir gehörte, gehört jetzt mir, Hund. Also geh mir aus dem Weg, dann ignoriere ich dich vielleicht.« Sie gibt ein weiteres gruseliges Lachen von sich und starrt mich dann wieder an.

Hm. Ich neige meinen Kopf. Ich bin irgendwie fasziniert von ihrem beeindruckenden Arsenal an bösen Blicken – Liz kann ihr Gesicht in so viele verschiedene Ausdrücke verziehen.

»Scheiß drauf, wem will ich hier was vormachen?« Plötzlich schreit sie, als ob ihr jemand den Arm abgerissen hätte. Ich zucke erschrocken zusammen und spitze meine Ohren bei dem schrillen Geräusch. Bei ihrem Geschrei kann ich kaum das Stampfen der Füße hören, als die Bodyguards angerannt kommen.

Oh, Scheiße! Ich versuche mein Bestes, um nicht in Panik zu geraten. Ich schlängle mich zurück in den Schutz der Bäume. Wie ein Wurm winde ich mich und lege mich langsam wieder auf den Bauch. *Es gibt hier nichts zu sehen, furchterregende Bodyguards.* Ich habe einen kolossalen Fehler gemacht – warum habe ich sie angeknurrt? Ich weiß es besser, als mich bemerkbar zu machen, ich weiß es besser, als zu reagieren. Ich weiß es besser, als die Aufmerksamkeit auf mich zu lenken, besonders bei dieser bösartigen Frau. Dumm.

Als die Bodyguards näherkommen, fuchtelt Liz dramatisch mit ihren Armen herum. Dann hält sie sich die Hände vor die Brust, als würde sie eine Reihe von Perlen umklammern. Die ganze Zeit über schreit sie *weiter*. Ihre drei Bodyguards umringen sie schützend, und einer von ihnen hebt sie tatsächlich hoch und stellt sie hinter seinen riesigen Körper, während er nach der Gefahr sucht.

»Es hat mich angeknurrt!«, wimmert sie schwach. Wenn ich nicht so wütend wäre, würde ich mit den Augen rollen. Aber mein Blick ist fest auf die Bodyguards und die drei auf mich gerichteten Schwerter gerichtet. Ja, Schwerter! Die drei Wachen haben Silberschwerter. Diese Arschlöcher.

Das ist echt ein bisschen zu viel des Guten.

Ich zittere. Ich kann die Angst riechen, die von mir ausgeht. Gott, ich hasse es, gestochen zu werden. Ich weigere mich, vor Angst zu wimmern. Ich klammere mich immer noch verzweifelt an meinen ramponierten Stolz und meinen Verstand.

»Was macht das da draußen? Ich dachte, sie hätten es schon vor Jahren getötet«, brummt einer von ihnen.

»Eine Schande, was für eine Verschwendung, eine

kaputte Wandlerin. Sie hätte etwas Besonderes sein können. Ihre Mutter war eine Schönheit.«

Der riesige Kerl, der Liz vor meiner imaginären Bedrohung und meinem vorherigen furchteinflößenden Knurren schützt, lacht und steckt sein Schwert weg. Er schüttelt den Kopf. »Du warst vor einer Minute noch mit ihr am Quatschen. Glaub nicht, ich hätte dich nicht gesehen«, tadelt er und wedelt mit dem Finger in Liz' Gesicht. Liz knirscht mit den Zähnen und ihre Augen verfolgen seinen Finger, als wolle sie ihn abbeißen. »Du weißt, dass sie nicht versteht, was du sagst. Diese kleine Wölfin ist schon zu weit abgetrieben. Aber sie ist nicht gefährlich. Sonst würde der Rat dir nie erlauben, hierherzukommen.« Er dreht mir den Rücken zu. »Wenn sie gefährlich wäre, hätte sie etwas getan, als du vor ein paar Wochen ›Fußball‹ mit ihr gespielt hast.« Er zeigt mit demselben fleischigen Finger auf das Haus und stößt Liz in diese Richtung. »Geh rein! Dieser Scheiß wird langsam langweilig.« Liz verzieht das Gesicht und rammt ihre Fersen in den Boden, um ihre Vorwärtsbewegung zu stoppen. Ich schätze, sie ist noch nicht fertig mit mir.

»Fußball?«, wiederholt der mürrische Mann ungläubig. Auch er steckt seine Waffe weg und neigt den Kopf zur fraglichen Seite.

»Ja, Liz dachte, sie könnte die arme Wölfin wie einen Ball wegkicken.« Alle drei Jungs drehen sich um und starren Liz an.

»Das ist nicht sehr nett, Liz«, schimpft der mürrische Mann und schüttelt ungläubig den Kopf. Sie zuckt mit den Schultern und starrt mich an, wahrscheinlich ist sie sauer, dass jemand weiß, was sie getan hat.

Die Erleichterung darüber, dass ich nicht mehr unter deren Beobachtung stehe, ist fast kathartisch. Ich wackle noch ein bisschen mehr zurück. *Bitte ignoriert mich, bitte ignoriert mich!*, bete ich bei jedem Wackeln.

»Ihr müsst es töten!« Liz schwankt zurück und zeigt mit einem Finger auf mich, während sie die Zähne fletscht. Ich erstarre. *Oh-oh, oh Scheiße.* »Gib mir ein Schwert! Gib mir ein verdammtes Schwert! Wenn ihr es nicht tötet, werde ich es tun!« Der Bodyguard, der mir am nächsten steht, hat sein Schwert immer noch in der Hand, und Liz versucht, es zu packen. Es gelingt ihr, einen guten Griff um seinem Arm zu bekommen. Sie stützt sich mit den Füßen ab und zieht das Schwert mit einem undamenhaften Grunzen zu sich heran.

»Hey, hey, hey, was machst du da?«, fragt der Bodyguard mit panisch geweiteten Augen. Wahrscheinlich sind sie so groß wie meine.

Er packt Liz nicht gerade sanft an den Schultern und dreht sie wieder von mir weg. Er hält ihre Ellbogen fest und drückt ihre Arme an die Seiten. Liz wehrt sich und fletscht die Zähne.

»Bist du durchgeknallt!«, schreit er. »Du hättest dich selbst verletzten können! Was stimmt denn mit dir nicht?« Er schüttelt sie ein wenig. »Ein kleiner Kratzer und du hättest höllische Schmerzen. Mit Silber legt man sich nicht an!« Er hat recht – genug Silber im Körper der meisten Kreaturen, und es ist tödlich.

Bei Wandlern stoppt Silber die Wandlung. Wenn wir als Wandler unsere Gestalt wechseln, repariert uns die Magie auf zellulärer Ebene. Das ist ein wesentlicher Bestandteil der Magie und der Grund, warum wir so lange leben. Eine kleine Menge Silber im System eines Wandlers, und wir sind leichte Beute. Wenn man sich nicht wandeln kann, heilt man nicht – oder, wie ich im Laufe der Jahre herausgefunden habe, heilt man menschlich langsam.

Ich nutze die Ablenkung, um zu verschwinden.

Scheiße, das war knapp. Gott, Liz ist so eine Psychopathin. Ich schüttle meine Angst ab und laufe zwischen den dicht aneinandergereihten Bäumen hindurch. Schmerzen schießen mir die Wirbelsäule hinauf, als meine lahmen Hinterbeine gegen die schnelle Bewegung protestieren. Ich knirsche mit den Zähnen. Die steifen Gliedmaßen schleifen leicht hinter mir her, nicht ganz im Gleichschritt. Ich folge dem Verlauf der Einfahrt und schleiche mich zur anderen Seite des Hauses.

Warum ist sie so furchtbar?

Wenn Liz denkt, dass sie Harry mit einem gebissenen Wolf betrügen kann und damit durchkommt – na ja, das kann sie verflixt noch mal nicht!

Allerdings habe ich keine Ahnung, was ich tun kann, aber Harry darf sich nicht mit ihr paaren. Liz wird ihm das Herz brechen. Wandler paaren sich für das ganze Leben – wenn man sich paart, schließt man ein Band. Es ist eine wunderschöne, heilige Sache. Ich sollte das lieber jetzt in Ordnung bringen, bevor Harry das später herausfindet.

Ich brauche einen Plan.

Ich brauche das Handy von Liz.

Kapitel Zwei

ICH HABE EINEN GROBEN PLAN, der beinhaltet, dass ich mich in das Rudelhaus schleiche, ein Haus, in dem ich seit Jahren nicht mehr war.

Die Hintertür steht offen – na, wenn das mal kein gutes Omen ist – und ich schleiche hinein. Meine Nasenflügel weiten sich, als ich den süßlichen, vielschichtigen Duft des Rudels wahrnehme. Er lässt mich erschaudern, und meine Nackenhaare richten sich auf. Der polierte Holzboden knarrt. Ich erstarre. Mein Blick schweift umher. Mein Herz klopft so heftig, dass es mich nicht wundern würde, wenn es meine Brust verlässt und an die Decke klatscht.

Was zur Hölle tue ich nur ... Mein Mund füllt sich mit saurem Speichel und ich presse meine Schnauze zu. Gott, ich hoffe, ich muss nicht kotzen. Es wäre ein Leichtes, umzudrehen, mit eingezogenem Schwanz wieder nach draußen zu gehen und zu vergessen, dass ich das hier jemals gemacht habe.

Das ist eine dumme Idee.

Dumm, dumm, dumm.

In meinem Kopf schwirrt diese verrückte Idee herum, dass ich mit Glanz und Gloria abtreten will. Oder wie Bon Jovi es nennen, *Blaze of Glory.* Jetzt habe ich das Lied im Kopf und summe es im Stillen vor mich hin. Motiviert tapse ich schnell den breiten Flur entlang, zu dem Beat in meinem Kopf. Ich schleiche mich ins Esszimmer. Ich schaffe es, mich hinter den Vorhängen des Esszimmers in Sicherheit zu bringen, ohne noch weiter auszuflippen.

Die dichten, altmodischen rot-goldenen Vorhänge hängen vor einem schönen quadratischen Erkerfenster. Von anderen heimtückischen Unternehmungen als Kind weiß ich, dass sie mich und meinen Duft gut verstecken.

Ich nutze die Gelegenheit, um mich an dem Stoff zu reiben, in der vergeblichen Hoffnung, dass meine Flöhe abspringen und sich im Haus verteilen, um das Rudel zu befallen. Ja, ich habe Flöhe. Ganz gewöhnliche, nicht-magische Flöhe, die mich mit ihrem Kribbeln in den Wahnsinn treiben. Mein Körper ist voller Schrammen und Wunden. Eine besonders schmerzhafte Wunde in meinem Nacken pocht ständig. Ich kann die Infektion riechen, während der Eiter in mein umliegendes Fell sickert – ich komme nicht an die Stelle heran. Ich zerfalle langsam. Wenigstens ist mein Fell nicht verfilzt. Das schmutzige, von Flöhen befallene Fell haart ohne Probleme.

Während ich warte, schimpfe ich mit mir selbst. Warum in aller Welt habe ich geknurrt? Ich werde später bestraft werden. Spätestens nach dem Mittagessen wird Liz das ganze Rudel davon überzeugt haben, dass ich ihr ein Stück Fleisch abgebissen habe oder irgendwas ähnlich Dramatisches. Es ist unwichtig, dass Liz abstechwütig war und auf mich losgehen wollte. Dieses Knurren könnte der Tropfen sein, der das Fass zum Überlaufen bringt. Ich schlucke. Ich bin die Idiotin, die mich überhaupt erst in diese Situation gebracht hat. Und jetzt gehe ich sogar noch einen Schritt weiter. Hier bin ich nun, verstecke mich im Esszimmer und gebe mein Bestes, um mein eigenes Schicksal zu besiegeln. Und ich nenne Liz eine Psychopathin ...

Ich atme aus. Ich sorge mich um Harry. Harry ist mir wichtig; sein Glück ist mir wichtig. Wenn ich Harry davon abhalten kann, einen Fehler mit Liz zu begehen, ungeachtet dessen, was mit mir passiert, wird es das wert sein ...

Gott, ich bin absolut durchgeknallt! Ich habe endgültig den Verstand verloren. Ich muss ehrlich zu mir selbst sein: Wenn ich das tue, ist die Wahrscheinlichkeit groß, dass sie mich umbringen werden.

Ich lege mich hin. Meine Hinterbeine bereiten mir zu große Schmerzen, um längere Zeit zu stehen. Ich versuche, den Kloß in meinem Hals hinunterzuschlucken. Es ist schmerzhaft, die Wahrheit zuzugeben, aber ich kann so nicht mehr leben. Ich schaffe es kaum, zu *über*leben. Ich kann genauso gut für einen bestimmten Zweck sterben.

Wenn ich das tue, dann werde ich zu diesem Scheiß stehen.

Ich konzentriere mich auf die Zeiten, in denen Harry sich zu meinen Gunsten eingesetzt hat. Vielleicht erinnert er sich nicht an sein Eingreifen, aber ich schon. Was er getan hat, bedeutet mit viel.

Was für ein Mensch wäre ich, wenn ich mich für seine Freundlichkeit revanchieren würde, indem ich ihm den Rücken zuwende? Schreckliche Menschen sollten nicht damit durchkommen, schlechte Dinge zu tun, nur weil sie es können. Wenn gute Menschen nichts dagegen unternehmen, dann sind sie genauso schlecht. Ich weiß, das ist wahrscheinlich eine sehr naive Sicht der Dinge.

Man darf nicht vergessen, dass ich nicht weltlich bin.

Ich bin nur eine Erinnerung an ein Mädchen.

Ich habe Harry zum ersten Mal getroffen, als ich sechs Jahre alt war. Harry, seine beiden älteren, fieseren Brüder Vincent und Jason und mein neuer Stiefvater Dave kamen, um bei meiner Mum und mir zu leben. Als meine Mum mit Grace, unserer kleinen Schwester, schwanger wurde, wurde aus unserem Zweierrudel plötzlich ein Siebenerrudel. Meine Augen füllen sich mit Tränen. *Grace ...*

»Also, noch keine Babys?« Das Klappern von Liz' Absätzen auf dem Holzboden folgt auf ihre abfällige Frage, als sie das Esszimmer betritt. Ich erstarre – ich habe sie nicht einmal kommen hören. Nachlässig. »Als menschliche Gefährtin« – Liz schnieft, die Abneigung in ihrer Stimme ist deutlich zu hören – »sollte man meinen, dass du dir mehr Mühe gibst. Du willst mit Sicherheit nicht den Anschluss verpassen. Ihr Menschen sterbt doch so leicht. Oder hat Vincent beschlossen, darauf zu warten, dass ein reinblütiges Weibchen verfügbar ist? Seien wir ehrlich, eure Kinder wären ohnehin nahezu nutzlos – nichts für ungut

–, abgesehen von einem leichten Kraftzuwachs und ein paar zusätzlichen Jahren für eine erbärmliche Lebensdauer. Sie könnten sich nicht einmal wandeln. Ich sehe keinen Grund, warum sich irgendjemand mit dir paaren sollte.« *Was für eine blöde Kuh.* Liz redet mit Beth. Beth schweigt intelligenterweise.

Innerlich grummle ich vor mich hin. Liz ist so eine Heuchlerin – für sie ist es okay, einen gebissenen Liebhaber zu haben. Gebissene Wandler – verwandelte Menschen, die immer männlich sind – wandeln sich nicht.

Wie ich schon sagte, weibliche Wolfswandler sind sehr selten. Weibliche Wandler werden sehr geschätzt, denn nur einer von tausend Wandlern wird als Frau geboren. Männliche Wandler wie Vincent haben keine andere Wahl, als sich mit anderen Rassen zu paaren, denn niemand will allein sein. Vincent hat das Glück, Beth als seine Gefährtin zu haben.

»Es steht dir übrigens gut, das zusätzliche Gewicht.« Uff, Liz ist so eine Lügnerin. Beth ist umwerfend. Ich mag Beth. Wenn Vincent weg ist, lässt sie den Fernseher in der Küche an, damit ich ihn durch das Fenster sehen kann. Sie spielt auch laut Musik, damit ich sie vom Garten aus hören kann.

Meine Gedanken schweifen zu meinem entfremdeten leiblichen Bruder John. Ich frage mich, ob er eine Gefährtin und Kinder hat. John ist ein Super-Wandler, ein Hellhound – *Hellhound* ist eine Bezeichnung für alle Feuerwandler, die mit Magie gesegnet wurden. Diese Fähigkeit ist selten, und nur wenige männliche Wandler erreichen diese Stufe der Macht. Mein Bruder ist ein richtiger Badass. Er ist die Art von Held, die man schickt, um die Welt zu retten. Wandler haben eine lange Lebensspanne und sind schwer zu töten, aber trotzdem sterben Wandler irgendwann, und von meiner Blutlinie sind heute nur noch John und ich übrig. Ja, los John! Kein Druck – unsere Blutlinie ruht jetzt auf seinen Schultern. Es ist ja nicht so, dass ich von Nutzen sein werde. Ich werde keine Babys zur Welt bringen.

Ich schaue auf meine schmutzigen Pfoten und seufze.

Während ich nachgedacht und nicht aufgepasst habe – was wieder einmal zeigt, dass ich nicht richtig im Kopf bin – habe ich die Ankunft des restlichen Rudels verpasst. Sie haben bereits ihre Plätze am Esstisch eingenommen. Das Klirren von Tellern, das leise Gemurmel von Gesprächen und der Geruch von Essen dringen durch den Vorhang.

Der Geruch lässt meinen Magen verkrampfen. Ich habe ständig Hunger und Gott, es riecht so gut. Ich atme tief ein und schließe kurz die Augen, um den Duft zu genießen. *Mmmm.* Vor vielen Jahren habe ich einen Trick gelernt: Wenn ich leckeres Essen rieche, schließe ich die Augen und stelle mir vor, dass ich es esse – der Geschmack, die Konsistenz in meinem Mund. Ich weiß nicht einmal, ob mein imaginäres Essen genauso schmeckt wie das Essen im echten Leben. Ich bin mir sicher, dass meine Vorstellung viel besser ist. Ich nicke mit meinem pelzigen Kopf voller Überzeugung.

Komm schon, Forrest, reiß dich zusammen! Ich atme tief durch und bemühe mich, den Vorhang nicht mit meiner Schnauze zu bewegen. Ich spähe durch einen Spalt. Ich muss sehen, wo alle sitzen.

Okay, Harry hat einen Platz neben Liz, und er sitzt mit dem Rücken zu mir. Seine blonden Haare berühren den

Kragen seines schicken blauen Hemdes. Er braucht einen neuen Haarschnitt. Zu Harrys Rechten sitzt Jason. Vincent sitzt mit Beth gegenüber von Liz.

Vincent. Mein Magen krampft sich zusammen. Er ist der älteste der Brüder. Er ist mein Folterer, mein Peiniger, und er wird der Mann sein, der mich schließlich umbringt. Das Monster tötet schon seit Jahren langsam Teile von mir. Ursprünglich wurde er von meiner Mutter beauftragt, mich zu beschützen. Vincent und Jason sollten meine Bodyguards sein. Ich schnaufe. Als sich meine Lebensumstände änderten, wurden sie stattdessen zu meinen Gefängniswärtern und selbsternannten Schändern. Sie sind beide groß und stämmig, haben dunkle Haare und Augen. Jasons Augen sind fast schwarz. Er ist so gruselig. Das Grauen, das ich in seiner Nähe verspüre, ist wie ein lebendiges Wesen.

Ich kann das nicht tun, wenn ich die beiden ansehe oder an sie denke – ich werde sonst die Nerven verlieren. Ich atme noch einmal zittrig durch und konzentriere mich auf die anstehende Aufgabe. Ich ringe mit den Schmetterlingen in meinem Bauch. Sie fühlen sich an, als wollten sie aus meinem Hals klettern und die Flucht ergreifen.

Das Glück ist auf meiner Seite, denn Liz sitzt direkt vor meinem Versteck. Das Telefon liegt am Ende des Tisches neben ihrer Gabel. Meine ganze Aufmerksamkeit richtet sich auf das Telefon und die Planung meines nächsten Zuges.

Es dauert eine Weile, bis ich das Gespräch wahrnehme, und irgendwie wünschte ich, ich hätte es nicht getan. Die Mitglieder des mitfühlenden, gemeinschaftlichen Rudels reden alle darüber, mich umzubringen.

Juhu, was für ein Spaß.

Liz legt ihre Hand auf Harrys Arm und tätschelt ihn. »Ich habe dich als meinen Gefährten ausgewählt. Ich hätte jeden wählen können. Aber ich habe dich gewählt, Harry. Ich habe gesagt, dass ich mit deinem Rudel leben werde – deiner Familie beitrete, wie die Menschen sagen. Wir werden uns paaren, und unsere zukünftigen Kinder werden nicht in einem Haus mit einem wilden Wolf aufwachsen. Harry, das wird langsam lächerlich.« Sie tut so, als ob sie zittere, und schmollt lästigerweise auch noch. »Jedes Mal, wenn ich zu Besuch komme, greift mich die Bestie an! Sie ist gefährlich und sollte eingeschläfert werden.« Hm, »eingeschläfert«. *Wirklich? Warum sagst du nicht, was du wirklich meinst, Liz? Umgebracht.* Nicht, dass irgendjemand anderer Meinung wäre, abgesehen von Harry und einer schweigsamen, großäugigen Beth. »Ich bin sicher, wir können den Bruder überzeugen, es auf sich beruhen zu lassen. Ihm ist es ohnehin egal. Wenn wir genug Beweise haben, wird der Rat das absegnen.«

Ich bin überrascht, dass sie nicht sagt: *Entweder der Hund oder ich.* Liz lächelt traurig. Wow, sie hat nicht nur ein ganzes Arsenal schrecklicher Blicke, sondern anscheinend auch einen ganzen Katalog beeindruckender falscher Lächeln. »Du bist egoistisch und grausam. Du bestehst darauf, dieses Ding am Leben zu lassen, obwohl es viel besser wäre ...«

Harry schüttelt den Kopf und will gerade etwas erwidern, als das Telefon von Liz klingelt.

Oh oh.

Meine Muskeln spannen sich in Bereitschaft an. Ich

weiß, dass es der schmutzig redende Typ ist – es ist derselbe Klingelton.

Ich mache meinen Zug.

Mir bleiben nur Sekunden, um irgendwie an das Telefon zu kommen.

Zwischen einem Atemzug und dem nächsten springe ich hinter den Vorhängen hervor.

Alles, was ich hören kann, ist mein Keuchen und Herzklopfen. Mit mehr Konzentration als je zuvor in meinem Leben schieße ich auf das Telefon zu.

Ich muss das richtig machen. Das könnte das Letzte sein, was ich je tue, und es muss sich lohnen. Ich ignoriere den Schmerz in meinen Hinterbeinen. Ich muss einfach nur ... Meine Hand landet auf dem Telefon und ich drücke auf den Bildschirm, um den Anruf entgegenzunehmen. Mit einer weiteren Bewegung meines Fingers ist das Telefon wie durch ein Wunder auf dem Lautsprecher.

»Liz Babe, wann kommst du wieder ins Bett? Ich brauche dich ...« Ich lächle zufrieden, als die männliche Stimme durch den Raum hallt. *Uuups, da kannst du dich nicht rausreden, Liz. Bingo, ich hab die Kuh, bäm, nimm das, Liz! Leck mich am Arsch, Liz Richardson!*

Alle außer Harry ignorieren das Telefon. Ich verziehe das Gesicht. Armer Harry.

Sie alle starren mich an. *Oh oh.* Vincent hat einen bösen Blick in seinen verengten Augen.

Oh oh. O nein.

Ich wackle. Meine Beine zittern, als ich vom Tisch zurückweiche. Meine Hände heben sich, das uralten Zeichen des Friedens. Ich habe Liz nicht berührt, nur das Telefon.

HÄNDE. O mein Gott! Ich stoße ein erschrockenes Quietschen aus.

O mein Gott!

Ich schaue auf die winzigen Hände hinunter, die so blass sind, dass sie fast durchsichtig wirken. Meine *Hände*. Sie sind keine Pfoten mehr!

KAPITEL DREI

DIE GANZE RUNDE bricht in lautes Gebrüll aus. Alle versuchen, gleichzeitig zu sprechen. Scheiße, Scheiße, Scheiße. Ich drehe durch.

Ich renne. Adrenalin durchflutet meine Adern, als ich wackelig zur Tür renne – wackelig und nackt. Ich werde hier definitiv nicht länger rumhängen.

Ich glaube, ich stehe unter Schock. Nein. Nein, ich weiß, dass ich unter Schock stehe. Haben sie mich umgebracht? Ich pralle an der Wand ab, als ich in den Flur renne. Ich falle fast hin, aber mein Schwung hält mich aufrecht. Ich stoße einen schmerzerfüllten Atemzug aus. Aua. Nein, ich lebe definitiv noch.

Die Schreie aus dem Speisesaal werden immer lauter und die drei Bodyguards – ja, die mit den Schwertern! – stürmen aus der angrenzenden Küche in den Speisesaal.

Ich gehe weiter. Bitte seht mich nicht, bitte seht mich nicht. Sie schreien mich an, ich solle anhalten. Oh, Scheiße, sie haben mich gesehen!

Ich tue das Vernünftigste, was ich heute getan habe, auf dem Weg am Flurtisch vorbei greife ich instinktiv nach dem Haustelefon. Ich stürze gegen die Toilettentür und schaffe es, sie zu öffnen. Ich werfe mich in das winzige Badezimmer, knalle die massive Eichentür hinter mir zu und verschließe das Schloss.

Wow, wer hätte gedacht, dass ich das schaffe?

Mein ganzer Körper zittert und mein Herz rast. Ich keuche. Gott, ich kann nicht atmen.

Auf zwei Beinen zu laufen, macht keinen Spaß – wie zum Teufel halten die Leute das Gleichgewicht?

Meine wackeligen Beine geben nach und ich rutsche an der geschlossenen Tür auf den kalten Kachelboden. Ich zittere. Ich hätte nie gedacht, dass ich meinen Pelz vermissen würde ... Mir ist so verflixt kalt. Ich ziehe meine Knie an meine Brust und umklammere das Telefon.

Die Tür hinter mir zittert. Ich quietsche erschrocken auf und lasse fast das Telefon fallen. Jemand will verzweifelt hier rein. Scheiße, Scheiße, Scheiße! Gott sei Dank ist die zitternde Tür aus massiver Eiche und nicht aus leichterem Holz.

Ich habe keine andere Wahl, als meinen Bruder John anzurufen. Ich hoffe, dass er sofort kommen wird – jetzt, wo ich wieder ein Mensch bin. Ich tue mein Bestes, um mich zu konzentrieren und die Nummer zu wählen.

Wie oft habe ich mir diesen Moment schon ausgemalt ...

Ich drücke im Geiste alle Daumen, dass er noch die gleiche Handynummer hat. Eine nach der anderen erscheinen die Ziffern in meinem Kopf. Ich brauche mehr als ein Dutzend Versuche, um die richtige Reihenfolge hinzubekommen, denn das Hämmern an der Tür ist sehr beunruhigend und meine Finger sind wie nutzlose Nudeln.

Das Telefon klingelt, es klingelt und klingelt.

Bitte geh ran! Bitte geh ran!

»Was! Warum rufst du von dieser Nummer aus an?«, kommt eine schroffe, wütende Stimme.

Ich öffne den Mund, um etwas zu sagen, aber es kommt kein Wort heraus. Ich möchte Johns Namen sagen. Aber ich kann es nicht. O mein Gott, ich kann nicht sprechen! Meine Hand, die das Telefon nicht hält, fliegt mir an die Kehle und mein Herz setzt einen Schlag aus.

Schließlich sage ich frustriert »J...«, aber es ist eher ein Hauchen als ein Buchstabe oder ein Wort. Nein, nein, nein. Ich stöhne frustriert auf.

»Forrest? Forrest, bist du das?« Sein Tonfall ändert sich, wird sanfter. Irgendwie weiß er es. Mein Bruder weiß es! Ich bringe noch ein leises Wimmern hervor. »Ich bin auf dem Weg. Ich werde in weniger als einer Stunde bei dir sein. Bist du in Sicherheit? Ist das Rudel bei dir? Warum haben sie mich nicht angerufen? Scheiße, ist auch egal.« Sein sanfter Tonfall verschwindet. »Was zum Teufel ist das für ein Geräusch?« Er muss das Klopfen an der Badezimmertür bemerkt haben. »Will dir jemand etwas antun? Ich bin auf dem Weg. Bleib am Telefon! Wandle dich nicht zurück! Hörst du mich? Wandle dich nicht zurück!« Ein gedämpfter Schrei ertönt, als würde er das Telefon zur Hälfte abdecken. »Owen, hol sofort einen von ihnen ans Telefon! Forrest ist zurück. Ja, jetzt, verdammt noch mal.« Er kommt wieder zu mir ans Telefon. »Hey Prinzessin, bist du in deinem Zimmer? Irgendwo in Sicherheit? Ich bringe Doktor Ross mit. Es wird alles wieder gut ...«

Ich nehme das Telefon von meinem Ohr und blinzle ungläubig darauf.

Es wird alles wieder gut? Wirklich? Ich habe beängstigende Bodyguards ... oder ist es das Rudel, das hinter mir gegen die Tür hämmert? Ihre Schreie hallen im Flur wider. Ich unterdrücke meine Tränen.

Mein Bruder ist auf dem Weg ...

Das Rudel will mich tot sehen.

Mein Bruder ist auf dem Weg ...

Mir wird schwindelig. Ich wimmere und meine Unterlippe zittert.

Derselbe entfremdete Bruder, den ich seit meiner Wandlung nicht mehr gesehen habe. John hat mich wie einen ungewollten Welpen abgesetzt, ist ohne einen Blick zurückzuwerfen losgezogen, um die Welt zu retten, und hat mich mit Monstern zurückgelassen.

Bin ich in Sicherheit? Nein, ich bin verdammt noch mal nicht in Sicherheit. Ich war noch nie in Sicherheit, und ich bezweifle, dass irgendwas jemals wieder okay sein wird. Ich presse meine Lippen zusammen und unterdrücke ein Schluchzen, das sich aus meiner Kehle winden will. Ich umklammere meine Knie.

Der Geräuschpegel im Flur sinkt, und endlich kann ich einzelne Stimmen ausmachen.

»Sie hat John angerufen. Fuck! Die Hounds sind auf dem Weg.«

»Bist du sicher, dass das Forrest ist? Hatte sie nicht rötliche Haare?«

»Verdammte Scheiße, geh weg von der Tür! Ihr erschreckt sie und dann reißt John euch die Kehle raus. Verpisst euch, verdammt noch mal!«

Das ist alles zu viel.

»Geh und kümmer dich um dein Weibchen. Liz ist im Moment nicht mehr willkommen. Wir werden uns zuerst um dieses Problem kümmern. Danke für eure Hilfe, aber das geht euch nicht länger was an, da ihr nicht zu diesem Rudel gehört.« Ich erschaudere bei Vincents eleganter Stimme. Ich glaube, er spricht mit den Bodyguards von Liz.

Schickt Vincent alle weg, damit er hier reinkommen und mich töten kann? Das kann er doch sicher nicht tun, jetzt wo John auf dem Weg ist, oder? Die Vision von Vincent, der mit einem silbernen Schwert durch die Tür stürmt, lässt mich erschaudern. Ich beiße mir in den Arm, um mich davon abzuhalten, aufzuschreien.

»Kein Wort von dir, Liz, wir gehen jetzt«, ertönt die schroffe Stimme des großen Bodyguards. »Deine einzige Aufgabe war es, einen gut vernetzten Gefährten zu finden und die nächste Generation hervorbringen. Nicht einmal das kannst du richtig machen, ohne es zu verbocken. Warte, bis wir nach Hause kommen – du kannst dich glücklich schätzen, wenn du dein Zimmer je wieder verlassen darfst. Vater wird deinen Arsch an den Höchstbietenden verkaufen. Du solltest beten, dass wir den Kerl, der dich angerufen hat, nicht finden ...« Seine wütende Stimme verhallt.

Es wird geschlurft, gestampft und schließlich ist es totenstill. Ich glaube, alle sind weg.

»Es ist okay, ähm ... Forrest. Du musst nicht rauskommen. Liz ...«

Alle außer Harry.

Es raschelt, als ob er sich mit der Hand durch seine blonden Haare fahren würde. Ich kann mir das gut vorstellen, denn ich habe ihn das schon hunderte Male tun sehen. Er stößt einen Atemzug aus. »Liz ist weg. Es ist vorbei. Sie ist fremdgegangen. Ich kann ... ich kann ihr nicht mehr vertrauen. Der Telefonanruf, das warst du. Du hast das für mich getan. Gott, es tut so weh. Ich fühle mich krank. Ich bin sicher, anderen Wandlern wäre das egal, aber ich wäre lieber allein als das.« Die Tür knarrt – er muss sich dagegen gelehnt haben. Ich gebe ein Wimmern von mir und werfe meinen Kopf frustriert gegen die geschlossene Tür. Ich kann nicht reden. Ich kann ihn nicht trösten.

Nach ein paar Minuten wackle ich herum und versuche, es mir bequem zu machen. Mein Hintern tut weh. Der Boden ist hart, und mein Hintern ist knochig. Er wird taub, wie der Rest von mir.

Als ich mich im Zimmer umschaue, entdecke ich den Spiegel über dem Waschbecken. Er fühlt sich an, als wäre er meilenweit von meiner zusammengesackten Position auf dem Boden entfernt.

Aber ich verspüre einen überwältigenden Drang. Ich muss es sehen.

Ich weiß nicht, wie ich es schaffe, vom Boden aufzustehen. Das Telefon fällt runter, vergessen.

Ich taumle auf meinen Füßen. Ich stütze mich an den schmalen Wänden ab. Meine nutzlosen Zehen scharren, während ich versuche, Halt auf den Fliesen zu finden. Ich stürze mich auf das Waschbecken und greife danach. Ich halte mich daran fest. Ich hebe meinen Kopf und schaue.

Hallo Skeletor ... Ich bin abgemagert und meine Gesichtszüge sind viel zu groß für meinen Kopf. Meine Augen sind riesig und vor Schreck weit aufgerissen. Mein linkes Auge hat eine unnatürliche goldene Farbe und mein rechtes Auge ist auch fast komplett golden, bis auf einen Hauch von Grün, der sich am unteren Rand meiner Iris befindet. Das Grün sitzt ungleichmäßig in meinem Auge und wird praktisch von dem Gold vereinnahmt. Aber es ist dennoch grün. Das Grün, das ich mir nicht in meinem Kopf vorgestellt habe. Das Grün, von dem ich geträumt habe.

Ich drücke meine Stirn gegen den Spiegel.

Oh, und meine Haare sind nicht rot. Nein, sie sind schockierend pink. Ich stoße einen Atemzug aus. Ich bin ein Schädel mit Haaren, verdammten pinken Haaren und freakigen Augen.

Ich hasse mein Leben.

Harry redet von der Tür aus weiter mit mir, und John spricht immer noch am Telefon. Aber ich höre nur eine Rauschstörung. Ich bin maßlos überfordert. Selbst in meiner menschlichen Gestalt bin ich nicht normal.

Meine Haut ist so blass, dass sie transparent wirkt und das Blau meiner Adern hervorsticht. Das Schwarz meines Hundehalsbandes hebt sich deutlich von meinem blassen Hals ab. Ich verstehe nicht, wie es sich mit mir gewandelt hat – es muss die Magie des Halsbandes sein. Der Rest von mir, mein Körper ... Ich sollte eigentlich erwachsen sein, aber meine winzige, kindliche Gestalt ist grässlich.

Ich stoße einen leisen Schluchzer aus, der in meiner Brust schmerzt. Ich bin abstoßend.

Kapitel Vier

Ich sitze auf dem geschlossenen Toilettendeckel. Ich habe die vorhandenen Handtücher als Polsterung für meinen knochigen Hintern benutzt – nicht, dass das viel nützen würde. Mein skelettartiger Körper schmerzt.

Es kommt mir wie Stunden vor, seit ich John angerufen habe. Das Telefon liegt immer noch auf dem Boden neben der Tür, verlassen. Ich schaffe es nicht, aufzustehen und nachzusehen, ob er noch in der Leitung ist. Von meinem Platz aus kann ich ihn nicht mehr hören.

Der konstante Schmerz meines vor langer Zeit zertrümmerten Beckens ist verschwunden, und meine dünnen Beine zeigen keine Anzeichen eines schlecht verheilten Traumas. Ich zittere, und der Toilettensitz quietscht aus Protest.

Ich weiß nicht, ob das alles ein Traum ist; es fühlt sich nicht real an.

Emotional fühle ich mich wie ein Herbstblatt: tot, aber immer noch verzweifelt an den Ast geklammert und den nächsten Windstoß fürchtend.

Als es an der Tür klopft, schrecke ich auf und verbrenne mir das Bein an dem Heizkörper neben mir. Ich stoße ein leises Zischen zwischen meinen Zähnen aus. Verflixt und zugenäht, das ist immer noch kein Traum.

»Forrest, ich bin's, dein Bruder. Kannst du die Tür für mich öffnen, bitte?«

Ich schaue auf die Tür und knabbere an meiner Unterlippe. Ich atme tief ein und hebe mich auf die Beine, indem ich die Wand und die Toilette als Hebel benutze. Ich tue mich schwer, meine Füße auf den Boden zu stellen. Sie wollen sich nach innen rollen, anstatt flach zu bleiben.

Ha, es ist ein verflixtes Wunder und ich verdanke es einer Ladung Adrenalin, dass ich es überhaupt geschafft habe, diesen nutzlosen Knochenhaufen ins Bad zu bringen.

Ich bin erbärmlich.

Ich beiße die Zähne zusammen und benutze die Wand, um mich abzustützen. Ich beschließe, dass ich kaum eine andere Wahl habe, als mich einfach gegen die Tür zu werfen und auf das Beste zu hoffen.

Uff. Ich knalle mit einem dumpfen Schlag gegen die Tür. Als ich stabil stehe und nicht mehr zu fallen drohe, versuche ich mich ein wenig anständig zu präsentieren. Ich ziehe die schrecklichen pinken Haare nach vorn, um so viel wie möglich von meinem Körper zu verbergen. Seltsamerweise sind die Haare mega dick und lang – sie reichen mir bis zur Hälfte der Oberschenkel.

Meine Finger fummeln am Schloss herum und es braucht ein paar Versuche, um die Tür zu öffnen. Die schwere Tür schwingt mit einem unheilvollen Knarren auf.

Nervös spähe ich durch meine Haare zu dem riesigen Mann in dem Eingang hinauf. Ich sehe wahrscheinlich aus wie eine pinke Version von Vetter Itt von der Addams Family. John, mein Bruder, ist breiter und größer als der Türrahmen – er lässt mich wie einen Zwerg aussehen. Er muss sich leicht bücken, um in das kleine Bad zu sehen. Er überragt mich und runzelt die Stirn, während seine grünen Augen mich schnell mustern. Er sieht nicht beeindruckt aus. Ich habe das dringende Bedürfnis, die Tür zu schließen und verriegeln.

»Du hast dir nicht mal die Mühe gemacht, ihr was zum Anziehen zu besorgen?«, fragt John und blickt dabei hinter sich.

»Na ja ... ähm, ich kann was von mir holen – Forrest hat nichts«, antwortet Harry leise. »Es tut mir leid. Ich habe nicht nachgedacht.«

Auf dem Flur ist eine Bewegung zu hören. Mein Bruder bewegt sich etwas zur Seite der Tür und ein Mann erscheint neben ihm. Er grunzt und nimmt einen Rucksack von seiner Schulter. Er öffnet die Tasche und reicht meinem Bruder einige Kleidungsstücke.

John kommt auf mich zu, aber erstarrt dann auf der Stelle. Völliges Entsetzen macht sich auf seinem Gesicht breit. Ich zucke zurück. Ohne dass ich sehe, wie er sich bewegt, hat er Harry an der Kehle und drückt ihn an die Wand des Flurs.

Scheiße! Was habe ich getan?

»Du hast meiner Schwester ein verdammtes Hundehalsband umgelegt!«, knurrt John bedrohlich in Harrys Gesicht.

»Nicht ich – Vincent«, stottert Harry, wird rot und krallt sich verzweifelt an der großen Hand um seine Kehle fest.

Ich drehe durch. Mein Kampf-oder-Flucht-Reaktion muss eingesetzt haben, denn ich zittere vor lauter Adrenalin, das mich durchströmt.

Mein Herz klopft und ich bekomme nicht genug Luft in meine Lungen. Ich gehe einen Schritt zurück.

Ich gehe in die falsche Richtung. Ich sollte versuchen, meinen Bruder davon abzuhalten, Harry zu verletzen. Was mache ich denn nur? Aber ich kann nicht aufhören. Ich kann nicht einmal vernünftig aufrecht stehen. Ich bin zu schwach. Dieser Körper ist mir zu fremd. Das alles zu wissen, hält mich aber nicht davon ab, mich vor mir selbst zu ekeln. Ich bin ein Feigling.

Noch schlimmer ist, dass ich mich abmühe, die Tür zu schließen. Der Wandler mit dem Rucksack stellt sich mir in den Weg. »John, das ist nicht der richtige Zeitpunkt – du machst deiner Schwester Angst«, sagt er. Johns Kopf schnellt herum und er löst seinen Griff um Harry. Harry schnappt tief nach Luft. Sein Gesicht ist rot und er zittert.

Es tut mir so leid, Harry. Das ist alles meine Schuld. Gott, ich bin überrascht, dass er sich nicht nass gemacht hat – das hat mir eine Scheißangst gemacht. Wenn ein Hellhound mir so an die Kehle gehen würde, würde ich mich garantiert ein bisschen einpinkeln.

»Ich werde später mit Vincent reden«, sagt John und drückt Harry zurück an die Wand. Harry nickt und senkt den Blick. »Und jetzt verpiss dich!« Harry erschlafft sichtlich. Er nickt und starrt dabei unterwürfig auf den Boden. *Bitte geh nicht!*, schreie ich in Gedanken, als ich Harry den Flur hinunterschlurfen sehe. Er verschwindet aus meinem Blickfeld.

Flüchtig bemerke ich die beiden anderen massigen Wandler, die mit John und dem Rucksack-Hound gekommen sein müssen, und sie starren mir alle auf den Hals.

Ich zucke bei der plötzlichen Erkenntnis zusammen und möchte sie anschreien: *Verflixt noch mal, ich bin hier immer noch nackt, Jungs!* Schwach ziehe ich an der Badezimmertür. Der Fuß des Hellhounds ist im Weg.

John kommt zurück in meine Richtung, ein sanftes Lächeln auf seinem Gesicht ... es sieht falsch aus. Es ist die Art von Lächeln, die ein Raubtier seiner Beute schenkt, kurz bevor es zu fressen beginnt.

Scheiße, er ist unheimlich.

Ich muss ihm vertrauen. Aber er ist unheimlich.

Er ist mein Bruder ... aber er hat mich hier zum Verrotten zurückgelassen.

Meine widersprüchlichen Gedanken geben mir das Gefühl, als würde mein Kopf gleich platzen.

»Es ist okay, Forrest. Es ist okay.« Er hält beide Hände bittend vor mich. Ich weiche zurück. »Es tut mir leid, Schatz, dass ich die Beherrschung verloren habe. Ich werde mein Bestes tun, damit das nicht noch einmal passiert. Es tut mir leid. Ich möchte dir helfen, in diese Klamotten zu kommen, okay? Sie werden dir ein bisschen zu groß sein, aber das kriegen wir schon hin, oder?« Johns Stimme ist sanft. Der Rucksack-Wandler reicht ihm die Kleidung, die er bei seinem Angriff auf Harry fallen gelassen hat. John streckt mir seine Hand, die nicht die Kleidung hält, entgegen. Ich mustere sie misstrauisch. »Ist das in Ordnung?«

Ich möchte den Kopf schütteln und Nein sagen.

Ich weiß, dass ich das alles nicht allein schaffen kann. Ohne seine Hilfe werde ich dieses Haus auf keinen Fall lebend verlassen.

Zögernd nicke ich.

John zieht mir den schwarzen Pullover über den Kopf und fädelt dann, als würde er ein Kind anziehen, seine Hand durch den Ärmel. Er fasst mein Handgelenk und führt meine Hand vorsichtig nach außen. Er wiederholt den Vorgang mit meinem anderen Arm. Dann kniet er sich vor mich und hilft mir in die schwarze Jogginghose. Die Kleidung ist lächerlich groß.

»Okay, dann wollen wir dich mal in dein Schlafzimmer bringen. Doktor Ross kann uns dort treffen und dich durchchecken.« John dreht sich um und schreitet den Flur entlang, in der Erwartung, dass alle ihm folgen. Ich mache einen wackeligen Schritt nach vorn und kippe dabei nach rechts. Bevor ich fallen kann, hebt mich der Rucksack-Hound in seine Arme. Ich zucke zusammen und stoße ein entsetztes Quietschen aus.

»Ach, jetzt beruhige dich mal, Forrest, es ist alles in Ordnung, ich verspreche, dass ich dir nicht wehtun werde. Ich verspreche, dass ich auch nicht zulassen werde, dass dir jemand anderes wehtut – einschließlich dir. Und du würdest dir ganz sicher selbst wehtun, wenn ich dich laufen lasse. Also lass mich dir helfen, zumindest so lange, bis du deine Beine wieder auf die Reihe bekommst«, sagt er in einem leisen, sanften Ton.

Er entlockt mir ein weiteres überraschtes Quieken, als

er mir sanft die Haare aus dem Gesicht streicht. Seine gigantischen Hände schieben die Haarsträhnen so, dass sie sich vor mir befinden. Sie sammeln sich in meinem Schoß wie Zuckerwatte.

»Ruhig ... das ist hart, nicht wahr? Alles, was hier passiert, ist ziemlich beängstigend. Bitte ... bitte lass mich dir helfen.« Seine beständigen grauen Augen sind seltsam besänftigend; sie heben sich von seinen dunklen Haaren und seiner dunklen Hautfarbe ab. Sein ganzer Ausdruck ist freundlich, und ich glaube ihm.

»Ich weiß nicht, was du durchgemacht hast ... Ich weiß, dass du nicht darüber reden kannst, aber verdammt, du erzählst alles mit diesen großen, verängstigten Goldaugen. Manchmal ist es besser, die schlimmen Dinge zu verdrängen, bis man stark genug ist, um sie zu bewältigen, sodass man einen Schritt nach dem anderen machen kann, um sicherzustellen, dass die Dämonen nicht folgen können. Verstehst du?«

Ich blinzle ihn an. »Okay!« Ich nehme einen tiefen Atemzug, stoße ihn wieder aus und nicke. Wie durch ein Wunder entspanne ich mich und lehne mich an seine massive Brust, während er mit mir in den Armen den Flur entlangläuft.

Wir folgen dem Weg meines Bruders. Innerhalb weniger Minuten sind wir an meiner Zimmertür. Es ist irgendwie surreal, denn ich habe dieses Zimmer seit, nun ja, seit Ewigkeiten nicht mehr gesehen.

Kapitel Fünf

Ich sitze auf dem Bett und schaue mich in meinem alten Schlafzimmer um; ich kann mich nicht erinnern, dass es so groß war.

Es riecht nach Staub und vergessenen Erinnerungen.

Alles ist noch genauso, wie ich es verlassen habe: Bücher in den Regalen, ein zurückgelassener Notizblock auf dem Tisch neben dem Bett. Ich durfte nie Poster aufhängen. Meine Mum war überzeugt, dass sie Flecken an den Wänden hinterlassen würden. Aber wenn ich sie aufgehängt hätte, wären sie noch da.

Das Zimmer ist wie eine Zeitkapsel.

Ich erblicke einen silbernen Fotorahmen, der allein auf einem Regal steht und von einer dicken Staubschicht bedeckt ist. Es ist ein Foto von meiner Mum, meiner kleinen Schwester Grace und mir. Wenn ich laufen könnte, würde ich es in die Hand nehmen, vielleicht an meine Brust drücken, es vor meine Nase halten und niemals aufhören, es anzustarren. Gott, ich vermisse sie so sehr.

Um meiner Vernunft willen zwinge ich mich, wegzuschauen.

Alles hier drinnen fühlt sich an wie das Leben von jemand anderem, wie das Leben eines anderen Mädchen; es gehört nicht mehr zu mir.

Doktor Ross sieht nicht so aus, wie ich es mir vorgestellt habe. Er trägt eine schwarze Uniform, wie die anderen Hellhounds, und es ist kein weißer Kittel in Sicht. Mit seiner kräftigen Statur, der Glatze und den intelligent wirkenden blauen Augen sieht er aus wie ein Soldat.

Er macht keine halben Sachen mit seiner umfangreichen medizinischen Ausrüstung. Es sieht so aus, als hätte er ein ganzes Krankenhaus mitgebracht. Ich habe keine Ahnung, warum wir das hier tun. Das ist verrückt. Wenn sie erreichen wollen, dass ich mich wohl fühle, weil ich in meiner gewohnten Umgebung bin, dann machen sie einen grottenschlechten Job. Wir wären besser im Garten oder weit, weit weg von diesem fluchbeladenen Haus aufgehoben.

Das Halsband wird sofort von meinem Hals entfernt. Doktor Ross untersucht es und diktiert seine Ergebnisse in eine Art magischer Videokamera-und-Schickimicki-Tablet-Kombination. John muss den Raum für ein paar Minuten verlassen, um sich wieder unter Kontrolle zu bringen, als sie feststellen, dass es sich bei dem Halsband um ein Elektroschock-Halsband handelt.

Wie hält man einen Wolf davon ab, wegzulaufen? Du brichst sein Becken wie ein KitKat. Dann legst du ihm ein magisches Halsband an, das ihn ausknockt, wenn er zu weit krabbelt. Das schicke Halsband ist außerdem stimmaktiviert und kann als Bestrafung unter Strom gesetzt werden, wenn er nicht wie ein braves Hündchen auf Zuruf kommt – hurra, das macht so viel Spaß.

Doc R benutzt einen kompliziert aussehenden Scanner, um meine Werte zu messen. Er wedelt mit dem Gerät an mir herum und es verarbeitet automatisch meine Größe, mein Gewicht, meinen Herzschlag, meinen Blutdruck und meinen Körperfettanteil. Mir werden Blut- und Speichelproben entnommen und zu den anderen Daten hinzugefügt. Auf dem Bildschirm wird sogar ein kleines Diagramm von mir angezeigt. Es blinkt rot und meine Augen weiten sich, als es einen eindringlichen Piepton von sich gibt. Das hört sich nicht gut an. Doc R schaut stirnrunzelnd auf den Bildschirm und tippt das Gerät an, bis es verstummt. Dann untersucht er meine Augen. Er benutzt einen kleinen Stiftlampen-Scanner, der verschiedene Lichter aufblitzen lässt, die mich schwindlig machen. Er ist so nah an mir dran, dass unsere Nasen sich fast berühren. Zum Glück ist sein Atem minzig.

Mein Kopf pocht und meine Augen schmerzen.

»Hatten deine Augen schon immer diese Farbe?«, fragt er mich. Ich schüttle den Kopf.

»Forrests Augen hatten die gleiche grüne Farbe wie meine. Ihre Haare waren rot, und wenn ich mich richtig erinnere, war sie ungefähr so groß wie jetzt. Vielleicht ein oder zwei Zentimeter kleiner, bevor sie sich gewandelt hat«, antwortet John in meinem Namen.

»Das ist interessant. Wie alt warst du bei deiner ersten Wandlung?«, fragt Doc R. Ich will meine Finger hochhalten, um ihm zu antworten, aber ich schaffe es nicht, die richtigen Ziffern zu treffen, also übernimmt John wieder die Erklärung für mich.

»Sie war neun.«

»Neun Jahre alt ... das ist extrem jung. Ich habe noch nie gehört, dass sich jemand vor sechzehn wandelt.« Doc R wendet sich ab und schreibt alles auf das Tablet. »Wie lange ist es her, dass sie sich das erste Mal gewandelt hat?«

Tja, das ist die Frage der Fragen, nicht wahr? Wie lange stecke ich schon in der Wolfsrolle fest? Ich beobachte John und bin gespannt auf seine Antwort.

Ich halte meinen Atem an.

John räuspert sich und reibt sich den Nacken. Wir schauen uns in die Augen. Seine sind traurig. »Es ist über vierzehn Jahre her.«

Der Raum wird ein wenig schwarz und ich sehe schwarze Flecken vor meinen Augen. Ich bin froh, dass ich sitze, sonst würde ich vermutlich auf meinen Hintern fallen.

Vierzehn Jahre.

Vierzehn.

»Atme, Forrest. Es geht dir gut.«

Ich schnappe nach Luft und blinzle schnell. Ich konzentriere mich auf die freundlichen grauen Augen, die mich besorgt ansehen.

Der Rucksack-Hound hält mein Gesicht in seinen Händen. Wann ist das passiert? Ich nicke. Es geht mir gut. Es geht mir gut. Alles, was ich tun kann, ist nicken. Ich nehme einen weiteren zittrigen Atemzug.

Vierzehn Jahre als Wolf. Scheiße, Scheiße, Scheiße!

Der freundliche Hellhound nickt mir zu, schenkt mir

ein kleines Lächeln, steht aus seiner Hocke auf und geht zur Seite.

Sowohl Doc R als auch John sehen mich besorgt an.

»Forrest, ist es okay für dich, weiterzumachen?«

Ich nicke dem Doktor zu – *verflixt noch mal, hör auf zu nicken, du siehst aus wie ein Wackeldackel, dein Kopf wird gleich abfallen.* Stattdessen gebe ich ihm einen zittrigen Daumen hoch.

»Also, hoffentlich kann ich dir ein bisschen Kontrolle geben, damit du weißt, was mit dir passiert. Okay?« Er drückt mir das schicke Tablet in die Hand. Obwohl es so leicht ist, kann ich es nicht hochhalten. Ich lege das Tablet auf meinen Schoß; es drückt auf meinen Oberschenkel.

Der Text schwimmt leicht vor meinen Augen, während ich versuche, mich auf die Worte zu konzentrieren. Es dauert ein paar Sekunden, bis sich mein Gehirn darauf eingestellt hat. Die Daten, die Worte, ergeben keinen Sinn.

»Du bist abgemagert. Ich bin mir im Moment nicht sicher, warum das so ist. Wir werden über deine Ernährung sprechen müssen, denn dir fehlen wichtige Vitamine und Mineralien. Ich habe noch nie solche gefährlichen Werte bei einem Wandler gesehen.« Er sieht mich streng an und ich ertappe mich dabei, wie ich mich körperlich von ihm abwende. Nicht meine Schuld. »Das ist sehr besorgniserregend. Wenn du dich heute nicht gewandelt hättest, hättest du vermutlich nicht mehr lange durchgehalten. Die Ergebnisse sollt...«

»Was?«, bellt John. Ich zucke zusammen, und das Tablet purzelt auf das Bett. »Ich verstehe nicht, warum. Was meinst du damit, sie hätte ›nicht mehr lange durchgehalten‹? Forrest? Was zum Teufel hast du dir angetan?«

Johns ganzes Gesicht verzerrt sich, als er die Zähne fletscht. Seine Wut, die sich gegen mich richtet, erfüllt den ganzen Raum.

Ich sitze wie erstarrt auf dem Bett, als der riesige Hellhound auf mich zustürmt; ein tiefes Knurren ertönt in seiner Brust. Meine Lippen verschwinden zwischen den Zähnen und ich beiße fest zu, um das Wimmern zu unterdrücken, das in meiner Kehle aufsteigt. Es ist besser, still zu sein. Ich wende meine Augen ab. Ich schiebe das Tablet weiter weg und versuche, mich kleiner zu machen. Ich kauere mich zusammen, wobei ich meine Haare als Schutzschild benutze. Ich wende mein Gesicht ab, schließe meine Augen und bereite mich auf den Schmerz vor.

Als nichts passiert, spähe ich durch meine Haare, und der Rucksack-Hound steht direkt vor mir, starr und blockiert John.

Ich stoße einen Atemzug aus. Mit weit aufgerissenen Augen nehme ich die Situation wahr. Will er ... will er mich beschützen?

»Ich habe ein Versprechen gegeben. Was hast du vor, John?«, mahnt er.

»Ich wollte ihr nicht wehtun«, knurrt John. Er dreht sich um und stapft zurück durch den Raum, die Fäuste an den Seiten geballt, die Schultern angespannt und mit einem Muskel, der in seinem Unterkiefer zuckt. »Ich bin verdammt noch mal zu beschäftigt, um mich um diesen Scheiß zu kümmern – wenn sie sich umbringen will, dann volle Kraft voraus.«

Der Rucksack-Hound bewegt sich schweigend zurück zu seiner Position an der Wand, als ob nichts passiert wäre.

Verdammte Scheiße, was ... warum ist John wütend auf

mich? Er hat mich hier mit ihnen zurückgelassen. Es war John, der nicht zurückgekommen ist ... als hätte ich eine Wahl gehabt, was ich esse?

Verraten. So fühle ich mich und das ist lächerlich. Um verraten zu werden, muss man vertrauen und ich vertraue John nicht.

Ich betrachte meine zitternden Hände. Wow, das Rudel bedeutet meinem Bruder gar nichts. Ich bedeute ihm gar nichts. Was hätte John wohl getan, wenn der andere Hellhound sich nicht vor mich gestellt hätte? Mich geschlagen? Ich hatte recht, ihm nicht zu trauen. Ich stoße einen Atemzug aus. Ich habe nicht das Bedürfnis zu schreien oder meine Verteidigung vorzubringen. Nicht, dass ich es könnte ... Ich ziehe mich zurück und ein vertrautes Gefühl der Unzulänglichkeit macht sich in mir breit. John wird mir niemals mehr glauben als den anderen, und selbst wenn ich reden könnte, wäre es sinnlos – es wäre eine Verschwendung von Worten. Ich spanne mich an, um das Ganzkörperzittern zu bekämpfen, und hebe mein Kinn.

Doc R, der gequält aussieht, räuspert sich. »Nun, das ist etwas, das wir zu einer Priorität machen müssen. Von jetzt an wirst du streng überwacht, um die Ursache zu finden.« Er wirft mir einen weiteren strengen Blick zu. »Theoretisch sollte deine Wolfsgestalt dein Wachstum nicht beeinträchtigen.« Er beugt sich vor und hebt das Tablet auf. Ich weiche zurück, und der Doktor zieht eine Grimasse. Er tritt einen Schritt zurück, räuspert sich und fährt fort: »Deine Körpergröße sollte nach den früheren Schätzungen deiner Krankenakte als Kind mindestens ein Meter zweiundachtzig betragen. Wie du den Daten entnehmen kannst – Doc R zeigt auf den Bildschirm – bist du leider nur einen Meter achtundfünfzig und hast ungefähr zwanzig Kilo Untergewicht. Dein Körperbau ist ebenfalls beunruhigend – für einen Menschen wärst du klein, und für einen Wandler ist es völlig unnormal, so zierlich zu sein.« Er schüttelt enttäuscht den Kopf. »Wenn du zunimmst, kann deine gesamte Körperästhetik verbessert werden. Aber wir können nichts tun, um deinen Knochenbau und deine Größe zu optimieren. Das sind bleibende Schäden – mit dreiundzwanzig kann man das nicht mehr ändern.« Er stochert wieder auf dem Bildschirm herum. Ich schiele. Ich mache mir nicht die Mühe, mich auf die Daten zu konzentrieren. »Deine Augen- und Haarfarbe ist eine Nebenwirkung der Langzeitmagieschäden«, fährt Doc R fort. »Wandler sind nicht dazu bestimmt, solange in Tiergestalt zu leben. Es sollte ein Gleichgewicht in uns herrschen – kein Wandler kann unbegrenzt in der Tiergestalt bleiben, oder umgekehrt, ohne sich zu zurückzuwandeln, was sogar noch schlimmer ist. Es ist beeindruckend, dass du vierzehn Jahre durchgehalten und dich nicht selbst verloren hast.« Doc R tippt wieder auf das Tablet. »Ich bin sicher, dass wir das im Laufe der Zeit in den Griff bekommen werden. Die gute Nachricht ist, dass wir dein Körpergewicht mit einer kontrollierten Ernährung verbessern können. Deine natürliche Heilung wird dir helfen. Leider werden deine Augen so bleiben, wie sie sind: bernsteingoldfarben mit einer leichten sektoralen Heterochromie.« Er deutet auf mein rechtes Auge. »Obwohl ich finde, dass deine Augen sehr schön sind«, sagt Doc R. mit einem Lächeln. »Deine Haut wird sich mit Tageslicht und ausgewogenerer Nahrung verbessern. Dein Haarpigment ist verschwunden – auch hier, eine ähnliche Reaktion wie bei deinen Augen.« Er neigt seinen Kopf zur Seite. »Ich bin überrascht, dass es pink und nicht weiß ist.« Er schaut zu John und dann wieder zu mir. John steht so weit weg, wie er nur kann. Er muss mich hassen.

»Was ich empfehle, ist ein Krankenhausaufenthalt für ein paar Wochen.« Doc R hebt die Hand, als würde er erwarten, dass ich Einspruch erhebe. »Nur, damit du gesund wirst und wieder laufen und sprechen lernst. Du brauchst spezialisierte Hilfe. Lass uns dich wieder zur Normalität zurückbringen, okay?« Er lächelt.

Ich wage einen Blick auf John, und er nickt steif. Also nicke ich auch.

Ich bin zu allem bereit, was mich aus diesem verdammten Haus herausbringt.

Ich hasse mein Leben. Ich sehe nicht einmal wie ein Wandler aus. Ich sehe aus wie ein ungesunder Mensch. Es kann nicht sein, dass ich vierzehn Jahre lang in der Wolfsgestalt festsaß. Aber nein, wenn das Schicksal, dieses wankelmütige Miststück, mir endlich erlaubt, mich wieder in meine menschliche Gestalt zu wandeln, bin ich ein noch größerer Freak! So wie ich aussehe, werde ich mich nie in die Gesellschaft der Wandler integrieren können.

Wut und Hoffnungslosigkeit erfüllen mich. Meine Sicht verschwimmt.

Ich fühle mich krank, mein Mund ist trocken und ich habe einen Kloß im Hals, den ich nicht herunterschlucken kann.

Ich schließe meine Augen und atme einfach nur.

Scheiße, hör dir mein Stöhnen an! Ich brauche eine

Ohrfeige. Ich muss mich in den Griff kriegen. Ich kann das ganz ruhig bewältigen. Die Wut kann mich nicht besiegen. Ich habe die Gestalt eines Menschen – *vergiss die Sache mit der Größe, vergiss die Haare und die Augen.* Ich bin ich: Silberstreifen und der ganze Scheiß.

Heute habe ich mir versprochen, dass ich zu diesem Scheiß stehen werde. Es ist ein netter Nebeneffekt, dass ich lebe und von diesem Haus und dem Rudel wegkomme. Ich werde aus diesem Drecksloch abhauen und nie wieder zurückkommen.

Ich sollte vor Freude tanzen, statt wie ein Baby zu jammern.

Ich öffne meine Augen. Doc R und John flüstern in der Ecke des Raumes. Der Rucksack-Hound – dessen Namen ich immer noch nicht kenne, da John uns noch nicht vorgestellt hat – schaut sich in meinem Zimmer um und schnüffelt leise. Ich neige neugierig den Kopf zur Seite. Was macht der da?

»John, der einzige Duft von Forrest ist von heute«, sagt er leise. Oh wow, er ist ja ein ganz Schlauer. »Wenn das ihr Zimmer ist, warum kann ich sie dann nicht riechen?«

Alle drei Wandler drehen sich gemeinsam um und starren mich an. Wow, sie sind synchronisiert. Ein alter Take-That-Song ertönt in meinem Kopf. Ich frage mich, ob sie es noch einmal zu Musik machen können. Ich möchte wie eine Verrückte gackern.

Tja, meine Herren, ich würde sagen, das liegt daran, dass das hier offensichtlich seit vierzehn Jahren nicht mehr mein Zimmer ist.

Kapitel Sechs

Wir begeben uns auf eine bizarre Schatzsuche, wie ein Haufen furchterregender Piraten. Alle sind jetzt darauf fixiert, herauszufinden, wo ich schlafe. Ich liege wieder in den Armen von Rucksack-Hound, und wie eine hilfreiche interaktive Schatzkarte zeige ich den Weg zu meinem Zimmer.

Ich höre, wie John immer lauter mit den Zähnen knirscht, als wir das Haus verlassen und weiter über das Gelände gehen. Komm schon, möchte ich sagen. Man muss kein Einstein sein, um diesen Scheiß zu begreifen. Halloho, magisches Hundehalsband.

Ich amüsiere mich auf eine manische, kranke Art und Weise darüber, wie aufgebracht sie alle sind, als wir in der kleinen, dunklen Garage ankommen. Die Garage liegt abseits des Haupthauses. Es ist eine moderne Metallgarage, wodurch sie im Winter besonders kalt und im Sommer besonders warm ist. Sie wurde extra für mich gekauft.

Ich glaube, der Grund für das ganze Drama ist das Hauptmerkmal des Raums: der silberne Käfig, der mittig auf dem Betonboden steht, mit dem gruseligen Abfluss im Zentrum.

Sogar in meiner menschlichen Gestalt kann ich meinen Duft in der Luft riechen. Er durchdringt das ganze Gebäude – ach, trautes Heim, Glück allein.

»Hol Vincent!«, sagt mein Bruder leise. »Holt sofort Vincent her!« Einer seiner Leute verschwindet, und wir bleiben zurück und starren schweigend auf den Käfig. Nun ja, sie starren; ich habe diesen Scheiß schon mal gesehen.

Mein Chauffeur-Hound – ehemals bekannt als Rucksack-Hound – steht in der Ecke und hat mich immer noch im Arm. Er steht so weit wie möglich vom Käfig entfernt. Er drückt mich ein bisschen fester an seine Brust und fährt mir unbewusst mit den Fingern durch die Haare. Es fühlt sich gut an, die Hand in meinen Haaren. Alles andere tut weh. Gehalten zu werden tut weh. Ich bin ein Skelett, und jeder Knochen fühlt sich an, als würde er jeden anderen Knochen berühren und irgendwie aneinander reiben. Das ist kein angenehmes Gefühl, aber ich versuche mein Bestes, es zu ignorieren.

Mein Bruder steht da wie eine Statue. Ich hätte nie gedacht, dass ich mal sagen würde, dass jemand Wut ausstrahlt, aber John tut es. Er ist stinksauer. Junge, ist der angepisst.

Oh, oh ... Meine Augen weiten sich.

Moment mal ... Ich blinzle. Ja, Johns Hände stehen in

Flammen. Blaue Flammen tanzen über seine Haut. Oh, Scheiße, John strahlt nicht nur gefühlsmäßig etwas aus ... mein Bruder steht buchstäblich in Flammen. Wow! In der warmen Garage wird es noch heißer. Der Mangel an Luft lässt mich gähnen.

Misstrauisch blicke ich zu dem Hellhound hoch, der mich festhält. Scheiße, ich hoffe, dass er nicht plötzlich auch in Flammen aufgeht.

Ich verkrampfe mich in den Armen des Hellhounds, als Vincent fünf Minuten später unsanft in die Garage geschubst wird. Der Typ, der ihn geholt hat, wischt sich angewidert die Hände an seiner Arbeitskleidung ab und tritt wieder nach draußen, um den Ausgang zu blockieren. Vincent hier zu sehen, an dem Ort, an dem er mir regelmäßig wehgetan hat ... Ich kann das Rinnsal der Angst nicht stoppen.

Ich will nicht mit Vincent hier drin sein. Ich will überhaupt nicht hier sein.

Ich schließe meine Augen und zähle leise von zehn herunter.

Sei tapfer. Ich scheiße mir beinahe in die Hose.

Sei tapfer. Es gibt nichts, was ich in dieser Situation tun kann.

Sei tapfer. Ich bin bei dieser Fahrt dabei.

Das Schlimmste liegt hinter mir und ich kann es schaffen, ich kann mich kontrollieren. Das Schlimmste liegt hinter mir, und meine Welt hat sich verändert. Sie sehen mich wieder. Ich bin wieder ein Mädchen.

Schau nicht zurück, sondern gehe weiter vorwärts. Sicher kann Vincent mir nicht wehtun, solange die Hellhounds hier sind, oder? Die tiefsitzende Angst, mit der ich schon immer gelebt habe, verwandelt sich langsam in etwas, das ich besser kontrollieren kann.

Sei tapfer! Ich kann das schaffen. Ich öffne meine Augen.

Keiner spricht.

Das Oberlicht brummt in der Stille und die Hitze von Johns Magie lässt das Blech knacken und knarren. Die dicken, staubbedeckten Spinnweben, die von den Dachstühlen hängen, schwingen. Die Minuten verstreichen.

John betrachtet den Käfig. Vincent beobachtet John nervös. Es ist das erste Mal, dass ich Vincent nervös sehe. Eine Schweißperle rinnt ihm über das Gesicht.

Tja, das ist wirklich unangenehm.

Doc R tritt vor und inspiziert den Käfig. Er ist zu groß, um tatsächlich in den Käfig hineinzugehen, und er achtet sorgfältig darauf, die silbernen Gitterstäbe nicht zu streifen. In der Hocke untersucht er besonders den fleckigen Boden. Die magische Kamera, die er bei meiner Untersuchung benutzt hat, zeichnet auf. Sie wackelt in der Luft und verfolgt seine Bewegungen.

Ich werfe einen Blick auf John, der darum kämpft, seine Feuermagie zu kontrollieren. Sein Körper zittert unter der Anstrengung und seine Augen sind geschlossen. Die blauen Flammen tropfen auf seltsame Weise von seinen Händen auf den Beton zu seinen Füßen – die Flammen zischen und sprühen. Ich habe meinen Bruder noch nie mit seiner Feuermagie hadern sehen. Ich kenne John zwar nicht mehr, wir sind uns fremd, aber sein Mangel an Kontrolle ist beängstigend.

Der Doktor wendet sich von seiner Inspektion ab und richtet seine volle Aufmerksamkeit auf Vincent. Ich glaube, Doc R versteht, dass John noch nicht ganz bereit ist, sich mit ihm auseinanderzusetzen, also übernimmt er die Kontrolle über die Situation.

»Wozu der Käfig?«, fragt er im Plauderton. Vincent zuckt mit den Schultern.

Mein Chauffeur-Hound spannt die Muskeln in seinen Armen an, sodass sie sich wölben. Er stößt ein Knurren aus. Es vibriert um mich herum. Die Haare in meinem Nacken stellen sich auf. Es ist ein verdammt furchterregendes Knurren. Bevor ich meine Lippen gegen das Geräusch zusammenpressen kann, entweicht mir ein leises Wimmern. Mit einem Zucken hört er sofort auf zu knurren. Er tätschelt sanft meinen Kopf, als wolle er sagen: *Schon gut, schon gut,* und fängt dann wieder mit diesem Haar-Ding an.

»Wozu?«, fragt Doc R wieder, sein Ton ist höflich.

Vincent zuckt wieder mit den Schultern und antwortet dann überraschend. »Es war verwildert. John hat uns bei einem verdammten wilden Wolf abgeladen.« Er schüttelt den Kopf. »Nein, man kann das Ding nicht einmal Wolf nennen – es ist nur ein dreckiger Hund. Mein Vater und meine Schwester wurden wegen dieses Dings getötet, und er hat beschlossen, es hier abzuladen. Damit wir uns darum kümmern, es beschützen? Vergiss den Scheiß! Hattest du erwartet, dass ich es im Haus bleiben lasse?« Vincent stößt ein Lachen aus, schnieft und wischt sich mit einer Hand über sein verschwitztes Gesicht. Er richtet seine volle Aufmerksamkeit auf John, um zu demonstrieren, wie dumm er ist, oder um allen klarzumachen, dass er einen Todeswunsch hat. »Sei froh, dass es noch lebt. Bedank dich bei mir.« Er deutet auf den brennenden Boden vor

Johns Füßen. »Geh auf deine verdammten Knie und danke mir!« Vincents Stimme hallt in der Garage wider. Seine Stimme wird bedrohlich leiser. »Denn es vergeht kein Tag, an dem ich diesem Ding nicht die Hände um die Kehle legen und ihm das Leben abschnüren möchte.« Vincent dreht sich um und zeigt auf mich, seine dunklen Augen strahlen Wut aus. »Diese verdammte Schlampe hat mein Rudel getötet.«

Tja, das ist schnell eskaliert.

Ich schniefe. Als ob wir nicht alle wüssten, von wem Vincent spricht – kein Grund, auf mich zu zeigen. Ich versuche, in der Masse des Chauffeur-Houndes zu versinken. In diesen wenigen Momenten, in denen Vincents hasserfüllte Aufmerksamkeit auf mich gerichtet ist, dreht mich der Hellhound ein wenig zur Seite, damit Vincent mich nicht sehen kann und, was noch wichtiger ist, damit ich ihn nicht sehen kann. Ich war noch nie so dankbar wie jetzt. Ich tätschle die Brust von Chauffeur-Hound, und als er zu mir herunterschaut, versuche ich ein kleines, wackeliges Lächeln aufzusetzen. Der große Hellhound runzelt die Stirn.

Die Stille in der Garage ist ohrenbetäubend.

Durch das Stirnrunzeln des Hellhounds registriere ich langsam, was Vincent andeuten will. Im Geiste spiele ich das Gespräch noch einmal ab. Das Grauen über das, was er gesagt hat, beginnt mir zu dämmern. Denkt Vincent, ich hätte meine Mum getötet? Denkt er, dass ich der Grund für Grace' Tod bin? Was zum Teufel? Ist das der Grund, warum Vincent und Jason mich hassen? Der Grund für alles? Ich reibe mir die Brust. Ich öffne den Mund, um es ihm zu erklären, um ihn anzuschreien, dass es sein geliebter

Vater Dave war, der letztendlich für ihren Tod verantwortlich war. Mein Rudel ist tot, weil Dave es verbockt hat.

Das war nicht ich. Das war ich verflixt noch mal nicht.

Ich schwöre bei meinem eigenen Leben, dass ich nichts falschgemacht habe. Ich habe die Regeln befolgt.

Aber die Worte wollen nicht kommen.

Stattdessen kommt ein raues, gefühlvolles Wimmern über meine Lippen.

Frustration und Angst wirbeln in meiner Brust herum, krampfen meinen Bauch zusammen und schnüren mir die Kehle zu, sodass ich nicht richtig Luft holen kann. O Gott, mein Bruder glaubt ihm doch nicht etwa, oder? Ist das der Grund, warum er mich ohne einen Blick zurück verlassen hat? War er deshalb so wütend?

Ein furchtbarer Gedanke schwirrt in meinem Kopf herum. Was ist, wenn ich falschliege? Was, wenn ich alles erfunden habe und alles, was passiert ist, wirklich meine Schuld war? Vielleicht ist meine Version der Ereignisse gar nicht so passiert, wie ich sie in Erinnerung habe?

Doc R ignoriert Vincents Ausbruch und fragt nach ein paar Minuten ganz ruhig: »War sie die ganze Zeit in diesem Käfig? In dieser Garage?« Er schaut sich angewidert um und tippt mit seinem Stiefel auf den Käfig. »Wo sind die Kratzspuren?« Vincent schaut den Doktor ausdruckslos an. Vincent atmet schwerer und krümmt seine Finger. »Hast du schon mal einen wilden Wandler gesehen, Vincent? Ich schon. Es ist so traurig und beängstigend, so etwas zu sehen. Die Wut ...« Doc R schüttelt den Kopf und führt seinen Arm zum Mund, um seine nächsten Worte zu demonstrieren, indem er mit den Zähnen zuschnappt. »Ein Wildtier würde sich mit Freuden ein

Bein abbeißen oder seinen Gefährten in Stücke reißen, um der Gefangenschaft zu entkommen. Ein Wildtier würde kurzen Prozess mit diesem Käfig machen. Es würde sich selbst an den Gitterstäben zerschmettern, auch wenn sie aus Silber sind, ohne Rücksicht – und weißt du was?« Er zeigt auf den Boden. »Da dieser Käfig nicht verschraubt ist, würde es nicht einmal eine Minute dauern, bis ein Wildtier herauskäme.«

Doc R dringt in Vincents persönlichen Bereich ein. Er beugt sich vor und streift mit seiner Nase fast die von Vincent. In einem leisen Ton, der mir einen Schauer über den Rücken jagt, fragt er: »Warum hast du sie eingesperrt? Ein neunjähriges Kind? Eine Wandlerin, die Pflege brauchte. Du hast gesagt, sie sei verwildert? Wo ist der Beweis?« Wütend deutet er auf den Käfig, erhebt seine Stimme und verliert seine Gelassenheit. »Wo sind die Kratzspuren? Wie lange hast du sie eingesperrt? Wie lange hast du ein verängstigtes kleines Mädchen, das nicht aus ihrer Wolfsgestalt wechseln konnte, eingesperrt? In. Einen. Käfig!«

Vincent weicht schnell von dem wütenden Doktor zurück.

Seine Mundwinkel und Augen zucken sporadisch. »Etwa zehn Jahre.« Er reibt sich mit der Hand über den Mund. »Ich hatte es etwa zehn Jahre lang in diesem Käfig. Bis Harry von der Schule nach Hause kam, der Junge ... der Junge, er ähm, er wurde wütend ...«

»Zehn Jahre?« Doc R wiederholt es ungläubig und wirft seine Arme in die Luft. »Was stimmt nicht mit dir?« Der Doktor wendet sich von Vincent ab und sieht meinen Bruder flehend an. »John, hast du das gehört?« Doc R reibt sich frustriert über seinen kahlen Hinterkopf. John bleibt teilnahmslos.

Zu meinem Leidwesen stoße ich einen Seufzer aus, der mehr der Erschöpfung als der Frustration geschuldet ist. Muss ich wirklich hier sein?

»Hör zu, es ist zurückgekommen«, sagt Vincent mit einem Zähnefletschen. »Mein Rudel nicht! Ich wusste, dass es schuld war. Grace ist gestorben; meine zweijährige kleine Schwester ist gestorben. Mein Dad ist gestorben und seine Gefährtin auch. Du redest von weiblichen Wandlern – was ist mit Grace? Warum zum Teufel wurde der wahre Mörder, der wahre Grund für den Tod meines Rudels, nicht bestraft?« Vincent bläht seine Brust auf, während ich versuche, mich kleiner zu machen. »Ich habe den Hund bestraft, etwas, wozu ihr Arschlöcher nicht die Eier hattet. Also fangt nicht mit so 'nem Scheiß an.« Er klopft sich auf die Brust. »Ich schäme mich nicht. Ich habe getan, was ich tun musste.«

»Ich habe Forrest nach Hause geschickt, damit sie bei dem Rudel sein kann«, sagt John. Endlich kommt er auf den Elefanten im Raum zu sprechen. Ich höre aufmerksam zu, mein Körper ist vor Angst angespannt. Stimmt er jetzt zu, dass Vincent recht hat? Wird John den Chauffeur-Hound bitten, mich wieder in den Käfig zu stecken? Ich schaue durch meine Wimpern zu dem Hellhound hoch und versuche, mein wachsendes Grauen zu verbergen. Wird er gehorchen?

Gott, ich will nicht hier sein!

»Ich hatte keine Ahnung, dass du so etwas Schreckliches tun würdest. Ich wusste, dass dein Vater verdorben war. Ich wusste aber nicht, dass die Fäulnis so tief in seine Söhne eingedrungen ist. Meine Mutter war fest davon überzeugt, dass man dir vertrauen kann; sie war blind.« Ich bemerke, dass John die Flamme in seiner Hand jetzt komplett unter Kontrolle hat. Sie tanzt über seine Handfläche und wechselt die Farben zwischen Rot, Orange, Gelb und Blau. Es ist hypnotisierend. »Ich habe ein traumatisiertes Kind in ein Nest voller Giftschlangen zurückgeschickt, und ich bin nicht einmal zu Besuch gekommen. Abgesehen von dem einen oder anderen Telefonanruf habe ich dir alles überlassen.« Die Flamme setzt ihren Tanz fort. »Ich war zu sehr mit meiner Rache und der Jagd nach den Tätern beschäftigt, um mich auch nur einmal hinzusetzen und dir die ganze Geschichte zu erzählen, die passiert ist. Die Wahrheit über deinen Vater und was er getan hat.« Die Flamme springt auf seine andere Hand. »Damals dachte ich, dass es besser wäre, wenn du es nicht wüsstest. Dass es für das Rudel gesünder wäre, sich nicht mit Dingen zu beschäftigen, die man nicht ändern kann. Außerdem wollte ich nicht, dass der Name des Rudels und das Andenken meiner Mutter beschmutzt werden.« Als John fortfährt, wirft Vincent frustriert die Arme in die Luft. Er schüttelt vehement den Kopf und leugnet. »Forrest war ein Kind – wie zum Teufel kommst du in deinem dämlichen Hirn darauf, dass ein neunjähriges Mädchen dafür verantwortlich sein könnte? Ist das deine beschissene Ausrede?« Die Enge in meiner Brust löst sich, und ich atme tief durch. »Es war falsch von mir, dir nicht alles zu erzählen. Ich habe eine große Fehlentscheidung getroffen. Ich werde es wiedergutmachen. Dein Rudel und die gesamte Gesellschaft der Wandler werden heute Abend die Wahrheit erfahren. Ich hätte das nicht so lange geheim halten dürfen.«

Abgesehen von der Flamme in seinen Händen, hat John keinen Muskel bewegt; seine Augen sind geschlossen. Ich habe das Gefühl, wenn John Vincent jetzt ansehen würde, würde er ihn wahrscheinlich knusprig kross braten.

John öffnet seine Augen. »Hast du sie gesehen, Vincent, hast du sehen können, was du getan hast? Schau ihr in die Augen und sag mir, dass du ein Monster siehst. Dann mach das Gleiche, während du in den Spiegel schaust. Du, dein Rudel ... ihr seid so was von erledigt.«

Vincent schaut weg, unfähig, Johns Blick zu erwidern. Er schüttelt immer noch verleugnend den Kopf, die Hände zu Fäusten geballt. Ich glaube nicht, dass das, was auch immer John ihm sagt, genug sein wird. Sein Hass auf mich steckt zu tief im Inneren.

John dreht seinen Kopf und mustert mich. »Ich finde alles heraus, und was wir bisher aufgedeckt haben, ist nur die Spitze des Eisbergs, nicht wahr, Forrest? Die Spitze dessen, was du erleiden musstest.« Sein Kinn sinkt auf die Brust und er fährt sich mit der Hand über den Nacken.

Wow, war das eine Entschuldigung? Ich bin mehr verwirrt, als dass ich mich bestätigt fühle.

Vincent schaut mit gefletschten Zähnen weg. Sein ganzer Körper zuckt, als sein Blick auf die halbvolle Tüte in der hinteren Ecke, neben dem Schlauchrohr an der Wand, fällt. Er versucht heimlich, die Tüte mit seinem Körper zu verdecken. Ein leises Geräusch entweicht mir. Niemand sonst beobachtet ihn.

John dreht sich um, um die Garage zu verlassen, den Kopf gesenkt. Im Vorbeigehen drückt er Chauffeur-

Hounds Schulter, und ich zucke bei der Bewegung zurück. Der Hund grunzt anerkennend.

Vincent tupft sich die Stirn ab. Seine Knie sacken vor Erleichterung ein wenig ein.

»John«, sagt Chauffeur-Hound und unterbricht damit Johns Abgang. »Was ist in dem Sack da in der Ecke?« Dem schlauen Hund ist Vincents Bewegung also doch nicht entgangen.

»Welcher Sack ... was zum Teufel ...« John dreht sich um. Im Vorbeigehen streift er Vincents Schulter und schubst ihn absichtlich gegen den silbernen Käfig. Vincent stößt ein schmerzhaftes Zischen aus und der Geruch von verbrannter Haut steigt in die Luft.

John steht vor der Tüte; er tritt sie, damit er das Etikett lesen kann. Ich schaue weg und lege meinen Kopf an die Schulter des Hundes. Ich weiß nicht, warum mir das peinlich ist und ich mich schäme, aber es ist so, und meine Brust tut wieder weh.

»»Arbeitshund-Mischung‹«, liest John das Etikett laut vor. »Hundefutter? Was zur Hölle ist das ...« Es dauert nur eine Sekunde, bis es in seinem Kopf Klick macht. »Du hast meine Schwester mit beschissenem Hundetrockenfutter gefüttert!«

Dann bricht die Hölle los.

JOHN, ähm, hat die Garage niedergebrannt. Ein totaler magischer Nervenzusammenbruch – er ist komplett durchgeknallt. Bei seiner Reaktion hätte man meinen können, man hätte ihm eine Handvoll Hundefutter zum Abendessen angeboten.

Zumindest weiß Doc R jetzt über meine Ernährung Bescheid. Mmmm, Hundefutter, knusprig und nahrhaft.

Wir konnten uns alle aus dem Staub machen, bevor er *Bumm* gemacht hat. Niemand wurde verletzt, außer vielleicht Johns Stolz, weil er die Kontrolle verloren hat.

Ich war nicht traurig darüber, die Garage brennen zu sehen.

Wenn ich gekonnt hätte, hätte ich Chauffeur-Hund gebeten, zur Feier des Tages die Marshmallows herauszuholen, damit ich sie in den Flammen rösten konnte. Vielleicht hätte ich einen Freudentanz aufgeführt vor Glück, dass ich diesen Käfig nie wiedersehen muss. Nie mehr gezwungen sein werde, unter diesem Dach zu schlafen. Aber mein Hund trägt mich ins Haus und murmelt etwas von Silberpartikeln.

Hm, Silber und Marshmallows sind vielleicht doch keine so eine leckere Kombination.

Kapitel Sieben

Die Atmosphäre in diesem reizenden Wohnzimmer ist äußerst ungemütlich; der fröhliche gelbe Raum mit den zierlichen Möbeln ist voll von schweigenden, wütenden Wandlern. Mit der Energie, die von jedem von ihnen ausgeht, könnte man einen Teekessel zum Kochen bringen. Außer mir sitzt niemand, und das ist beunruhigend. Es ist, als wäre ich immer noch in meiner Wolfsgestalt und würde ständig zu den wütenden Menschen, die mich überragen, hochschauen.

Ich sitze zusammengekauert auf einem Sessel in diesem gemütlichen Raum und warte darauf, dass der Präsentationsteil des Abends beginnt. Mein Nanny-Hound – ehemals bekannt als Chauffeur-Hound – hat mich mit einer weichen, flauschigen Decke und etwa zehn Plüschkissen auf dem Sessel eingekuschelt. Zumindest fühle ich mich körperlich so wohl wie noch nie, seit ich mich gewandelt habe. Mein Bauch ist zum ersten Mal seit einer gefühlten Ewigkeit wieder voll. Ich summe. Ich wäre froh gewesen, wenn ich eine verkrustete Ratte gegessen hätte – jede Form von Protein wäre für mich völlig in Ordnung gewesen. Ich habe Hühnernudelsuppe gegessen, die in einer Schüssel serviert wurde, und sie war richtig lecker. Meine imaginären Abendessen ... Jap, kompletter Blödsinn.

Ich habe große Pläne, große Ziele, wenn dieser ganze Mist vorbei ist und ich frei bin. Ich werde mir einen richtigen Schokoladenkuchen fangen, einen ganzen Kuchen für mich allein, so schnell wie möglich.

John hat noch nicht erklärt, warum ich hier sitze. Ich vermute, dass er mich für ein Meeting oder eine große Scooby-Doo-Enthüllung hierhaben will. Doc R wollte, dass ich direkt in die Privatklinik der Wandler gehe, aber John hat ihn überstimmt. Ich mag John im Moment nicht besonders. Selbst wenn ich das Wort ergreifen und darum bitten könnte zu gehen, habe ich das Gefühl, dass man mich ignorieren würde. Meine Meinung spielt keine Rolle. Es ist besser, die Schlachten zu kämpfen, die man gewinnen kann, und diejenigen auszusitzen, die man nicht gewinnen kann.

Alles, was ich will, ist, aus diesem verdammten Haus zu verschwinden.

Das ganze Rudel ist hier, zum Glück auf der anderen Seite des Raumes. Ich will nicht im selben Raum wie Vincent und Jason sitzen. Warum sollte ich auch? Ich sitze hier, als hätte man mir eine Zielscheibe auf die Stirn gemalt. Nutzlos und verletzlich. Ich kann weder sprechen noch weglaufen. Ich wäre nicht einmal in der Lage, jemandem ein Kissen über den Kopf zu ziehen. Kämpfen ist also nicht drin, und was, wenn das Ganze eskaliert? Dann werde ich mich wie ein echter Champion unter meiner Decke verstecken. Gott, dieser Gedanke verletzt meinen Stolz.

Zwei Mitglieder des Wandler-Rates beehren uns ebenfalls mit ihrer Anwesenheit. Ich habe keine Ahnung, warum sie hier sind. Wir wurden einander noch nicht vorgestellt – zum Teufel, mir wurde noch niemand vorgestellt. Ich ertappe sie immer wieder dabei, wie sie mir seltsame, berechnende Blicke zuwerfen, Blicke, die ich nicht zu deuten weiß. Wenn sie mich in Ruhe lassen, werde ich sie in Ruhe lassen.

Aber wenn sie es auf mich abgesehen haben, werde ich sie aufmischen. Ich unterdrücke mein Knurren und zwinge mich, ihnen und allen anderen keine bösen Blicke zuzuwerfen. Ich zapple auf dem Sessel herum. Meine merkwürdigen Gedanken und meine Wut sind zermürbend. Ja, vielleicht bin ich ein bisschen wütend und ernsthaft unausgeglichen. Die Frustration, Angst und Sorge, die im Moment durch meinen Kopf schwirren, sind lästig. Lästig? Ich schnaufe. Das ist die Untertreibung des Jahrhunderts, und es lässt mich verrückt werden.

Ich bin entweder so verängstigt, dass ich nicht mehr funktionieren kann, oder so wütend, dass ich die Welt anzünden möchte.

Der verlorene menschliche Teil in mir weiß nicht, ob er

wegkriechen und sich verstecken oder, schlimmer noch, schreien soll. Jeden Moment habe ich das Gefühl, dass meine Wut hochkocht und ich ausrasten werde. Ich würde auseinanderbrechen und nichts als eine wütende, verbitterte Person zurücklassen.

Mein Verstand schwindet.

Um meinen Verstand zu bewahren, muss ich meinen Kram zusammenpacken und verschwinden, wie der Hund vor Stunden vorgeschlagen hat. Um alles tief zu vergraben, stopfe ich die Erinnerungen immer weiter nach unten, bis sie nicht mehr existieren. Ich packe sie in Kisten.

Kisten in meinem Kopf, die mit meinen Schreien widerhallen.

Ich zittere und ziehe die Decke bis zum Kinn. Es riecht sauber.

Es ist unmöglich, die Erinnerungen zu begraben, wenn die beiden fiesen Mistkerle, die dazu beigetragen haben, auf der anderen Seite des Zimmers stehen.

Ich will raus aus diesem Haus.

Ich konzentriere mich auf die anderen Menschen im Raum. Mein Bruder hat weitere Hellhounds als Verstärkung angefordert. Zusätzlich zu den ursprünglichen drei sind sechs weitere eingetroffen. Zehn Hellhounds, einschließlich John. Nachdenklich neige ich meinen Kopf zur Seite. Ich beobachte die beiden Hellhounds, die auf der anderen Seite des Raumes stationiert sind, die einzigen, die ich im Moment von meiner sitzenden Position aus sehen kann.

Hellhounds sind doppelt so stark wie normale Wandler, selbst wenn sie ihre Feuermagie nicht einsetzen. Die Hunde in diesem Raum könnten wahrscheinlich einen

Krieg beginnen und beenden. Naturgegebene wandelnde Waffen. Es ist mir schleierhaft, warum die massiven Wandler auch das Bedürfnis haben, beeindruckende Mengen an Silber zur Schau zu stellen. Ich wette, sie tragen doppelt so viel Silber bei sich, das ich nicht sehen kann. Ich bin überrascht, dass die Hellhounds nicht klimpern und klirren, wenn sie laufen. Das ist alles ein bisschen zu viel des Guten. Was machen die alle hier?

Nanny-Hound beantwortet meine stumme Frage.

»Sie sind hier, um John unter Kontrolle zu halten. Er hat Angst, dass er entweder das Haus in Brand setzt oder das Rudel tötet. Es ist eine Vorsichtsmaßnahme, außerdem hasst er den Papierkram, den das Töten immer mit sich bringt.«

Alles, was ich daraus schließen konnte, war, dass John neun Leute braucht, um ihn aufzuhalten. Neun Super-Wandler ... Gott, er ist ein furchterregender Mistkerl. Warum kann er seine Magie nicht kontrollieren? Das macht das, was der Hellhound hinter mir getan hat, nämlich sich zwischen John und mich zu stellen, noch beeindruckender. Er hat versprochen, mich zu beschützen, und das hat er getan.

John, der mit den beiden Ratsmitgliedern gesprochen hat, tritt nun in die Mitte des Raumes. Um die Aufmerksamkeit aller auf sich zu ziehen, hält er die Hand hoch und bittet um Ruhe.

John beginnt zu sprechen. Er erklärt in aller Ruhe, was er bisher herausgefunden hat. Ich lasse Johns Worte über mich ergehen. Ich sitze und spiele mit einem losen Faden auf der flauschigen Decke. Ich konzentriere mich auf den Faden und die Bewegung meiner Finger.

Ich bin zurück in diesem Gefühl, als wäre ich nicht hier, als hätte ich die ganze Zeit nur geträumt.

Stattdessen denke ich an die Vergangenheit. Harry hat mir geholfen, mich aus dem Käfig zu befreien, obwohl ich immer noch regelmäßig zur Bestrafung da drin war. Aber zumindest war ich nicht dauerhaft dort drin. Ich hatte die Chance, frische Luft zu atmen, den Himmel zu sehen, die Sonne und den Regen auf meinem Fell zu spüren – das Gras unter meinen Pfoten und den Schmutz in meinen Krallen.

In den ersten Jahren habe ich mir eingeredet, dass jemand, genauer gesagt mein Bruder, kommen und mich retten würde. Aber das geschah nie, und John, er kam auch nie. Es brauchte mein Zurückwandeln und einen verzweifelten Telefonanruf, damit John kam. Letztendlich habe ich mich selbst gerettet.

Ich kann nicht glauben, dass ich erst wütend auf Liz werden und Harry beschützen musste, um mich wieder in meine menschliche Gestalt zu wandeln. O mein Gott, wenn ich so darüber nachdenke, hat Liz' unbeherrschte Vagina mir geholfen! Ich ziehe die weiche Decke hoch, um meine Belustigung zu verbergen. Als nichts anderes mehr funktionierte, hat sie sich der Herausforderung gestellt. Los, Vulva-Magie! Ich wette, Liz wünscht sich jetzt, dass sie mich erstochen hätte, als sie die Gelegenheit dazu hatte.

Ich konzentriere mich wieder auf John, als er anfängt, über die Geschichte unseres Rudels und deren Todesfälle zu sprechen. Er hat alle Details parat, einschließlich Überwachungsaufnahmen – alles ist wie ein sachlicher Polizeibericht aufgebaut. Er erzählt es in einem monotonen Tonfall, als würde er nicht über seine Mutter und Schwestern sprechen. John kennt die Fakten, aber er hat es nicht erlebt und er hat nicht mit eigenen Augen gesehen, was passiert ist.

Ich stemme die imaginäre Kiste in meinem Kopf auf und erlaube mir, mich zu erinnern.

KAPITEL ACHT

Vierzehn Jahre zuvor

AM FLUGHAFEN MANCHESTER ist viel los. Als ich im Terminal ankomme, möchte ich mich sofort in eine Ecke verkriechen. Überall sind Menschen und Kreaturen. Die Check-in-Schlangen sind voll. Menschen mit Gepäckwagen kommen Menschen mit kleinen Koffern auf Rädern in die Quere. Eine Dame fährt mir über die Zehen und ein Mann, der in die andere Richtung geht, stößt mich mit dem Ellbogen an die Schläfe. *Aua!* Ich gebe ein Knurren von mir, das in meiner Brust wummert. *Hör auf damit!*, Forrest, denke ich bei mir.

Ich husche an allen Check-in-Schaltern vorbei, um den Verrückten aus dem Weg zu gehen, und finde die blauen Sitze, auf denen ich warten soll. Da die Leute einchecken und dann direkt zur Sicherheitskontrolle gehen, sind diese Plätze leer. Ich kann die Uhr auf der Fluginformationstafel sehen, und die gelbe Digitalanzeige blinkt langsam mit den Zahlen.

Der heutige Tag war verrückt. Meine Mum hat mich so früh geweckt – mitten in der Nacht früh – und ich habe mich wie auf Autopilot angezogen, als wäre ich ein Feuerwehrmann, der sich für einen Einsatz bereit macht. Ich war so schnell. Seit ich denken kann, haben wir immer einen Plan, eine Notfallübung. Ein Wandler zu sein, ist extrem gefährlich, wenn man weiblich ist – Entführungen sind an der Tagesordnung, und meine Mum ist schonungslos, wenn es um die Realität geht. Ich habe nie daran gezweifelt, dass ich eine Zielscheibe auf dem Rücken habe. Von klein auf wurde mir beigebracht, unbemerkt zu bleiben und unterzutauchen, an bestimmte belebte Orte zu gehen und zu warten.

Der Stuhl wird langsam ungemütlich. Zwei Stunden vergehen und dann drei. Ich wackle, um das Unbehagen zu lindern, zu besorgt, um mich zu bewegen und herumzulaufen, falls meine Mum kommt. Sie wäre sauer auf mich, wenn ich von hier weggehen würde.

Komm schon, Mum!, rufe ich in meinem Kopf und wippe auf dem Sitz.

Nach der vierten Stunde, in der ich meine Mum nicht gesehen habe, ist es an der Zeit, die Kavallerie zu rufen. Ich werde meinen älteren Bruder anrufen, und mit älter meine ich mega-alt. Ich könnte meine Stiefbrüder Vincent und Jason anrufen, aber ich traue ihnen nicht. Jason bereitet mir eine Gänsehaut. Meine Mum hat unmissverständlich verkündet, dass sie meine Bodyguards sind.

Ich schnaufe. Bodyguards – was für ein Witz. Das ist Blödsinn! Wenn sie etwas taugen würden, würde ich hier nicht allein sitzen.

Jetzt ist es an der Zeit, ein Telefon zu suchen. Ich stehe auf.

Ich weiß, dass die Magie der Duftmaskierung nur eine bestimmte Zeit lang funktioniert, aber ich hoffe, dass sie mich immer noch schützt. Ich bin eine Wolfswandlerin. Wir machen diese ganze Wolfssache in unseren Zwanzigern – komplett pelzige Wölfe. Es ist unglaublich. Mein Bruder John ist außergewöhnlich, er kann einen einzelnen Körperteil in einen Wolf wandeln, während er seine menschliche Gestalt behält. Er kann also seine Zähne oder seine Klauen verändern. Es ist so cool, wenn man nie eine Schere braucht, um etwas zu öffnen, niemals. Einfach, Bäm, eine Kralle und Sesam öffne dich. Nicht sehr hygienisch, wenn man Lebensmittel öffnet, aber sehr cool. Das werde ich auf jeden Fall machen, wenn ich älter bin. Ich kichere vor mich hin, als ich mir vorstelle, was ich alles öffnen könnte.

Ich mache mich auf den Weg zu den Check-in-Schaltern und suche nach einer Art Telefon. Ich hätte ein Ersatzhandy in meiner Notfalltasche haben sollen, anstatt ein Festnetztelefon aufzuspüren. Aber Mum meinte, es sei sicherer, wenn ich nichts hätte, was mich orten könnte. Ich beschließe, die ganze ›Ich habe meine Familie verloren, kann ich bitte Ihr Telefon benutzen, um meinen Bruder anzurufen‹-Routine am Informationsschalter durchzuziehen, und gehe in diese Richtung.

Ein Duft schlägt mir entgegen und ich erstarre. *Ein Dämon.*

Ich versuche, nicht in Panik zu geraten. Bis jetzt habe

ich alles nach Vorschrift gemacht. Ich schlucke meine Nervosität herunter und atme tief ein. Ich habe den Duftmaskierer an und der Flughafen stinkt nach Tausenden von Kreaturen. Dämonen sind schlechte Spurenleser, und wenn ich mich unter die Leute mische, ein Telefon benutzen und John erreichen kann, dann gibt es keinen Grund, warum John mir nicht helfen könnte, unser Rudel zu finden. Ich bewege mich langsam zwischen den Menschen weiter. Ich bin froh, dass ich noch recht klein bin. Wandler können riesig werden, aber mit neun Jahren bin ich immer noch nur knapp über einen Meter zweiundfünfzig groß.

Anstatt mich hektisch nach dem Dämon umzusehen, den ich rieche, konzentriere ich mich darauf, geradeaus zu gehen. Das Geheimnis ist, das Gegenteil von dem zu tun, was du eigentlich tun willst. Im Moment würde ich am liebsten heulend davonlaufen, mir den nächsten Erwachsenen schnappen und ihn anflehen, die Sache in Ordnung zu bringen. Aber meine Mum hat keine Idiotin großgezogen. Sie würde mich umbringen, wenn ich so etwas Dummes tun würde, also schlucke ich es herunter. Ich werde alles tun, um mich in Sicherheit zu bringen, und dann werde ich Grace, meine Mum und meinen Stiefvater Dave finden.

Ich weiche einem Handgepäckkoffer aus, der von einem wütend aussehenden Menschen gezogen wird, und entdecke ein Handy in der Gesäßtasche seiner Jeans. Perfekt! Ich werde schneller, remple ihn an und stopfe sein Handy in meinen Ärmel.

Mein erster Gedanke ist, auf die Toilette zu gehen, aber es wäre unklug, den belebten Teil des Flughafens zu verlassen. Ich stelle mich an die Seite und hole das Telefon heraus. Es ist passwortgeschützt, aber es ist ein einfaches Android-Handy. Ich halte die Einschalttaste zehn Sekunden lang gedrückt und drücke dann gleichzeitig die Leiser-Taste, um das Telefon auf Werkseinstellungen zurückzusetzen. Bingo. Nachdem ich den Anweisungen auf dem Bildschirm gefolgt bin, kann ich jetzt einen Anruf tätigen, ohne das Passwort auf dem Telefon eingeben zu müssen. Ich wähle die Nummer meines Bruders. Es klingelt. Ich schaue mich nervös um.

»Was!« Mein Bruder klingt mürrisch.

»John, hey, ich bin's Forrest ...«

»Forrest, wessen Telefon benutzt du?« Wenn man sich auf eins verlassen kann, dann darauf, dass er eine unwichtige Frage stellt.

Ich rolle mit den Augen. »John, das ist nicht wichtig. Ich will ...«

Er unterbricht mich wieder, mit einem Knurren in der Stimme und in seinem belehrenden Tonfall. »Forrest, du weißt, dass diese Nummer für Notfälle ist. Du kannst mich nicht einfach anrufen, weil Mum dir nicht erlaubt, etwas im Fernsehen zu gucken, oder dir irgendetwas nicht kaufen will. Ich bin zu beschäftigt, um ...«

»John.« Ich unterbreche ihn mitten im Satz. Der Dämon ist ganz nah; ich kann ihn jetzt noch stärker riechen. Die Haare in meinem Nacken stellen sich auf und ich schnaufe ein wenig panisch. »John, hör mir zu – das ist ein Notfall«, flüster-schrei ich ihn an und versuche, meinen Mund und das Telefon mit meiner Hand zu bedecken. »Ich bin am Flughafen Manchester, Terminal 1, ganz allein. Mum, Grace und der Dummkopf Dave sind verschwunden. Mum hat mich letzte Nacht mit einer Übung geweckt. Ich warte schon seit über vier Stunden an unserem Treffpunkt am Flughafen. John, ich rieche einen Dämon.«

»Warum hast du damit nicht angefangen! Ich bin schon auf dem Weg, aber es wird über eine Stunde dauern. Ich werde nachsehen, ob jemand näher dran ist. Gib mir eine Sekunde, bleib am Telefon.« Ich höre ihn im Hintergrund schreien. Ich schaue mich um. Alle sind in Bewegung, aber niemand sieht mich an. Ich drehe mich mit dem Rücken zur Flughafenhalle und stütze mich mit dem Kopf an der Wand ab. Ich fühle mich so müde. So müde und so verängstigt.

»Ich habe Owen, einen Hund, der zwanzig Minuten entfernt ist. Ich rufe dich zurück und dann bleibst du am Telefon, bis er bei dir ist. Hast du mich verstanden, Forrest?«

»Ja, okay.« Ich nicke, obwohl er mich nicht sehen kann.

»Okay, leg auf. Ich rufe dich gleich wieder an.«

Ich beende das Gespräch.

Sofort klingelt das Telefon. Ich will auf die Taste drücken, aber das Telefon ist nicht mehr in meiner Hand.

Ich schaue auf und ein schmuddeliger Mensch, den ich noch nie gesehen habe, hält das Telefon in der Hand. Er hält es an sein Ohr. »Der kleine Rotschopf kann im Moment nicht sprechen.« Er lässt das Handy auf den Boden fallen und kickt es weg, sodass es in der Menge verschwindet.

Warum habe ich mich umgedreht? Ich möchte mir vor

lauter Enttäuschung an die Stirn schlagen. Ich habe keine Zeit, mich selbst zu tadeln.

Dieser Typ ist ein Mensch und ich habe Fähigkeiten. Ich mag klein sein, aber ich bin stark. Er packt mich an den Oberarmen. Anstatt zu versuchen, mich von ihm wegzuziehen, drücke ich mich gegen seinen Körper. Ich kann ihn nicht werfen oder treten; das würde viel zu viel Aufmerksamkeit erregen. Stattdessen lasse ich mich also einfach auf den Boden fallen. Als er mir nach unten folgt und versucht, mich festzuhalten, verdeckt die Position, in der er sich jetzt befindet, die Sicht auf mich. Also schlage ich ihm zwischen die Beine. Mit einem Quieken lässt er sofort von mir ab und fasst sich zwischen die Beine. Als ich aufstehe, verpasse ich ihm einen ordentlichen Kehlkopfschlag.

Im Weggehen rufe ich: »Der Mann erstickt oder hat einen Herzinfarkt. Ich glaube, er braucht Hilfe.« Eine Dame in einem leuchtend gelben Pullover dreht sich um und betrachtet die Situation.

»O mein Gott, der arme Kerl. Hilfe, gibt es hier einen Arzt?«

Eine andere Dame mit riesigen Brüsten in einem Katzenpulli eilt zu Hilfe, wobei ihre prächtige Brust in ihrer Aufregung zu helfen wippt. »Du armer Mann, ich bleibe bei dir, bis Hilfe kommt, jemand muss einen Krankenwagen rufen ...«

Ich husche davon. Ich lege den Kopf schief und schaue auf die Flughafenuhr. Verdammt, ich habe noch siebzehn Minuten, bevor der Hund meines Bruders kommt. Wo ist dieser verdammte Dämon? Sein intensiver Duft, ein süßlich-schwefliger Gestank, umgibt mich und lässt meine Nase jucken.

Ich biege nach links ab und ein anderer Mensch schlittert vor mich. Er sieht genauso schmuddelig aus wie der letzte Kerl und hat ein fieses Grinsen im Gesicht.

Entscheidungen, Entscheidungen – gehe ich durch ihn hindurch oder ändere ich die Richtung? Bevor ich etwas tun kann, werde ich gegen eine muskulöse Brust gezogen. Der Duft des Dämons umhüllt mich wie ein Würgegriff.

»Forrest, mach jetzt bloß keine Dummheiten.« Der Dämon lehnt sich dicht an mich heran; seine Lippen streifen die Muschel meines Ohrs, während er mir etwas unheimlich zuflüstert. Ich erschaudere. »Du willst dein Rudel sehen, nicht wahr? Wenn du wegläufst oder eine Szene machst, werde ich nicht zögern, deine Mutter zu töten. Hast du mich verstanden?« Seine flüsternde Stimme ist rau, aber mit einem sehr eleganten englischen Akzent. Seine grausamen Hände graben sich in meine Schultern und in meinen Nacken. Ich nicke und drücke die Oberseite meiner Oberschenkel zusammen. Ich habe Angst, dass ich mich blamiere und in die Hose pinkle.

Ich fühle mich in diesem Moment weder mutig noch klug. Ich bin ein kleines Mädchen, das zu seiner Mum will.

Flüchtig denke ich an den Hund, der in weniger als zehn Minuten hier sein wird. Wenn der Hund kommt und den Dämon daran hindert, mich mitzunehmen, wird meine Mum sterben. Das kann ich nicht zulassen. Ich muss ruhig bleiben und mit ihm gehen. Hoffentlich kommt der Hund an, sieht uns gehen und folgt uns.

»Ich jage dich schon so lange, kleine Forrest. Ich habe schrecklich viel Geld angenommen, um dich zu beschaffen. Ein weiblicher Gestaltwandler, ein seltener kleiner Wolf, und was für ein Rudelstammbaum. So beeindruckend. Du bist so ein hübsches kleines Ding, mit den vielen roten Haaren.« Er fährt mir mit den Fingern durch die Haare und lässt mich vor Ekel erschaudern. Ich kämpfe gegen den Drang an, seine Hand wegzuschlagen.

»Wusstest du, dass dein Rudel die meisten weiblichen Nachkommen gezeugt hat?«, sagt der Dämon, während er mich zum Ausgang scheucht. »Deine Mutter ist ein DNA-Jackpot – der ultimative Hauptgewinn für weibliche Wandler. Sechs Kinder und fünf davon waren weiblich, zwei davon waren Zwillingsmädchen, was völlig einzigartig ist. Beeindruckend, und dein Bruder ist ein Hellhound, genau wie dein Vater. Es ist faszinierend, was für eine würdige Jagd. Eine Schande, dass deine älteren Schwestern und dein Vater ermordet wurden. Oh, ich wünschte, ich könnte dich behalten, du würdest einen guten Beitrag zu meiner Sammlung darstellen, wenn du älter bist.« Er lacht düster und tätschelt meinen Kopf. »Aber ich habe schon eine Kurtisane ausgewählt, und die ist noch seltener als du und dazu eine solche Schönheit.« Er seufzt. »Mein Harem braucht immer neue, hübsche Konkubinen – allerdings sterben sie immer so schnell.«

Sind alle Dämonen so hochnäsig und pervers? Ich habe keine Ahnung, was eine Konkubine ist, aber aus der Art, wie er flüstert, schließe ich, dass es keine gute Sache ist, eine zu sein. Während er redet, führt er mich nach draußen – der schmuddelige Typ folgt uns.

Ich kenne die Regeln bezüglich Fremder, noch mehr aber die Regeln bezüglich Dämonen. Aber dieser Dämon hat meine Mum und meine kleine Schwester Grace. Ich würde alles für sie tun, einschließlich mich selbst zu opfern.

KAPITEL NEUN

Vierzehn Jahre zuvor

WIR GEHEN auf einen schwarzen Range Rover zu. Schmuddel Nummer zwei rennt vor und öffnet die hintere Beifahrertür des Wagens mit einer Verbeugung – was für ein komischer Kauz. Ich werde auf den Rücksitz des Fahrzeugs geschoben, und der Dämon folgt mir ins Innere. Ich sehe ihn zum ersten Mal richtig an, und er ist alt. In Menschenjahren sieht er etwa dreißig aus. Ich wette, er ist nicht älter als meine Mum. Ich weiß, dass meine Mum ihm den Arsch aufreißen wird, weil er mich entführt hat, und mein Bruder wird ihn in Brand stecken, wenn er hier ankommt.

Der Dämon hat schwarze Haare, die oben lang und an den Seiten kurz sind. Sie fallen ihm in die blaugrauen

Augen. Ich glaube, er versucht, wie ein Teenager aus einer Boyband auszusehen, aber das funktioniert nicht. Er hat hohe Wangenknochen und eine schmale Nase, und seine Lippen wirken groß und aufgeplustert, besonders die untere. Sein Kinn ist kräftig. Von dem, was ich noch in Erinnerung habe, als er hinter mir stand, ist er groß. Obwohl er nicht so groß ist wie ein Wandler, ist er größer als ein Mensch. Mum würde sagen, er sei elegant, elfenhaft. Mein Bruder würde sagen, schwach wie eine Beute. Wenn ich die Gelegenheit bekomme, werde ich ihm den Arsch aufreißen.

»Leider bin ich der Mittelsmann bei diesem Geschäft – du wurdest für einen Wucherpreis an ein Ratsmitglied verkauft. Wenn du reifer bist und dein Körper sich verändert, wirst du ihn in den Wahnsinn treiben.« Der Dämon stupst mir auf die Nase. Ich blinzle ihn an. »Es hätte mir großen Spaß gemacht, dich vor allen Wandlern zur Schau zu stellen. Es ist so aufregend, dass ein Ratsmitglied dich gekauft hat – wer weiß schon, was aus dir wird. Ich habe das Gefühl, dass du für einige Zeit in meiner Obhut sein wirst. Dann wird dein Besitzer auf einem sprichwörtlichen weißen Pferd kommen und dich retten – deshalb macht das alles so viel Spaß.« Er tippt mit den Fingern auf den Sitz zwischen uns.

»Ich habe eine Abmachung getroffen, dich zu holen. Dein Besitzer hat nichts davon gesagt, dass unsere Abmachung geheim bleiben soll.« Der Dämon gluckst und zwinkert mir zu. »Ich kann dich vielleicht nicht behalten, aber ich kann die Dinge ein bisschen aufmischen. Ich hasse Happy Ends. Also merke dir, junge Forrest, dass von jetzt an alles die Schuld deines Besitzers ist und nichts mit mir zu tun hat. Lass dich nicht von seinem hübschen Gesicht täuschen, so ein braves Mädchen.« Er tätschelt meine Wange. Ich starre ihn an. Ich wünschte, er würde aufhören, mich anzufassen.

Ein Ratsmitglied hat mich gekauft? Ich verstehe nicht, was er meint. Damit muss ich mich später auseinandersetzen und mit meiner Mum darüber reden. Ich bin eine Wandlerin, kein Mars-Riegel. Dieser Dämon ist merkwürdig.

Ich hebe mein Kinn und schaue ihm direkt in die Augen, um zu zeigen, dass ich es ernst meine. »Meine Mum und meine Schwester, du lässt sie gehen, jetzt, da ich bei dir im Auto sitze. Ruf deine Männer an und lass bitte mein Rudel gehen.« Ich weiß, dass er nichts dergleichen gesagt hat, aber vielleicht kann ich ihn dazu bringen, sie gehen zu lassen – einen Versuch ist es wert. Vielleicht will er nur mich. Wenn das der Fall ist, kann ich ihn dazu bringen, das Richtige zu tun. »Ich habe getan, was du wolltest – jetzt lass sie gehen!«

Er neigt seinen Kopf zur Seite und sieht mich an, als wäre ich dumm. Seine Hand hebt sich und er tippt mit den Fingern an seinen Mund. Einmal, zweimal, während er seine geschwollenen Lippen zusammenpresst.

»Nein«, ist seine Antwort. Ich will ihm widersprechen, aber der Blick in seinen Augen hält mich davon ab. Stattdessen drehe ich mich um und schaue aus dem Fenster. Seine blaugrauen Augen haben sich schwarz gefärbt, vollständig, wahnsinnig schwarz. Ein urgewaltiger Schauer läuft mir über den Rücken und ich gebe mein Bestes, um das blanke Entsetzen zu unterdrücken. Mir wird klar, dass ich dem Dämon heute nicht den Arsch aufreißen werde.

Die Wahrheit ist, dass es selbst meiner *Mum* schwerfallen würde, ihn zu verletzen. Er ist nicht nur ein Dämon – er ist ein Dämon der ersten Stufe. Mir wird plötzlich vollkommen klar, dass wir alle so gut wie tot sind.

Mit geradem Rückgrat hocke ich auf der Kante des Sitzes und schaue aus dem Auto. Ich will nicht weinen; ich will keine Schwäche zeigen. Das wäre ein Sieg für ihn. Ich mag neun Jahre alt sein, aber ich bin stur, und egal wie lange ich noch zu leben habe, ich werde es mit erhobenem Kopf tun. Mutig zu sein, bedeutet nicht, keine Angst zu haben; es bedeutet, eine Scheißangst zu haben und das Beängstigende trotzdem zu tun. Das Richtige zu tun. Wenn ich mein Rudel beschützen kann, werde ich es tun.

Sei mutig.

»Fragst du dich nicht, wie ich dich gefunden habe?« Nein, ich will nicht wissen, wie ich es verbockt habe. Ich beobachte den Dämon aus den Augenwinkeln. »Meine Männer haben dich bis zum Hotel verfolgt, aber wir haben dich verloren. Du hast einen Duftmaskierer angelegt, was für ein schlaues kleines Wölfchen du doch bist. Deshalb wollte ich dich umso mehr finden. Deine Mutter war genauso trickreich. Puff, weg war sie«, er wackelt mit den Fingern, »komplett verschwunden. Aber dein Stiefvater Dave ... mein Gott, der war zu einfach.« Der Dämon gibt ein tadelndes Geräusch von sich. »Mit der Hälfte seiner DNA ist es kein Wunder, dass Grace nicht gut genug für meine Sammlung ist.« Ich drehe meinen Kopf und sehe ihn an. »Was für eine schreckliche, wehleidige Kreatur Dave doch ist.« Er gluckst. »Ich habe ihn nicht einmal angefasst.« Er zuckt mit den Schultern, zeigt mir seine Handflächen und wackelt mit den Fingern, während er einen Schmollmund macht. »Er hat gequiekt wie ein Schwein. Sein Leben, das Leben seiner Tochter für das deiner Mutter. Für dich.« Er zieht eine Augenbraue hoch und setzt ein gespieltes trauriges Gesicht auf. »Solch eine Fülle von Informationen, so schnell hat er mir gesagt, wo er deine Mutter treffen wollte. Er hat mir so schnell eure Protokolle verraten und wie ich euch finden kann – er hat sogar eure Bodyguards zurückgerufen. Deshalb warst du auf dich allein gestellt.« Er schüttelt spöttisch den Kopf. Seine Augen funkeln und haben endlich wieder ihre ursprüngliche Farbe angenommen. »Ich kann nicht glauben, dass deine Mutter einen so schwachen Gefährten gewählt hat, besonders nach deinem Vater. Deshalb wirst du in meiner Obhut sicherer sein, meine liebe Forrest. Diese schwachsinnigen Wölfe haben dich nicht verdient.« Er pikst mir ins Bein.

Ich möchte ihn anschreien, dass das nicht wahr ist, dass er lügt. Ich weiß, dass man Dämonen nachsagt, dass sie Dinge verdrehen. Aber wenn ich ganz ehrlich bin, klingt es, als würde er die Wahrheit sagen.

Ich nenne meinen Stiefvater nicht umsonst »Dummkopf Dave«.

»Und nun bist du da, ein neunjähriges Kind, ganz allein mit dem Feind, kein Wehklagen, kein Weinen, nur ein stolzes kleines Kinn, das hochgehalten wird, und die einzige Forderung, dein Rudel freizulassen. Mit dieser Einstellung könntest du die Welt beherrschen, junge Forrest ... ja, du bist sehr faszinierend. Ich glaube, ich werde dich behalten.« Er nickt, beugt sich schnell vor und tippt mir wieder auf die Nasenspitze. Sein strahlendes Lächeln bringt mich dazu, kotzen zu wollen.

Ich werde in ein Lagerhaus geschleppt, Schmuddel eins und zwei halten mich zwischen sich fest. Schmuddel eins quetscht mir schmerzhaft den Oberarm, wahrscheinlich aus Rache für den Schlag in die Eier und die Kehle. Der Dämon stolziert vor uns her.

»Ein Wiedersehen mit dem Rudel, wie schön.« Ich kann nicht um ihn herum sehen – etwas, wofür ich ihm ewig dankbar sein werde. Blut, Schweiß und ein seltsam süßlicher, muffiger Duft, den ich nicht zuordnen kann, steigen mir in die Nase. Zusammen mit dem Gestank von Dämonen und Menschen riecht der ganze Ort, als wäre ich in der Hölle gelandet.

Ich muss würgen. Ein integrierter Alarm in meinem Kopf dreht durch und meine Instinkte schreien mir zu, dass ich weglaufen soll.

»Aber, aber, meine Herren, so etwas sollten wir mit unserem reizenden Gast doch nicht machen. Zieh deine Hose hoch. So ist brav, Bursche.« Der Dämon gluckst, schüttelt amüsiert den Kopf und wedelt mit dem Finger vor mir, während er sich umdreht. »Sieh mal, Forrest, was deine Ungezogenheit angerichtet hat. Deine arme Mutter musste alle meine Männer unterhalten, während du am Flughafen herumgerannt bist. Was bist du doch für ein böses kleines Mädchen.« Er geht weg, und zum ersten Mal sehe ich meine Mum.

Sie liegt auf Händen und Knien auf dem schmutzigen Betonboden. Sie hat Blut im Gesicht, ihre Lippe ist aufge-platzt und zwischen ihren Beinen klebt Blut. Ich verstehe nicht, warum sie keine Kleidung trägt. Vielleicht will sie sich in ihre Wolfsgestalt wandeln, um sich zu heilen? Das ist der einzige Grund, den ich mir vorstellen kann, warum sie nackt sein sollte. Tränen füllen meine Augen. Ich kann meine kleine Schwester weinen hören.

Ich schaue mich hektisch nach Grace um. Sie kämpft mit ihrem Dad und versucht verzweifelt, zu unserer Mum zu gelangen. Sie schlüpft aus ihrem Mantel, lässt ihn in dem Griff ihres Vaters zurück und rennt mit einer Geschwindigkeit, die nur ein Kleinkind erreichen kann, durch das Gebäude. Niemand hält sie auf, als sie sich in die Arme meiner Mum stürzt. Wenn ich nicht zurückgehalten werden würde, würde ich dasselbe tun. Ich beobachte, wie meine Mum Grace an ihre Brust drückt, und höre, wie sie Grace sagt, wie sehr sie sie liebt.

Meine Mum schaut auf und sieht mir in die Augen. Sie schenkt mir ein tränenüberströmtes, aber entschlossenes Lächeln. »Ich liebe dich so sehr, Forrest. Du hast dich an unseren Plan gehalten ... Ich bin so stolz auf dich – du bist ein so tapferes Mädchen gewesen. Ich möchte, dass du noch ein bisschen länger tapfer bist. Kannst du das für mich tun?« Ich nicke. Die Tränen, die ich mühsam zurückgehalten habe, laufen mir jetzt über das Gesicht. Ich schlucke einen Schluchzer runter. »Es tut mir so leid, dass ich euch nicht beschützen konnte«, sagt meine Mum. Die Verzweiflung in ihren Augen bricht mir fast das Herz.

Sie nickt bedeutungsvoll.

Ich weiß, was meine Mum von mir will. Mein Herz hämmert in meinen Ohren und es fällt mir schwer zu atmen, weil ich einen Kloß im Hals habe.

Mein Kapuzenpulli hat Plastikknebel an den Enden der Kordeln, mit denen die Kapuze zugezogen wird. Die Knebel haben die Form eines Kegels und sind der perfekte Ort, um eine Zaubertrankkugel zu verstecken.

»Ich liebe dich auch«, flüstere ich. Der Kloß in meinem Hals macht es mir schwer zu sprechen.

Alles, was danach kommt, passiert so schnell. Und doch kommt es mir wie eine Ewigkeit vor, als ich sehe, wie meine Mum Grace' Gesicht in ihre Hände nimmt. Sie lächelt auf Grace herab und wischt ihr mit den Daumen die Tränen von den Pausbäckchen. Mum streicht Grace sanft die blonden Haare, die so perfekt zu ihren eigenen passen, aus dem Gesicht. Sie beugt sich herunter und küsst meine kleine Schwester sanft auf die Stirn.

Von einem Atemzug zum nächsten dreht meine Mum Grace' Kopf ruckartig zur Seite und bricht ihr das Genick.

Meine kleine Schwester kippt tot in die Arme meiner Mum.

Der Schmerzensschrei meiner Mum ist eisig, während sie Grace mit zitternden Händen an ihre Brust drückt. Mit einem traurigen Blick in meine Richtung wandeln sich die Finger der rechten Hand meiner Mum in Klauen und mit einer schnellen, präzisen Bewegung schlitzt sich Mum die Kehle auf.

Die beiden Männer lassen mich los und stürmen auf meine Mum und Grace zu.

Manchmal ist der letzte Zug, den du machen kannst, dich endgültig aus den Händen deines Feindes zu befreien. Mit einem entschlossenen Schluchzen stecke ich mir den Knebel mit der Giftkugel in den Mund und beiße zu.

Auf einen Finger.

Der Dämon hat mir seinen Finger in den Mund geschoben.

Mit der freien Hand schlägt er mir auf den Hinterkopf; die Giftkugel fällt auf den Boden und zerschellt. Nutzlos.

»Ungezogenes Hündchen!«, schimpft der Dämon. Er behält seinen Finger in meinem Mund und seine andere Hand schlängelt sich um meine Kehle. Er zieht mich an seine Brust und hindert mich daran, mich zu bewegen. Frustriert schüttelt er mich ein wenig.

»Tja, das habe ich nicht kommen sehen«, sagt er leise. Dann knurrt er noch lauter die Dämonen und Menschen im Raum an. »Ihr müsst sie gebrochen haben, ihr verfluchten Idioten! Dave.« Er richtet seine Wut gegen meinen Stiefvater und zerrt mich herum, damit ich ihn ansehe. Sein Finger ist immer noch in meinem Mund und gräbt sich in meine Wange. »Ich habe zwei Weibchen weniger. Was hast du dazu zu sagen?«

Dave, mein Stiefvater, ist auf den Knien und umarmt Grace' Mantel. Er schüttelt entsetzt den Kopf und wendet seinen Blick nicht von den zusammengesunkenen Körpern ab.

Meine Mum hat Dave nicht ein einziges Mal angesehen, denke ich wie betäubt. Sie hat ihm nie gesagt, dass sie ihn liebt.

Mein Verdacht bestätigt sich, als Dave sagt: »Du solltest nur Forrest mitnehmen. Nicht mein kleines Mädchen. Wir hatten eine Abmachung, du solltest Forrest mitnehmen, aber nicht meine Grace, nicht meine Grace.« Er wiegt sich vor und zurück und streichelt den Mantel in seinen Händen. Sein Gesichtsausdruck ist geprägt von Qualen.

Das ist alles Daves Schuld – meine Mum, meine Schwester, alles ist seine Schuld.

Endlich hebt Dave seinen Blick von der kleinen pinken Jacke. »Wir hatten eine Abmachung!«, schreit er.

Ich spüre, wie der Dämon mit den Schultern zuckt. »Ich habe sie nicht umgebracht.« Er wedelt mit einer Hand in Richtung Dave. »Jemand soll ihn zum Schweigen bringen. Tötet den nutzlosen Wichser, er geht mir auf die Nerven.«

Ich wackle in den Armen des Dämons. Meine Knie werden schwach, als die Männer Dave umzingeln. Sein Geschrei verstummt abrupt mit einem nass klingenden Gurgeln.

Alles trifft mich auf einmal. Ich habe versagt. Ich habe meine Mum enttäuscht. Sie würde so wütend auf mich sein.

Etwas in mir bricht auseinander, und mein Körper fängt an zu zittern.

Ich will nicht mehr hier sein.

Ich will nicht mehr hier sein, wiederholt sich immer wieder in meinem Kopf.

Magie durchflutet meinen Körper und ich lasse mich von dem Gefühl mitreißen. Ich stürze mich in meine Magie.

Ich flüchte in die Dunkelheit.

»Ach, verdammt noch mal«, höre ich den Dämon schreien, und dann nichts mehr.

KAPITEL ZEHN

Johns Stimme dringt zu mir durch, als er seinen Bericht fortsetzt, was mich aus den Schrecken meiner Vergangenheit reißt. Ich vergrabe sie wieder in meinem Kopf in einer Kiste mit der Aufschrift: *Auf keinen Fall anfassen, verdammt!*.

Ich fahre mir zittrig mit der Hand durch die Haare und versuche, meine Angst vor den schrecklichen Erinnerungen zu unterdrücken. An meiner anderen Hand ist ein Finger geschwollen und rot. Ich habe den Faden der Decke darum gewickelt und so die Durchblutung abgeschnitten. Ich starre den Finger fasziniert an.

»Forrest hat sich extrem früh gewandelt, wie ihr sehen könnt. Obwohl sie erst neun Jahre alt war, hat sie es auf beeindruckende Weise geschafft, zwei Menschen und einen Dämon niederen Ranges zu töten, bevor sie sie unter

Kontrolle bringen konnten, indem sie sie bewusstlos geschlagen haben.« Ich hebe den Kopf, und während John spricht, wird das 3D-Überwachungsvideo abgespielt. Mein Mund klappt vor Schreck auf, während ich es mir ansehe.

Ich sehe, wie ich drei der Verbrecher angreife. Ich habe sie getötet, oder mein Unterbewusstsein, das meinen Wolf steuert, hat sie getötet, was eigentlich beunruhigend sein müsste. Aber diese Männer haben meiner Mum wehgetan und ich habe es geschafft, ein kleines bisschen Gerechtigkeit zu erlangen.

Ich hatte keine Ahnung, dass ich das getan habe. Um zu entkommen, zog ich mich in mich selbst zurück und überließ dem Wolf die Kontrolle. Die erste Wandlung war für mich wegen des ganzen Traumas komplett vergessen. Ich nahm an, dass ich bewusstlos geschlagen wurde. Wenn ich mir die Beweise ansehe, muss ich mir eingestehen, dass ich vielleicht für eine Weile verwildert war.

Ich bin eine Killerin, eine Mörderin. Der wütende Teil von mir freut sich, er ist begeistert. Ich möchte vor lauter unangemessener Aufregung auf meinem Platz herumhüpfen – was für ein Badass.

»Wo hat sie dem Dämon hingebissen? Hat sie ihm in den ...«, fragt einer der Hellhounds hinter mir, und in seiner Stimme liegt blankes Entsetzen. O ja, das habe ich. In meinem Kopf ertönt Billie Eilishs Lied *Bad Guy*. Ha, das ist fantastisch für mein Selbstvertrauen – zu sehen, dass ich als Wolf gar nicht so sanftmütig, so erbärmlich angefangen habe.

»Ja, verfluchte Scheiße, so sieht es aus.«

Ich werfe einen Blick nach hinten zu den Hellhounds. Einer von ihnen nickt mir zustimmend zu, während der andere sich unbewusst bedeckt hält. Ich schnaube. Nanny-Hound gibt mir einen kleinen Stupser, damit ich mich wieder umdrehe. Ich bin so ein Badass, dass ich sogar Hellhounds verängstige. Ich summe.

John spricht weiter über die gesammelten Beweise und die Details über den Dämon, der als Vermittler fungiert hat. Er erklärt auch, dass ich eine weitere Woche festgehalten wurde, und berichtet von der Rettung.

Alles um diese Zeit herum ist verschwommen. Ich war in einem schrecklichen Zustand, nicht nur körperlich, sondern auch im Kopf. Ich war ein Wrack.

John überfliegt den Raum und vergewissert sich, dass er die Aufmerksamkeit aller hat. Dann richtet er sein Augenmerk auf das Rudel. Zum ersten Mal an diesem Abend, seit ich mich auf diesen Sessel gesetzt habe, zwinge ich mich, sie anzuschauen. Ich bin ihnen aus dem Weg gegangen. Sie machen mir eine Scheißangst.

Es muss sehr schwer gewesen sein, den unwiderlegbaren Beweis zu sehen und zu hören, dass Dave, ihr Vater, ein Feigling gewesen war. Von einem Dämon gefangen genommen, hatte er die Aufenthaltsorte von drei weiblichen Rudelmitgliedern verraten, von denen zwei schutzbedürftige Kinder waren. Die Seltenheit von weiblichen Wandlern macht dieses Verbrechen besonders abscheulich.

Besonders Vincent hatte seinen Vater als den ultimativen Helden aufgebaut. Im Laufe der Jahre hat er den Dave seiner Erinnerung zu jemandem gemacht, der er nie gewesen ist.

Beth liegt schluchzend in Harrys Armen. Jason steht regungslos da, sein Gesicht ist ausdruckslos. Vincent macht sich nicht die Mühe, seine Gefährtin zu trösten, sondern tritt vor, die Arme herausfordernd weit geöffnet.

»Ist das ein Scherz? Das ist es also, was du zu verbergen hattest, John? Deine Schlampe von Mutter hat Grace das Genick gebrochen wie einen Zweig.« Er schnippt mit den Fingern. Ich zucke bei dem Geräusch und den Bildern, die mir durch den Kopf schießen. »Sie war was, über tausend Jahre alt, konnte nicht mit ein bisschen grobem Sex umgehen, also hat sie sich selbst geköpft«, knurrt Vincent. »Du hast gehört, was mein Vater gesagt hat – er hatte eine Abmachung, Grace zu beschützen. Diese verrückte Schlampe hätte sie nicht umbringen müssen. Ich sehe ganz genau, was du hier tust. Du ziehst den Namen meines Vaters in den Dreck, um dieses Ding zu schützen?« Er zeigt auf mich und ich kann nicht anders, als zusammenzuzucken. Ich wünschte, er würde damit aufhören. »Willst du mich verdammt noch mal verarschen? Dieser ganze manipulative Scheiß von heute, mit dem Wissen, was diese durchgeknallte Schlampe getan hat, lässt mich wünschen, ich hätte ihrem Köter von Tochter mehr Schmerzen zugefügt. Willst du, dass ich vor Schuldgefühlen heule?« Vincents hasserfüllte braune Augen sind auf meine gerichtet, sein Finger zeigt immer noch auf mich. »Fick dich! Wenn du das Ding mit mir allein in einem Raum lässt, werde ich die Arbeit beenden, die ich schon vor Jahren hätte tun sollen. Du hast das Recht abgetreten, als du es vor meiner Tür abgeladen hast.« Vincent spuckt auf den Boden. Seine wütenden Augen verlassen meine nicht. Er hebt seine Lippe, zeigt mir seine Zähne und grinst mich an. Nanny-Hound knurrt hinter mir. Ich spüre, wie er einen Schritt näher kommt.

John stößt ein düsteres Lachen aus. »Das ist Forrests Tür, Vincent. Nicht deine Tür.«

»Was?« Vincents Kopf weicht vor Schreck über Johns leise Antwort ein wenig zurück und sein ausgestreckter Arm sinkt.

»Das Haus, das Grundstück und das Geld gehören Forrest. Es war schon immer in Forrests Namen. Alles gehörte unserer Mutter, nicht dem Rudel. Sie hat es an ihre einzige überlebende Tochter vererbt.«

Vincent knirscht ein wenig mit den Zähnen und etwas, das wie eine Flamme aussieht, leuchtet in Johns Augen und lässt sie rot glühen. Die Hellhounds hinter mir bewegen sich ein wenig unbehaglich und machen sich bereit, einzuspringen und John aufzuhalten, falls er die Kontrolle verliert.

»Lass mich das klarstellen. Wenn du oder irgendjemand anders meine Schwester noch einmal *es* nennt, bringe ich ihn um, und zwar ganz langsam.« Er stellt Augenkontakt mit jedem Mitglied des Rudels her. Keiner von ihnen kann ihm in die Augen sehen, geschweige denn seinem Blick standhalten. Beth vergräbt ihr Gesicht in Harrys Brust. »Also, Jason, hast du noch etwas hinzuzufügen?«, fragt John den sonst so schweigsamen, unheimlichen Wandler.

Jason sieht mich an, seine dunklen Augen sind emotionslos. Der tote Ausdruck in seinen Augen schreit *Vergeltung*. Ich wende meinen Blick ab und fummle an der Decke herum; ich ziehe sie höher und schiebe sie unter mein Kinn.

Ich will nicht in diesem Raum sein. Warum können sie das hier nicht ohne mich machen? Jason wird nicht die

Fassung verlieren und schreien wie Vincent, obwohl er Vincents Marionette ist, sein Schatten. Jason hat immer die volle Kontrolle. Sadistische Kontrolle.

Wie erwartet schüttelt er den Kopf.

»Also dann, solange ihr keine abfälligen Bemerkungen über meine Schwester macht, wird heute Abend keiner von euch sterben. Was ihr tun werdet, ist, zu gehen. Ihr seid in diesem Haus nicht mehr willkommen.« Vincent will protestieren, aber John winkt ab. Johns Stimme wird leiser. »Ich bringe euch alle um, wenn ihr nicht das Maul haltet.« Eine Rauchwolke kommt aus seinem Mund – ähnlich wie heißer Atem an einem kalten Tag. Ich puste ein wenig Luft aus – nein, der Raum ist warm. Das ist Johns Feuermagie, so aufgeheizt ist er. »Ihr habt dreißig Minuten Zeit, um eure Sachen zu packen. Nehmt eine Tasche mit dem Nötigsten mit – nur eine Tasche. Die Rudelkonten sind eingefroren, also macht euch gar nicht erst die Mühe, eure Autos mitzunehmen. Ihr werdet hiermit wegen Verbrechen an einem reinrassigen weiblichen Wandler aus unserer Gesellschaft verbannt. Alle, die dem zustimmen ...«

Die beiden Ratsmitglieder treten nun vor. Sie sind so still gewesen, dass ich sie vergessen habe. Was dumm ist – man sollte den Rat niemals ignorieren. Der größere der beiden Männer, ein goldblonder Katzenwandler, nickt. »Als Zeuge des Rates stimme ich zu.«

»Als Ratsmitglied finde ich, dass das Urteil zu milde ist. Ich wäre nicht gegen ein Todesurteil. Aber da das meine persönliche Meinung ist, werde ich heute als Zeuge fungieren und stimme ebenfalls zu«, sagt der kleinere der beiden Männer. Ich glaube, er ist ein Bärenwandler. Er starrt das Rudel an. John nickt zustimmend.

»Harry, du bleibst hier. Beth, wenn du deine Optionen besprechen willst, kannst du das jetzt mit mir tun. Du musst nicht bei deinem Gefährten bleiben. Da du ein Mensch bist, habe ich die Mittel, um dir zu helfen. Verbannung bedeutet ein hartes Leben, auf das du nicht vorbereitet bist.«

Beth nickt leicht. Immer noch in Harrys Armen stehend, sagt sie leise: »Vinny hat mich immer wieder belogen.« Mit einem Blick auf ihren Gefährten fährt sie ruhig fort: »Du hast mir so viele schreckliche Dinge über Forrest erzählt, die nicht wahr sind. Seit diesem Treffen heute weiß ich, dass das alles nie passiert ist.« Sie zeigt auf den Boden, wo Vincent gestanden hat. »Gerade eben musste ich mir anhören, wie du Vergewaltigung mit ein bisschen grobem Sex gleichsetzt und verharmlost.« Beth schüttelt den Kopf, ihre haselnussbraunen Augen sind anklagend und voller Enttäuschung. »Was stimmt denn nicht mit dir, Vincent? Wenn ich in dieser Situation wäre, würdest du von mir erwarten, dass ich mich zurücklehne und an England denke?« Ihre Stimme versagt und sie fängt wieder an zu weinen. »Ich habe acht Jahre in diesem Haus verbracht und habe deine Grausamkeiten mit angesehen. Ich habe nichts getan, gar nichts.« Beth bohrt einen Finger in ihre eigene Brust. »Ich hätte mehr tun können, ich hätte mehr tun müssen. Ich allein bin für mein Nichtstun verantwortlich. Ich werde mir nie verzeihen, und ich werde dir nie verzeihen, Vincent. Darf ich?«, fragt sie John und nickt in meine Richtung. John signalisiert mit einer Handbewegung, dass er es erlaubt. Beth löst sich aus Harrys Armen, dreht sich um und macht ein paar kleine Schritte auf mich zu. Ihre Augen und ihre Nase sind rot vom Weinen. »Forrest, es tut mir leid.« Eine weitere Träne kullert über ihre Wange und ihre Lippen zittern. Ich ziehe meine Hand unter der Decke hervor und mache mit Daumen und Zeigefinger ein wackeliges Okay-Zeichen. Beth stößt ein kleines Schluchz-Lachen aus.

»Okay«, flüstert sie zurück.

»Du verlässt mich?«, sagt Vincent ungläubig und sein Gesicht läuft rot an. Beth guckt ihn an und blinzelt schnell. Nervös weicht sie zurück. Nachdem sie wieder in Harrys Arme gelaufen ist, nickt sie. »Unglaublich, verfickt noch mal.« Knurrend dreht sich Vincent weg, seine Schultern und Arme sind angespannt. Seine Hände rollen sich zu Fäusten zusammen. Wären die Hunde nicht im Raum, würde er bestimmt gegen die Wand oder gegen mich, seinen Lieblingsboxsack, schlagen. Ich kann seine Wut spüren, seinen Zorn riechen.

Mein Blick flackert besorgt von Vincent zu Beth. Ich bin um Beths Sicherheit besorgt.

Trotzdem lasse ich mich wie ein Feigling in den Sessel sinken und versuche, mich kleiner zu machen.

»Hunde, bitte eskortiert diese abtrünnigen Wandler. Abtrünnige, ihr habt noch sechsundzwanzig Minuten Zeit«, sagt John abwimmelnd.

Vincent taumelt mit Hilfe eines Hundes, der ihn von hinten schubst, zur Tür. Eine sichtbare Ader pocht in seinem Nacken und als er an meinem Sessel vorbeikommt, verkrampft sich sein Körper. Ich kauere mich unter die flauschige Decke und versuche, mich unsichtbar zu machen. Vincent fletscht seine Zähne nach mir.

Zwischen einem Atemzug und dem nächsten brüllt er und stürzt sich auf mich.

Alles verlangsamt sich ...

Ich wimmere vor Angst.

Meine Hände haben sich in der Decke verheddert. Ich kriege sie nicht mehr raus. O mein Gott, ich kriege sie nicht rechtzeitig raus, ich kann mein Gesicht nicht schützen. Ich zucke zusammen und kneife meine Augen fest zu.

Warme Flüssigkeit spritzt auf mein Gesicht und meinen Hals.

Ich atme zittrig ein. Der süße, metallische Duft von Blut steigt mir in die Nase.

Kein Schmerz.

Langsam öffne ich meine Augen.

Ich blinzle, meine Wimpern sind schwer.

Nanny-Hound steht über mir, Vincent steht über mir.

Ein Messer steckt in Vincents Hals. Vincents Augen sind weit aufgerissen. Er schnappt nach Luft.

Meine Augen weiten sich und meine Gedanken überschlagen sich. Wie erstarrt höre ich, wie Vincent gurgelt und würgt; sein Atem geht in ein Röcheln über.

Ich schnaufe. Ich bekomme nicht genug Luft in meine Lunge.

John schleicht sich in mein Blickfeld. Lässig stellt er sich neben Vincent. Sein Kopf neigt sich zur Seite und er nimmt die Situation auf.

John lächelt.

Ich bin froh, dass dieses albtraumhafte Lächeln nicht auf mich gerichtet ist.

Im Hintergrund höre ich Beth schreien, aber ich konzentriere mich ausschließlich auf die Szene vor mir. Ich wage es nicht, meine Augen zu bewegen. Es ist, als ob alles um uns herum verstummt, als ob die ganze Welt zu einer kleinen Blase, die uns einschließt, zusammengeschrumpft wäre.

John packt Vincents Arm und hält den blutenden Wandler hoch, als seine Beine einzuknicken drohen. »Du hast doch nicht gedacht, dass ich dich am Leben lasse, oder, Vincent?«, flüstert John mit demselben Lächeln auf den Lippen; seine Augen tanzen vor kranker Belustigung. Ich kann nicht atmen.

Nanny-Hound lässt die Klinge los. Ich sitze wie erstarrt da und wage es nicht, mich zu bewegen. Es ist makaber, die Klinge aus Vincents Hals ragen zu sehen. Blut fließt aus der Wunde.

Vincents Blut kühlt auf meinem Gesicht, meinen Lippen und tropft von meinen Wimpern.

»Ich wollte sehen, wie du alles verlierst. Sehen, wie du dein völliges Versagen erkennst. Bevor ich dir dein erbärmliches Leben nehme.« John schnippt gegen die Klinge; Vincent stöhnt. »Was für ein Wandler, der Selbstachtung hat, macht sich einen Spaß daraus, kleine Mädchen zu verletzen? Dachtest du, das würde uns beeindrucken?« Er lacht höhnisch. »Danke, dass du es mir leicht gemacht hast.« Wieder kommt ein schreckliches Keuchen aus Vincent heraus. Ich glaube, er erstickt an seinem Blut. John lässt seinen Arm los und packt Vincent grob von hinten an seinem Hemd. Er tritt Vincent die Beine unter dem Körper weg, und mein Stiefbruder fällt auf die Knie. John beugt sich hinunter und spricht in Vincents Ohr. »Guck dir das genau an – du stirbst auf den Knien wie ein Abtrünniger, während Forrest wie eine Königin über dir sitzt.« John hebt Vincents Kopf an, mit Hilfe seines Haars. Vincents braune Augen sind glasig, und Blut tropft von seinen Lippen. Ich erschaudere.

John drückt sein Knie an Vincents Seite und zieht langsam und bedächtig die Klinge aus Vincents Hals. Dann lässt John sein Hemd los und Vincent fällt mit einem dumpfen Schlag auf die Seite. Vincent strampelt und versagt – sein Atem rasselt.

Schließlich bleibt sein Körper in der Mitte einer wachsenden roten Pfütze liegen.

Stille.

Ich starre wie betäubt auf das Monster, das tot zu meinen Füßen liegt. Die Lache seines Blutes. Es ist für mich unbegreiflich, dass Vincent tot ist.

Ich war mir so sicher, dass Vincent derjenige sein würde, der mich tötet.

Was zum Teufel ist gerade passiert ...

Die Blase zerplatzt und alle Geräusche aus der Umgebung prasseln auf einmal auf mich ein, zu laut für meine Nerven – Beth weint, ihre schockierten Schreie erfüllen den Raum.

»Na super, und ich muss mich wieder um den ganzen verdammten Papierkram kümmern«, murmelt Nanny-Hound. Mit einer Handbewegung holt er ein Tuch hervor. Er beugt sich über mich und wischt mir lässig das Blut aus dem Gesicht. Ich schaue ihn ungläubig an, und er zwinkert mir zu.

Jason wird zwischen zwei Hunden eingeklemmt und zur Tür hinausgezerrt. Der furchterregende, gruselige Wandler gibt keinen Laut von sich.

Harry, der sein Gewicht ängstlich von einem Fuß auf den anderen verlagert, sieht zu, wie John über seinen toten

Bruder tritt und der wachsenden Blutlache auf dem Boden ausweicht. John schleicht auf ihn zu und beginnt zu sprechen. Es ist, als wäre das, was mit Vincent passiert ist, etwas ganz Alltägliches und Belangloses. Vielleicht ist es das für John auch. Gott, ist der unheimlich.

Johns Stimme dringt durch den Raum. »Harry, auch wenn du verbannt und als Abtrünniger eingestuft bist, bin ich sicher, dass Forrest dich nicht leiden sehen will. Wir werden uns unter vier Augen darüber unterhalten, wie meine Schwester eingesperrt und ausgehungert wurde, während du zugesehen hast.« John steht mit dem Rücken zu mir, aber ich kann Harrys erschrockenes, blasses Gesicht sehen.

Wenn Harry dessen schuldig ist, dann ist es auch John, verdammt. Heuchlerischer Bastard. Ich werde nicht zulassen, dass John ihm etwas antut. Der Feigling in mir verschwindet, und ich knurre. John wirft einen Blick über seine Schulter zu mir und ich verenge meine Augen. Er grinst, schüttelt den Kopf und dreht sich wieder zu Harry um. »Ich berücksichtige, dass du erst vierundzwanzig bist. Ich werde dir deine Habseligkeiten, einschließlich deines Autos, überlassen. Du hast bis morgen Zeit zu gehen.« Erleichtert schließt Harry die Augen und seufzt; er nickt dankend. Hoffentlich wird er meinem Bruder aus dem Weg gehen können. John wendet sich von ihm ab und beginnt mit Beth zu sprechen.

Harry schlurft auf mich zu, sein Blick huscht durch den Raum. Ohne auf seinen toten Bruder zu achten, geht er langsam in die Hocke, damit wir auf Augenhöhe sind. Nanny-Hound knurrt ihn kurz warnend an.

»Hi, Forrest. Wow, deine Haare sind pink – das ist

irgendwie cool. Ich kann nicht glauben, dass du dich zurückgewandelt hast. Ich bin so stolz auf dich. Ich kann auch nicht glauben, dass du dir die Kronjuwelen des Dämons geholt hast ...« Er erschaudert. »Ich glaube, du hast jeden Kerl im Raum in Panik versetzt.« Er lacht und dann vergeht ihm das Lächeln, als er nervös sagt: »Wenn du wieder gesund bist, könnten wir vielleicht ... ähm, ich weiß nicht, einen Kaffee trinken gehen, eine heiße Schokolade oder so, und über alles reden? Du bist immer noch meine kleine Schwester, Forrest. Ich hoffe, du weißt das.« Er reibt sich mit der Hand über das Gesicht und seine Augen sinken. »Nach dem Tod von Dad und Grace war er nicht mehr derselbe. Vincent war immer schwierig, und ich würde nicht sagen, dass er ein netter Mensch war, aber als ich aufwuchs, war er gut zu mir ...«

Harry leidet, ich beuge mich vor und schlinge meine Arme um seinen Nacken und umarme ihn. Durch die plötzliche Bewegung fällt er fast um.

Oh, wem mache ich was vor – er bewegt sich keinen Millimeter. Ich bin so winzig. Ich nicke und Harry zieht sich zurück. »Okay, also ... ähm ... wir sehen uns bald.« Er schenkt mir ein trauriges Lächeln und verlässt dann fluchtartig den Raum.

Kapitel Elf

Das Krankenhaus für Wandler ist eher ein medizinisches Boutique-Hotel als eines dieser menschlichen Krankenhäuser, die man im Fernsehen sieht. Ich schätze, es ist eher selten, dass Wandler einen medizinischen Eingriff brauchen, deshalb dieses schicke Krankenhaus. Falls es hier noch andere Patienten gibt, treffe ich sie nicht. Es gibt nur mich und eine Handvoll rotierender Spezialisten, die aus der ganzen Welt eingeflogen werden.

Ich werde im Eiltempo von einem Spezialisten zum nächsten weitergereicht, wie bei einem Wandler-Spiel von Heiße Kartoffel.

Seltsamerweise habe ich keinen dieser *Spezialisten* gesehen, als ich in Wolfsgestalt gefangen war. Erst wurde ich dem Verrotten überlassen und jetzt machen sich alle

Sorgen um meine Gesundheit? Ja, das ist ein ziemlicher Mindfuck.

Ich bin inzwischen ein Profi darin, mich hinter einer Maske zu verstecken – meine Tarnung ist *süß und unschuldig*. Sie passt perfekt zu dem kleinen, pinkhaarigen Menschen, den ich im Spiegel sehe. Nach außen hin bin ich klein, schwach und weiblich, der Underdog. Warum sollte ich diese Annahme nicht zu meinem Vorteil nutzen? Ha, *Unschuld* – der Überlebenskampf hat meine Unschuld aufgesaugt wie der trockene Boden den Regen. Jetzt spiele ich das Opfer, um keins zu sein. Ich bin eine Überlebenskünstlerin.

Seit John mich vor über einer Woche hier abgesetzt hat, war er nicht mehr bei mir. John steht unter großem Druck – die Rettung und so. Die Welt ist viel wichtiger als seine Schwester. Alle anderen zu beschützen, ist das, was John tut; es wäre egoistisch von mir zu denken, ich stünde über dem Ganzen.

Wenigstens haben mich die Jahre als Wolf unendlich viel Geduld gelehrt, und die brauche ich im Überfluss, um mit dieser Shitshow fertigzuwerden. Dieser ganze medizinische Kram ist ein Witz. Die Ärzte sagen *mir* nichts – meine Krankenakte ist Eigentum des Wandler-Rates.

Ich behalte alle Fragen, die ich habe, für mich – was man nicht weiß, macht einen nicht heiß und so weiter. In meinem Kopf pulsiert das Bedürfnis, in Ruhe gelassen zu werden, und ich sehne mich nach Normalität. Der einzige Grund, warum ich bleibe und nicht weglaufe, ist, dass mein Urinstinkt mich auffordert, meine Ängste zu überwinden und Hilfe anzunehmen. Das ist das Klügste, was ich tun kann.

Es ist eine Herausforderung, meine Wut zu verbergen, und es ist ein ständiger Kampf, die Bitterkeit zu unterdrücken. Ich muss sie herunterschlucken, davon wird mir körperlich schlecht.

Ich sitze auf einem Stuhl in einem luxuriösen Untersuchungsraum. Jodie, meine Krankenschwester, sitzt neben mir. Ihre sanften braunen Augen sind warm und beruhigend, und ihr hübsches Gesicht ist entspannt. Jodie, die eine talentierte Hexe ist, hat sich ihren Weg zu meiner Freundin erschlichen. Um unsere Freundschaft zu starten, hat Jodie mir in meiner ersten Nacht eine Kugel mit Haarentfernungszaubertrank reingeschmuggelt. Als sie mir beim Duschen half, war sie entsetzt über meine ordentliche Achselbehaarung. Ähm ... wer hätte das gedacht? Ich glaube, ich hätte sie mit einem Messer bedrohen können, und sie hätte trotzdem nicht so heftig reagiert wie auf die paar Haare. Ich schmunzle bei der Erinnerung daran. Jodie sagte mir, dass ich haarig wie ein Kätzchen sei, und belehrte mich prompt über alles, was *Frauen* betrifft, was ich prompt wieder vergaß – um ehrlich zu sein, verwirrte mich der ganze Vortrag gewaltig. Laut Jodie ist der Haarentfernungstrank fantastisch und ein Muss, da er sogar Gesichtsbehaarung entfernt. Ich hatte keine Ahnung, dass Frauen Lippen- und Kinnhaare haben, bis Jodie es mir im Detail erklärte. Oh, und meine Augenbrauen sehen gut aus, denke ich. Solange ich also keine Umkehrkugel für den Zauber nehme, werde ich für immer kahl wie ein Baby-popo sein.

Jodie ist nicht nur eine Hexe und eine Krankenschwester, sondern auch meine Logopädin. Sie ist eine dreifache Bedrohung und bisher eine fürsorgliche, talentierte Dame.

Ich bin mir nicht sicher, ob ich ihr trauen kann, und weiß nicht, auf wessen Seite sie steht, aber Jodie fasziniert mich. Hexen sind sehr beeindruckend, und soweit ich weiß, sind sie keine Kämpferinnen. Aber mit der Fähigkeit, die unglaublichste Magie zu erschaffen, müssen sie das auch nicht sein. Da Jodie und ihr Hexenzirkel mich mit verschiedenen genialen Zaubertrankkugeln bei Laune halten, hege ich eine neue Liebe für alles, was mit Hexenmagie zu tun hat.

Jodies braune Haare sind zu zwei schicken französischen Zöpfen auf beiden Seiten ihres Kopfes gestylt. Meine eigenen Haare sind zu einem niedrigen, lockeren Zopf geflochten. Ich komme damit zurecht, seit Jodie einen menschlichen Friseur reingeschmuggelt hat, um meine oberschenkellange Mähne auf eine handlichere Länge bis zur Mitte des Rückens zu schneiden. Der Friseur war begeistert von der hellpinken Farbe; er liebt sie.

Mein natürliches Rot hat sich nicht gemeldet, und ich kann die Farbe auch nicht ändern – Wandler färben ihre Haare nicht. Wir können es, schätze ich, aber ich glaube, das ist reine Zeitverschwendung. Zum Zauber des Wandelns gehört nämlich, dass die künstliche Haarfarbe verschwindet, wenn wir in unsere menschliche Gestalt zurückkehren – genauso wie Make-up und sogar normale Tattoos. Alles regeneriert sich durch die Wandlung – deshalb leben Wandler so lange.

Jodies rosafarbener Kittel raschelt, als sie mir einen doppelten Daumen nach oben zeigt, und ihr voller Mund verzieht sich zu einem breiten Grinsen. Ich rümpfe die Nase über ihre Mätzchen und wende meine Aufmerksamkeit wieder dem Arzt des heutigen Nachmittags zu, Doktor

Gregory, einem Katzenwandler. Mit seinem Tablet in der Hand liest er meine Notizen mit einem beunruhigenden Funkeln in den Augen. Doktor G hebt seinen Blick von dem Gerät und lächelt mich an.

Ich lächle nicht zurück. Stattdessen beobachte ich ihn misstrauisch. Ich will nicht unhöflich zu dem netten Arzt sein, aber er ist auf die Gynäkologie von Wandlern spezialisiert. Ich forme mit meinem Mund die Worte *Vagina-Doktor*, gefolgt von einem Schaudern am ganzen Körper und einem Verziehen der Lippen. Jodies Lächeln wird noch breiter. Ich verschränke meine Hände vor mir und lehne mich auf dem Stuhl leicht nach vorn – um besagte Vagina zu schützen.

Heute ist er an der Reihe, an mir herumzustupsen und zu stochern. Juhu ... der Drang, ihm zu sagen, dass er sich verpissen soll, ist groß. Es sind gerade mal acht Tage vergangen, und ich bin schon komplett durchgetestet. Ich fühle mich, als wäre mein Körper nicht mein eigener. Ob als Wolf oder Mensch, ich gehöre allen, nur nicht mir selbst.

Ich verbanne meine wenig hilfreichen Gefühle, setze mich auf und straffe meine Wirbelsäule, hebe mein Kinn und versuche, wenigstens wie die Erwachsene auszusehen, die ich zu sein vorgebe. Aus den Augenwinkeln sehe ich, wie Jodie zustimmend nickt. Ich nehme das als Bestätigung, dass ich das Richtige getan habe. Gott, es ist schwieriger, als ich dachte, sich wie eine normale, ausgeglichene Person zu verhalten. Ich kenne die Regeln nicht.

Ich habe es mir zur Aufgabe gemacht, die Leute um mich herum zu imitieren, in der Hoffnung, dass ich wenigstens den Anschein erwecke, zu wissen, was ich tue. All das ist schwer zu begreifen, und ich komme mir vor wie ein Kind, das aus einem schlechten Traum aufgewacht ist und für das vierzehn Jahre vergangen sind.

»Also, Forrest«, sagt Doktor Gregory und legt sein Tablet mit einem Klacken auf den gläsernen Couchtisch. Er lehnt sich nach vorn und stützt die Unterarme auf seine Nadelstreifen-Oberschenkel; er hat keine Scheu, mich zu mustern. »Der Rat ist besorgt, dass dein Fortpflanzungssystem durch deine frühere Lebenssituation beeinträchtigt worden sein könnte. Wir können dich keinen potenziellen Gefährten vorstellen, wenn du nicht zeugungsfähig bist.«

Oh, da haben wir es … dieser Scheiß kann nicht ethisch sein. Ich kämpfe darum, mein Gesicht ausdruckslos zu halten. Der Schmerz, den ich in meiner Brust spüre, droht sich in meinem Gesicht bemerkbar zu machen und mir die Maske herunterzureißen.

»Heute Nachmittag werden wir über deine Brunstzyklen sprechen. Kannst du dich erinnern, ob du deine erste Läufigkeit hattest?«

Ich lasse meinen Kopf so schnell fallen, dass mein Nacken schmerzt und ich ihm nicht mehr in die Augen sehen kann. Ich weiß, dass er ein Arzt ist, aber muss ich darüber reden? Ich traue ihm nicht, und dem Rat schon gar nicht. Ich lege meine Arme um mich.

Normalerweise werden weibliche Caniden-Wandler nach der ersten Tierwandlung im Alter zwischen achtzehn und fünfundzwanzig Jahren zum ersten Mal läufig. Wandler haben keine monatliche Menstruation wie Menschen. Zweimal im Jahr kommen wir in die Brunst. Die Brunst kann zwei bis vier Wochen dauern, und nur während dieser Zeit können wir schwanger werden. Ein regulärer Wechsel in die Tiergestalt nach dem Brunstzyklus und das ungenutzte Material der Gebärmutterschleimhaut ist weg. Die Magie ersetzt die Zellen, sodass der Körper das nicht tun muss, daher haben weibliche Wandler keine Periode – es sei denn, sie können sich aus irgendeinem Grund nicht wandeln.

Ich schlucke die saure Galle hinunter, die meinen Mund füllt. Ich wackle auf meinem Platz und schiebe meine Hände unter meine Oberschenkel, damit sie nicht zittern. Ich habe Mühe, gleichmäßig zu atmen. Verflixt noch mal, ich muss meine Wölfin stehen. Ich kann eine einfache Frage beantworten.

Ich habe mich früh gewandelt und hatte meine erste Brunst verfrüht.

Sag es ihm!

Ich atme tief und unsicher ein. Der Zitronenreiniger, den sie für den Boden benutzen, verursacht ein Jucken in meiner Nase. Die Uhr an der Wand tickt, jede Sekunde lauter als die vorherige. Ich wippe leicht vor und zurück, während ich versuche, die Worte zu formulieren. Ich benehme mich wie eine übermäßig dramatische Spinnerin.

Ich räuspere mich und sage langsam, als hätte ich es geübt: »Mit ... ungefähr ... zehn.« Meine raue Stimme knirscht. Ich schlucke. Mein Mund ist jetzt knochentrocken.

In meiner Wolfsgestalt musste ich fünf traumatische Hitzeperioden und die Blutungen danach ertragen, weil ich mich nicht wandeln konnte. Es war ein Segen und eine Erleichterung, als sie aufhörten. Ich schätze, mein Körper war zu kaputt, zu sehr von Unterernährung gezeichnet. Ich schlucke den Kloß in meinem Hals hinunter und halte meinen Blick gesenkt.

Meine Lippen zittern, und um das zu verhindern, presse ich sie mit den Zähnen zusammen.

Eine Erinnerung nagt an den Rändern meines Bewusstseins. Es muss eine schlimme Erinnerung sein – das merke ich daran, dass mir das Atmen immer schwerer fällt. Ich stopfe sie zurück in ihre Kiste zu den anderen.

Doktor G spricht, aber ich kann ihn vor lauter Herzklopfen nicht hören. Ich bewege meine Hände und halte mich an der Kante des Stuhls fest. Das Leder ist glitschig unter meinen feuchten Handflächen. Ich muss das Schaukeln stoppen.

Der Kloß in meinem Hals blockiert jetzt meine Atemwege, und ich kann nicht mehr richtig einatmen.

Was zum Teufel stimmt nicht mit mir?

Ein Geräusch von draußen schreckt mich auf und die Erinnerung trifft mich wie ein Schlag ins Gesicht. Bilderblitze überfluten meine Sinne und ich bin wieder im Käfig:

Liege ich im Sterben? Ein krampfartiger Schmerz. Sternförmige Blutstropfen treffen auf den Beton.

»Du ekliger, dreckiger Hund!« Kaltes Wasser aus dem gelben Schlauch spritzt zwischen meine Hinterbeine.

Kalt, so kalt. Ich will meine Mummy.

Das Blut vermischt sich mit dem Wasser und wirbelt, wirbelt den Abfluss hinunter.

Nein, nein, nein!

Lang vergrabene Scham schnürt mir die Kehle zu. Ich komme wieder zu mir und irgendetwas bohrt sich in meine Wirbelsäule. Es dauert ein paar Sekunden, bis ich wieder zu mir komme und merke, dass ich zwischen dem schwarzen Lederbett und der Wand eingeklemmt bin. Ich habe mich unter dem Bett zusammengerollt und drücke meine Knie an meine Brust. *Ich kann nicht atmen. Ich kann nicht atmen.* Schwarze Flecken erscheinen hinter meinen Augen. Ich blinzle schnell und versuche, meine Sicht zu klären.

Dann ist er da, ein großer schwarzer Wolf.

Das Untersuchungsbett bebt, während er auf dem Bauch näher zu mir kriecht. Er winselt mich wehmütig an, seine warmen, beseelten grauen Augen sind voller Sorge – Nanny-Hound. Ich vergrabe meine Hände in seinem Fell und lege meine Stirn an seine.

Was habe ich getan? Was habe ich getan?

Nanny-Hound stößt einen Atemzug aus und die Haare, die an meiner verschwitzten Stirn kleben, flattern. Er tut es noch einmal, atmet ein und aus, und ich zwinge mich, mit ihm zu atmen. Einatmen, ausatmen.

Es geht mir gut, es geht mir gut.

Nachdem sich mein Herzschlag beruhigt hat und ich nicht mehr zittere, wackelt Nanny-Hound rückwärts. Er packt meinen Pullover mit den Zähnen und zieht mich mit sich hinaus.

Tja, das nenne ich peinlich.

Beschämt blinzle ich zu dem schockierten Arzt und der Krankenschwester hoch. Mein Stuhl ist umgekippt, ansonsten sieht der Raum noch genauso aus wie vorher.

In Jodies braunen Augen glänzen Tränen und zwischen ihren Brauen hat sich eine besorgte Linie gebildet. Ich forme mit meinem Mund die Worte *Es tut mir leid*.

Jodie rückt ihren Kittel zurecht. Sie rümpft die Nase und sieht mich stirnrunzelnd an. »Ich habe dich nicht verstanden. Du musst das noch mal versuchen, so wie wir es geübt haben.«

Ich rolle mit den Augen, denn ich fühle mich direkt viel besser, da wir jetzt zur Routine übergegangen sind.

»Es t... t... tut mir leid«, stoße ich gehorsam hervor. Jodie schenkt mir ein strahlendes Lächeln, sinkt auf die Knie und umarmt mich tröstend.

»Ein Schritt nach dem anderen«, flüstert sie und drückt mich fest.

Nach einer Tasse Tee gelingt es mir, einem zögerlichen und abgelenkten Doktor Gregory die nötigen Informationen zu geben. Er beendet seine Sitzung ohne eine körperliche Untersuchung. Diese Entscheidung verdanke ich vor allem dem wütenden Hellhound, der sich weigert, von meiner Seite zu weichen. Nanny-Hound – dessen Namen ich endlich herausgefunden habe, ist Owen – ist wahrlich mein Held.

Der unbehagliche Doktor hat auch verraten, dass es keine Probleme mit meiner Zeugungsfähigkeit geben sollte; meine Gewichtszunahme sollte meinen Brunstzyklus und alle Fruchtbarkeitsprobleme lösen. Juhu, der Rat wird sich freuen – Stichwort Augenrollen.

KAPITEL ZWÖLF

ICH SITZE mit gekreuzten Beinen auf dem Bett in meiner Zelle. Krankenzimmer. Mit meiner neuen Diät habe ich genug zugenommen, dass es nicht mehr wehtut, ein Mensch zu sein – vor allem nicht an den spitzen Stellen wie meinen Knien, Ellbogen und meinem Po. Mit mehr Fleisch an ihnen schmerzen meine Knochen nicht mehr oder knirschen nicht mehr gegeneinander und ich sehe nicht mehr aus wie eine weibliche Version von Skeletor. Ich sehe immer noch wie ein Kind aus, aber ich habe Hoffnung. Meine Kraft hat sich rapide verbessert, und ich nutze jede Gelegenheit, nicht nur aufzustehen und zu gehen, sondern auch mich zu dehnen und flexibler zu machen.

Mein Körper passt sich an, und alles ist mir weniger befremdlich. Ich habe mich immer noch nicht an die ganze

Kein-Fell-haben-Sache gewöhnt. Mir ist immer kalt, aber im Großen und Ganzen geht es mir körperlich gut.

Außer meiner Stimme. Das Sprechen ist komplizierter als erwartet. Zuerst waren die Ärzte verwirrt, warum ich nicht sprechen kann. Es wurden viele Tests gemacht, und obwohl meine Stimmbänder beschädigt sind – sie sind völlig zerschossen –, ist das keine Erklärung für meinen Unwillen zu sprechen. Das Problem wird als psychische Störung abgetan. Emotionales Trauma. All die Jahre, in denen ich in meinem Kopf eingesperrt war, während meine innere Stimme geschrien hat, hätte ich alles dafür gegeben, sprechen zu können. Jetzt finde ich es beunruhigend, meine Stimme zu benutzen. Meine Stimme zu hören, ist extrem merkwürdig, und ich vermeide es, laut zu sprechen. Ich bin es nicht gewohnt, mich gegenüber Fremden verbal zu äußern. Wie ein Aufziehspielzeug zwinge ich mich, zu sprechen, wenn es nötig ist. Ansonsten komme ich hier nie wieder raus.

Heute Nachmittag wollen die Ärzte – der Rat –, dass ich an meiner Wandlung arbeite; sie wollen, dass ich mich wieder in meine Wolfsgestalt zurückwandle.

Ich scheiß mir in die Hose.

Ich mache mir Sorgen, dass ich mich nicht mehr zurückwandeln kann oder noch schlimmer, dass ich wieder in meiner Wolfsgestalt stecken bleibe. Die Angst ist wie ein lebendiges Wesen in mir, das mich auffrisst. Egal, was die Ärzte sagen, sie können mich nicht beruhigen, aber ich weiß, dass ich es tun muss.

Ich muss meinen Wolf stehen – Wortspiel beabsichtigt.

Ich werde sicher nicht darauf warten, dass eine Schar von Ärzten auf meine nackte menschliche Gestalt starrt und damit den Druck auf eine ohnehin schon stressige Situation noch erhöhen. Ich habe beschlossen, mich allein in meinem Zimmer zu wandeln.

Ich weiß, ich weiß, ich bin verrückt.

Ich sollte warten oder zumindest Owen um Hilfe bitten. Aber die Aufregung macht mich wahnsinnig und ich muss diese Sache hinter mich bringen. Ich stoße einen nervösen Atemzug aus, befeuchte meine Lippen, springe vom Bett und richte meine Schultern auf. Ich schaue mich unruhig um und ziehe mich aus. Ich weiß nicht, ob es besser für mich wäre, auf Händen und Knien zu sein. Aber hier zu stehen, fühlt sich richtig an.

Ich nehme einen stärkenden Atemzug.

Ich kneife die Augen zusammen und denke an meinen Wolf, mein Fell, meine Pfoten. Ich spüre ein Kribbeln am ganzen Körper. Ich lasse mich auf dieses Gefühl ein. Es ist überraschend belebend, und von einem Atemzug zum nächsten bin ich in meiner Wolfsgestalt.

Ich fühle mich, als ob ich nach Hause gekommen bin.

Ich strecke mich ein wenig. *O mein Gott, sieh sich das einer an!* Ich wackle ungläubig mit dem Hintern und mein Schwanz bewegt sich. *Wow, sieh sich das einer an!* Ich staune über meine einst lahmen Hinterbeine, die jetzt stark und sicher unter mir sind. *Kein Schmerz!* Meine Schnauze öffnet sich und meine Zunge lugt mit einem glücklichen Grinsen hervor. Ich verdrehe mich in einem engen Kreis und starre auf meine starken Beine. Fassungslos lasse ich mich auf den Boden fallen. Ich wälze mich auf den Rücken und wackle mit jeder Pfote über mir.

Wow! Die Magie hat mich repariert ... Scheiße, die Magie hat mich repariert! Ich wusste, dass es so sein würde, aber man muss es sehen, um es zu glauben, und ich bin fassungslos, überwältigt und mir ist schwindelig.

Im Hinterkopf denke ich, dass ich mich lieber zurückwandeln sollte, ansonsten könnte ich so bleiben, wie ich bin. Verdammt, es wäre viel einfacher, in Wolfsgestalt zu bleiben. Simpel. Es sei denn, sie sperren mich in einen anderen Käfig. Ich erschaudere am ganzen Körper. Schon der Gedanke daran jagt mir eine Scheißangst ein. Ich kann das Schicksal nicht herausfordern. Ich klettere auf meine Füße.

Seufzend schließe ich wieder die Augen und stelle mir mein menschliches Ich vor. Meine blassen Hände und Zehen, und erstaunlicherweise denke ich an meine pinken Haare.

Gott, was für eine Erleichterung, als ich auf meinen zwei menschlichen Füßen stehe. Ich grinse und geb mir selbst ein Fistbump. Ich hab es geschafft! Ich hab es geschafft! Ich bin eine richtige Wandlerin. Prompt breche ich in Tränen aus.

So findet mich Nanny-Hound – ein nacktes, schnoddriges Häufchen Elend.

»Forrest, geht es dir gut? Hast du ... dich gewandelt?« Meine Lippen zittern und ich nicke. »Sind das Freudentränen?« Ich wackle seltsam mit dem Kopf, nicke und schüttele gleichzeitig den Kopf. Verdammt, ich bin mir nicht sicher. »Das hättest du nicht allein tun sollen ... willst du ein Stück Kuchen?«

»Was ist los?«, fragt Jodie, als sie den Raum betritt. Sie geht um Owen herum und mustert mich von oben bis unten. Ich stehe gekrümmt und wehleidig da. Ich mache mir nicht die Mühe, mich zu bedecken.

»Forrest hat sich in einen Wolf gewandelt und fühlt sich ...«

»Warum ist sie nackt?«

»Wandler wandeln sich nackt. Kleidung wandelt nicht mit.«

»Oh, dafür habe ich einen Trank.« Jodie reibt grinsend ihre Hände aneinander.

EINE STUNDE später sitze ich im Esszimmer an einem Tisch in der Ecke, mit dem Rücken zur Wand. Ich bin direkt am Fenster, das den Blick auf den Hofgarten freigibt. Als ich ankam, hat man mir ein Schlafzimmer im Erdgeschoss mit Zugang zum gleichen Hof zugewiesen.

Die Doppeltür zur Küche schwingt auf und Karen, eine schlanke blonde Ernährungsberaterin, schlurft durch den Raum. Karen schenkt mir ein nervöses Lächeln, während sie einen Teller mit Hühnchen, Erbsen und Kartoffelpüree in der Hand hält.

Ich brumme zustimmend – da ist Bratensauce drauf.

Karen wurde eingestellt, um meine Ernährungsbedürfnisse umzusetzen. Die arme Frau hat solche Angst vor mir, ihre Sorgen wehen um sie herum und steigen mir in die Nase, sodass ich fast niesen muss. Ich wackle auf meinem Stuhl und versuche, ein beruhigendes Lächeln aufzusetzen. Die Augen des Menschen weiten sich und werden rund. Ihre Angst überflutet meine Sinne.

Ich sacke auf meinem Sitz zusammen, schmolle und schaue auf den Tisch hinunter, als Karens ganzer Körper zu zittern beginnt; eine Erbse rollt vom Teller auf den Boden. Ich rümpfe die Nase über die Erbse und wünsche ihr traurig Lebewohl. Sie mögen es nicht, wenn ich Dinge vom Boden esse. Also muss die arme Erbse dortbleiben, wo sie gelandet ist.

Karen stellt den Teller mit einem dumpfen Geräusch vor mir ab und zieht sich schnell zurück. »Okay, F-Forrest, versuche so viel wie möglich zu essen.« Ich forme mit meinem Mund die Worte *Danke* zu der zitternden Karen.

Ich lächle wieder, dieses Mal auf den Teller. Ich übe an dem Hähnchen und versuche dieses Mal, weniger Zähne zu zeigen. Im Moment ist alles eine Übung. Ich muss mein Lächeln auf die nicht enden wollende Liste setzen und vielleicht im Spiegel üben.

Unbeholfen nehme ich mein Besteck in die Hand. Es fällt mir immer noch schwer, meine Gabel zu halten; meine Hände werden für eine Weile nutzlos sein. Ich ziehe eine Grimasse, während ich mich abmühe, die Gabel zu drehen. Ich balle eine Faust und steche zu, um das Hähnchen aufzuspießen. Der Mensch quiekt und flüchtet aus dem Raum. Ich lasse die Schultern hängen und verziehe das Gesicht.

Verdammte Scheiße, warum habe ich das getan?

Owen, der mir schweigend gegenüber sitzt, stößt ein Schnauben aus. Ich schaue zu ihm hoch. Seine Augen sind in den Winkeln gerunzelt und seine Lippen zucken – er kämpft gegen ein Lachen an. Ich schneide eine Grimasse in die Richtung, in die Karen gerannt ist. Ich wollte sie nicht verängstigen.

Er nickt zu meinem Essen. »Mach dir nichts draus, iss auf.« Das muss ich mir nicht zweimal sagen lassen. Zum

Teufel, wenigstens versuche ich, die Gabel zu benutzen. Es wäre viel schneller und einfacher, wenn ich meine Hände benutzen würde – aber auch das ist nicht erlaubt.

Ich hebe das aufgespießte Hähnchen hoch und schiele fast, während ich es anstarre, bis ich das ganze Stück in meinen Mund stopfe. Ich stürze mich auf ein weiteres Stück.

Die Härchen in meinem Nacken stellen sich auf.

Der Raum ist unnatürlich still, und ich schaue auf; die wenigen Leute, die da sind, starren mich an. Was glotzen die denn so?

Ich ziehe den Teller zu mir, während ich kaue.

Owen stößt ein kleines Husten aus. »Forrest.« Ich schaue ihm in die Augen; er sieht mich stirnrunzelnd an. Ich muss wieder etwas falschgemacht haben – wenn er so ein Gesicht zieht, ist dies ein guter Indikator.

Ups, ich knurre. Ich halte inne und atme tief durch. Meine Augen huschen umher und ich vergewissere mich, dass niemand auf mein Essen starrt. »Keine Sorge, ich passe auf dich auf, niemand wird dir dein Essen wegnehmen.« Ich nicke dankend, da ich ihm vertraue, und esse weiter. Mein Knurren wird von einem fröhlichen Summen abgelöst.

Mit meiner Stichtechnik bin ich innerhalb weniger Minuten mit dem Essen fertig. Nicht schön, aber effektiv.

Owen entschuldigt sich vom Tisch. Als er aus der Küche zurückkommt, passiert die fantastischste Sache der Welt: Mein leerer Teller wird gegen ein Stück Schokoladenkuchen ausgetauscht.

Schokoladenkuchen! Ich strahle Owen mit einem Lächeln an.

Ich kann wahrhaftig Engel singen hören; das ist ein himmlischer Kuchen, und ich schwöre, dass der Kuchen leuchtet. Ich nehme einen Bissen. Meine Augen rollen in meinen Hinterkopf.

Von diesem Moment an beschließe ich, Schokoladenkuchen, Owen und ich, wir sind beste Freunde.

KAPITEL DREIZEHN

DIE FLEISCHIGE FAUST trifft mich direkt ins Gesicht. Blut füllt meinen Mund und ich knurre: »Du versuchst es ja nicht mal«, brummt Owen, das Arschloch, seine Augen verengen sich, der Schweiß tropft ihm von der Stirn.

»Ich versuche es sehr wohl!« Ich fletsche meine blutigen Zähne vor ihm und er lacht.

»Noch mal. Diesmal blocke meinen Schlag!« Er kommt wieder auf mich zu; er täuscht einen Schlag von links an. Ich realisiere das und blocke seinen Schlag von rechts. Aber ich übersehe seine linke Hand, die mich in den Magen trifft. Ich stoße einen Atemzug und ein schmerzhaftes Stöhnen aus.

Owen weicht zurück und umkreist mich. Er ist so leichtfüßig für so einen großen Kerl. »Komm schon, Kämpfen sollte für dich ganz natürlich sein. Du bist eine

Wandlerin. Block mich, schlag mich! Du kämpfst wie ein Mensch.«

Ich knurre. Ich weiche schnell zurück, als er sich auf mich stürzt, und schlage ihm mit der geschlossenen Faust gegen den Kiefer, wobei ich ihn endlich treffe. Meine Hand knackt. Owen stolpert nach hinten und für einen Moment erlaube ich mir ein wenig Stolz. Ich habe sein Gesicht berührt. Ein Hoch auf mich.

Meine bandagierte rechte Hand pocht; ich glaube, sein Gesicht hat mir den Finger gebrochen. Verdammt, ich hätte meine Handfläche benutzen sollen, um ihn zu schlagen.

Owen schlägt mich noch mal. »Hör auf, zu voreilig zu sein – mit einem Schlag ist der Kampf noch nicht vorbei.« Er sieht mich mit verengten Augen an, in seiner Stimme schwingt Frustration mit. »Wo sind die Kombinationen, die wir geübt haben? Der stärkste Teil deines Körpers sind deine Beine, wo sind deine Tritte? Komm schon, Forrest, das kannst du besser.« Owen klopft mir mit der linken Faust gegen die Schulter; ich stemme mich dagegen, damit ich nicht umkippe. »Heute, mit mir, hast du es leicht. Das wird nicht immer der Fall sein. Unser Leben ist kein Zuckerschlecken. Selbst beim Sparring musst du hart kämpfen.« Wir gehen wieder aufeinander los.

Ich wackle leicht auf den Beinen. Scheiße, bin ich müde. Aber ich zwinge mich, mich zu konzentrieren. Ich achte auf seine Augen und warte auf ein Zeichen, was Owen als Nächstes tun wird. Ich blocke seine linke und dann seine rechte Faust ab, die wieder auf meinen Bauch zusteuert. Owen versucht, mir die Beine unter den Füßen wegzuziehen, und ich springe weg. Ich schlage ihm mit der linken Hand ins Gesicht und während er diese Bewegung abblockt, schlage ich ihm mit der rechten Hand an die Kehle. Er blockt beides ab. Owen sieht mein linkes Schienbein nicht kommen, als ich ihm in die Seite trete und ihn seitwärts schleudere. Danach verpasse ich ihm einen Ellbogenstoß gegen die Schläfe. Owen geht auf die Knie.

Ich grinse. Owens große Faust trifft mich in die Brust und ich finde mich flach auf der Matte wieder, unfähig zu atmen.

Ich starre keuchend an die Decke. Es dauert ein paar Minuten, bis ich wieder richtig Luft holen kann. Owen sitzt neben mir. Ich rolle meine Augen zur Seite und schaue ihn an. Seine dunkle Haut glänzt, und er sieht völlig gelassen aus. Ha, ich glänze nicht – ich bin mir sicher, dass ich so aussehe, wie ich mich fühle: ein ekelhaftes, verschwitztes Wrack.

»Das hast du besser gemacht«, sagt er mit funkelnden Augen. »Du musst dich wandeln, damit deine Hand heilen kann.« Er nickt auf meine jetzt schwellende rechte Hand. Ich stoße ein bestätigendes Grunzen aus. »Wir sehen uns heute Abend ... Filmabend?« Ich kann meinen Kopf nicht bewegen, um zu nicken; ich wackle mit dem Finger zur Bestätigung. »Sehr gut, ich möchte dich mit *Iron Man* bekannt machen«, sagt Owen über seine Schulter, als er geht. Ich kneife meine Augen zusammen. Sogar meine Haare tun weh. Ich glaube, ich habe mich heute besser geschlagen.

Es ist drei Wochen her, dass ich endlich aus dem Krankenhaus des Grauens entlassen wurde, und ich lebe mit den Hellhounds in einem Apartmentgebäude, das John gehört. Es war früher ein Hotel an der Strandpromenade, aber als es vor ein paar Jahren baufällig wurde, hatte John es gekauft und umbauen lassen.

Jetzt hat es sechzehn in sich geschlossene Wohnungen. Außerdem verfügt es über ein modernes Fitnessstudio mit einem Pool. Es ist ein schönes Gebäude. Ich wohne in einer der Penthouse-Wohnungen mit einem wunderschönen privaten Dachgarten.

Das Gebäude ist so hoch, dass es von keinem anderen überragt wird. Der Dachgarten ist perfekt. Auf der einen Seite hat man einen fantastischen Blick auf das Meer und auf der anderen Seite auf die Stadt und den Marinevergnügungspark. Auf dieser Seite des Gebäudes ist wahnsinnig viel los.

Ich ertappe mich oft dabei, wie ich draußen zusammengekauert sitze und beobachte, wie die Welt an mir vorbeizieht, während die aufgeregten Schreie des Vergnügungsparks als beruhigende Hintergrundmusik laufen. Es ist eine Bestätigung dafür, dass das Leben außerhalb meiner neuen Gefängnismauern existiert.

Das Gebäude ist magisch abgeschirmt; der Schutzwall hält Ungebetene oder Menschen mit bösen Absichten davon ab, das Gebäude zu betreten. Die Magie schreckt die Leute ab und kann sie sogar bewusstlos schocken. Wenn du nach oben schaust, kannst du das glitzernde Gold des Schutzwalls wie eine Kuppel um das ganze Gebäude sehen. Es ist wunderschön.

Wenn man mal darüber nachdenkt, wer bei klarem Verstand würde einen Ort angreifen wollen, an dem Hellhounds leben? Man müsste schon völlig verrückt sein und eine Art Todessehnsucht haben. Ich befinde mich an dem sichersten Ort, den man sich vorstellen kann.

Meine Wohnung lässt sich am besten mit ›modern fade‹ beschreiben. Die meiste Zeit verbringe ich auf dem Dach, ärgere Owen oder bin, wie jetzt, verschwitzt auf dem Boden des Fitnessstudios.

Heute Nachmittag habe ich beschlossen, dass ich mich rausschleichen werde, während Owen das tut, was er tut, wenn er mich nicht überwacht.

Ich will etwas auf eigene Faust unternehmen, einen Ausflug machen und ein paar Klamotten kaufen. Alles, was John freundlicherweise für mich besorgt hat, ist ein bisschen geschmacklos. Ich bin mir sicher, dass irgendein Personal Shopper in einem Kaufhaus viel Spaß dabei hatte, all die hübschen Outfits auszusuchen. Nicht, dass ich nicht dankbar für alles wäre – das bin ich. John hat meine schicken Klamotten fürsorglich ausgesucht. Aber ich kann den Drang nicht abschütteln, selbst zu shoppen und meinen Stil zu finden.

Wahrscheinlich werde ich in Zukunft Sachen online bestellen, sobald ich wieder mit der Technik zurechtkomme. Ich möchte nur ein paar Dinge kaufen, weil ich warten will, bis sich mein Gewicht stabilisiert hat. Ich bin immer noch untergewichtig, aber nicht mehr skelettartig. An die Stelle von Haut und Knochen sind sanfte Kurven getreten, die meinen einst ausgemergelten Körper ausgleichen. Einige Teile von mir wackeln sogar! Ich sehe aus wie eine Frau und nicht mehr wie ein Kind. Mein zartes, ultrafeminines Äußeres steht im Widerspruch zu dem, was ich in meinem Inneren bin, und meine Erscheinung ist ein krasser Gegensatz zu dem, was ich mir vorgestellt habe – keine Spur mehr von der stattlichen Wandlerin, die ich einmal sein wollte.

Wenigstens sind meine dünnen Arme etwas definierter, und ich habe gute, feste Muskeln aufgebaut.

Außerdem möchte ich die Stadt erkunden, ohne dass meine Hellhound-Kumpels mich begleiten. Der Drang zu erkunden: herauszufinden, ob es mehr in der Welt gibt, als ich bisher erfahren habe. Ich möchte die Freiheit haben, zu wählen.

Vierzehn Jahre lang war ich nicht nur eine Gefangene meines Rudels, sondern auch eine Gefangene meines Wolfes. Ich habe viele Dinge, die ich tun will, und viel Zeit, die ich nachholen muss; mein Leben wird nicht darin bestehen, mich hinter Bodyguards oder dem Diktat des verflixten Rates zu verstecken. Ich habe Angst, dass ich nie lernen werde, zu leben, wenn ich mir nicht in irgendeiner Form einen Hauch von Freiheit verschaffe. Es ist leicht, anderen zu erlauben, mein Leben zu diktieren. Aber wie kann ich wachsen, wenn meine Träume nicht in den Boden gepflanzt sind? Wie kann ich wachsen, wenn ich keine menschlichen Erfahrungen und keine Fehler mache?

Das Sicherheitsrisiko für meine Person ist gering, denke ich.

Nanny-Hound wird mir trotzdem eine Standpauke halten, wenn er herausfindet, dass ich das Gebäude allein verlassen habe. Zu meiner Verteidigung, ich habe nicht nur am Laufen und Sprechen gearbeitet, sondern auch die letzten Wochen mit Owen und den anderen Hellhounds ein Kampftraining absolviert. Das Kampftraining hat mir sehr geholfen, meine Koordination und Fitness zu verbessern. Ich bin zwar noch nicht so gut und auch nicht auf dem Niveau, das ich als Kind hatte. Aber ich kann auf mich aufpassen. Meine Mum bestand auf Kampffähigkeiten, also habe ich seit meinem dritten Lebensjahr die menschlichen Kampfformen Krav Maga, Muay Thai und den Dämonenstil *Fbeed znvrhnjv* gelernt.

Owen weiß, dass ich kein Schwächling bin und auch keine gewöhnliche weibliche Wandler-Prinzessin, die heult, wenn sie sich einen Fingernagel abbricht. Er hat mir wochenlang ins Gesicht geschlagen und mich im Fitnessstudio herumgeschleudert. Ich bin ein harter Brocken. Also werde ich mich rausschleichen.

ICH BIN mit meinem Shoppen fertig, und obwohl ich nicht viel gekauft habe, ist es ein echtes Erfolgserlebnis, für mich selbst einzukaufen. Ich schätze, das ist ein Meilenstein. Ich schlendere in eine Seitenstraße abseits des Haupteinkaufsbereichs. Ich lasse meine Einkaufstaschen an meinen Beinen abprallen und schaukle, während ich umherwandere. Mein Blick schweift zu jeder neuen Sache und mein Blut pulsiert vor Aufregung.

Ich komme ruckartig zum Stillstand. Kreaturen grummeln, als sie meiner reglosen Gestalt ausweichen ... Ups, ich hätte fast eine Massenkarambolage auf dem belebten Bürgersteig verursacht. Mein Gehirn findet keinerlei Möglichkeit, eine Entschuldigung auszusprechen, denn ich konzentriere mich einzig und allein auf den herrlichen Anblick, der sich mir bietet. Mein Mund füllt sich mit Speichel und mein Gesicht stößt gegen das Fenster, und es quietscht, während meine Nasenlöcher gegen das Glas quetschen. Ich kann fast den Engelschor im Hintergrund hören. Mit weit aufgerissenen Augen starre ich ohne zu blinzeln auf den Anblick vor mir – o mein Gott, so viele Kuchen! Selbstgebackene Kuchen.

Die Glocke über der Tür bimmelt, als ich ins Innere stolpere. *Mmm, Kuchen.* Der Duft von Zucker, Schokolade und Kaffee steigt mir in die Nase. Ich habe ein Juwel von einem Café gefunden; es ist fantastisch, klein und schräg.

Mein Blick wandert von Kuchen zu Kuchen und dann wieder zurück. Ich fühle mich schwindelig und bin überwältigt von der Auswahl.

Ich atme tief durch, was ehrlich gesagt nicht hilft.

Vielleicht habe ich ein Kuchenproblem.

Ich schlucke meinen Speichel herunter und gehe langsam von der Auslage weg.

An der Seite der Kuchentheke hängt eine mit bunter Kreide handgeschriebene Speisekarte und daneben eine Tafel mit der Aufschrift *Ausstehende Speisen und Getränke.* Was sind *ausstehende Speisen?* Ich schlurfe auf die Tafel zu. Hoffentlich lenkt mich das Lesen davon ab, in einen Kuchenrausch zu verfallen. Ich laufe ernsthaft Gefahr, mich auf die Thekenauslage zu stürzen.

Auf dem Schild an der Tafel steht: *Wenn eine Person (egal ob Kreatur oder Mensch) es sich nicht leisten kann, zu essen oder zu trinken, nimm dir bitte etwas, das jemand freundlicherweise im Voraus bezahlt hat.*

Ich fahre ehrfürchtig mit den Fingerspitzen über die Worte und mein Herz setzt einen Schlag aus – es ernüchtert mich. Ich atme aus und die weißen Quittungen, die an der Tafel befestigt sind, flattern in der leichten Brise.

Mein Gott, das ist absolut wundervoll.

Ich weiß, wie es ist, zu hungern. Meine Umstände haben sich geändert, aber so viele Menschen haben nicht so viel Glück. Dieses Konzept ist wunderschön, freundlich und aufmerksam; es gibt mir Hoffnung, dass es nicht nur Böses auf der Welt gibt. Es gibt auch Freundlichkeit.

Nachdem ich bestellt habe, zeige ich leise auf die ausstehende Tafel und überreiche einen Batzen Bargeld, den ich von meiner Shoppingtour übrig habe. Die Dame an der Kasse blinzelt mich ein paar Mal schockiert an und ihre blauen Augen füllen sich mit Tränen. Ich schenke ihr ein schüchternes Lächeln, schnappe mir meine Bestellung und taumle davon, wobei meine Wangen zweifelsohne rosa leuchten.

Ich jongliere mit meinen Einkaufstüten und sehe mich nach einem Sitzplatz um. Es stehen zehn kleine Tische mit bunten, nicht zusammenpassenden Stühlen herum. Ich entdecke einen bequemen Stuhl, der so steht, dass ich mit dem Rücken an der Wand sitze. So habe ich nicht nur das ganze Café und die Tür im Blick, sondern kann auch die halbe Straße überblicken. Ich summe. Das ist die perfekte Position, um Leute zu beobachten. Mit einem amüsierten Schnaufen frage ich mich, ob noch jemand einen Nasenabdruck am Fenster hinterlassen wird, während ich hier bin.

Mit einem zufriedenen Seufzer lasse ich mich auf meinem Stuhl nieder, während das Klappern von Geschirr und das Klirren von Löffeln leise vor sich hin brummt. Ich nippe an meiner heißen Schokolade und knabbere an einem fantastischen Stück Schokoladenkuchen. Okay, eigentlich schiebe ich mir große Bissen Kuchen in den Mund. Aber ich tue so, als würde ich wie eine Lady essen, auch wenn ich mich selbst daran erinnern muss, zu kauen. Es ist eine klebrige, schokoladige Köstlichkeit. Ich werde keinen Tag mehr ohne ein Stück Schokoladenkuchen verbringen, wenn ich es verhindern kann.

Die Wände des Cafés sind bis zur Hälfte mit einer hellgrünen Wandvertäfelung verkleidet. An einer Seite des Raums ist eine ganze Wand voller Bücher. Es juckt mich in den Fingern, über ihre Buchrücken zu streichen. Ich lehne meinen Kopf zurück und schaue nach oben, um die Decke zu begutachten, an der ein rosafarbener Baumzweig mit baumelnden Lichterketten hängt. Ich liebe diesen einzigartigen, leuchtenden Farbklecks. Dieser Laden ist unglaublich.

Das moderne Leben ist faszinierend; die Menschen um mich herum sind so sehr auf ihre Telefone konzentriert. Selbst Menschen, die mit anderen Menschen zusammensitzen, starren auf ihre Handys und murmeln gelegentlich etwas vor sich hin, ohne den Blick von ihren Geräten zu lösen. Die Menschen beschäftigen sich nicht mehr miteinander – das ist schon eine seltsame Entwicklung. Scheiße, ich muss wie eine Psychopathin aussehen, wenn ich hier sitze und alle anstarre, ohne ein Handy in der Hand zu haben.

Ich bin sicher, die Raubtiere sind gut genährt.

Ich wette, die Jagd auf Menschen war noch nie so einfach. Nicht, dass ich dafür bin, Menschen zu jagen! Reine Menschen sind eine gefährdete Art. Menschen gemischter Rasse sind viel häufiger. Heutzutage findet man kaum noch einen Menschen, der nicht einen Tropfen DNA von einem anderen Lebewesen enthält. Aus evolutionärer Sicht ist es sinnvoll, dass Menschen sich mit anderen paaren, um stärker und gesünder zu werden und länger zu leben.

Laut Owen gibt es jedes Jahr Tausende von Menschen, die einen Antrag auf Verwandlung in einen Vampir stellen. Jeder will heutzutage ein Vampir sein. Ich glaube nicht, dass viele Menschen Wandler werden wollen – die Verwandlungsrate ist niedrig und nur ein kleiner Prozentsatz der Männer überlebt.

Ich habe ein vom Rat zur Verfügung gestelltes Handy, das ausgeschaltet ist und in der Ramschschublade liegt. Auf keinen Fall werde ich dem Rat Informationen geben oder das Ding mit mir herumtragen, damit die mich tracken können. Heute habe ich mir ein eigenes Handy gekauft, um Teil der modernen Welt zu werden.

Ich bin nicht die Einzige, die die Leute beobachtet; ein paar Tische weiter sitzt ein junger Wolfswandler. Er scheint gleichermaßen fasziniert zu sein und hat nicht aufgehört, mich anzustarren. Ich sehe ihn an und ziehe eine Augenbraue hoch, als wollte ich sagen: *Was glotzt du denn so?* Ich habe gesehen, wie jemand das in einem Film gemacht hat, und fand es cool, also habe ich geübt. Er versteht das Heben meiner Augenbraue als Einladung und steht auf. Sein Stuhl schrammt über den Boden. Mein Pulsschlag erhöht sich – Scheiße, ich will nicht mit dem reden! Ich reibe mir hektisch über den Mund, um sicherzugehen, dass ich keinen Kuchen im Gesicht habe. Er stolziert an mir vorbei, zur Tür und geht. *Hm.* Erleichtert atme ich aus, obwohl ich ihn eigentlich nicht verscheuchen wollte. Ich bin froh, dass er mich nicht angesprochen hat.

Ich ziehe die gedruckte Speisekarte über den Tisch, studiere sie und summe vor mich hin. Ich überlege, ob ich noch ein Stück kaufen soll, und frage mich, ob ich auch einen ganzen Kuchen für zu Hause kaufen kann.

Die Klingel über der Tür bimmelt. Mein Blick wandert nach oben und ich erstarre.

Mein Mund fällt auf. »H-Harry«, stottere ich ungläubig.

Kapitel Vierzehn

»Wie geht's, Kurze?« Harry schlendert zu meinem Tisch, ein starres Lächeln auf den Lippen, das seine blauen Augen nicht ganz erreicht. »Darf ich mich zu dir setzen, und möchtest du irgendwas?« Er nickt und deutet auf den leeren Stuhl und meinen sauberen Teller. Sprachlos nicke ich schnell mit dem Kopf. Ich kann nicht glauben, dass er hier ist – wow, das ist irgendwie surreal. Ich habe das Gefühl, dass mir die Augen aus dem Kopf fallen, während ich gehorsam auf die Speisekarte zeige. Ich hüpfe auf meinem Stuhl herum und grinse ihn albern an. Wie hat er mich gefunden?

»Du bist also endlich aus dem Krankenhaus raus.« Harry kommt mit einem weiteren Stück Kuchen für mich und einem Kaffee für sich zurück. Der Teller klappert, als er den Tisch berührt, und Harry lässt sich auf den Stuhl gegenüber fallen. Er verschränkt die Arme vor der Brust und spreizt seine mit zerrissenen Jeans bekleideten Beine weit. Das ist eine richtige Möchtegern-Alpha-Pose. Ich kann mir kaum verkneifen, ihn zu belächeln, aber ich will nicht unhöflich sein – er ist einfach niedlich. Sein linkes Bein wippt leicht.

»Alle wollen unbedingt etwas über *dich* wissen, die *neue Wandlerin*.« Harry schnieft und wischt sich mit dem Handrücken über die Nase.

Ich rümpfe die Nase und schlucke den Kuchen in meinem Mund hinunter. Eine neue Wandlerin? Denken die, dass ich über Nacht als erwachsene Person entstanden bin? Harrys linkes Bein wippt weiter.

»Du bist nicht sehr gesprächig? Ja, das habe ich auch gehört. Bist du … bist du allein? Ich kann nicht glauben, dass du allein in der Stadt unterwegs bist. Wo sind deine Bodyguards?« Er sieht sich um, als ob sie gleich aus dem Versteck springen und ihn angreifen würden. Ich spitze die Lippen, um zu antworten, aber meine Kehle ist wie zuge-schnürt. »Ich habe gehört, dass du Hellhounds hast, die dich beobachten?« Ich nicke und nehme einen Schluck von meiner heißen Schokolade. Ich hoffe, dass die warme Flüssigkeit meine Stimmbänder dazu bringt, zu arbeiten. »Die Zeit mit all den Hellhounds zu verbringen, muss Spaß machen, was?« Harry wackelt mit den Augenbrauen.

Igitt, eklig. Warum sollte Harry so was sagen? Das ist kein Gespräch, das ich mit ihm führen will, er ist mein Bruder. Ich erschaudere. Ich schüttle energisch den Kopf, und wenn ich es zuließe, würden meine Augen in meinen Kopf zurückrollen und spurlos verschwinden. Vielleicht würden sie sogar dort stecken bleiben. Ich bin nicht blind

– ich habe die gut aussehenden, muskulösen Hellhounds bemerkt. Aber es sind Johns Männer, und sie behandeln mich mit der größten professionellen Höflichkeit. Harrys Worte sind respektlos. Ich liebe Owen, er ist mein Fels in der Brandung, aber der Gedanke an romantische Gefühle für ihn – für irgendjemanden im Moment, besonders für die Hellhounds – wäre falsch.

Ich bin noch nicht bereit für eine romantische Beziehung – verdammt, ich bin gerade erst dabei, mich an die verwirrende Welt um mich herum anzupassen. In meinem Kopf fühle ich mich, als könnte ich hundert ... zur Hölle, tausend sein. Aber in diesem Körper, als Mensch, fühle ich mich überwältigt und völlig verloren.

»Ich bin sicher, der Rat hat einen Gefährten für dich ausgesucht. Ich wurde für Liz ausgewählt ...« Harrys Augen beginnen zu leuchten, und er bläht seine Brust stolz auf. Dann zuckt er zusammen, zieht eine Grimasse und lässt sichtlich die Luft ab. Harry schaut sich im Café um und weicht meinem besorgten Blick aus. »Ja, das ist super gelaufen ... fremdgehende Schlampe. Jetzt muss ich dabei zugucken, wie sie jeden gebissenen Menschen fickt, den sie finden kann. Soweit ich weiß, hat sie es mit der Hälfte aller Wandler im Land getrieben ... dreckige Schlampe.«

Meine Augen weiten sich und ich schnappe nach Luft. Ich habe Harry noch nie so schimpfen hören.

Harry grinst und hält spöttisch die Hände hoch. »Bitte fang nicht an, von ›Die Zeit heilt alle Wunden‹ und dem ganzen Scheiß zu reden ... oh, hab ich vergessen, du sprichst ja gar nicht.«

Die wütende, bittere Energie, die in Wellen von ihm ausgeht, bereitet mir Unbehagen. Ich öffne und schließe meinen Mund wie ein Goldfisch und winde mich auf meinem Stuhl. Ich frage mich, ob es helfen würde, wenn ich lächelte – sollte ich wieder lächeln?

Ich habe keine Ahnung, was ich tun soll.

»Tja, wenn du nicht fragen willst ... wenn du dich für mich interessierst ... dann erzähle ich dir von meiner Shitshow.« Harry deutet auf seine Brust und verengt die Augen. Er schnieft noch mal, und sein Bein wippt weiter.

Was ich bis jetzt nicht bemerkt habe, ist, dass Harry beschissen aussieht. Seine dunkelblonden Haare sind fettig und er hat sie zu einem fragwürdig aussehenden Pferdeschwanz zurückgekämmt. Sein unrasiertes Barthaar ist lückenhaft nachgewachsen. Harry sieht aus, als bräuchte er eine gründliche Wäsche.

Ich habe Harry seit dem letzten Tag im Haus nicht mehr gesehen. Ich hatte immer vor, ihn zu sehen; er ist mir sehr wichtig. Aber durch die Umstände und alles, was passiert ist, war es erst schwierig und dann unmöglich. Ich hätte mich mehr anstrengen sollen, ich schäme mich.

Gott, ich bin ein beschissener Mensch.

»Nachdem Vince zu Staub zerfallen ist, hat sich Jace von mir entfernt, sodass ich jetzt der Schwarze Peter der Gesellschaft bin. Alle lästern über mein Rudel und meinen Dad. Ich bin jetzt als der Abtrünnige bekannt, der seine Gefährtin nicht befriedigen konnte.« Harry stößt ein selbstironisches Lachen aus. »Oh, und nicht zu vergessen, ich bin der Abtrünnige, dessen Vater seine Gefährtin und seine Tochter getötet hat.«

In meinen Augen kribbeln die Tränen. Ich wusste es. Ich wusste, dass es Harry schwerfallen würde, sich mit seinem neuen Abtrünnigenstatus, dem Tod von Vincent und der Sache mit Liz zu arrangieren. Ich hätte mich mehr anstrengen müssen. Ich ging fälschlicherweise davon aus, dass John einschreiten würde.

Ich bin dumm.

Harry leidet und er hat niemanden auf seiner Seite. Ich verschränke meine Finger in meinem Schoß. Ich verdiene seinen Zorn, ich bin egoistisch. Ich lasse die Schultern hängen und ein leiser, trauriger Laut entweicht mir.

»Tu nicht so, als ob dich das nicht einen Scheiß interessiert. Ich bin seit Wochen am Couchsurfen. Keine Sorge, ich will nicht mit dir und den Hellhounds in euren superschicken Wohnungen wohnen.«

Ich öffne und schließe meinen Mund wieder, aber keines der Worte, die mir auf der Zunge liegen, fühlt sich im Vergleich zu Harrys Schmerz bedeutend an. »Aber wenn du mir mit ein paar Kröten aushelfen kannst?« Sein Bein hört auf zu hüpfen und sein Blick wird intensiv. »Eine Anzahlung für eine Wohnung? Ich zahle es dir zurück, wenn ich wieder auf den Beinen bin.« Er lehnt sich zurück, hebt die Hüften und holt sein Handy aus der Gesäßtasche. Er lehnt sich über den Tisch und zeigt mir den Bildschirm. Es ist eine Anzeige für ein Studio. »Forrest, ich brauche eine Wohnung. Als Abtrünniger ... ist es nicht sicher. Ich weiß gar nicht mehr, wie oft ich schon verprügelt wurde.« Harry seufzt, lehnt sich auf seinem Stuhl zurück und lässt sein Handy auf dem Tisch liegen.

Seufzend reibt er sich mit der Hand über das Gesicht und kratzt sich an seinem lückenhaften Bart. Das Geräusch lässt mich erschaudern. »Mach dir keine Sorgen, wenn du nicht helfen kannst. Bin ja nur ich.« Er weitet seine Augen und schiebt seine Unterlippe vor.

Ich senke den Blick und starre nachdenklich auf sein Handy. Ich besitze Eigentum in der ganzen Stadt, und ein paar davon sind Schutzhäuser, die nicht mit dem Anwesen meiner Mum in Verbindung stehen. Harry muss nicht in einer schäbigen Studentenbude wohnen.

Ich krame in meinen Einkaufstüten die Schachtel mit dem neuen Prepaid-Telefon hervor, das die Verkäuferin freundlicherweise für mich eingerichtet hat.

Harry schaut mir irritiert zu.

»Das Rudelhaus steht also zum Verkauf? Ich habe im Internet nachgesehen ...« Er pfeift. »Das ist eine Menge Geld ... Du behältst aber den Großteil des Landes? Das ist krank – es ist ein großartiger Ort, um als Wolf rumzulaufen.«

Krank? Ich schaue von meinem neuen Handy auf und mein Gesicht verrät wohl meine Verwirrung über das Wort, während Harry meinen Blick missversteht. Er neigt sein Kinn nach unten und macht ein trauriges Gesicht. »Du weißt, dass es zum Verkauf steht, ja? Ich weiß, dass ihr Mädels nur auf die Gefährten und das Welpenmachen scharf seid. Das muss John gewesen sein, der es zum Verkauf angeboten hat. Eine Schande.« Er schnieft und verschränkt wieder die Arme.

Harry irrt sich, ich habe das Haus zum Verkauf angeboten. Ich verabscheue dieses Haus.

Nach ein paar Fehlversuchen schaffe ich es, meine E-Mail zu öffnen. Ich tippe mit einem Finger stockend eine E-Mail ein, um alles zu organisieren. Ich bin zufrieden, als ich sofort eine Antwort erhalte: Sie können das Haus innerhalb von ein paar Stunden gereinigt und eingerichtet haben.

Ich schnappe mir Harrys Handy vom Tisch, öffne seine Nachrichten und gebe die Adresse und den Türcode für sein neues Zuhause ein. Ich halte Harry das Handy hin, und mit einem Schniefen reißt er mir das Telefon aus der Hand.

»Du machst Witze – ich kann mir diese Wohnung nicht leisten, das übersteigt mein Budget bei Weitem«, stottert Harry. Als ich lächle, verengt er seine Augen. Ich nicke und klopfe mir auf die Brust, Harry knurrt. Um es angemessen zu erklären, zeige ich ihm mein Handy und die E-Mails. »Das ist deine Bude? Heilige Scheiße, sieh sich das einer an, armes kleines reiches Mädchen, da ist jemand wieder auf dem Damm. Wenn ich das gewusst hätte, hätte ich mich nicht unter den Pöbel gemischt.« Er knurrt und tippt mit der Ecke seines Telefons auf den Tisch. Er hält inne und zeigt damit auf mich. »Ich habe eine Bitte: Kannst du deinen Leuten sagen, dass sie dafür sorgen sollen, dass der Kühlschrank mit Bier gefüllt ist? Oh, und ich nehme nicht an, dass es Sky Sports gibt? Für Fußball?« Ich nicke. Das kann ich einrichten, kein Problem.

Ich schenke ihm ein zögerliches Lächeln und bin erleichtert, dass ich etwas tun kann, um ihm zu helfen und hoffentlich etwas Wiedergutmachung zu leisten.

»Danke ... Hey, ganz im Ernst, du solltest nicht allein unterwegs sein. Ich dachte, da die Hellhounds als Bodyguard fungieren, wären sie besser und erfahrener darin, ein Weibchen wie dich in Schach zu halten. Wandler erlauben es Frauen nicht, allein herumzulaufen. Nur Schlampen wie Liz entwischen ihren Bodyguards. Du willst nicht als Unruhestifterin verschrien werden. Verdammt, du siehst sowieso schon schräg aus. Wenn du noch mehr Probleme hast, wirst du nie einen anständigen Gefährten finden.«

Ich blinzle und nehme seine verletzenden Worte in mich auf. Wollte er so unhöflich sein?

»Ich kann dich nach Hause begleiten. Mach dir keine Sorgen, kleine Schwester, ich pass auf dich auf.« Mit einem breiten Grinsen holt Harry ein Messer heraus und knallt es auf den Tisch.

Was zum Teufel ... Mein Blick hüpft nervös durch das Café. Zum Glück hat niemand das riesige Messer, das vor uns liegt, bemerkt.

Ich ziehe die Augenbrauen hoch, als Harry die Klinge in die Hand nimmt und die Spitze in den Tisch rammt. Ich starre entsetzt, als er die Buchstaben *L* ... *I* ... *Z* in die Oberfläche einritzt.

Was zum Teufel macht er da?

Ich bin nicht normal, und trotzdem käme es mir niemals in den Sinn, das Eigentum eines anderen zu verunstalten.

Instinktiv schlage ich ihm gegen die Hand, sodass er das Messer fallen lässt, und starre ihn an. Harry zuckt mit den Schultern und grinst. Er wischt mit seiner Handfläche über die Spuren und verteilt die krausen Späne auf dem Boden.

»Dieser Laden gehört Menschen – wen kümmert es schon, wenn ich den Tisch zerkratze?«

Wohl eher *verunstalten*, denke ich entrüstet. Mich kümmert es. Ich mag dieses Café. Wer auch immer die Einrichtung entworfen hat, hat das mit Sorgfalt und Liebe zum Detail getan. Ich will nicht, dass das Lokal verunstaltet wird, nur weil Harry schlecht gelaunt ist. Dabei kann ich nicht einfach dasitzen und zusehen.

»Was für ein trauriges Leben du führst, vom wilden Tier zum menschenliebenden Mustermädchen. Keine Sorge, ich werde meine neue Bude nicht verschandeln. Im Gegenteil, hier, nimm die Klinge.« Harry schnippt das Messer und wirbelt es über den Tisch. »Du wirst Schutz brauchen. Wenn du schon kein braves Weibchen sein willst und deine Bodyguards in der Nähe behältst, solltest du wenigstens lernen, dich selbst zu schützen, nicht, dass es was bringen würde. Verdammt noch mal, Forrest, du kannst ja nicht mal reden ... das ist verflucht schräg.«

Mein Herz zittert und sackt mir in den Magen. Ich will verständnisvoll sein und Mitgefühl für Harry und seine Gefühle zeigen, aber das ist schwer. Ich kenne immer noch nicht das richtige Gleichgewicht zwischen meinen Gefühlen, und Harry macht mich verdammt sauer. Meine Nasenflügel blähen sich vor Empörung auf und ich stopfe den letzten Rest des Kuchens in meinen Mund und kaue. Ich sollte jetzt besser gehen, sonst fällt meine Maske ab und ich könnte Harrys fettigen Pferdeschwanz packen und sein Gesicht auf dem Tisch zerschmettern.

Ich reibe mein Gesicht an meiner Schulter, atme aus und erinnere mich eindringlich daran, dass Harry mich gerettet hat. So ist Harry. Er hat meinen Respekt verdient. Harry ist kein schlechter Mensch, er ist verletzt, und was er sagt, widerspricht den Gesprächen, die ich in der Vergangenheit mitgehört habe.

Ich muss mich erklären. Ich bin nicht wie Liz und auch nicht wie die armen, unterdrückten weiblichen Wandler. Ich will nicht eingesperrt, befruchtet und beherrscht werden, während meine männlichen Gegenstücke machen, was sie wollen. Mein Lebenszweck ist es nicht, einen Gefährten zu haben, einen Welpen zu zeugen oder mich den unfairen Normen des Rates anzupassen. Seine Worte machen mich krank.

Vorsichtig lege ich das neue Telefon zurück in die Schachtel und greife nach meinen Einkaufstüten.

»Ach, Forrest, sei doch nicht so. Ich sage dir doch nur die Wahrheit. Ich kann trotzdem noch in dem schicken Haus wohnen, ja?«

Ich nicke Harry steif zu. Er kramt nach seinem Telefon und ich stapfe zur Tür.

»Willst du meine Telefonnummer?«, schreit er mir hinterher.

Es kostet mich all meine Kraft, nicht die Hand über den Kopf zu heben und ihm den Finger zu zeigen.

KAPITEL FÜNFZEHN

ICH BESCHLIESSE, dass ich mich auf den Weg nach Hause machen sollte. Es ist sicherer, wenn ich allein bin. Und wenn ich *sicherer* sage, meine ich für andere – wenn ich jemandem die Fresse einschlagen will, ist das kein gesundes Verhalten. Ich bin kein netter Mensch, und so zu gehen, wie ich es getan habe, war kindisch. Alles war so viel einfacher, als ich noch ein Wolf war.

Ich stapfe über den Marktplatz, und die Lage verwandelt sich von schlecht zu richtig schlecht.

Ich habe ganz sicher nicht damit gerechnet, von zwei kräftigen Wolfswandlern belästigt zu werden. Der eine Wandler stolziert vor mir her und der andere kommt von hinten. Für den Bruchteil einer Sekunde kann ich meine Angst förmlich schmecken; sie flutet meinen Mund, bitter unter meiner Zunge. Meine natürliche Reaktion auf

Gefahr ist, zu erstarren oder zu fliehen, aber dieses Mal sehe ich keinen Ausweg aus der Situation. Die allgegenwärtige Wut, die in mir brodelt, singt süßlich vor sich hin. Die beiden Wandler versuchen, mich einzukesseln, und ich lasse sie gewähren.

»Hallo, Weibchen, warum bist du allein? Wo sind deine Bodyguards?«

Ach, jetzt komm schon! Ich schließe meine Augen und balle meine Fäuste um die Griffe der Tüte – der Plastikbeutel in meiner rechten Hand raschelt. Ich atme entnervt durch meine Nase ein. Ganz ehrlich, was zum Teufel stimmt mit diesen Idioten nicht? Ich bewege mich ein Stück, damit ich die beiden im Auge behalten kann.

Beide Männer sind gut gekleidet und tragen schwarze, teuer aussehende Anzüge. Selbst mit ihren schicken Klamotten sehen sie aus wie ein paar Holzköpfe.

Holzkopf eins, mit glänzender Glatze und Spitzbart, wartet nicht auf eine Antwort von mir. Stattdessen zieht er sein Handy aus der Tasche und stochert mit seinem fleischigen Finger auf dem Bildschirm herum. Verärgert klopfe ich mit meinen Fingern rhythmisch auf meinen Oberschenkel. Dieser Kerl hat die Frechheit, mit seiner Arroganz anzunehmen, dass ich gerne hier stehe und geduldig warte, während er einen Anruf tätigt.

Das macht mich wütend, und mein Zorn kocht hoch.

Währenddessen starrt mich Holzkopf zwei an, als wäre er in Wolfsgestalt und ich hätte ein saftiges Steak an meine Titten gebunden. Er hat braune Haare und Augen, mit einem Gesicht, das nur seine Mum lieben könnte.

Vielleicht haben die Hellhounds oder John diese Typen geschickt?

»Boss, ja, wir haben das Weibchen gefunden, das wir gerochen haben ... ja, sie ist allein ... ja, Sir, wir bringen sie jetzt.« Er steckt sein Handy zurück in die Tasche. »Also, Mädel, du wirst mit uns kommen. Wir sind deinem Duft schon seit Stunden gefolgt.«

Oh, okay, eine interessante Entwicklung. Diese beiden Holzköpfe sind willkürliche Wölfe, die beschlossen haben, mich von der Straße zu holen, weil sie mich gerochen haben. Das ist ziemlich mies.

»Unser Boss würde gerne mit dir reden. Er ist ... ähm ... besorgt um deine Sicherheit.« Klar ist er das. Ich beiße die Zähne zusammen, um mein Knurren zu unterdrücken.

Holzkopf eins kommt auf mich zu, um mir meine Einkaufstüten abzunehmen. Ich löse meinen Griff und lasse sie mir von ihm aus der Hand nehmen. Ich freue mich, dass er sie für mich festhält – für das hier.

»Komm jetzt! Wir haben schon genug Zeit damit verschwendet, dich aufzuspüren.« Er wirft mir auch einen schmierigen, lüsternen Blick zu.

Was stimmt mit den Wandlern heute nicht? Sie behandeln mich, als wäre ich keine Person – als wäre ich nur eine wandelnde Gebärmutter.

Ich habe diese sexistische Wandler-Scheiße satt. Ich habe es satt, Angst zu haben und ich habe es satt, mich zu benehmen, als wäre ich sanftmütig. Tja, ich werde ihnen eine Lektion erteilen und ihnen zeigen, dass sie Forrest Hesketh verdammt noch mal in Ruhe lassen sollen. Meine überwältigende Wut hat jede Spur von Angst begraben, und ich kann meinen Gesichtsausdruck nicht mehr kontrollieren. Meine süße Maske zerbricht und ein verrücktes, hungriges Lächeln huscht über mein Gesicht.

Ich habe eine ganze Menge Wut und Aggression in mir, und diese Situation ist perfekt.

Ich lasse meine Wut zum Spielen raus.

Ich nehme eine von Jodies *Jetzt-siehst-du-mich-nicht-*Trankkugeln aus meiner Tasche und schleudere sie auf den Boden. Sie zerbricht auf dem Weg zu meinen Füßen, unbemerkt von den Wölfen. Gott, ich liebe Hexenmagie, und dieser kleine Ball wird uns für neugierige Augen unsichtbar machen.

Ich gehe heimlich in eine kämpferische Seitwärtsstellung. Der Trick dabei ist, meine Bewegung nicht zu verraten, also verlagere ich mein Gewicht auf meinen hinteren Fuß und rolle die Ferse meines vorderen Fußes über den Boden. Ich hebe meine Zehen an, um meinen ganzen Körper seitwärts auf den Fußballen zu drehen. Ich drehe mich mit der Hüfte in Richtung von Holzkopf eins, der hilfreicherweise in einer perfekten Entfernung für diese Bewegung steht. Ich hebe meine Arme, um mein Gesicht zu schützen und um das Gleichgewicht zu halten. Ich wirble herum, wende meinen ganzen Körper und drehe mich dabei auf meinen hinteren Fuß. Ich werfe einen Blick über meine gegenüberliegende Schulter auf Holzkopf eins in meinem Blickfeld. Mit einer schnellen Drehbewegung springe ich ab, um an Höhe zu gewinnen, und mein Bein schießt in einem Winkel von fünfundvierzig Grad nach außen. Ich strecke meine Zehen aus, um meine Sehne zusammenzudrücken, und treffe ihn hart mit dem hinteren Teil meiner Ferse.

Ich ramme sie mit so viel Kraft in seinen kahlen Hinterkopf, dass sein Körper zusammensackt. Die ganze

Bewegung dauert nur ein paar Sekunden, ein perfekter Dreh-Sprung-Fersenkick. Ich summe.

Holzkopf zwei blinzelt schockiert runter auf den bewusstlosen Körper von Holzkopf eins, der von meinen Einkaufstüten eingerahmt ist. Er schaut mich an, seine braunen Augen sind ungläubig und sein Mund steht offen. »Was zum Teufel«, flüstert er.

Meine Wut brodelt und mit einem manischen Lächeln stürze ich mich auf ihn. Er erholt sich schnell und ich ducke mich, als er versucht, mir ins Gesicht zu schlagen. Ich trete unter seinen Schutz und gehe auf ihn zu. Er lehnt sich hilfsbereit nach vorn und ich benutze mein Bein als Ablenkung. Als er den Tritt abblocken will, fahre ich meine Handfläche aus und treffe ihn mit einem Handballen-Schlag unter seinem Kiefer. Dann verpasse ich ihm mit dem Ellbogen einen Schlag ins Gesicht, der seine Nase trifft, und verpasse ihm anschließend einen Hieb gegen die Kehle.

Blut spritzt aus seiner Nase und seiner Lippe.

Er gibt ein seltsames gurgelndes Geräusch von sich und sinkt auf die Knie. Mit einem Lächeln und einem kleinen Winken ziehe ich mein rechtes Bein hoch und ziehe es ihm über den Kopf.

»Süße Träume«, sage ich.

Ich schaue mich um und überprüfe, ob die Zaubertrankkugel ihre Aufgabe erfüllt. Perfekt, niemand schaut uns an. Ich grinse. Ich drehe beide Wölfe auf die Seite in die stabile Seitenlage. Ich habe keine Ahnung, ob das helfen wird, aber ich komme mir großmütig vor. Ich schnippe den beiden außerdem Schlaftrunkkugeln entgegen; ich will nicht, dass sie mir folgen.

Oh, ich muss noch etwas erledigen, bevor ich gehe. Ich ziehe das Handy aus der Jackentasche von Holzkopf eins und drücke die Wahlwiederholung.

»Seid ihr auf dem Weg?«, fragt eine männliche Stimme unwirsch.

»Nope«, sage ich und betone das P. Ein paar Takte lang ist es still.

»Hallo, kleine Wölfin, es ist schön, von dir zu hören. Darf ich fragen, warum und vor allem wie du anrufst?«, schnurrt die männliche Stimme in den Hörer, ich nehme das Telefon von meinem Ohr und runzle die Stirn. Bossmann ist ein schleimiger Typ.

»Deine Holzköpfe sind auf dem Marktplatz. Schick doch bitte jemanden, der sie vom Bürgersteig aufkratzt«, antworte ich Mr. Schleimig, wobei meine Stimme durch die Nichtbenutzung nervig rau und heiser klingt. In diesem Fall ist es praktisch, dass mir das Sprechen am Telefon so viel leichter fällt als von Angesicht zu Angesicht.

»Sind sie am Leben? Was ist pass...?« Ich beende den Anruf und lasse das Telefon neben den geschlagenen Wölfen fallen. Ich sammle meine Einkaufstüten zusammen. Ich fühle mich leichter. Fast hüpfend mache ich mich wieder auf den Weg nach Hause.

Ich komme ohne viel Wirbel zurück. Owen nickt mir zu und fragt mich, ob ich ihm was mitgebracht habe. Dann sagt er mir, dass er mich in zehn Minuten im Fitnessstudio erwartet, um den Kuchen abzuarbeiten, den ich gegessen habe. Der hinterhältige Hellhound muss mir gefolgt sein. Hm, er hat sich nicht eingemischt, also betrachte ich das als einen Sieg.

Die Illusion der Freiheit.

Kapitel Sechzehn

Es sind ein paar Wochen vergangen und ich sitze wieder im Kuchencafé und warte darauf, dass Harry mir Gesellschaft leistet. Ich habe eine große Tasse Tee und ein Stück Karottenkuchen ... ähm, na ja, einen leeren Teller, auf dem einmal Karottenkuchen war. Der Teller sieht jetzt aus, als wäre er in der Spülmaschine gewesen, so sauber ist er. Wenn mir jemand unterstellt, dass ich den Teller abgeleckt habe, werde ich das vehement bestreiten – hmmm, Krümel.

Vor ein paar Tagen hat sich ein reumütiger Harry bei mir gemeldet. Er war begeistert von seiner neuen Wohnung und dem Job in der Buchhaltung, den er ergattert hat. Harry hat gefragt, ob wir uns treffen können.

Ich freue mich sehr, dass er Zeit mit mir verbringen möchte.

Zu meinem Leidwesen ist mein üblicher Tisch bereits besetzt. Also sitze ich an einem Tisch neben den Toiletten. Das ist nicht ideal, aber es ist der einzige freie Tisch, an dem ich nicht mit dem Rücken zur Tür sitzen muss.

Nach ein paar Minuten gesellt sich Harry zu mir und rümpft die Nase, als er sich setzt. »Nicht der beste Tisch, Forrest.« Er deutet mit dem Kopf auf die Toiletten hinter mir, als ob ich die übersehen hätte. Ich zucke mit den Schultern.

»Also, hast du in letzter Zeit noch mehr Wandlern in den Arsch getreten?«, fragt er grinsend – o ja, er hält sich für witzig. Ich rolle mit den Augen.

»Hast du schon gehört, dass die Vampire das Mädchen gefunden haben?« Er macht es sich auf seinem Stuhl bequem und seine Augen leuchten vor Eifer. Harry ist ein großes Klatschmaul und eine Quelle von Informationen über alles, was Kreaturen betrifft – er liebt es, zu quatschen. »Es heißt, sie wurde von einem Katzenwandler gebissen und danach sah sie ganz schlecht aus. Die Vampire haben sie in einer Garage gefunden.«

Es kostet mich all meine Selbstbeherrschung, nicht zusammenzuzucken. Garagen und ich ... wir sind keine Freunde.

»Obdachlos, gerade mal siebzehn Jahre alt. Und es heißt, dass sie es geschafft hat, sich zu verwandeln. Kannst du dir das vorstellen? Ein gebissenes Menschenweibchen. Ich frage mich, ob sie unfruchtbar sein wird. Wenn das bei ihr möglich ist, wie viele andere Frauen können sich dann wohl verwandeln?« Er nickt, sein Gesicht leuchtet vor Eifer. Ich starre ihn an. »Keine Sorge, Forrest, ich werde deinen wertvollen Menschen nichts antun. Ich werde niemanden beißen. Ich will nicht noch mehr Ärger mit dem Rat.« Harry erschaudert und schlürft gedankenverloren seinen Kaffee. »Die Vampire haben sie immer noch – es wird Krieg geben, wenn sie sie nicht aushändigen.«

Wenn Grace noch leben würde, wäre sie sechzehn. Vielleicht kann ich jemanden finden, der ihr hilft? Ich notiere mir in Gedanken, dass ich herausfinden werde, ob Owen etwas über die Situation des Mädchens weiß.

Harry wirkt heute anders. Ich kann es nicht genau beschreiben, bis mir klar wird, dass es daran liegt, dass er sauber aussieht. Er trägt eine schicke Hose und ein Hemd, seine Haare sind kurz und er hat sich den schrecklichen Bart abrasiert. Ich summe und freue mich, dass er wieder normal aussieht.

Die Klingel über der Tür bimmelt und aus dem Augenwinkel sehe ich einen wandelnden Albtraum.

O mein Gott, keine Geringere als Liz Richardson schwingt ihre Hüften auf uns zu, ein lächerliches Getänzel, das die Aufmerksamkeit aller Männer auf sich zieht. Mein erster Instinkt ist, den Blick zu senken, mich auf meine Tasse zu konzentrieren und zu beten, dass sie vorbeistolziert. Aber diese Genugtuung kann ich ihr nicht gönnen – ich bin kein verängstigter, ausgehungerter Wolf mehr. Also hebe ich mein Kinn und halte Augenkontakt. *Bitte schnapp dir jetzt ein Silberschwert, damit ich mich wehren kann, du dumme Kuh.* Liz knurrt und zeigt mir ihre Zähne, woraufhin ich ein Lachen ausstoße. Was zum Teufel war das? Ha, anscheinend ist nicht nur ihr Gang lächerlich. Ich kichere.

Oje, Harry ist hier! Ich gebe mir im Geiste eine

Ohrfeige und winde mich auf meinem Stuhl, weil ich weiß, dass das böse enden könnte. Armer Harry.

Liz erreicht unseren Tisch. Eine Wolke aus Parfüm folgt ihr auf Schritt und Tritt. Ich runzle die Stirn, während ich mit wachsender Verwirrung beobachte, wie Liz eine Hand auf Harrys Stuhllehne und die andere an seinen Unterkiefer legt. Sie dreht seinen Kopf und während sie den Blickkontakt mit mir aufrechterhält, beugt sie sich hinunter und küsst Harry zärtlich auf die Wange. Sie hinterlässt ihren roten Lippenstift auf ihm und wirft mir ein selbstgefälliges Lächeln zu.

»Hi, Baby, schön, dass wir uns auf einen Kaffee treffen konnten«, säuselt sie und zaubert ein süßes Lächeln auf ihre Lippen.

Harry grinst albern zu ihr zurück. »Hi, Liz. Willst du ein Stück Kuchen?«

Was. Zum. Teufel?

Ich blinzle. Ich fühle mich überrumpelt. Ich habe keine Ahnung, was zur Hölle hier vor sich geht. Was macht sie hier?

»Oh, nein danke, ich esse keinen Kuchen«, sagt Liz mit einem Schaudern.

Psychopathin!, schreie ich in meinem Kopf – wer isst denn bitte keinen Kuchen?

»Aber ich hätte gerne einen dreifachen koffeinfreien, fettarmen Soja-Macchiato mit zuckerfreiem Haselnuss-Sirup. Falls sie so etwas haben«, sagt sie und klimpert zuckersüß mit den Wimpern. Ich habe keine Ahnung, was sie bestellt hat, aber ich bin mir ziemlich sicher, dass ihr angeberisches Getränk nicht auf der Speisekarte steht. Harry macht sich aus dem Staub und ich beobachte, wie er zum Tresen geht. Ich kann hören, wie er die Bestellung vor sich hin murmelt, damit er sie nicht vergisst.

Liz starrt mich von der anderen Seite des Tisches an. Ich starre ausdruckslos zurück, wie betäubt. Sie seufzt, wendet ihren Blick von mir ab und holt ihr Handy heraus. Sie tippt wie wild, ohne mich zu beachten. Für mich ist das in Ordnung.

Harry kommt zurück an den Tisch. Ich sehe benommen zu, wie er Liz einen ganz normalen Kaffee vor die Nase stellt. Er tritt zurück und reibt sich den Hinterkopf. »Es ist ein normaler koffeinfreier Kaffee mit ... ähm, Sojamilch, das andere Zeug, das du wolltest, haben sie nicht ...« Er wippt von einem Fuß auf den anderen, während er ängstlich auf Liz' Zustimmung wartet.

»Oh, na ja«, sagt Liz, wieder ganz lieb.

Was zum Teufel stimmt nicht mit ihr? Sie so nah bei mir zu haben, während sie auch noch nett ist, macht mir langsam Angst. Ich weiß, dass sie nicht nett zu mir ist, aber trotzdem ist diese ganze Situation für mich unbegreiflich. Vor ein paar Wochen noch hat Harry Liz beschimpft. Sie ist ihm fremdgegangen! Jetzt präsentiert er ihr Kaffee, als hätte er ein wertvolles Kaninchen für sie gejagt. Was ist aus dem ganzen ›Ich kann nicht mit einer Betrügerin zusammen sein‹ geworden?

»Nächstes Mal können wir in ein besseres Lokal gehen. Das hier ist klein und es riecht komisch.« Sie schnuppert in meine Richtung. Ah, da ist sie ja ... Ist es verrückt, dass ich mich ein wenig erleichtert fühle?

»Ja, nächstes Mal.« Harry strahlt Liz an und wirft sich auf seinen Platz neben ihr. Er sitzt zusammengesunken, mit weit gespreizten Beinen und Armen. Liz schenkt mir ein eingebildetes Lächeln. Mein Bullshit-Detektor meldet sich – sie führt etwas im Schilde. Aus irgendeinem Grund bringt mich ihr Lächeln dazu, über den Tisch zu springen und ihr ins Gesicht schlagen zu wollen.

»Ich bin froh, dass du hier bist, Hund ...« Liz hält sich den Mund zu und kichert über ihren vorgetäuschten Freud'schen Versprecher. *Hund.* Ich schließe kurz meine Augen. Es ist nur ein Wort, und Worte verletzen dich nur, wenn du es zulässt. Ich werde Liz nicht die Genugtuung gönnen, meine Reaktion zu sehen. Ich setze mich aufrechter auf meinen Stuhl, kämpfe gegen meine natürliche Knautschhaltung an und atme tief und beruhigend ein. Ich huste, als ich eine Nase voll von ihrem Parfüm einatme. Gott, hat sie die ganze Flasche benutzt?

»Ich weiß, dass du *sehr gut* mit meinem Baby befreundet bist und mehr Zeit mit ihm verbringen möchtest.« Sie lächelt das größte, zahnigste und falscheste Lächeln, das ich je gesehen habe.

Ich neige meinen Kopf zur Seite. Worauf will sie damit hinaus? Harry gehört zum Rudel.

»Was du nicht verstehst, ist, dass du dir seine Zuneigung nicht erkaufen kannst, indem du ihm ein beschissenes Haus schenkst, vor allem, wenn es ursprünglich deine Schuld war, dass er überhaupt erst obdachlos und als Abtrünniger eingestuft wurde.« Liz lehnt sich über den Tisch nach vorn und knurrt. Mir bleibt vor Schreck der Mund offenstehen. *Was?* »Gib zu, dass du die ganze Situation zu deinem eigenen Vorteil manipuliert hast und den Anruf inszeniert hast.« Liz zeigt mit einem roten Finger auf mich, ihre Nägel sind passend zu ihrem engen Bandagenkleid lackiert. »Gib es zu! Ich bin hier, um dir zu sagen, dass Harry mir gehört und du uns in Ruhe lassen sollst! Außerdem musst du mit deinem Bruder sprechen und Harrys Abtrünnigenstatus in Ordnung bringen. Deine Lügen werden ans Licht kommen, und du musst deine Fehler korrigieren, bevor das passiert.« Liz lehnt sich zurück und trommelt mit ihren roten Fingernägeln gegen ihre Kaffeetasse. Ein selbstgefälliges, zufriedenes Lächeln blitzt auf ihrem Gesicht auf.

Ich blinzle. Was zur höllischen Hölle soll der Scheiß? Auf welchem Planeten lebt dieses Mädchen? Ich lasse meinen Blick zu Harry schweifen und beobachte seine Reaktion auf ihre Worte. Ich warte darauf, dass er ihr sagt, sie solle sich zum Teufel scheren, aber mit wachsender Ungläubigkeit beobachte ich, wie er zustimmend nickt. Er nickt verdammt noch mal!

Harry beugt sich vor und tätschelt tröstend meine Hand, die an der Tischkante klammert. Ich schrecke zurück und reibe mit meinen Fingerknöcheln einen scharfen Schmerz in meiner Brust weg.

Autsch. Ich kämpfe darum, mein Gesicht ausdruckslos zu halten.

»Ich bin sicher, du bist verärgert. Liz hat mir alles erklärt, und was sie sagt, ergibt Sinn.« Harry lächelt Liz liebevoll an. »Du hast Probleme, Forrest.« Harry setzt ein falsches, trauriges Gesicht auf und schnieft.

»Ihr Wort ist nichts wert, Baby. Sie hat sich nicht einmal die Mühe gemacht, unsere Anschuldigungen zu bestreiten. Wir müssen das als rechtmäßige Intervention sehen. Dein Rudel hat den undankbaren Hund beschützt. Was hättet ihr sonst tun können? Sie war verwildert! Was glaubst du, warum sie nicht redet? Sie hat Angst, dass wir sie ertappen könnten. Keiner glaubt ihr – sie ist eine Lügnerin.« Liz senkt ihre Stimme. »Das wäre alles nicht passiert, wenn du auf mich gehört und sie töten lassen hättest, als wir die Chance dazu hatten.« Harry nickt wieder, Hass glänzt in seinen blauen Augen.

Mein Herz ist wie ausgehöhlt.

Ich kneife meine Augen fest zusammen. Ich weigere mich zu weinen. Am liebsten würde ich mich in mich zusammenrollen, aber mit meinem bloßen Willen halte ich mein Rückgrat gerade.

Gott, ich wollte Harry so gerne mit Vertrauen und Freundlichkeit behandeln. Ich wollte das Beste in ihm sehen. Ich dachte, er wäre mein Rudel, mein Bruder. Doch jedes Mal, wenn Harry die Gelegenheit bekommt, sagt er etwas, das mich verletzt, und mit jedem Mal stirbt ein Teil von mir. Ich fühle mich krank, mein Mund ist trocken und ich habe einen Kloß im Hals, den ich nicht herunterschlucken kann. Die Person, für die ich Harry gehalten habe, gibt es nicht.

Ich habe ihn erfunden.

Die Erkenntnis trifft mich mit der Wucht eines Doppeldeckerbusses – das Loch in meiner Brust schmerzt.

Ich bin eine Idiotin.

»Sie ist ohnehin kein reinblütiges Weibchen, stimmt's, Baby?« Liz streichelt Harrys Gesicht und grinst in meine Richtung. »Sie ist zum Teil eine Fae oder ein Zwerg oder so.« Sie lehnt sich an ihn und flüstert: »Deshalb ist sie auch so klein und war all die Jahre verwildert.« Liz fährt sich mit den Fingern durch ihre gewellten Haare und ihre Augen glänzen vor Freude, während sie spricht. »Ich meine, schau dir ihre Haare und Augen an, was sie trägt – sie ist ein kompletter Freak.«

Zum Teil ein Zwerg? Wie unhöflich ist das denn bitte? Ich trage glitzernde silberne Turnschuhe, Leggings und einen süßen Pullover – ganz normale Sachen. Ich zwinge mich, meinen grauen Einhorn-Pullover nicht zu richten. Ganz ehrlich, was stimmt mit diesem Mädchen nicht? Warum hasst sie mich? Das Gift, das aus ihrem Mund tropft, ist reine Erfindung, und Harry schlürft es auf. Sie ist verrückt und Harry ist bekloppt, alles zu glauben, was aus ihrem Mund kommt.

Ich glaube, ich bevorzuge es, wenn Liz so tut, als wäre sie nett.

Diese schreckliche Kuh kann mich nicht einmal anreden, wenn sie mich beleidigt. Das Mindeste, was sie tun kann, ist, mir in die Augen zu sehen und den Scheiß zu sagen. Ich hebe meinen Hintern vom Stuhl, mit der einzigen Absicht, ihr die Scheiße aus dem Leib zu prügeln. Vielleicht schlage ich auch ihre beiden Köpfe zusammen, wenn ich schon dabei bin.

»Zuckerschnute, bist du bereit zu gehen?«, fragt eine raue Stimme hinter mir. Ich setze mich wieder hin und drehe mich zu dem Wandler um, der irgendwie aus den Toiletten hinter uns aufgetaucht ist und sich an unseren Tisch geschwungen hat. Er ist tadellos gekleidet – anthrazitfarbener Maßanzug und passender Mantel. Ich schaue Liz an, aber sie scheint ihn nicht zu kennen.

Redet er ... mit ... mir?

Ich runzle die Stirn. Er neigt den Kopf und richtet seine ganze Aufmerksamkeit auf mich.

Heilige Scheiße, der redet mit mir.

»Komm schon, Zuckerschnute. Ich weiß, du wolltest dein normales Ding mit deinem *Bruder* machen, aber wir sollten jetzt lieber gehen. Wir haben heute noch so viel zu tun.« Der fremde Wolf lächelt mich warmherzig an.

Ich blinzle ihn an. Stehen hier alle unter Drogen oder bin ich die Einzige, die keine Ahnung hat, was zum Teufel heute los ist?

Er lehnt sich über den Tisch und bietet Harry seine Hand an. »Ich bin Daniel Kerr. Schön, dich endlich kennenzulernen, Harry.«

Wow, der merkwürdige Wolf ist gut – er würdigt Liz keines Blickes. Es ist, als würde die verrückte Kuh gar nicht anwesend sein. Ich kann ihm fast verzeihen, dass er mich Zuckerschnute genannt hat – fast. Wie verdammt nervig das ist bitte? Grrr, *Zuckerschnute ...*

Daniel wirft Liz nicht einmal einen flüchtigen Blick zu, auch nicht, als sie ihre prallen Brüste zusammenpresst. Sie legt sie beinahe auf dem Tisch ab. *Ganz ruhig, Liz, wenn du die Dinger noch mehr zusammendrückst, platzen sie noch auf.*

»Ja ...«, sagt Harry, während er Daniels Hand schüttelt. Die totale Verwirrung steht ihm ins Gesicht geschrieben.

Daniel mustert mich mit einem sanften Lächeln, seine blauen Augen funkeln. »Du siehst heute wunderschön aus, kleine Wölfin«, flüstert er, während seine Hand sanft über mein Gesicht streicht. Er fährt mit dem Daumen über meine Unterlippe. Ich bin so überrascht, dass ich nicht aggressiv reagiere – ich sitze einfach nur da und glotze zu ihm hoch. Die Geste ist so intim, dass ich gar nicht weiß, wie ich darauf reagieren soll.

Wie oft kommt es vor, dass ein völlig Fremder auf dich zustürmt, dir vorgaukelt, dass ihr in einer Scheinbeziehung seid, und anfängt, dein Gesicht zu berühren? Nichts hätte mich auf diese Scheiße vorbereiten können.

Liz ist außer sich vor Wut und wechselt von selbstgefällig zu geradezu mörderisch. Außerdem ist sie knallrot geworden, genau wie ihr Kleid und ihre Nägel. Ihr Blick hüpft von Daniel zu mir und wieder zurück. Sie versucht noch einmal, Daniels Aufmerksamkeit auf sich zu ziehen, indem sie mit ihren Händen herumfuchtelt und versucht, ihre Tischbrüste zu betonen. Außerdem starrt sie Harry an – sie will, dass er etwas tut, aber auch Harry weiß nicht, wie er reagieren soll.

Ich schätze, das war nicht Teil ihrer rechtschaffenen Intervention. Was sagt man dazu?

»Du bist also Harry, der Abtrünnige? Von dem aufgelösten Oakland-Rudel? Danke, dass du *meiner* Forrest Gesellschaft geleistet hast, Harry. Ich weiß, dass sie nicht mit dir redet, aber sie findet dich amüsant.« Er klopft Harry auf den Rücken, eine vermeintlich freundliche Geste. Aber seine große Hand schlägt ihn so fest, dass Harrys Körper nach vorn geschleudert und er fast von seinem Stuhl gezwungen wird. Harry zuckt zusammen. »Wenn du uns entschuldigen würdest. Wir haben einen anstrengenden Tag und Abend vor uns. Forrest, komm!« Er ergreift sanft meinen Arm und ich stehe auf. Dankbar lasse ich mich von ihm zwischen den Tischen hindurchführen. Bevor ich durch die Tür gehe, drehe ich mich noch einmal um und winke dem verblüfften Paar zum Abschied abfällig zu. Arschlöcher!

»Ich entschuldige mich dafür, dass ich euer Gespräch

unterbrochen habe, aber ich konnte diesem widerwärtigen Mädchen nicht eine Sekunde länger zuhören«, sagt Daniel, als wir sicher auf dem Bürgersteig stehen.

Was zum Teufel ist da gerade passiert? Hat dieser Typ mich zufällig gerettet? Ich schaue hoch und höher. Er ist natürlich wandlergroß – er muss etwa zwei Meter sein. Mein Kopf befindet sich ungefähr auf Höhe der Mitte seiner Brust. Er schaut auf mich hinab und seine Augen glänzen vor Belustigung. Ich gebe ihm ein misstrauisches Dankesnicken und ein kleines unbeholfenes Winken und drehe mich um, um wegzustampfen.

»Sie beobachtet uns immer noch, Forrest. Komm schon, ich fahre dich nach Hause.«

Ich schaue in sein hübsches Gesicht. Seine Augen sind blau und seine Haare sind dunkel. Er hat diesen kantigen Kiefer und die schweren Augenbrauen, die man bei Filmstars so gerne sieht.

Seltsamerweise lasse ich zu, dass er meinen Arm nimmt und mich zu einem nobel aussehenden Auto am Straßenrand führt.

Kapitel Siebzehn

Daniel öffnet mir die hintere Beifahrertür und ich rutsche auf den Sitz. Er schließt die Tür, geht auf die andere Seite des Autos und steigt ein.

Warum ich mit ihm fahre, weiß ich nicht. Wenn ich ehrlich bin, will ich Liz nicht den Sieg überlassen. Sie hat vorhin versucht, mich zu Fall zu bringen, und ohne Daniels rechtzeitiges Eingreifen hätte ich da drin vollständig und peinlich den Kopf verloren. Das Einzige, was ich heute verloren habe, war meine rosarote Brille in Bezug auf Harry.

Ich verziehe das Gesicht und reibe mir wieder die Brust. Damit könnte ich ganz gut leben lernen.

Ich schnalle meinen Sicherheitsgurt fest.

Das Auto fährt los und die Türen verriegeln sich, wie ich hoffe, automatisch – obwohl der selbstgefällige, böse

Blick, den mir der Fahrer durch den Rückspiegel zuwirft, etwas anderes vermuten lässt. Der Fahrer ist männlich, ein Wandler mit einer Glatze und einem Spitzbart. Mit einem mulmigen Gefühl stelle ich fest, dass es sich um Holzkopf eins handelt, den Typen, den ich vor ein paar Wochen ausgeknockt habe.

Ich stütze meinen Kopf in die Hände und reibe mir die Schläfen. Oh, verfluchte Scheiße – auch wenn ich kein Genie bin, weiß ich jetzt, wer Daniel ist. Ich habe schon einmal mit Daniel gesprochen; er ist *Bossmann*, der Kerl, der die beiden Holzkopfwölfe beauftragt hat, mich aufzuspüren und mitzunehmen.

Ich kann nicht glauben, dass ich in sein Auto gestiegen bin. Ich bin eine verfluchte Vollidiotin!

Ich stütze mich mit dem Ellbogen auf die Tür und drücke auf den Knopf für das elektrische Fenster. Er bewegt die Scheibe leise einen Zentimeter nach unten, und das ist auch gut so. Das bedeutet, dass ich nicht gefangen bin. Ich werfe einen Blick auf Daniel, der mich schweigend und mit einem zufriedenen Lächeln im Gesicht beobachtet.

»Weißt du, Forrest, seit unserem letzten Gespräch am Telefon bin ich mehr als nur ein bisschen neugierig auf dich. Deine Lebensgeschichte, deine Vergangenheit. So lange in Wolfsgestalt gefangen. Doch trotz der Einschränkungen hast du dich in den letzten Monaten gut entwickelt. Jetzt, wo ich dich persönlich kennengelernt habe, bin ich fasziniert.«

Ich glaube, Daniel wartet auf eine Reaktion von mir. Ich fühle mich nicht wohl dabei, mit einem Mann zu reden, der mich höchstwahrscheinlich gerade entführt hat.

Mir ist aufgefallen, dass je weniger man redet, desto mehr scheinen andere dazu zu neigen, es zu tun. Sie reden und reden. Mein Schweigen ist ihnen unangenehm, also füllen sie meine Stille mit Lärm auf. Es ist so seltsam, dass das passiert – selbst Jungs, die normalerweise nur Ein-Wort-Antworten geben oder ein Grunzsystem haben, öffnen sich mir, als wäre ich ein Priester auf Beichtstuhl-Pflicht.

»Du bist so anders als die anderen Frauen unserer Spezies. Einzigartig. Ich bin fast sechshundert Jahre alt, und selbst in meiner langen Lebenszeit hatte ich noch nie das Vergnügen, jemanden wie dich zu treffen. Es ist, als ob du, kleine Wölfin, für mich geschaffen wurdest.«

Was? Ich schaue Daniel mit einem sicherlich verwirrten und entsetzten Blick an. Seine Augenlider hängen herab und er leckt sich die Lippen. Versucht er, mich zu verführen? Igitt, ich bin ganz und gar nicht beeindruckt. Er sieht mich an, als würde die Sonne aus meinem Hintern scheinen. Gruselig. Abgesehen von unserem Telefongespräch vor ein paar Wochen habe ich noch nie mit dem Typen geredet. Und doch ist es so, als würde er anfangen, mir seine unsterbliche Liebe zu erklären. Ich wackle auf meinem Sitz. Die Art und Weise, wie er spricht, erinnert mich an ein anderes Gespräch mit einem Dämon während einer Autofahrt.

»Wenn ich nicht die Überwachungsvideos gesehen hätte, auf denen du zwei meiner besten Männer ausgeschaltet hast, hätte ich es nie geglaubt. Ich bin beeindruckt. Du bist eine talentierte junge Frau. Ich bin so froh, dass du die richtige Entscheidung getroffen hast, mit mir zu verschwinden.« Ich habe keine Ahnung, was er von mir hören will. Will er, dass ich ihm einen goldenen Stern verleihe?

Er rückt näher an mich heran und dreht seinen Körper so, dass er mir zugewandt ist. Er streckt seine Hand aus und versucht, mein Gesicht zu betatschen, so wie er es im Café getan hat. Ich knurre ihn an. Anstatt das als Warnung zu verstehen, lehnt er sich mit einem kehligen Lachen noch weiter an mich heran. Angst und Wut durchfluten meinen Körper und ich fange an zu zittern. Daniel holt tief Luft und atmet meinen Duft am Pulsschlag meines Halses ein. Er stöhnt. Ich knurre. Alles in mir schreit, dass ich wegmuss, dass ich nicht in Sicherheit bin.

Dieser Typ ist nicht ganz richtig im Kopf.

Ich bewege mich so weit weg, wie es der Sicherheitsgurt zulässt, und quetsche mich in die Ecke des Wagens. Ich knurre immer noch. Seine rechte Hand packt meine Hüfte und er zieht mich zurück auf das Leder, näher zu ihm. Er legt seine Hand auf meinen Sicherheitsgurt und zieht ihn fest, sodass ich mich nicht bewegen kann und quasi auf dem Sitz gefangen bin. Wenn der Gurt so über mir liegt, werde ich mich nicht wandeln können. Na ja, ich könnte schon, aber ich wäre immer noch gefangen. Seine Hand blockiert die Öffnung des Gurtschlosses.

Verzweifelt hebe ich beide Beine hoch und versuche, ihn von mir wegzutreten, aber er blockiert die Bewegung mit seinem Körpergewicht und drückt meine Beine auf den Sitz. Daniel liegt fast vollständig auf mir. Seine rechte Hand hat es geschafft, meine beiden Handgelenke zu ergreifen. Ich schaue ihn mit großen Augen an, keuchend.

Ich kämpfe mit meiner aufsteigenden Panik.

Was zum Teufel passiert hier? Ich versuche erneut, ihm

zu entkommen, und sein Griff wird schmerzhaft fest – der Mangel an Platz ist ein Problem.

»Du wirst mir nicht noch mal entkommen. Du. Gehörst. Mir«, knurrt er. Ich zucke bei dem giftigen Ton in seiner Stimme zusammen, und er wird sofort ruhiger. Sein Tonfall wechselt ins Beschwichtigende. »Es gibt keinen Ausweg aus dieser Sache, Forrest. Hat der heutige Tag nicht bewiesen, dass du ein schlechtes Urteilsvermögen hast und auf dich allein gestellt nicht sicher bist? Kleine Wölfin, niemand wird dich so schätzen wie ich. Niemand kann dich so gut beschützen wie ich.« Ich versuche, mich wegzuwinden – ohne Erfolg.

Ich weiß nicht, warum er das tut.

Die Sanftheit, die jetzt in seinen Augen liegt, ist beunruhigend. Daniel ist die schlimmste Art von Bösewicht. Er denkt, er tut das Richtige. Ein wahnhafter Spinner.

Mein Mund ist zu trocken, um zu sprechen, mein Gehirn zu verwirrt, um Worte zu bilden.

Daniel beugt sich vor, und ich erschaudere. Er lächelt gegen meine Wange und meine Haut kräuselt sich vor Abscheu über seine Nähe. »Kleine Wölfin, ich kann es kaum erwarten, in dir zu sein.«

O Gott, verdammt! Ich raste komplett aus.

Für ein paar Sekunden verliere ich die Kontrolle über mich. Die Urangst, die durch meinen Körper schreit, hindert mich daran, klar zu denken. Ich stöhne auf und versuche verzweifelt, mich zu befreien. In diesen kurzen Momenten vergesse ich mein ganzes Training. Ich muss weg!

Der Holzkopf am Steuer lacht.

Er. Lacht.

Ich zwinge mich, innezuhalten und zu atmen, zu denken.

Für Daniel mag es so aussehen, als hätte ich aufgegeben oder mich selbst verausgabt. Aber ich versuche verzweifelt, meine Instinkte in den Griff zu bekommen. Ich bin es in keiner Weise gewohnt, dass ein erwachsener Mann so mit mir redet. Er hat mich fast unter sich in einem fahrenden Auto eingeklemmt, das nur Gott weiß wohin fährt. Findet er es in Ordnung, in dieser Situation so schmutzig mit mir zu reden? Vielleicht würde es einigen Mädchen gefallen, hilflos mit einem gut aussehenden Wolf gefangen zu sein. Aber das ist eine andere Art von Geschichte, und dies hier ist meine.

Ich habe Jahre damit verbracht, gefangen zu sein. Ich habe als Wolf so viel Scheiße miterlebt und ertragen. Ich werde mit dieser Scheiße nicht wie eine Frau umgehen – auf keinen Fall. Ich habe keine Ahnung, was er vorhat, aber ich bin kein verdammtes Opfer, und ich mache da nicht mit.

Das ist verflixt noch mal nicht in Ordnung!

Meine Wut löst eine weitere Reaktion aus, und meine Wandlermagie reagiert wunderbar. Meine Finger wandeln sich zum ersten Mal in Wolfskrallen.

Daniel lässt meine Handgelenke schockiert fallen und murmelt das Wort *umwerfend*.

Ich denke nicht, ich reagiere. Owens Stimme schreit mir Anweisungen in meinem Kopf zu und ich benutze meine Krallen in einer schnellen Bewegung, um nicht nur den Sicherheitsgurt zu zerschneiden und mich zu befreien, sondern auch, um sie brutal über Daniels Hals und Brust zu ziehen.

Der plötzliche Schmerz zwingt ihn dazu, Abstand von mir zu nehmen – obwohl Daniel, dieser komische Kauz, mich anerkennend anschaut. Ich nutze seine Ablenkung und drücke auf den Knopf zum Herunterlassen des Fensters. Bevor sich das Fenster ganz geöffnet hat und bevor er versucht, mich weiter zurückzuhalten, wandle ich mich in meinen Wolf.

Ich springe durch das Fenster und entkomme dem sich immer noch bewegenden Fahrzeug.

Ich war auf der linken Seite des Wagens, also muss ich nicht auf entgegenkommende Fahrzeuge aufpassen. Meine Schulter prallt hart auf den Asphalt und ich rolle durch die Wucht des Aufpralls.

Ich schüttle sie ab. Abgesehen von meinem Stolz bin ich unverletzt. Ich renne.

Zu Daniels Glück folgt er mir nicht, denn ich bin so verflixt wütend, dass ich ihm die Kehle herausreißen und ihm die Nase abbeißen könnte. So verärgert bin ich. Ich hasse es, Angst zu haben. Ich weiß, dass das unrealistisch ist, aber ich hatte dummerweise gehofft, dass ich nie wieder mit dieser Art von Angst zu tun haben würde.

Gott, bin ich dazu bestimmt, immer das Opfer von jemandem zu sein?

Der Mangel an Respekt, den er mir entgegenbrachte, ist einfach unbegreiflich. Ich weiß nicht, ob es nur meine Meinung ist, aber Männer sollten sich nicht so auf dich stürzen. Hat seine Mutter ihm nicht beigebracht, dass man Frauen nicht angreift, oder ist er so gut aussehend, dass er noch nie mit Zurückweisung konfrontiert wurde?

Ich habe nicht *nein!!* oder *Runter von mir, du Arschloch!* gesagt. Vielleicht war es also meine Schuld – vielleicht hätte ich meine verdammte Stimme benutzen sollen? Warum habe ich meine Stimme nicht benutzt? Harry hat in einem Punkt recht: Ich bin verdammt schräg. Ich habe eine Stimme. Ich muss sie benutzen. Was zum Teufel stimmt nicht mit mir?

Wenn ich nicht spreche, passieren schlimme Dinge.

Aber Daniel ist ein Wandler, und er muss meine Angst gerochen haben. Er wusste, dass ich verängstigt war, aber er hat trotzdem weitergemacht. Er ist nicht zurückgewichen, *aber er hat mich auch nicht unangemessen berührt*, sagt eine schreckliche kleine Stimme in meinem Hinterkopf hilfsbereit.

Nachdem ich mich wieder gefangen habe, wird mir klar, dass er mich aus der Stadt bringen wollte. Das Auto fuhr auf der Hauptstraße, die zur Autobahn führt. Ich hatte Glück mit dem Zeitpunkt meines Sprungs, denn das Tempolimit auf dieser Straße beträgt nur fünfzig.

Ich weiß, wo ich bin, und ich weiß auch, dass Jodies Hexenzirkel nicht allzu weit entfernt ist. Ich muss mit meiner Hexenfreundin reden. Ich brauche eine freundliche weibliche Sichtweise, also bewege ich meinen pelzigen Hintern zu Jodie.

Während ich laufe, frage ich mich, ob es an mir und meinen Umständen liegt, dass männliche Wandler mit null Respekt reagieren. Bis jetzt habe ich nur beängstigende frauenfeindliche Ansichten kennengelernt. Sie glauben ernsthaft, dass sie mit mir machen können, was sie wollen, ohne dass es Konsequenzen hat.

Um Himmels willen, ich bin gerade aus einem fahrenden Auto gesprungen, um von diesem Arschloch Daniel wegzukommen.

Der verrückte Mistkerl dachte wahrscheinlich, es wäre eine Art Vorspiel.

Ich schnaufe. Scheiße, ich war besser dran, als ich in dem Café saß und mir von Liz fiese Beleidigungen anhören musste, und das will schon was heißen ... Warum zum Teufel bin ich in dieses Auto gestiegen?

Ich habe so viel Zeit in meiner Wolfsgestalt damit verbracht, das Leben zu begreifen, indem ich die eine oder andere Fernsehsendung durch das Küchenfenster gesehen habe. Ich habe keine Ahnung, wie ich mich als erwachsene Wandlerin verhalten soll. Ich hatte gerade Glück – seine Größe im Vergleich zu meiner Größe.

Ich erlaube mir nicht, den ganzen Mist, der gerade passiert ist, tiefgründig zu analysieren. Sich aufzuregen, verletzt zu sein und Angst zu haben, hilft nicht weiter. Es hilft auch nicht, wütend zu werden und Daniel das Gesicht abzukauen, leider.

Ich muss die Dinge rational betrachten. Wenn ich anfange, wie eine verängstigte Frau zu denken, werde ich einen Fehler machen und verletzt werden.

Es ist passiert, mir geht es gut, und das Beste, was ich tun kann, ist, aus meinem Fehler zu lernen.

Also schiebe ich diesen ganzen Schwachsinn mit aller Gewalt in den Hintergrund. Ich schiebe ihn in eine andere mentale Kiste, die mit *Später damit beschäftigen* beschriftet ist.

Wenigstens kann es heute nicht noch schlimmer werden.

Kapitel Achtzehn

ICH BRAUCHE NICHT LANGE bis Jodie, da ich ein ausgezeichnetes Tempo an den Tag lege. Als ich den Laden erreiche, riecht es stark nach Kräutern und Magie. Ich war noch nie hier, aber Jodie hatte mich zu einem Besuch eingeladen. Gott, ich hoffe, Jodie ist in der Nähe und arbeitet nicht gerade im Krankenhaus. Ich muss dringend ein freundliches Gesicht sehen.

Der Zauberladen mit dem fettgedruckten Schild über der Doppelfassade verkündet: TINKTUREN UND TONIKA – SPEZIALISTEN FÜR TRAGBARE ZAUBERTRÄNKE. Der Laden liegt stolz zwischen einer Kunstgalerie auf der linken und einem Friseursalon auf der rechten Seite. Er befindet sich in einem bescheidenen, cremefarbenen Gebäude mit einem alten Bankzeichen, das über der

Tür in den Stein gemeißelt ist, in der Birley Street, einer Fußgängerzone mitten in der Stadt.

Ich pflanze mich vor die geschlossene Tür. Ich hebe meine Vorderpfote und klopfe gegen die Tür, wobei ich darauf achte, dass meine scharfen Krallen keine Spuren im Lack hinterlassen. Nach ein paar Klopfzeichen antwortet eine junge Hexe in einer blauen Schuluniform. Sie schwingt die Tür zur Begrüßung weit auf.

»Forrest, wie geht es dir, komm rein, komm rein! Jodie! Jodie! Forrest ist hier, und sie ist ganz wolfig!«

Heather, die junge Hexe, quietscht vor Freude und schenkt mir ein breites Willkommenslächeln. Ich habe Heather im Krankenhaus kennengelernt, als sie Jodie geholfen hat, eine Zaubertrankbestellung hereinzubringen. Ich finde die junge Hexe einfach nur goldig.

»Forrest, darf ich dich streicheln? Bitte, bitte, bitte!« Heather wackelt und wedelt mit Jazzhänden und einem breiten Grinsen auf dem Gesicht, während ihre kurzen blonden Locken auf und ab hüpfen. »Du bist einfach so süß.«

Als Antwort nicke ich, strecke meine Zunge heraus und schenke ihr mein bestes Wolfsgrinsen. Heather quiekt wieder vor Freude. Ich lasse mich auf den Holzboden fallen, und Heather wirft sich neben mich auf den Boden.

Heather streichelt sanft das Fell um meinen Kopf und meine Ohren. Sie fährt mit ihren Händen meinen Rücken entlang. Es ist sooooo herrlich. Ich habe mir noch nie das Fell streicheln lassen. Wenn ich so darüber nachdenke, habe ich noch nie eine freundliche Berührung in dieser Gestalt erlebt. Mit jeder Streicheleinheit von Heathers

Händen entspanne ich mich mehr und mehr auf dem Boden.

Interessiert schaue ich mich im Laden um. Er ist hell erleuchtet – natürliches Licht fällt durch die großen Fenster an der Vorderseite. Faszinierenderweise schweben Dutzende von magischen Lichtkugeln in verschiedenen Ecken des Raumes. Wenn sich das Licht im Laden im Laufe des Tages ändert, bewegen sich die schwebenden Kugeln dorthin, wo sie gebraucht werden. Eine hat sich bereits über Heather und mich geschoben. Wie cool.

Ich bemerke, dass die Holzregale bis zum Rand mit Wunderwerken gefüllt sind. Das kribbelnde Summen der Energie der magischen Artefakte erfüllt die Luft und der fast überwältigende Geruch von Kräutern sticht mir in die Nase.

Ich schließe meine Augen. Das Leben ist gar nicht so schlecht, wenn man sich nicht auf das Negative konzentriert.

»Komm schon, lass sie in Ruhe, du verrücktes Kind. Sie ist eine Frau unter all dem Fell.« Ich öffne ein Auge und Jodie steht vor einer Tür, die vermutlich in den hinteren Bereich des Ladens führt. Ein aufrichtiges Lächeln ziert ihr hübsches Gesicht. »Forrest, es ist so schön, dich zu sehen, Schätzchen. Wenn du dich wieder zurückwandelst, mache ich dir eine Tasse Tee.« Sie dreht sich um und schlendert zurück in den Raum hinter sich.

»Manno, ich sehe die Wandler nie in Tiergestalt. Ich wollte mehr Zeit haben ... Dein Fell ist so weich.« Heather jammert, während sie sich vom Boden erhebt und davonstampft.

Ich stoße ein wölfisches Lachen aus und richte mich

auf. Ich mache mich auf den Weg zur Tür, während meine Krallen auf dem Boden klappern. Ich werfe einen Blick hinein.

Das Zimmer ist groß, aber gemütlich und in warmen Grüntönen eingerichtet, die mir sehr zusagen. An einem Ende stehen ein richtiger Holzofen und eine bequeme Sitzecke, am anderen Ende eine schöne, große Hexenküche im Industrieformat mit einem Tisch in der Mitte, an dem zwölf Personen Platz finden.

Als ich den Raum betrete, lasse ich mich von der Wandlung einnehmen. Der Zauber wandelt meinen Körper in Sekundenschnelle von der Wolfsgestalt in meine Menschengestalt. Es tut nicht weh, und es fühlt sich natürlich an. Es ist nicht wie in den von Menschen gemachten rassistischen Werwolf-Filmen, in denen die Knochen brechen, eine seltsame eklige Flüssigkeit austritt und der Werwolf vor Schmerz schreit. Es ist eine Einmal-mit-der-Wimper-gezuckt-Transformation – pure, wunderschöne Magie.

Magie ist in ihrer Komplexität atemberaubend. Hexen gehen zum Beispiel anders mit Magie um als Wandler. Es gibt so viele Bereiche der Magie, dass einige Hexen Spezialisten für Zaubertränke sind, wie Jodie und ihr Hexenzirkel. Andere Hexen sind auf elementare Dinge spezialisiert.

Ich will damit sagen, Hexen *manipulieren* Magie. Wandler *sind* Magie.

Eine interessante Tatsache, die ich von Jodie über Hexen erfahren habe, ist, dass Hexen das umgekehrte Problem haben wie die Wandler: Männliche Hexen sind extrem selten.

Jodie steht mit dem Rücken zu mir und kocht gerade

Tee. Wow, sie zieht echt alle Register. Jodie hat feine Teetassen, Untertassen und eine schöne Teekanne auf einem Tablett arrangiert. Darauf stellt sie ein kleines Milchkännchen und eine Zuckerdose mit echtem Würfelzucker ... wie nobel.

Ich krame die Zaubertrankkugeln aus meinen Taschen. Ich kann sie auch gleich von Jodie überprüfen lassen, denn ich bin mir nicht sicher, ob das Hin- und Herwandeln sie ruiniert hat. Die Wandlungsmagie, die Jodie mir im Krankenhaus geschenkt hat, macht meine Kleidung zu einem Teil der Wandlung, sodass ich meine Kleidung behalte, wenn ich mich zurückwandle. Sie wandelt auch meine Waffen mit – wie unglaublich ist das?! Das Einzige, was sie nicht mit mir wandelt, ist Technik, daher bin ich mir nicht sicher, ob sie andere Magie mag, die mit auf die Reise geht. Ich liebe es, mich zum Wandeln nicht nackt ausziehen zu müssen.

»Du kannst sie in die Schüssel auf dem Beistelltisch legen, ich sehe sie mir gleich an.« Ich schnaufe. Jodie steht immer noch mit dem Rücken zu mir. *Freakige Hexe*, denke ich amüsiert. Grinsend stecke ich sie gehorsam in die Schüssel.

»Setz dich«, sagt sie und trägt das Tablett mit den Teesachen zum Tisch. »Also sag mir, was ist los? Es sieht dir nicht ähnlich, sorglos in deiner Wolfsgestalt herumzulaufen.«

Ich sitze und kaue auf meiner Lippe. Ich wette, die Hälfte der Scheiße, die heute passiert ist, wäre nicht passiert, wenn ich mein verdammtes Maul aufgemacht hätte. Ich kann mich nicht mehr davon beherrschen lassen.

Ich stütze meinen Kopf in die Hände und reibe mir die Schläfen. Wo soll ich nur anfangen ...

»Benutz deine Worte, Forrest! Es sind nur wir hier. Bitte erkläre mir, was passiert ist.« Sie lächelt mich aufmunternd an. Ihre braunen Augen sind warm und beruhigend, also öffne ich meinen Mund, atme tief ein und erzähle es ihr.

Ich erkläre ihr, was mit Harry und Daniel passiert ist. Zuerst ist Jodie wütend auf Harry und schwärmt von Daniels rechtzeitiger Rettung. Aber je mehr ich erzähle, desto wütender wird Jodie. Sie ist rasend vor Wut in meinem Namen. Ich bin so froh, eine so gute Freundin zu haben. Ich bin auch erleichtert, dass meine Freundin die Details von heute kennt und mit den meisten meiner Schlussfolgerungen übereinstimmt. Jodie denkt nicht, dass ich in einer der beiden Situationen überreagiert habe. Sie vermittelt mir den Eindruck, dass ich früher hätte handeln sollen.

Nachdem sie sich mit ihrem ernsthaften Wunsch, Daniel wegen des Autozwischenfalls zu verstümmeln, beruhigt hat, entscheidet sich Jodie schließlich dagegen, mir einen Schwanz-Explosions-Trank zu geben. Ich denke nach.

»Hier, das hier ist ein Männlicher-Impotenz-Trank.« Jodie reicht mir eine leuchtend rote Kugel. »Es ist die Hexenversion von Pfefferspray; es macht es einem Mann nicht nur wochenlang unmöglich, einen hochzukriegen, sondern setzt sogar auch einen Wandler für etwa zwanzig Minuten außer Gefecht, sodass du entweder fliehen oder ihn alternativ abstechen kannst.« Sie grinst.

Ich starre auf den kleinen, harmlosen Ball auf meiner

Handfläche und blinzle zu meiner Freundin hoch. Ich hoffe, sie hat mir nicht heimlich den furchterregenden Ball gegeben. Als ob Jodie meine Gedanken lesen könnte, bricht sie in Gelächter aus. »Dein Gesicht ...« Sie lacht so sehr, dass ihr die Tränen über das Gesicht laufen. Ich schaue ihr amüsiert zu. Als sie wieder sprechen kann, sagt Jodie: »Ich verspreche dir, es ist nicht der explodierende, Forrest.« Jodie kichert wieder, klopft auf ihr Bein und ihre Augen funkeln. »Wenn ein von diesem Trank betroffener Mann zu irgendeiner Hexe geht und sie um Hilfe bittet, wird sie das merken und wahrscheinlich die Haltbarkeit des Impotenztranks verlängern. Sei also vorsichtig und benutze ihn nur in einer Situation wie heute, denn er ist eine sehr effektive Strafe.« Sie reibt sich die Tränen aus den Augen.

Wow. Notiz an mich selbst: keine Hexe anpissen!

»Danke«, sage ich mit einem vorsichtigen Lächeln. Der Zorn von Jodie ist etwas Wunderbares. Ich erschaudere dramatisch und Jodie fängt wieder an zu kichern.

»Ich wünschte, du hättest Liz ein paar Ohrfeigen verpasst ...«, sagt Jodie wehmütig.

Daniel hat mich ungewollt davon abgehalten, Liz in den Hintern zu treten, was mir auf lange Sicht wohl einen Gefallen getan hat. »Ich muss mich nur mit einem neuen schleimigen Stalker herumschlagen.« Das ernüchtert meine Freundin, und sie schenkt mir ein trauriges Lächeln.

»Okay, wir müssen etwas dagegen tun, dass die Wandler dich so leicht aufspüren können. Ich habe ein paar Dinge, die perfekt wären ... gib mir eine Sekunde.« Jodie klatscht in die Hände, springt auf und fängt an, in ihrem Lagerraum herumzuwühlen. Nach einer guten Viertelstunde produziert sie ein wunderschönes Armband. »Zuerst dieses Armband«, sagt Jodie und legt es vor mir auf den Tisch. »Wenn du dich dafür entscheidest, es zu benutzen, ist es nicht nur hübsch, sondern hat auch eine unglaublich komplexe Magie. Wenn du es trägst, wird es unmöglich sein, dich zu orten.«

Es zu benutzen? Ich stecke mir das Ding so schnell an mein linkes Handgelenk, dass Jodie noch nicht einmal fertig ist, mir davon zu erzählen. Jodie schenkt mir ein strahlendes Lächeln und schüttelt den Kopf über mich. Sie schenkt mir noch eine Tasse Tee ein und fährt fort. »Es ist Duftmaskierer-Magie. Er verändert deinen Duft vollständig und regelmäßig. Selbst wenn du direkt vor einem Wandler stehst, riechst du wie ein normaler Mischlingsmensch. Oh ...« Jodie springt auf und kommt mit einer alten Schachtel zurück, die sie mit einem dumpfen Schlag auf den Tisch stellt. »Wenn ich mit dir fertig bin, werden diese Wolfswandler nicht einmal merken, dass du direkt vor ihnen stehst. Selbst dein Hellhound-Freund wird dich mit dieser nächsten Schönheit nicht erkennen.«

»Oh, ist das ein Glamour?«, frage ich behutsam. Jodie rollt mit den Augen und schüttelt den Kopf.

»Nein, kein Glamour – viele starke Kreaturen können sie durchschauen. Nein, was du brauchst und was ich hier habe, Forrest, ist Verkleidungsmagie«, flüstert Jodie geheimnisvoll.

Uuuuh.

Stunden später verlasse ich Jodies Laden, einen Zettel mit einer Telefonnummer in der Hand und meine Taschen voller glänzender, lustiger Zaubertrankkugeln. Die gute Nachricht ist, dass Jodie mir bestätigt hat, dass meine anderen Zaubertrankkugeln meine Wandlungen überlebt haben. Das ist eine fantastische Nachricht, denn das bedeutet, dass auch meine neuen magischen Armbänder ohne Probleme mit mir wandeln werden.

An meinem linken Handgelenk trage ich meinen fantastischen Duftmaskierer und an meinem rechten Handgelenk das Verkleidungsarmband. Die Verkleidungsmagie ist nicht die ganze Zeit aktiv, im Gegensatz zum Duftmaskierer. Bei dem Verkleidungsarmband muss ich meine Finger darauf legen und das Wort *Betty* sagen, um den Zauber zu aktivieren.

Es war witzig, auszuwählen, wie ich aussehen wollte. Es gibt nichts Besseres, als über sich selbst zu kichern, wenn man in den Spiegel schaut und eine riesige Nase und ein massives Kinn hat. Die Zeit mit Jodie hat meine Laune verbessert. Ich fühle mich leichter.

Weil meine Stimme so tief und heiser ist, haben wir uns schließlich für eine Verkleidung als alte Dame entschieden, und *Betty* ist perfekt. Ich habe immer noch meine Statur, meine Größe und meine Haarfarbe – blaue Spülung war mal angesagt, warum also nicht auch pink? Wenn ich meine Haare zu einem Dutt binde, bin ich startklar. Je weniger wir mit Magie verändern, desto geringer ist die Wahrscheinlichkeit, dass der Zauber entdeckt wird. Braune Augen, eine spitze Nase und viele Falten, glückliche menschliche Falten. Als hätte man ein Leben lang gelacht und gelächelt. Wandler tragen keine Alterszeichen wie Menschen; unser Alter ist nicht in unser Gesicht und unseren Körper eingebrannt. Nein, das Alter wird an der Kraft gemessen, die über die normalen Sinne hinaus strahlt. Sobald ein Wandler seine natürliche Volljährigkeit erreicht hat – in der Regel mit dreißig bis vierzig Jahren –, altert sein Körper nicht mehr. Wandlern ist das Alter egal, ihnen geht es nur um Macht.

Mit ein bisschen künstlerischer Verkleidung, und sei es nur ein Mantel, ist Großmutter Betty sofort einsatzbereit – die perfekte Verkleidung.

Kapitel Neunzehn

Als ich wieder im Wohnhaus ankomme, erfahre ich, dass John sich gemeldet hat und sofort mit mir sprechen will. Anscheinend will er darüber reden, was heute mit Daniel passiert ist und was es mit der ganzen Entführung auf sich hat. Ich habe keine Ahnung, wie er das so schnell herausgefunden hat.

Als John meinen Videoanruf entgegennimmt, sieht er stinksauer aus. Einen Moment lang freue ich mich, dass er sich meinetwegen so aufregt.

Dieser Gedanke erweist sich jedoch als *äußerst* anmaßend.

»Ich hatte ein interessantes Telefongespräch mit *Ratsmitglied* Daniel Kerr.« Ich erstarre und mein Gesicht verliert die Farbe. Oh, verdammt, Stalker Daniel ist ein

Ratsmitglied. Ich hasse mein Leben. Ich beobachte John mit wachsender Besorgnis.

»Dir ist schon klar, Forrest, dass es völlig inakzeptabel ist, wenn mich ein Mitglied des Rates wegen meiner aufsässigen Schwester anruft. Was zum Teufel hast du getan, um einen der wichtigsten Wandler des Landes zu verärgern?«, brüllt John.

Schock durchfährt meinen ganzen Körper, und als Reaktion darauf kribbelt meine Magie und meine Finger werden teilweise zu Klauen. Abseits der Kamera grunzt Owen überrascht. Ich ziehe eine Grimasse. Dieses Gespräch sollte nicht so ablaufen. Ich beiße mir auf die Lippe und verschränke meine Hände im Schoß. Die Krallen meiner linken Hand graben sich versehentlich in meinen Oberschenkel und der Duft meines Blutes erfüllt die Luft. Owen ergreift sofort meine Hand, um mich zu stützen und mich wahrscheinlich davon abzuhalten, mein Bein weiter zu zerfetzen.

Ahnungslos schimpft mein Bruder weiter mit mir. »Der Ratsherr hat uns genau erklärt, was heute passiert ist.« John reibt sich den Nacken und knurrt: »Wir haben entschieden, dass der ganze Vorfall deine Schuld ist, was eindeutig an deiner mangelnden Lebenserfahrung liegt. Ich bin so enttäuscht von dir, Forrest – du hast dich wie ein manisches Kind benommen. Du hast offensichtlich die gesamte Interaktion mit dem Ratsherrn falsch gedeutet. Unsere Mutter würde sich für dein launenhaftes Verhalten schämen.«

Mir dreht sich der Magen um, als er meine Mum erwähnt. Die Erinnerung an meine Mum an jenem Tag in der Lagerhalle drängt sich in den Vordergrund meiner

Gedanken. Nein, dieser Flashback-Scheiß wird nicht passieren. Ich packe die Erinnerung und stopfe sie zurück in ihre Kiste. Nein, zur Hölle nein!

John hat unrecht; ich weiß in meinem Herzen, dass meine Mum es verstehen würde, ohne Wenn und Aber.

»Daniel Kerr hat nicht versucht, dich zu entführen oder etwas Unangemessenes zu tun. Verdammt noch mal, du dummes Mädchen, die Vorstellung, dass ein Ratsmitglied versuchen würde, *dich* zu entführen, ist absolut lächerlich.« John schüttelt den Kopf und rollt seine Lippen ein, seine Abscheu mir gegenüber ist offensichtlich und steht ihm in jeder Zeile seines wütenden Gesichts geschrieben.

Ich nehme meinen Mut zusammen und öffne meinen Mund, um auf seine unfairen Anschuldigungen zu antworten. Die Entschlossenheit, für mich selbst einzustehen, pulsiert durch meinen ganzen Körper.

»Er ...«

»Nein! Ich rede.« John unterbricht mich mit einem lauten Knurren und hält seine Hand hoch, um mich endgültig zum Schweigen zu bringen.

Meine Augen brennen, als ich meinen Bruder anstarre und ihm meinen Schmerz schweigend mitteile.

»Daniel sagte, du hättest ihn angegriffen. Forrest, du hast ein Ratsmitglied angegriffen! Er hätte ernsthaft verletzt werden können. Er erwähnte auch, dass er vor dem Angriff auf ihn, einschreiten musste, als du einen unschuldigen weiblichen Wandler attackieren wolltest. Was zum Teufel stimmt nicht mit dir? Du brauchst professionelle Hilfe! Ich habe den Ratsherrn davon überzeugt, keine rechtlichen Schritte einzuleiten, und zu deinem Glück wird er auch nicht die Jäger einschalten. Aber wir haben unter uns beschlossen, dass man dir nicht trauen kann.«

Verwirrung macht sich in mir breit und mein Herz hämmert in meinen Ohren. Es kostet mich alles, was in meiner Macht steht, um ruhig zu bleiben und nicht zu reagieren. Owen drückt meine Hand, während ich darum kämpfe, nach außen hin ruhig zu bleiben. Ich atme einen weiteren zittrigen, schmerzhaften Atemzug ein.

»Daniel war auch besorgt darüber, dass du sein Auto auf so gefährliche Weise verlassen hast. Das Fenster, Forrest, wirklich?« John fährt mit seiner Belehrung fort. »Daniel hat auf eigene Kosten angeboten, dass seine gut ausgebildeten Wandler deinen Bodyguard-Dienst übernehmen. Ab sofort werden sie dich begleiten, wenn du das Gebäude verlassen willst. Die Hellhounds sind zu beschäftigt, um sich mit dir und deinem Schabernack zu beschäftigen.« John schüttelt frustriert und enttäuscht den Kopf.

Daniel hat John sehr gut ausgetrickst. Was für ein manipulativer Mistkerl. Ich habe keine Ahnung, wie ich damit fertig werden soll. Schöner Spielzug, Daniel, schöner Spielzug.

»Ich habe die Einladung, dass du bei ihm leben sollst, abgelehnt.« Tja, das ist ja wirklich großmütig von ihm, meinem Entführer den vollen Zugang zu verweigern. »Ich habe das Gefühl, dass du schon genug Turbulenzen erlebt hast. Aber ich warne dich jetzt, Forrest Hesketh, noch ein Fehler und du wirst das Problem von jemand anderem sein.« Er begegnet meinem Blick, und ein weiteres Knurren schleicht sich zwischen seinen Zähnen hindurch. John ist furchterregend, wenn er die Beherrschung verliert, und im Moment hält er sich nur noch am seidenen Faden zusammen. »Du brauchst professionelle Hilfe. Daniel wird das für dich arrangieren. Ich weiß nicht, wie du so viel Glück hattest, seine Gunst zu erlangen. Besonders nach allem, was du getan hast.« John schüttelt den Kopf. »Der Ratsherr ist ein besserer Mann als ich.« John reibt sich wieder den Nacken.

Mit ruhigerer Stimme sagt er: »Was habe ich auch von einem verwilderten Wolf erwartet? Du benimmst dich wie ein Tier, also ich werde dich auch wie eines behandeln. Wenn ich dich an die Leine legen könnte, würde ich es tun.«

Ich atme tief ein. Wow, verdammt hart, eine Leine? Wirklich, John? Warum besorgst du mir nicht noch ein Elektrohalsband, wenn du schon dabei bist?

»Also, du hast jetzt genug von meiner Zeit verschwendet. Ich muss wieder an die Arbeit. Benimm dich!« John beendet das Gespräch, ohne sich zu verabschieden.

Ich sitze wie betäubt auf meinem Platz. Frustriert schnaufe ich. Warum zum Teufel habe ich erwähnt, dass es heute nicht noch schlimmer werden könnte? Verdammtes Murphys Gesetz.

Ich hasse mein Leben.

Ich schließe die Augen und schlage immer wieder mit dem Hinterkopf gegen die Rückenlehne. Das ganze Gespräch ist so schnell eskaliert. Technisch gesehen habe ich Daniel in Notwehr gekratzt, aber was zum Teufel?! Er war es, der mich attackiert hat. Jetzt hat John diesen mächtigen und gefährlichen Mann weiter in mein Leben eingeladen.

Wenn ich heute nicht mit Jodie gesprochen hätte, wäre ich vielleicht davon überzeugt gewesen, dass ich überreagiert habe. Die grausamen Dinge, die John gesagt hat ... *Noch ein Fehler und du wirst das Problem von jemand anderem sein.* Für ihn ist es leicht, so etwas zu sagen und Daniels Bullshit zu glauben.

Mich nicht nach meiner Wahrheit zu fragen.

Ich begutachte mein blutendes Bein. Die Schnitte sind oberflächlich. Ich seufze. Ich habe meine Leggings ruiniert.

Daniel, der Mistkerl, hat uns alle wie Schachfiguren herum manövriert und seinen eigenen Willen durchgesetzt. Eine Träne kullert an meiner Nase herunter und ich wische sie mit meiner Schulter weg.

Ich muss ins Fitnessstudio gehen. Ich muss irgendwas verprügeln, und wenn ich verschwitzt bin, muss ich ein paar Stunden meditieren. Wenn ich das nicht tue, könnte es sein, dass ich Daniel, diesen Ficker, jagen gehe und ihm zeige, wie Körperverletzung wirklich aussieht. Wenn er am Boden liegt und blutet, will ich ihn anschreien, weil er mir im Auto Angst gemacht und meinen Bruder gegen mich aufgehetzt hat.

Nein. Ich wette, er rechnet damit, dass ich so reagiere, ohne nachzudenken. Ihm mit gezückten Waffen hinterherzulaufen, wird ihm direkt in die Hände spielen. Ich verhalte mich wie das Tier, für das John mich hält.

Ein Schluchzen zwängt sich zwischen meinen Lippen hervor. Ich kneife meine Augen fest zu.

Das Beste, was ich tun kann, ist, mich zu beherrschen, den Kopf unten zu halten und nicht zu reagieren. Ich habe keine Lust, Daniels krankes Spiel mitzuspielen.

Daniel muss denken, dass ich eine verängstigte Beute bin, schwach und ohne Freunde. Um diesen Glauben zu bestärken, ist es vielleicht am besten, wenn ich meine

Wohnung nicht verlasse. In den Jahren, in denen ich in der Wolfsgestalt festsaß, wurde ich oft in einer schrecklichen Situation zurückgelassen. Das ist also das, was er sowieso erwarten würde. Ein vorhersehbares Reaktionsmuster, um ihn einzulullen, damit er einen Fehler macht – und wenn man ihm genug Seil gibt, wird er sich selbst einen Strick daraus drehen.

Ich denke an meine Brüder und die Teile meiner Seele, die sie heute zerstört haben. Ich bin mit Vernachlässigung und ständigem Schmerz durch meine vermeintlichen Liebsten aufgewachsen. Zum Teufel – ich schüttle den Kopf – es fällt mir leicht, mich an die Gefühllosigkeit dieser Welt zu gewöhnen, denn ich rechne damit, dass man mich tritt, wenn ich am Boden liege. Ich habe schon öfter mit dieser Scheiße zu tun gehabt. Seelische und körperliche Misshandlung – ja, wir kennen uns gut.

Das Leben ist verflucht unfair.

Die Art und Weise, wie du damit umgehst, macht dich aus, und ich weigere mich, eine verbitterte, grausame Person zu sein, die von ihrer Wut beherrscht wird.

Warum tun die Männer in meinem Leben das? Warum sind sie so verdammt grausam?

»Das war ein bisschen unfair«, sagt Owen. Ich öffne meine Augen und blinzle zu ihm hoch. Ich merke, dass wir immer noch Händchen halten; er war so still und hat mich nachdenken lassen. Hm, nicht alle Männer in meinem Leben. Ich drücke seine Hand als stilles Dankeschön. »Würdest du mir bitte sagen, was passiert ist?« Ich lasse ihn los und stochere in meinen Klauen herum. Ich schaue auf und schenke meinem Freund ein trauriges Lächeln, und eine weitere verdammte Träne kullert über meine Wange. Wie schon bei Jodie fange ich wieder von vorn an.

Als ich fertig bin, tobt Owens wütende Energie durch den Raum. Er holt scharf Luft und stößt sie dann genervt wieder aus. Als er mich ansieht, knurrt er.

»John muss das erfahren ...«

»Bitte, er wird mir nicht glauben. Du hast ihn doch gehört. Bitte, Nanny-Hound, du musst dich nicht mit meinem Bruder oder Daniel streiten. Ich ... Ich will niemandem zur Last fallen.« Das Schwanken in meiner Stimme ist erbärmlich. »Das würde Daniel nur in die Hände spielen. Ich muss mir meine Schlachten aussuchen und darf meine Karten nicht offen auf den Tisch legen.« Dann erkläre ich ihm meine Überlegungen und meine Theorie.

Ich begegne Owens Blick; in seinen grauen Augen liegen Angst und Wut. Owen macht sich Sorgen um mich. Ich versuche zu vermitteln, wie dankbar ich bin. Meine Augen stechen und meine Brust brennt. Er schluckt sichtlich, wischt sich mit einer Hand über das Gesicht und bringt ein mürrisches Grunzen und ein steifes Nicken zustande.

»Okay.« Dann untersucht mich Owen und nickt einmal, als er sich vergewissert hat, dass ich nicht kurz vor dem Tod stehe. Er wuschelt mir durch die Haare, als wäre ich ein Kind. Dann bekomme ich einen zehnminütigen Vortrag darüber, warum es so gefährlich ist, in das Auto eines Fremden zu steigen. Die Normalität, zurechtgewiesen zu werden, reißt mich vom Rande der Hysterie weg. Auch die herzliche Umarmung nach dem Vortrag über die Gefahr von Fremden hilft.

Owen stimmt zu, dass sowohl der Duftmaskierer als auch die Verkleidungsmagie eine gute Idee sind. Je weniger meine Bewegungen jetzt verfolgt werden, desto besser.

Wir beschließen beide, dass ich im Lockdown bin und meine Wohnung nicht verlassen darf, geschweige denn das Gebäude. Nicht mit den neuen glänzenden Henkern, ähm, ich meine, den *Bodyguards*, die patrouillieren werden. Um wie viel wetten wir, dass es die Holzköpfe sein werden, die Wache halten? Während ich überlege, wie ich heimlich fliehen kann, vielleicht indem ich lerne, mich abzuseilen, erzählt mir Owen von Portaltüren.

»Wir haben Portale? Wie konnte ich nicht wissen, dass es Portale gibt?«

»Sie sind ein von Hexen erschaffenes Torsystem, das mit Hilfe von Ley-Linien-Magie mit anderen Portalen auf der ganzen Welt verbunden ist«, erklärt Owen. »Du musst die Erlaubnis haben, um irgendwohin zu gehen und die Codes der Tore kennen. Sonst wirst du auf der anderen Seite unangenehm oder sogar tödlich von einem Schutzwall begrüßt.« Überall in der Stadt gibt es lokale Portale. Owen verspricht mir, mir später die lokalen Codes und die Karte der Welttorportale zu geben, damit ich sie mir einprägen kann.

Die Bequemlichkeit reizt mich, ganz zu schweigen von der Heimlichkeit. Der Gedanke, dass ich sofort überall auf der Welt hingehen kann, ist überwältigend. Die Welt ist ein kleiner Ort mit Magie.

Leider darf ich nicht mit den neu entdeckten Portalen spielen, denn dieses Gebäude hat keins.

Owen holt sein Handy aus der Tasche. »Ich habe eine

gute Bekannte, die eine Torhexe ist.« Ich grinse ihn an. »Ich kann sie anrufen ...«

»Oh, du hast eine Bekannte ...« Ich wackle mit den Augenbrauen. Owen ist beschämt über meine Sticheleien. Das ermutigt mich, mit den Fingern durch meine Haare zu fahren, mit den Wimpern zu klimpern und einen Schmollmund zu ziehen, um seine hypothetische gute Bekannte zu imitieren. Er schneidet eine entsetzte Grimasse. Ich lache und greife mit meinen Grapschehänden nach seinem Handy. Owen legt seine große Hand auf mein Gesicht und hält das Telefon aus meiner Reichweite.

»Hör auf damit! Ich dachte schon, du hättest eine Art epileptischen Anfall – mach das nicht noch mal. Nicht diese Art von Bekannte, Forrest. Ich kann sie beauftragen, heute Abend vorbeizukommen und ein neues Tor in deiner Wohnung zu installieren. Die Kosten werden zwar lächerlich hoch sein, aber das ist es wert. Zum Glück bist du reich. Ich habe noch eine andere Hexe, die mir einen Gefallen schuldet und die in der Lage sein sollte, danach vorbeizukommen und einen Schutzwall zu installieren.« Ich hüpfe auf meinem Sitz. Juhu! Mein eigenes Portal. »Der Schutzwall in der Wohnung wird für zusätzliche Sicherheit sorgen; ich denke, es wird unmöglich sein, diesen Daniel aus dem Gebäude zu halten. Er ist ein Ratsmitglied mit hohem Status. Das macht ihn nahezu unantastbar. Es trägt auch nicht gerade dazu bei, dass John das Gebäude und die Wohnungen besitzt. Ich könnte immer noch mit ihm reden ...?« Ich schüttle den Kopf. »Okay, *wir* wählen unsere Schlachten aus und legen *unsere* Karten nicht offen auf den Tisch.« Owen wiederholt, was ich zuvor gesagt habe, mit Nachdruck. »Es wäre also dumm, wenn auch amüsant, den Gebäudeschutzwall so einzustellen, dass er Daniel oder seine Leute in die Luft jagt. Also stellen wir einen Schutzwall auf, um sie von deiner Wohnung fernzuhalten und sie daran zu hindern, zu dir zu kommen. In der Zwischenzeit kannst du so tun, als würdest du in deiner Wohnung sitzen und schmollen. Das wird uns Zeit geben, eine Lösung für dieses Chaos zu finden.« Juhu. Wir haben einen Plan. Owen steht auf und zerrt mich vom Sofa hoch. »Wir werden deine Dachterrasse für das Training nutzen – das Fitnessstudio wird für einige Zeit ausfallen. Ab jetzt bist du im Lockdown.«

»Also gut. Los geht's, Forrest, zieh dich um. Ich werde mit dir Druckpunkte, Augenausstechen und deine Bodenarbeit üben. Außerdem müssen wir dafür sorgen, dass die Krallen nicht einfach so nach Lust und Laune herausploppen.«

Kapitel Zwanzig

Als ich vorhin Jodies Laden verließ, drückte sie mir einen Zettel in die Hand und bestand darauf, dass ich ihn brauchen würde. Auf dem Zettel steht die Telefonnummer einer Gruppe, die Kreaturen in Not hilft. Jodie schwor, dass sie die einzig Wahren seien und dass man sich an sie wenden solle, wenn man unvoreingenommene Informationen über die Gesetze für Wandler und den Umgang mit Problemen wie Daniel brauche. Ich nahm die Nummer an, um höflich zu sein. Ursprünglich hatte ich null Absicht, dort anzurufen. Jodie muss Hellseherin sein.

Jetzt, während mir mein Stalker und Entführer auf den Fersen ist, muss ich etwas Eigeninitiative zeigen. Ich habe keine wirklichen Verbündeten. Natürlich ist Owen auf meiner Seite. Aber ich kann nicht erwarten, dass er seine Karriere und sein Leben für mich aufs Spiel setzt. Was für ein Mensch wäre ich, wenn ich das tun würde? Das Gleiche gilt für Jodie. Ich habe die traurige Entscheidung getroffen, mich von meiner Hexenfreundin fernzuhalten, bis sich die Sache mit Daniel beruhigt hat. Ich will die Hexen da nicht mit reinziehen. Das ist nicht ihr Kampf. Daniel ist zu gefährlich.

Ich rufe die Nummer an, aber es geht niemand ran.

Ein paar Stunden später, nachdem die Hexen meinen neuen Schutzwall und das Portal installiert haben, mache ich mir gerade eine Tasse Tee, als mein Telefon klingelt. Ich schaue neugierig auf das Display. *Wer zum Teufel ruft denn hier an? Mich ruft nie jemand an.* Das Telefon wie eine Verrückte anzustarren, wird mir keine Antworten geben, also denke ich *Scheiß drauf* und gehe ran.

»Hallo?«, antworte ich zurückhaltend.

»Forrest? Ich rufe dich zurück ... Du scheinst ein Problem mit einem Ratsmitglied zu haben? Geht es dir gut?« Ich halte das Telefon weg und blinzle es an. *Hm.*

»Es ist alles ein bisschen chaotisch«, sage ich misstrauisch.

Das ist eine massive Untertreibung.

»Ja, das verstehe ich. Ich möchte mich kurz vorstellen. Mein Name ist Ava und ich bin Sicherheitsexpertin. Es tut mir leid, dass ich mich nicht früher bei dir gemeldet habe. Normalerweise überprüfe ich meine Anrufer, bevor ich mit ihnen spreche, und das kann manchmal eine Weile dauern. In deinem Fall habe ich die Zeit produktiv genutzt, um die verfügbaren Beweise zu sammeln. Ich freue mich, dir sagen zu können, dass ich Videoaufnahmen von dem heutigen Entführungsversuch habe.«

»Du hast ... Videoaufnahmen?«, flüstere ich ungläubig. »Woher weißt du ... welche Art von Aufnahmen?« Ich schließe meine Augen und beiße mir auf die Lippe. *Bitte ruf an, um mir zu helfen. Oh bitte*, flehe ich das Universum an.

»Ja, von beiden Entführungsversuchen. Vergiss nicht, dass Ratsmitglied Kerr das jetzt schon zweimal versucht hat.« Ich höre das leise Klicken einer Tastatur über den Hörer. »Die Kameraaufnahmen von der Ampel, als du aus dem Auto gesprungen bist, und die Aufnahmen aus dem Café. Oh, und die Krönung: Überraschenderweise habe ich auch Aufnahmen aus dem Auto.«

»O mein Gott!« Ich gebe eine Art gurgelndes Geräusch von mir. Das Geräusch bleibt mir im Hals stecken und verwandelt sich in ein Wimmern. Ich schwanke und lasse fast meinen Tee fallen. Ich schaffe es, die Tasse auf den Tresen zu schieben, bevor ich in der Mitte der kleinen Küche sehr ungraziös auf den Boden sinke.

Wer ist diese Person? Kann ich ihr vertrauen? Was will sie im Gegenzug?

»So, ich habe alles, was ich habe, an deine E-Mail Adresse geschickt. Anstatt mit diesen Informationen zu deinem Hellhound-Bruder zu gehen, sollten wir ein bisschen höher zielen, meinst du nicht? Wenn du dazu bereit bist und mir vertraust, können wir diesen Albtraum ein für alle Mal beenden.«

»Ich will dir vertrauen«, flüstere ich. Meine Stimme zittert nur ein wenig. »Ich hatte einen beschissenen Tag. Ich weiß nicht, was ich sagen soll ... Ava, das ist zu schön, um wahr zu sein. Aber ich werde dir vertrauen. Danke, danke.«

Ava gluckst, ihre Stimme ist warm. »Jodie wird sich

freuen. Es wird nicht über Nacht passieren. Ich werde ein Treffen arrangieren müssen, und in der Zwischenzeit musst du dich ruhig verhalten, Forrest. Ich kann dich nicht beschützen, bis ich die Beweise an die richtige Person weitergegeben habe. Na ja, außer du willst verschwinden. Ich kann dir dabei helfen, falls du nicht kämpfen willst. Ich denke, du hast eine gute Chance, deinen Namen reinzuwaschen. Aber ich kann dir auch helfen zu fliehen ...«

»Ich will es versuchen.« Ich bin so froh, dass sie auf meiner Seite ist – hoffentlich. Ich kann nicht glauben, dass sie über all diese Informationen verfügt und alles weiß, ohne dass ich es ihr sage. Es ist ehrfurchtgebietend. Vielleicht ist Ava eine Computerhackerin? Ist das zu schön, um wahr zu sein? Ich drücke die Daumen und vertraue darauf, dass sie nicht versuchen wird, mich zu bescheißen. »Ich werde mich ruhig verhalten und hierbleiben. Ava, ich danke dir. Wenn ich dir im Gegenzug helfen kann, brauchst du nur zu fragen.«

»Das ist kein Problem, Forrest, das ist mein Job. Ich rufe dich an, wenn ich mehr weiß. Pass auf dich auf.« Nachdem wir uns verabschiedet haben und ich immer noch auf dem Küchenboden sitze und am ganzen Körper zittere, checke ich meine E-Mails.

Ava hat es getan.

Die Kameraaufzeichnungen sind vernichtend. Das ist es, was ich brauchte; ich hoffe, es ist genug.

Ich glaube, ich habe mein Seil gefunden.

Ich stehe vor meiner Portaltür. Ich wackle von einem Fuß auf den anderen und zappele, als hätte ich Ameisen in der Hose. Irgendwie mach ich mir fast in die Hose. Ich ziehe meinen Mantel zurecht und kämme mit meinen Fingern die losen Haarsträhnen zurück in meinen Dutt. Ich schiebe es schon seit Wochen vor mir her, dieses Tor zu benutzen. Ich zögere, die Geborgenheit meiner Wohnung zu verlassen, weil ich Angst habe, dass entweder Daniel oder John mich schnappen und einsperren werden. Stattdessen habe ich mich selbst in meiner Wohnung eingesperrt – wie ironisch ist das denn bitte?

Ich bin auch nervös, dass ich die falschen Tor-Symbole benutze und irgendwo lande, wo ich nicht hingehen sollte. Ich bereue es, dass ich Owen gesagt habe, ich bräuchte seine Hilfe nicht, als das System installiert wurde. In Wirklichkeit hätte ich das schon vor Wochen tun sollen.

Ich lache, als ich mich an die Torhexe und ihre maßlose Abscheu erinnere, als ich ihr sagte, dass ich mein Portal in meinem begehbaren Kleiderschrank haben wollte – wer will denn kein Portal in einem Kleiderschrank? Hallo, Narnia!

Sie verbrachte Stunden mit ihrer erstaunlichen Portalzauberei, um meine Wohnung mit den Ley-Linien zu verbinden. Die Hexe war wirklich nicht amüsiert, als ich sie aus Spaß fragte, ob ich ein paar Klamotten, die ich nicht mochte, durch ein willkürliches Portal schicken könnte, um jemandem ein Geschenk zu machen. Das *Nein* kam mit Nachdruck und ihr ungläubiger Gesichtsausdruck war unbezahlbar. Die Schutzwallhexe war viel netter.

Ich habe meine Zeit damit verbracht, Daniels Handlangern aus dem Weg zu gehen, mit Owen zu trainieren und jedes Buch zu lesen, das ich in die Finger bekam. Die Zeit ist verflogen; sie ist davongeflattert, während ich mich versteckt habe. Jetzt muss ich das Portal benutzen und Owen ist nicht da, um mir zu helfen. Owen wurde zusammen mit den anderen Hellhounds weggeschickt – eine wichtige Ratsangelegenheit, die streng geheim gehalten wird. Ich habe das schreckliche Gefühl, dass Daniel im Hintergrund sein Unwesen treibt, aber vielleicht bin ich auch nur paranoid, obwohl ich das bezweifle.

Die Holzköpfe und andere Wachleute waren in den letzten Wochen ständig draußen, und ich habe sie gemieden wie die Pest. Ich habe mir mein Essen liefern lassen, aber seit die Hellhounds weg sind, gibt es keine Essenslieferungen mehr. Es ist, als wäre ich in meiner Burg, sicher im Turm eingeschlossen, während Daniel mich belagert und sein Bestes gibt, um mich auszuhungern. Dieses Arschloch.

Ava hat Videobeweise davon, wie die Holzköpfe mein Essen annehmen und es sofort zerstören oder essen. Die Bastarde haben meinen verdammten Schokoladenkuchen gegessen. Meinen Kuchen! In meiner Kuchenverzweiflung werde ich also die Betty-Verkleidung für eine Testfahrt mitnehmen.

Ich muss mutig sein.

Ich hüpfe auf den Zehenspitzen und begutachte das Tor mit Sorge. Ich kenne die Codes und weiß, wohin ich gehen muss. Ich weiß nur nicht, wie das Portal auf der anderen Seite aussieht, und das lässt mich durchdrehen.

Ich atme tief durch und beginne mit zittriger Hand, den Code einzugeben.

Die Codes sind magische Symbole; sie sehen aus wie

ägyptische Hieroglyphen, sind aber von der Struktur her eher Keilschrift, eine magische Sprache, die nichts mit der menschlichen Geschichte zu tun hat – die Hexen nennen sie »Runen«. Es gibt einen schicken, abgefahrenen Namen für sie, aber frag mich nicht, ich habe keinen Schimmer. Meine magische Ausbildung endete im Alter von neun Jahren.

Die ersten drei Symbole sind wie eine Vorwahl und die nächsten sechs stehen für das Portal selbst. Das, was ich gerade eingebe, *SOLLTE* mich zu einer Portaltür in einer Gasse bringen, die ein paar Straßen von einer Bäckerei entfernt ist, die ich ausprobieren möchte. Ich muss auch anfangen, mehr mit Fremden zu reden, daher kann ich diese Reise als Sprach- und Portalübung nutzen.

Ich zögere. Alles oder nichts.

Ich vervollständige den Code, halte den Atem an und trete hindurch.

Das war gar nicht so schlimm – ich bin am Leben und es fühlte sich an, als wäre ich durch eine ganz normale Tür getreten. Ganz schön antiklimaktisch – ich hatte ein kleines Kribbeln oder einen Lichtblitz erwartet, irgendetwas. Ich schaue mich um und stelle erfreut fest, dass ich mich tatsächlich in einer Gasse befinde – hoffentlich in der, die ich wollte.

Was ich allerdings etwas seltsam finde und nicht erwartet habe, sind die beiden Vampire, die vor der Tür stehen, als ich aus dem Portal trete. Ich stoße fast mit ihnen zusammen. Hoffentlich benutzen sie das Portal und bewachen es nicht. Ich schlurfe zur Seite und nicke ihnen misstrauisch zur Begrüßung zu. Ich mag keine Vampire. Das hat nichts mit dem Untod oder dem Bluttrinken zu tun, sondern mit dem Wandlersein. Meine Nase ist so empfindlich, und Vampire riechen wie totes Zeug, das langsam verrottet. Ich glaube, das ist der Beginn der Verwesung, bevor sich der menschliche Körper verwandelt, aber vielleicht riechen Vampire auch einfach nur so, als Basisduft. Fäulnis. Wie auch immer, sie verursachen bei mir immer ein leichtes Übelkeitsgefühl. Ich versuche, nicht durch die Nase zu atmen oder meine Nasenflügel angewidert zu rümpfen.

Beide Vampire sehen aus wie normale Menschen. Der eine ist fett und ein furchtbarer Resthaarkünstler, der andere ist dünn. Wenn ich die Augen verenge, sehen sie ein bisschen aus wie Laurel und Hardy – alles, was sie brauchen, sind kleine Melonenhüte, um den Look zu vervollständigen.

»Also, wie kommt es, dass ein alter Mensch wie du, die Tore benutzt?«

Hä? Ein Mensch? Ach ja, der Duftmaskierer und *Betty* ... perfekt! Das funktioniert auch bei Vampiren – gut zu wissen. Wenn ich heute schon üben muss, kann ich auch direkt meine Stimme benutzen. Hoffentlich versuchen sie nicht, mich zu fressen. Vampiren in den Arsch zu treten, weil sie mich als wandelnden Blutsack benutzen wollten, schreit nicht gerade nach *inkognito*.

Ich räuspere mich und sage heiser: »Ich entschuldige mich dafür, dass ich euch fast in die Arme gelaufen wäre, meine Herren. Wenn ihr mich entschuldigen würdet, ich habe etwas zu erledigen.«

Die beiden schauen mich von oben bis unten an. »Vielleicht kannst du uns helfen, Mensch. Wir sind auf der Suche nach einer Wandlerin. Pinke Haare, goldene Augen.

Ich nehme nicht an, dass du jemanden kennst, auf den diese Beschreibung passt?«

Oh, Scheiße, die Vampire reden über mich. Sie sind auf der Suche nach mir. Ich schüttle den Kopf und blinzle sie mit einem hoffentlich verwirrten und besorgten Blick an.

Scheiße, Scheiße, Scheiße!

»Ich habe noch nie eine Wandlerin getroffen. Ist sie eine Kriminelle?« Ich erschaudere ein wenig und hoffe, dass das meinen beschleunigten Herzschlag verbergen wird.

»Nein, aber sie hat einen offenen Haftbefehl. Sie hat das Interesse von jemandem geweckt. Wie ich schon sagte, pinke Haare, goldene Augen und sie spricht nicht. Hier ist unsere Karte, falls du jemanden wie sie siehst. Wenn du uns anrufst, geben wir dir etwas Bargeld, einen Tausender, einfach nur für den Anruf.« Ich nicke mit gespielter Begeisterung und nehme die Karte.

»Wie wunderbar«, sage ich strahlend. »Das Geld hätte ich liebend gern, damit ich meine Schwester besuchen kann, wie wunderbar. Ich werde die Augen offen halten.« Ich tätschele meinen pinken Dutt. »Oh, ich habe pinke Haare! Ich hoffe, niemand hält mich für diese Wandlerin.« Ich gluckse.

»Mach dir keine Sorgen, Mensch. Niemand wird euch beide miteinander verwechseln«, lacht der Halbglatzen-Vampir spöttisch.

Ich wünsche den beiden viel Glück, während ich mich auf den Weg aus der Gasse mache. Ich bleibe ruhig und hoffe, dass der leicht erhöhte Puls mich nicht verrät. Ich versuche, zu schlurfen, damit ich menschlicher wirke. Wahrscheinlich sehe ich aus, als hätte ich mir in die Hosen geschissen. Das muss ich zu meiner Übungsliste hinzufügen: meinen Betty-Gang. Menschen stolzieren nicht herum.

ALS ICH WIEDER ZU Hause bin, mache ich mir eine Tasse Tee und setze mich auf die Dachterrasse, um meinen Schokoladenkuchen zu essen.

Ich scrolle durch meine Telefonnummern. Zuerst versuche ich, Owen anzurufen, aber sein Telefon ist ausgeschaltet. Bevor ich das Telefon weglegen kann, klingelt es – Ava.

»Hallo, bist du sicher zu Hause? Hast du von dem Haftbefehl gehört?« Ich husche zurück in meine Wohnung und werfe mich auf das Sofa. Der Schutzwall wird verhindern, dass jemand mithört.

»Ja. Was zum Teufel?! Ich habe es erst heute Morgen erfahren. Zwei Vampire haben Geld dafür geboten, wenn man mich sichtet. Ist es Daniel? Was macht er?«

»Tja, ja. Ich kann bestätigen, dass Daniel Kerr den Haftbefehl veranlasst hat. Er wird ungeduldig; das kommt uns sehr entgegen. Die Jägergilde zu involvieren ist unbezahlbar.« Das Lächeln in ihrer Stimme ist offensichtlich. »Ich schicke dir jetzt eine Kopie des Haftbefehls per E-Mail. Zum Glück handelt es sich nicht um einen hohen Geldbetrag. Er wird ein paar schludrige unabhängige Spieler erreichen, die auf das schnelle Geld aus sind. Es gibt genaue Bestimmungen über deine Gesundheit und dein Wohlergehen, also will er dich nicht verletzen. Ich glaube, dass der Haftbefehl eher dazu dient, dich zur Verzweiflung zu bringen und in die Enge zu treiben, als dass er ernsthaft versucht, dich zu fangen. Er benutzt die Gilde, um seine Drecksarbeit zu erledigen«, mutmaßt sie. »Durch den illegalen Haftbefehl sind wir auf der Warteliste deutlich nach oben gerutscht. Ich habe es geschafft, dass du morgen einen Termin bei der Gilde bekommst.«

Ava lacht zufrieden in den Hörer. »Ich konnte im System der Gilde nichts finden – es gibt keinen offiziellen Fall gegen dich. Daniel hat die Regeln umgangen und den Haftbefehl ohne die richtigen Unterlagen ausgestellt. In dem Dokument steht sogar, dass du ihm und nicht der Jägergilde zur weiteren Bearbeitung übergeben werden sollst. Es ist ein absolutes No-Go, einen Flüchtigen an das vermeintliche Opfer zu übergeben. Die ganze Sache stinkt zum Himmel. Das ist ein echter Machtmissbrauch.«

»Ich werde die Vampire, die du heute getroffen hast«, fährt sie fort, »als Ablenkung für deine Bodyguards benutzen. Halte dich morgen früh außer Sichtweite. Ich werde dafür sorgen, dass du sicher zu dem Treffen kommst, um die Aufhebung des Haftbefehls zu erwirken. Ich schicke dir morgen früh ein Auto.« Wir beenden den Anruf mit einer Verabschiedung. Es ist ein großes Risiko, ihr zu vertrauen, aber es fühlt sich richtig an.

Die E-Mail von Ava kommt auf meinem Handy an, und ich öffne den Anhang und lese. Es sind die Papiere für den übernatürlichen Haftbefehl. Ich lese mir schnell das offizielle Dokument durch, das mich zur Flüchtigen erklärt.

Hm.

In meinem Kopf sehe ich mich selbst durch Tunnel

rasen und Tommy Lee Jones hinter mir herlaufen. *»Ich habe meine Frau nicht umgebracht!«*, schreie ich.

Oh, okay, das war Harrison Ford. Aber den Titel Flüchtling zu tragen und *Auf der Flucht* zu sein – auch wenn es ein Haufen Bullshit ist – gibt mir das Gefühl, ein böses Mädchen zu sein. Ich summe den Song *Bad Guy* von Billie Eilish, während ich mir ein weiteres Stück Kuchen nehme und den Wasserkocher anschmeiße.

Kapitel Einundzwanzig

Ich gehe mit einem dämonischen Barrister, nein, nicht mit einem normalen Anwalt, sondern mit einem waschechten *dämonischen Barrister*, den Ava für mich arrangiert hat, zur Jägergilde. Der Dämon, der Mr. Brown heißt, begleitet mich zu einer Befragung bezüglich der Anklage wegen Körperverletzung gegen mich.

Ich bin unglaublich nervös.

Meine pinkfarbenen Haare sind offen und fallen mir bis zur Taille. Der Saum des hübschen, hochgeschlossenen weißen Kleides reicht mir gerade bis zu den Knien. Es ist mit hübschen 3D-Blumen bestickt und hat eine große Schleife auf dem Rücken. Darunter habe ich einen gerüschten Unterrock angezogen, der den Stoff aufplustert. Das Kleid ist lächerlich und deshalb geradezu perfekt. Wäre ich groß gewesen, hätte das Kleid elegant ausgesehen

– es ist immerhin ein Designerkleid. Aber an meiner kleinen Statur lässt es mich noch zerbrechlicher erscheinen. Ich wirke dadurch nur wie eine unschuldige, *harmlose* junge Frau. Ich kombiniere das Kleid mit einer weichen, hellblauen Strickjacke, einer hellblauen Strumpfhose und zarten weißen Schuhen.

Meine Handgelenke fühlen sich ohne meine magischen Armbänder kahl an. Ava hatte mich gewarnt, dass ich von der Sicherheitskontrolle nach Magie abgesucht werden würde, also war es das Beste, sie zurückzulassen. Ich bin bereit zu gehen.

Ich schleiche aus der Lobby. Die Bodyguards sind vor einer halben Stunde in größter Panik abgehauen, also ist die Luft rein. Ava hat mir die Details zum Auto gegeben, also kann ich die Sicherheit des Gebäudes und des Schutzwalls beruhigt verlassen, als ich das Auto warten sehe.

Meine Fingerknöchel werden weiß am Türgriff des Wagens. Ich zittere. Ich schließe meine Augen, beruhige mich und öffne die Tür. Ich schlüpfe hinein und begrüße Mr. Brown – er ist nicht Daniel, sage ich meinem schlotternden Ich – mit einem Nicken und einem kleinen Lächeln.

Der Dämon ist nicht das, was ich erwartet habe: Er ist dünn, hat schüttere blonde Haare und blasse, glasige blaue Augen hinter einer Brille mit dicken Rändern. Er trägt einen hässlichen braunen Anzug.

»Miss Hesketh.« Er nickt mir zu und schaut dann aus dem Fenster, ohne eine Antwort zu erwarten. Ich bleibe ruhig sitzen. Ich lege meinen Sicherheitsgurt nicht an.

Es dauert nicht lange, bis wir am Gebäude der Jägergilde ankommen. Der Wagen setzt uns an den großen Glastüren ab und wir werden von einer nervös aussehenden Dame begrüßt, die uns durch eine Magie- und Waffenkontrolle schickt. Nach der Sicherheitsprüfung führt sie uns zu einem Aufzug, wo sie eine Karte an die Schalttafel hält, anstatt irgendwelche Knöpfe zu drücken. Wir passieren alle markierten Etagen und fahren in das oberste Stockwerk des Gebäudes. Als sich die Fahrstuhltüren öffnen, treten wir in einen sehr hübsch dekorierten Flur hinaus. Am Ende des Flurs befindet sich eine einzelne Tür.

Das ist ganz und gar nicht ominös.

An der Tür steht kein Name. Ich habe keine Ahnung, wen wir treffen werden. Meine Nervosität muss sich in meinem Gesicht zeigen, denn Mr. Brown schaut mit einem freundlichen, zuversichtlichen Blick auf mich herab.

»Also, Miss Hesketh, Sie müssen nur die Wahrheit sagen. Ich werde mich um alles andere kümmern.« Ich nicke nervös und verschränke meine Finger. Die Dame öffnet die Tür und bittet uns in den Raum. Sie bleibt auf dem Flur stehen und schließt die Tür hinter uns.

Das Büro ist riesig und wie der Flur wunderschön in Braun- und Goldtönen eingerichtet. Der sehr maskuline Raum ist bis zur Hälfte der Wände mit Holz verkleidet. Es gibt einen Sitzbereich mit einem Bücherregal, einem Ledersofa und zwei Ohrensesseln.

Ein riesiger Wandler sitzt hinter einem Schreibtisch, der vor den raumhohen Fenstern steht. Der Wandler steht zur Begrüßung auf, als wir auf ihn zugehen. Ich schaue zu dem riesigen Mistkerl hoch und mein Blick bleibt auf seinem Nasenrücken hängen. In einer Welt voller riesiger Wandler ist dieser Typ unbestritten der größte, den ich je getroffen habe. Er ist schockierenderweise viel größer als alle anderen Hellhounds, sowohl von der Größe als auch von der Statur her – obwohl man ihn auf einem Foto für einen normalgroßen Mann halten könnte, so gut sind seine Proportionen. Wenn man vor ihm steht, ist das eine ganz andere Erfahrung.

Der marineblaue Anzug, den er trägt, hat nicht eine einzige Falte oder den kleinsten Makel. Er passt perfekt zu seiner großen Brust, seinen breiten, runden Schultern und seiner straffen, schmalen Taille. Selbst in seinem Anzug würde er mit einem Breitschwert in der Hand passender aussehen. Gott, seine Schultern sind so breit! Ich wette, er könnte jemandem mit einem Schlag den Kopf abtrennen. Er muss weit über zwei Meter groß sein – ich schätze, so um die zwei Meter fünfundzwanzig. Ich weiß instinktiv, dass er ein Drachenwandler ist.

Die mächtige Energie des Drachens lässt meine Haut kribbeln und alle Haare auf meinem Körper stellen sich auf. Ich weiß nicht, wer er ist, aber ich weiß, dass er sehr wichtig sein muss.

Ich bin nicht zu stolz darauf, zuzugeben, dass er mir eine Scheißangst einjagt.

Er lässt meine Instinkte überschnappen. Ich ertappe mich sogar dabei, wie ich defensiv hinter den Dämon trete, was aber sinnlos ist, da der Drache mich immer noch sehen kann. Meine Augen scannen den Raum und suchen nach anderen Ausgängen.

Er beobachtet mich. Sein Gesicht verrät keine Emotionen, aber seine Nasenlöcher blähen sich auf und nehmen meinen Duft wahr. Sein Gesicht ist ein Kunstwerk – gemeißelt, kantig, mit hohen Wangenknochen, einer starken Kieferlinie und einer geraden Nase. Seine Lippen sind voll, wobei die untere etwas voller ist als die obere. Die Haare des Drachens sind lang und silbern, sogar seine Haut hat einen leichten Silberschimmer. Der Mann ist wunderschön. Ich schnaufe. Wie könnte er nicht schön sein? Schließlich ist er ein Drachenwandler, selten und legendär.

Gott, er ist ein gut aussehender Bastard. Ich stoße einen fast unhörbaren Seufzer aus.

Die silbernen Augen des Drachens blitzen auf, und ich erstarre instinktiv. *Raubtier.* Ich versuche, mich wie eine schlaue Beute zu verhalten. Ich bewege keinen einzigen Muskel. Ich halte meine Augen auf ihn gerichtet und beobachte mit meinem peripheren Blick den ganzen Raum. Ich spüre, wie sich mein Brustkorb zusammenzieht und mein Atem mit meiner Panik ein- und ausatmet.

Ich habe Angst vor ihm und bin gleichzeitig schockierend erregt.

Es klopft an der Tür, ich hüpfe auf und quietsche vor Schreck – ich quietsche, verdammt! Der Drache begutachtet mich noch genauer.

»Herein!«, sagt er mit einer tiefen, grollenden Stimme. Die Tür öffnet sich und eine dunkelhaarige männliche Hexe tritt ein. Wow, eine männliche Hexe. Der Hexer sieht aus, als wäre er in den Vierzigern; er schleicht um den großen Schreibtisch herum und stellt sich neben den Drachen.

Gut so, Forrest, konzentriere dich auf den netten Hexer und nicht auf den gruseligen Drachen.

Der Drachenwandler setzt sich wieder hinter seinen Schreibtisch und deutet mit der Hand auf die Besucherstühle. Mr. Brown nickt und setzt sich. Ich bleibe noch ein paar Sekunden stehen und möchte am liebsten aus dem Raum rennen. Als Mr. Brown mir einen verwirrten Blick zuwirft, beeile ich mich und nehme den Platz ein.

Ich rutsche auf den Stuhl, wobei sich das Kleid in meiner Panik unangenehm verformt. Dann muss ich wie ein kleines Mädchen herumzappeln und versuchen, es gerade zu ziehen. Was die ganze Sache noch schwieriger macht, ist, dass die Stühle viel zu groß sind und meine verdammten Füße etwa einen Meter über dem Boden hängen. Als ich es endlich schaffe, mich zu ordnen, schaue ich auf und bemerke, dass alle drei Männer mich anstarren.

Ich hoffe, ich habe ihnen nichts Intimes zur Schau gestellt.

Ich bin so froh, dass ich Strumpfhosen trage. Verdammtes Kleid. Der Drache grunzt.

Ich schaue zu ihm hoch. Ich versuche herauszufinden, ob das Grunzen ein gutes oder ein schlechtes war.

»Danke, dass Sie diesem Treffen zugestimmt haben, General«, sagt Mr. Brown mit einem Nicken. »Ich bin Mr. Brown und vertrete heute Miss Forrest Hesketh in Bezug auf einen Haftbefehl wegen Körperverletzung.« Der Drache lässt seinen Blick nicht von mir ab. Ich weigere mich, auf meinem Stuhl herumzurutschen. Ich hebe mein Kinn, aber ich kann nicht umhin, mit den Augen in Richtung Ausgang zu blicken.

»Das ist eine ernste Anklage, Miss Hesketh«, sagt der Drache mit hypnotisierender, tiefer Stimme. Ich nicke und versuche, nicht zu zittern. Der Hexer reicht dem Drachen ein Tablet, und der liest sich die Informationen durch. Nach etwa zehn unangenehmen Minuten blickt er auf. »Okay, ich werde Ihnen jetzt ein paar Fragen stellen und

Sie werden sie wahrheitsgemäß beantworten, Miss Hesketh. Matthew, den Wahrheitskristall, wenn ich bitten darf.« Matthew, der Hexer, zieht einen klaren Kristall aus seiner Tasche und legt ihn vorsichtig auf den Schreibtisch.

»Wenn Sie ihn bitte aufnehmen und in der rechten Hand halten würden. Behalten Sie Ihre Hand die ganze Zeit auf dem Schreibtisch«, sagt Matthew leise. Ich nicke und nehme den Kristall in meine zitternde Handfläche.

Der Drache wartet ein paar Sekunden und fragt: »Können Sie mir bitte Ihren vollen Namen und Ihr Alter nennen?« Ich nicke wieder und lecke mir nervös über die Lippen.

Scheiße, ich schaffe das. *Bitte, Stimme, bitte lass mich nicht im Stich.* Ich huste, um mich zu räuspern.

»Forrest Hesketh, und ich bin ...« Ich fühle mich uralt. »Ich bin dreiundzwanzig.« Der Kristall wird rot. Ist das schlimm? Er ist rot geworden! Der Drache seufzt angewidert, und ich schaue Mr. Brown alarmiert an.

»Mr. Brown, Ihre Kundin kann nicht einmal ihren Namen und ihr Alter sagen, ohne zu lügen! Sie verschwenden meine Zeit!«

»General, Sie haben gerade Miss Heskeths Akte gelesen. Sie ist erst seit drei Monaten ein Mensch, nachdem sie vierzehn Jahre lang ein Wolf war. Ich glaube, ihr Alter könnte das Problem sein.« Der Raum wird still, und alle starren mich wieder an.

»Es tut mir leid, Sir«, sage ich mit heiserer und atemloser Stimme. Ich wackle auf dem Stuhl. »Ich fühle mich nicht, als wäre ich dreiundzwanzig. Mein Alter ist dreiundzwanzig. Ich bin dreiundzwanzig.« Der Kristall wird wieder rot. Ich habe Lust, meinen Kopf auf den Tisch zu schlagen. Ich versuche mein Bestes – verflixt und zugenäht, ich bin nutzlos. Der Drache wird mich fressen!

»Wiederholen Sie Ihren Namen!«, bellt der Drache. Ich zucke zusammen und atme scharf ein; mein Herz klopft mir in den Ohren.

»Mein Name ist Forrest Hesketh«, krächze ich.

»Sind sie heute hier, um zu bestreiten, dass Sie Ratsmitglied Kerr angegriffen haben?«, fragt er. Ich schaue zu Mr. Brown hinüber, und er nickt.

»Na ja, nein ... ähm ... ich meine, ja, das bin ich«, sage ich leise. Der Kristall bleibt klar. Der Drache wirft mir einen verärgerten Blick zu.

»Erklären Sie das!«, bellt er wieder frustriert.

Also erkläre ich es ihm.

Kapitel Zweiundzwanzig

Als ich zu Ende gesprochen habe, tut mein Hals weh. Ich huste – mein Mund ist so trocken. Ich habe dem Drachen alles erzählt, von Anfang an. Ich hielt meine Augen auf seine Nase gerichtet, ohne den Mut zu haben, seinen Blick zu erwidern.

Der Kristall blieb die ganze Zeit, in der ich sprach, völlig klar.

Gott. Sei. Dank.

»Zeigen Sie mir Ihre menschlichen Krallen. Matthew, würdest du Miss Hesketh bitte ein Glas Wasser holen?«

Ich blinzle ihn überrascht an – er will meine Krallen sehen? Ein Hauch von Ungeduld macht sich auf seinem Gesicht breit.

»Miss Hesketh, das ist die fragliche Waffe. Wenn ich

bitten darf.« Matthew stellt ein Glas Wasser auf den Tisch. Ich murmle ein Dankeschön und trinke das Glas fast komplett aus.

O mein Gott, was für ein Leistungsdruck, meine Krallen vor einem Drachen zu zeigen – vor einem Drachen! Wenn ich das nicht schaffe, wird er mich dann fressen? Mein Herz hämmert von Neuem. Ich schließe meine Augen, konzentriere mich und versuche, meine Angst zu ignorieren. Ich atme tief ein und lasse meine Wandlermagie auf meine Finger wirken. Ich öffne meine Augen und sehe eine blaue Flamme über meine Fingerspitzen tanzen.

Wo sind meine verflixten Krallen! Was zum Teufel ist das?

Ich wimmere schockiert auf und ohne darüber nachzudenken, stopfe ich die beleidigende Hand in das Wasserglas.

Bei meiner hektischen Bewegung verliere ich das Gleichgewicht, und da ich keine Hand freihabe, um mich zu stützen, falle ich quietschend in einem Haufen auf den Boden. *Uff.* Mein Kleid rutscht mir über den Kopf.

Ich bleibe, wo ich bin und hoffe, dass sie mich hier unten vergessen werden. Ich atme panisch und wimmere immer noch vor Angst.

Was zum Teufel war das? Verdammte scheißige scheiß Scheiße!

Über mir bewegt sich etwas und es raschelt. Erschrocken blicke ich zu dem Drachen auf, der mein Gesicht unter meinem Kleid freilegt. Ich blinzle. Eine Haarsträhne klebt in meinem linken Auge. Ich stoße einen kräftigen

Luftzug aus und versuche, sie zu befreien. Der Drache hockt vor mir und neigt seinen Kopf zur Seite, während er meine Hände mustert. Ich halte den Kristall immer noch in der einen Hand, und das Glas ist in der anderen Hand eingeklemmt.

»Haben Sie das schon mal gemacht?« Ich schüttle den Kopf. »Ich brauche Worte, Forrest«, sagt er leise mit seiner weichen Schokoladenstimme. Er streicht mir die lästige Haarsträhne aus dem Gesicht. Ich schlucke und starre auf seine Hände. Große Hände, die größten, die ich je gesehen habe. Er ist proportional, also sollte es mich nicht überraschen. Er ist so nah; der Drache thront über mir.

»Nein, niemals, ich wollte Ihnen nur meine Krallen zeigen.« Der Kristall bleibt klar.

»Was haben Sie in dem Moment gedacht?«, fragt er mich eindringlich. Seine Stimme ist tiefer, aber auch weicher. Sie ist nahezu unhörbar. Ich beuge mich vor, und zum ersten Mal haben wir Augenkontakt. Wow, seine Augen sind so schön silbern. Er riecht unglaublich gut, der rauchige Moschus von verbranntem Holz. Ich summe.

»Ich hatte Angst, dass ich Ihnen meine Krallen nicht zeigen kann und Sie mich ... fressen würden.« Der Drache stößt ein Lachen aus, steht auf und hilft mir auf die Beine.

»Versuchen wir das noch einmal, Miss Hesketh.« Er schüttelt den Kopf über meine immer noch vollen Hände, hebt mich hoch und setzt mich wieder auf den Sitz, wobei er mein Kleid mühelos perfekt zurechtrückt. Ich starre ihn schockiert an. Mit einem feuchten Plopp nimmt er mir das Glas von der Hand und stellt es zurück auf den Tisch.

»Okay, Krallen bitte, Miss Hesketh«, sagt er, während

er wieder um den Schreibtisch herumschleicht und sich setzt.

»Und wenn ich ...?« Ich wackle mit meinen nassen Fingern und gebe ein seltsames, flammendes Geräusch im hinteren Teil meiner Kehle von mir.

Der Drache grinst mich an. »Das werden Sie nicht.«

Na gut, okidoki – dann wollen wir mal. Anstatt meine Augen zu schließen, konzentriere ich mich diesmal auf meine Trainingszeit mit Owen. Ich denke an das Stück Schokoladenkuchen, das ich heute Nachmittag essen werde.

Meine Magie kribbelt und meine Krallen fahren aus. Ich lächle triumphierend.

Der Blick des Drachens fällt auf meine Lippen, und seine Augen weiten sich. Ein Grummeln vibriert in seiner Brust, fast wie ein Schnurren.

»Sehr gut«, lobt er in einem tieferen und leicht ruppigen Ton. Der Drache neigt seinen Kopf zur Seite und atmet erneut meinen Duft ein. Ich weiß nicht, ob ihm bewusst ist, dass er nicht gerade unauffällig ist, wenn er mich riecht. Er streckt seine Hand mit der Handfläche nach oben über den Tisch. Mir bleibt der Mund offen stehen und ich blinzle ihn verwirrt an. »Ihre Hand bitte, Miss Hesketh.«

Oh. Ich lege meine nasse Hand in seine, und er runzelt die Stirn.

»Tut mir leid«, murmle ich.

Dann inspiziert er meine Krallen. »Matthew, bitte aktualisiere die Akte dahingehend, dass die Krallen von Miss Hesketh ungefähr drei Zentimeter lang sind.« Er tippt auf die Spitze meines Zeigefingers. »Sie gehören nicht zur Waffenklasse«, sagt er ablehnend.

Jetzt bin ich an der Reihe, ihn böse anzustarren.

Was stimmt nicht mit meinen Klauen? Sie sind fantastisch! Keine Waffe? Ich schnaufe. »Daniel hielt sie für eine«, murmle ich vor mich hin.

»Okay, wenn Sie mich entschuldigen würden, bleiben Sie, wo Sie sind, Miss Hesketh.« Der Drache steht auf und geht von uns weg. »Matthew, teste Miss Hesketh auf alle Magie, auch auf Rückstände. Ich will einen vollständigen Bericht.« Er verschwindet hinter einer versteckten Tür in der Nähe der Sitzecke. Hm, es ist ein Portal.

Der Raum ist plötzlich kälter ohne ihn. Sein rauchiger Moschusduft nach holzverbranntem Drachen verweilt.

Der gruselige Drache riecht so gut.

Ich werfe einen Blick auf Mr. Brown, der mir zunickt. Ich wippe ein wenig auf meinem Platz und bin erleichtert, dass meine Rolle in diesem Debakel fast vorbei ist.

Ich nutze die Gelegenheit, um meine Haare in Ordnung zu bringen, die von meinem Sturz noch immer ganz durcheinander sind. Matthew verschwindet im Flur und kommt mit einem magischen Scanner zurück.

»Bitte fahren Sie Ihre Krallen ein und legen die Handfläche auf den Scanner.« Ich tue, was er verlangt. Ich habe meine Krallen benutzt, um mit ihnen wie mit einem Kamm durch meine Haare zu fahren. Leider ist mein Schoß jetzt voll mit kleinen Haarstücken. Notiz an mich selbst: Scharfe Krallen eignen sich nicht zum Haarekämmen. Zum Glück sind meine Haare dick – sonst hätte ich jetzt eine Glatze.

Ich lege meine Hand auf den Scanner und beobachte

fasziniert, wie der Scanner aufleuchtet. Ich habe schon einmal einen im Krankenhaus gesehen und weiß aus meinen Büchern, dass die Jäger eine Basisversion haben. Das hier ist keine Basisversion, und sogar Mr. Brown schaut interessiert zu. Er sticht mir auch in den Finger und entnimmt mir eine Blutprobe.

Wir warten auf die Rückkehr des Drachens; er ist schon seit einer gefühlten Ewigkeit weg. Na ja, okay, ein bisschen mehr als zwei Stunden. Aber ich habe ein Date mit einem Schokoladenkuchen. Die Warterei auf ihn ist nervenaufreibend. Es wäre geradezu mein Glück, wenn der hübsche Kerl mich an Daniel übergeben würde.

Matthew bestellt Tee und Kaffee für uns, während wir warten. Ich stopfe mir schnell zwei Shortbread-Kekse in den Mund, bevor jemand anderes sie sich schnappt. Ich liebe Shortbread, und das ist das gute Zeug aus Schottland. Mein Mund ist voll und ich sehe wahrscheinlich aus wie ein Hamster.

Das ist der Moment, in dem der Drache beschließt, den Raum wieder zu betreten.

Mit einem Stirnrunzeln begutachtet er mich und sieht sich die vereinzelten Haarsträhnen an. Der Drache hebt eine Augenbraue in Richtung Matthew. »Miss Hesketh hat ihr Haar mit ihren Krallen gebürstet«, erklärt Matthew.

Der Drache reibt sich mit der Hand über die Schläfe und seufzt. »*Nutty*«, sagt er und schüttelt den Kopf. Er setzt sich wieder hinter seinen Schreibtisch und nimmt Matthew das Tablet ab, vermutlich um den Bericht des magischen Scans zu lesen. *Nutty* ... Eine freundlich britische Art, mich verrückt zu nennen.

»Also sind der Trank gegen Körperbehaarung und der Trank zum Aufbewahren von Wandler-Kleidung in ihrem Körper aktiv? Außerdem wurden Spuren eines Duftmaskierers und eines einfachen Verkleidungszaubers gefunden.«

Ich kaue auf dem Keks, der noch in meinem Mund steckt, und versuche, mich nicht zu verschlucken. Verdammte Jodie und dieser Haartrank! Ich kann nicht glauben, dass der Drache davon weiß. Ich habe ihm von dem Duftmaskierer und meiner Verkleidung erzählt, obwohl ich nicht ins Detail gegangen bin – immerhin soll *Betty* eine Verkleidung sein. Ich kann einem Drachen nicht sagen, dass ich vorhabe, mich wie eine alte menschliche Lady zu kleiden und herumzuschleichen.

»Wer ist Ihr Zaubertranklieferant?«

Ich habe mein Shortbread fast aufgegessen, aber ich blase meine Wangen ein wenig auf, um zu zeigen, dass mein Mund noch voll ist. Ich halte einen Finger hoch und zeige auf meine Wangen. Ich versuche, mir mehr Zeit zum Nachdenken zu verschaffen. Der Drache runzelt die Stirn, er kauft mir diesen Trick nicht ab.

Was soll ich jetzt sagen? Werde ich Jodie in Schwierigkeiten bringen? Ich mustere Mr. Brown und er nickt wie üblich. Mein Blick fliegt zu Matthew, aber er schaut nicht einmal in meine Richtung. Ich habe aufgehört zu kauen. Ich schüttle den Kopf.

»Sie wollen nicht sagen, wer Ihre Tränke liefert?«, fragt der Drache ungläubig.

Ich nicke.

»Miss Hesketh, diejenigen werden keinen Ärger bekommen – Sie haben nichts Illegales verwendet. Sie können die Frage beantworten«, sagt Mr. Brown und versucht, mich zu ermutigen. Ich schüttle immer noch den Kopf. Jodie ist meine Freundin, und ich werde ihr keinen Drachen vor die Tür schicken. Selbst wenn er eine männliche Hexe eingestellt hat. Niemals. Nope. Der Drache wird mich fressen müssen. Ich verschränke die Arme vor der Brust, nehme sie aber schnell wieder herunter, denn diese Bewegung erinnert mich an etwas, das Liz tun würde. Matthew hat seinen Kopf gehoben und sieht mich nun interessiert und mit einem kleinen Lächeln an.

Der Drache stößt einen Hauch von Frustration aus. »Sie haben Glück, dass ich keine Zeit habe, Sie für Informationen zu foltern«, sagt er mürrisch und reibt sich erneut die Schläfe. »Ich habe den Haftbefehl mit sofortiger Wirkung aufgehoben. Die Beweise, die Mr. Brown vor unserem Treffen vorgelegt hat, haben Ihre Geschichte bekräftigt. Ich habe Daniel Kerr informiert, dass ich Sie offiziell unter meinen Schutz gestellt habe. Ich kann nicht glauben, dass die Hellhounds keine größere Abschreckung waren.« Er sieht mich an. Mit strengem Ton sagt er: »Sie sind eine Unruhestifterin, Miss Hesketh, und Sie brauchen eine bessere Führung. Ich habe persönlich mit Ihrem Bruder gesprochen. Ich habe ihm die Videobeweise von Daniel Kerrs versuchtem sexuellen Übergriff gezeigt.«

Meine Augen weiten sich. *Scheiße!* Unglaubliche Scheiße – John kennt die Wahrheit. Er kann nicht gegen Beweise und einen höllisch gruseligen Drachen argumentieren. *Bäm!* Ich liebe diesen Kerl. Ich wackle auf meinem Stuhl und tanze fast einen Freudentanz.

»Nach dem heutigen Tag, an dem Sie Feuerzauber

hergestellt haben, ist er der Meinung, dass Sie in meiner Obhut besser aufgehoben sind, zumindest kurzfristig.«

Es war also *doch* Feuerzauber! Natürlich war es das – ich bin ja so ein Dummkopf. Ich kann nicht glauben, dass mich Feuermagie so sehr erschreckt hat. »Macht mich das zu einem Hellhound?«, frage ich ungeduldig.

»Nein, Miss Hesketh. Hellhounds sind Krieger. *Sie* macht das zu einer Belastung.«

Kapitel Dreiundzwanzig

So kam es, dass ich in die Höhle eines Drachens zog. Ich habe ihm am Ende des Meetings nicht richtig zugehört, und alles, was ich gehört habe, war *aufgehobener Haftbefehl, Schutz bla bla blah*, und dann blieb mein Gehirn bei der Sache mit der Feuermagie hängen. Vielleicht bin ich am Ende geistig weggenickt.

Wie dem auch sei, bevor ich mich versah, stand Mr. Brown auf und brachte uns zurück zum Aufzug.

Owen traf uns am Auto. Das war eine Überraschung – Owen erzählte mir, dass der General die Mission abgebrochen und ihn beauftragt hatte, mich nach Hause zu begleiten.

Was ich in diesem Moment nicht wusste, war, dass ich nur in die Wohnung gehen würde, um mein Zeug zu packen.

Ich bedankte mich bei Mr. Brown und bat ihn, mir eine Rechnung für sein Honorar zu schicken. Er teilte mir mit, dass mein Vormund die Rechnung bezahlt hatte. Als ich ihn ausdruckslos ansah, sagte er mir, dass der General bezahlt habe. *Hm.*

Und nun stehen wir auf der Spitze einer echten Klippe, das Drachenportaltor hinter uns. Ich starre auf die Aussicht – mein Mund fängt fast Fliegen, so weit steht er offen. Wow! Auf der felsigen Klippe, über der ungezähmten Schönheit des wilden Atlantiks schwebend, befindet sich die irische Drachenhöhle – ein quadratisches Gebäude, das komplett aus Glas besteht.

Es ist ein atemberaubendes, ultramodernes James-Bond-Bösewicht-Haus.

Scheiße, ich hoffe, das ist kein Vorbote für das, was noch kommt.

Das Geräusch und der Geruch des Meeres erfüllen meine Sinne, der Geschmack von Salzwasser liegt mir schwer auf der Zunge – die Wellen des Atlantiks schlagen gegen die Felsen unter mir. Ich hätte nie gedacht, dass ein Haus so beeindruckend schön sein kann. Es muss mindestens zweihundertfünfzig Fuß über dem Meer stehen. Die schiere Größe und Dramatik der Klippe und des Hauses sind beeindruckend. Ich komme mir klein und unbedeutend vor.

Die umliegende Landschaft ist üppig und grün. Das frühlingshafte Küstengras zu meinen Füßen ist mit gelben, lila und rosa Wildblumen übersät. In der Ferne sind Berge und Bäume zu sehen. Aus irgendeinem seltsamen Grund vermisse ich für den Bruchteil einer Sekunde meine Bäume rund um Temple House. Aber ich verdränge den Gedanken; ich will sie nicht mehr sehen. Es ist also sinnlos, sie zu vermissen.

Es ist das erste Mal, dass ich England verlasse, und ich bin in Irland. Das Land der Fae. Normalerweise sind Wandler an Irlands Küsten nicht erlaubt. Aber der Drache, weil er ein Drache ist, ist die Ausnahme von dieser Regel. Jetzt bin ich es auch! Wie aufregend.

Der Drache öffnet seine Tür, als Owen klopft, und wir betreten einen hellen weißen Flur. Ich verstecke mich hinter Owens Masse und nehme gierig das Haus in Augenschein, wobei ich mich zwinge, nicht zum Drachen hinauf zu glotzen. Letztendlich beobachte ich ihn trotzdem aus den Augenwinkeln. Seine bloße Anwesenheit ist unmöglich zu ignorieren.

Eine Treppe aus Eichenholz und Glas – die perfekte Mischung aus altmodisch und modern – führt nach oben, und eine weitere Treppe führt nach unten, wo ich vermute, dass es sich um das Untergeschoss handelt. Auf halber Strecke des Flurs befindet sich eine Eichentür auf der rechten Seite und eine weitere auf der linken Seite, und weiter vorn ist eine weitere Tür, eine doppelte Glastür, die vielleicht zum Wohnzimmer führt. Der rauchige Duft des Hauses ist ein Genuss für meine Sinne. Ich fühle mich seltsamerweise wie zu Hause.

Owen stellt meine beiden kleinen Taschen auf den polierten Betonboden, schüttelt die angebotene Hand des Drachens und wendet sich dann mit einem kleinen Lächeln an mich. Ich schaue besorgt in seine warmen grauen Augen.

»Du, sei brav! Pass auf, dass du nicht in zu viele Schwierigkeiten gerätst«, sagt Owen grimmig. »Du hast meine Nummer, wenn du mich brauchst. Ich will nicht von jemand anderem hören, dass du einen Troll oder ein Fae-Wesen verprügelt hast, verstanden?«

Ich grinse. Owen schließt mich in seine Arme und drückt mich sanft an sich. »Du bist hier sicher, das verspreche ich dir«, flüstert er. Ich nicke.

»Ich werde dich vermissen, Nanny-Hound«, sage ich mit rauer Stimme. Ich wünschte, er könnte bleiben.

»Okay, das reicht – du wirst noch genug von dem *nutty* Hellhound sehen. Du kannst jetzt gehen, Hellhound Owen. Danke, dass du sie abgesetzt hast.« Der Drache starrt Owen an, der mich sanft wegstupst, und mit einem Lächeln für mich und einem respektvollen Nicken für den Drachen geht er.

Verzweifelt beobachte ich, wie Owen geht.

Ich werfe einen Blick auf den Drachen. Scheiße, ich habe keine Ahnung, wie ich ihn nennen soll. Ich kann ihn nicht mehr »der Drache« nennen, auch wenn es nur in meinem Kopf ist. Alle haben ihn General genannt, aber das ist nicht sein Name, sondern seine Berufsbezeichnung. Mr. Brown hat gesagt, dass er mein Vormund ist. Es ist alles so verwirrend; ich muss versuchen, besser zuzuhören und mehr Fragen zu stellen.

Ich bin auch frustriert, dass mein verdammter Bruder mich immer wieder an andere weitergibt, ohne mich vorher zu fragen. Was stimmt denn nicht mit ihm? Ich verstehe nicht, warum John nicht die Zeit findet, mit mir zu reden und mich zu fragen, was ich will und wo ich leben möchte. Ich habe Geld und ich sollte eigentlich erwachsen sein. Ich fühle mich wie in einer Partie Pass-the-Parcel und die Musik hat aufgehört, damit eine weitere Hülle von mir entfernt werden kann. Wenn das so weitergeht, wird nichts mehr von mir übrig sein. Jetzt wohne ich bei einem furchterregenden Drachen! Das geht alles so schnell, dass mir ganz schwindelig wird.

»Kommen Sie, Miss Hesketh, ich zeige Ihnen Ihr Zimmer.« Der Drache hat mich still und leise beobachtet. Er hebt meine Taschen auf, und ich folge ihm kleinlaut. »Ich dachte, Sie würden sich auf dieser Etage wohlfühlen. Mein Schlafzimmer ist oben, falls Sie mich mal brauchen sollten.«

Ich nicke höflich.

Das prächtige Schlafzimmer riecht nach frischer Farbe und liegt an der Vorderseite des Hauses. Ich bin erleichtert, dass ich in diesem Zimmer wenigstens nicht über der Klippe baumelnd einschlafen werde. Die Außenwände sind aus Glas und die Innenwände, die Decke und die Holzvertäfelung sind in einem wunderschönen dunklen Marineblau gestrichen. Der Fußboden besteht aus Eichenholz in Fischgrätenparkett. Das Marineblau sollte den Raum klein und dunkel erscheinen lassen, aber es bewirkt das Gegenteil, und die beiden Glaswände bringen den Außenbereich nach innen und betonen die spektakuläre Aussicht auf die Berge. Das Marineblau erinnert mich an das erste Mal, als ich den Nachthimmel sah, nachdem ich jahrelang nichts als Balken gesehen hatte. Es ist die Farbe des klaren Himmels, kurz bevor die Sterne auftauchen und es noch nicht ganz dunkel geworden ist. Der Geruch von Farbe deutet darauf hin, dass der Drache das Zimmer für mich gestrichen hat.

Das Bett ist groß und ich lasse meine Hand über das senfgelbe Bettzeug mit den zarten blauen Blumen gleiten.

Auf dem Boden liegt ein runder, senfgelber Teppich. Ich gehe weiter in den Raum hinein und bemerke, dass sich der Grundriss zu einer Tür auf der linken Seite verengt, von der ich annehme, dass es sich um ein Badezimmer handelt. Auf beiden Seiten der Tür befinden sich offene Eichenschränke. Ich werfe einen Blick hinter den Kleiderschrank, der nicht bündig mit der Wand abschließt, und sehe den Grund für die Verengung. Neben der raumhohen Fensterwand befindet sich eine kleine versteckte Ecke, die ebenfalls in Marineblau gestrichen ist. Ich schnaufe, als ich die leeren Regale sehe, die um Bücher betteln, und den dicken marineblauen Sitzsack auf dem Boden sehe. Es ist die perfekte Leseecke. Ich möchte quietschen. Mit Mühe und Not halte ich das Geräusch zurück und grinse stattdessen wie eine Irre.

Mein Blick fällt auf einen vertrauten Bilderrahmen, der allein auf einem Regal steht, und für einen Moment kann ich nicht atmen. Meine Knie werden weich. Ich fahre mit dem Finger über das Glas, und meine Mum und meine Schwester lächeln mich an.

Meine Augen füllen sich mit Tränen.

»Ich hoffe, Sie finden das Zimmer ansprechend.«

Ich drehe mich und sehe, dass der Drache mich immer noch von der Tür aus beobachtet. Ich reagiere, ohne nachzudenken. Ich stürme auf ihn zu, lege meine Arme um seine Taille und umarme ihn kurzerhand.

»Danke«, flüstere ich an seine Bauchmuskeln. Bei der Reaktion, die ich von ihm bekomme, könnte ich genauso gut einen Baum umarmen, und wow, seine Muskeln haben Muskeln. Der Drache ist solide. Aber das ist mir in diesem Moment egal; der Drache hat eine Umarmung verdient.

Ich vergrabe mein Gesicht in seinem Hemd und atme ihn ein. Nach etwa zwanzig Sekunden ziehe ich mich zurück und schaue auf. »Danke ... das Foto ...«, sage ich und versuche, ein Schluchzen zu unterdrücken; ich schlucke es hinunter und meine Augen leuchten zu ihm auf. »Das Zimmer ist perfekt. Es war so aufmerksam von Ihnen, es streichen zu lassen.« Der Drache steht unbeholfen mit ausgestreckten Armen da, in jeder Hand hält er eine Tasche. Ich trete zur Seite und schenke ihm ein tränendes, strahlendes Lächeln.

Ich weiß nicht, wann ich aufgehört habe, mich vor dem Drachen zu fürchten.

»Mehr als gern geschehen«, sagt der Drache rau. Er hustet, um sich zu räuspern. »Ich lege Ihre Sachen hier hin, damit Sie sich darum kümmern können. Erkunden Sie gern das Haus.« Er stellt meine Taschen auf den Boden neben den Schränken. Dann dreht er sich um und verlässt schnell den Raum. Als er die Tür schließt, sagt er: »Abendessen in einer Stunde.« Die Tür klickt zu.

Ich ziehe meine silbernen Turnschuhe aus, schrubbe mir das Gesicht und warte noch ein paar Herzschläge ab. Ich öffne die Tür und werfe einen Blick aus meinem Schlafzimmer. Ich sehe kein Zeichen des Drachens. Ich halte den Atem an und lausche angestrengt. Ich glaube, ich kann ihn oben hören. Die Vorfreude darauf, mich in der Drachenhöhle umzusehen, steigt in mir auf und ich schleiche leise in den Flur.

Ich stecke meinen Kopf in das Zimmer gegenüber von meinem und finde ein leeres Gästezimmer. Hm. Es ist bei Weitem nicht so schön wie meins. Ich kann nicht nach oben gehen, aber ich kann nach unten gehen. Ich ignoriere das Zimmer am Ende des Flurs und husche stattdessen die Treppe hinunter. Ein leichter Hauch von Chlor und der rauchige, moschusartige Duft des Drachens erfüllen die Luft. Am Ende der Treppe öffnet sich der Raum und ich werde von einem beeindruckenden, hochmodernen Fitnessstudio begrüßt. Ich schätze, das ist der Grund, warum der Drache so massiv ist.

Ich öffne Türen und Schränke und quietsche, als ich durch eine Tür zu meiner Rechten einen Kinoraum entdecke.

Vorbei an all den Fitnessgeräten kann ich draußen hinter einer Glaswand einen Pool sehen. Ich schiebe die Glastür auf und trete hinaus. Ich stelle fest, dass der Drache einen schicken Jacuzzi, eine Sauna und ein Dampfbad hat. Der beheizte Pool ist das, was mich am meisten fasziniert. Er ist unglaublich und besteht komplett aus Glas. Ich schwanke und fühle mich leicht schwindlig, als ich nach unten starre – durch den Glasboden kann ich das Meer sehen. Es macht den Eindruck, als ob das Wasser über die Klippe in das tosende Meer fließen würde.

In diesem Pool zu schwimmen, wird ein Abenteuer sein. Uff, dieses Haus ist phänomenal.

Eine Stunde später verlasse ich mein Zimmer und gehe diesmal in Richtung des Geruchs von Essen. Ich schlendere in einen offenen Raum mit einer Küche, einem Esstisch und bequemen Ledersofas. Alles ist modern und elegant – es ist reizend. Wie in meinem Schlafzimmer sind die Außenwände aus Glas, aber da der Raum so groß ist, sind die Glaswände auf drei Seiten.

Meine Füße folgen meinen Augen in einer Art Trance; ich kann mich nur auf die Aussicht konzentrieren. Die

Sonne versinkt langsam hinter dem Horizont. Die hellen Farben prallen vom Glas ab und bilden Regenbögen an den Wänden. Es ist unglaublich. Der ganze Raum ist eine Kulisse aus verblassendem Sonnenlicht, Meer und Himmel. Ich kann mir fast einbilden, dass ich fliege oder mich auf dem Deck eines Schiffes auf hoher See befinde. Der Gedanke, hier zu sein und einen Sturm heranziehen zu sehen, die wilde See und den böigen Wind, Donner und Blitze, die den Himmel erhellen, wie das beste Naturschauspiel, das man sich vorstellen kann ... wie unglaublich wäre das zu sehen? Ich glaube nicht, dass sich jemand bei dieser herrlichen Aussicht langweilen könnte.

»Miss Hesketh, bitte nehmen Sie doch am Tisch Platz.« Ich drehe mich um und blinzle. Wow, ich bin unhöflich. Der Drache hat unsere Teller auf den Tisch gestellt, ohne dass ich es bemerkt habe. Er steht vor einem Stuhl und wartet darauf, sich zu setzen.

»Oh, tut mir leid, die Aussicht hat mich überrascht. Ihr Haus ist wunderschön, und die Aussicht ist gigantisch.« Ich will ihn fragen, ob er irgendetwas braucht, aber das wäre komisch, weil es sein Haus ist. Ich klappe meinen Mund zu und setze mich schnell hin. Ich ziele auf den Stuhl gegenüber, aber der Drache schüttelt den Kopf. Er deutet auf den Stuhl, vor dem er steht. Oh, er bietet mir den Stuhl an, damit ich mich setzen kann, wow. Das hat noch nie jemand gemacht. Ich setze mich mit einem gemurmelten »Danke«.

Ich beobachte, wie er um den Tisch herumschleicht. Er sieht sehr gut aus. Er hat seinen Anzug abgelegt und trägt eine hellblaue Jeans und ein langärmeliges, enges weißes Top. Das Oberteil ist der *Wahnsinn*; es umschließt jeden

Muskel seines Oberkörpers, so gut, dass ich sie zählen könnte. Es ist so eng, dass man meinen könnte, er habe es gar nicht an. Es enthüllt den muskulösesten Körper, den ich je gesehen habe. Es ist schwer, nicht zu sabbern. Ich schaue mir schnell mein Essen an, um mein Glotzen zu vertuschen, und blicke erst wieder auf, als er sich sicher hingesetzt hat.

»Wie soll ich Sie nennen?«, platze ich heraus.

Er beobachtet mich. Sein Kopf neigt sich nachdenklich zur Seite. »Wissen Sie nicht, wer ich bin?« Er fragt es nicht arrogant, sondern so, als wäre er wirklich verblüfft, dass ich es nicht weiß. Ich lächle entschuldigend und schüttle den Kopf. Ich habe nicht die geringste Ahnung, wer er ist. »Oh ... Miss Hesketh, bitte sagen Sie mir, was wissen Sie?« Ich fühle, wie mein Gesicht rosa wird, und habe das Bedürfnis, vor Verlegenheit meine Hände zu ringen.

»Ich weiß, dass Sie wichtig sind ... ähm, ich kann sehen, dass Sie ein Drache sind.« Ich fuchtle mit meiner Hand herum, um ihn zu umkreisen. »Alle nennen Sie, ähm, *General* ... Ich habe keine Ahnung, von was sie der General sind, aber ich nehme an, es hat etwas mit der Jägergilde zu tun? Mr. Brown sagte, Sie seien jetzt mein Vormund? Nachdem er mir gesagt hat, dass Sie seine Rechnung bezahlt haben. Vielen Dank dafür. Ich kann es Ihnen zurückzahlen.« Ich schaue auf mein Essen hinunter; er hat Steak gemacht. Steak, Kartoffelpüree und Brokkoli mit einer Pfefferkornsauce. Lecker.

»Essen Sie«, sagt er schroff. Das muss er mir nicht zweimal sagen, ich stürze mich hinein.

Ich gebe mir Mühe, Messer und Gabel richtig zu benutzen. Ich werde immer besser.

Der Drache macht ein seltsames Geräusch. Ich schaue zu ihm hoch. Er hat die Gabel zum Mund geführt und trägt einen so traurigen Ausdruck auf dem Gesicht. Ich schaue wieder auf mein Essen hinunter und esse weiter. Ich hoffe, es geht ihm gut. Der Gedanke, dass er traurig ist, gefällt mir nicht. Es ist schon eine Weile her, dass ich rotes Fleisch gegessen habe, also lasse ich meinem inneren Fleischfresser freien Lauf.

Es ist schwierig, wie eine Lady zu essen, wenn man den Drang verspürt, sein Gesicht in sein Essen zu stopfen und so schnell wie möglich zu verspeisen, bevor jemand den Teller wegnimmt. Ich weiß nicht, ob ich jemals diese Sorge, diese angeborene Angst im Hinterkopf loswerden kann. Nachdem ich so lange gehungert habe ... fällt es mir beim Essen unglaublich schwer, langsam zu essen. Unbewusst ziehe ich den Teller an mich, meine Arme umschließen ihn schützend. Pah, wenigstens habe ich nicht geknurrt.

»Sie wurden ausgehungert.« Für einen Moment komme ich aus meinem Rausch heraus und schaue wieder auf, um zu sehen, wie er mich mit einem unbeschreiblichen Blick des Mitleids in seinen silbernen Augen beobachtet. Ich senke meinen Blick und zucke mit den Schultern. Ich schätze, das erklärt den traurigen Blick von eben. Darüber möchte ich nicht sprechen.

Jetzt, nachdem ich ein paar Bissen gegessen habe – na ja, okay, die Hälfte vom Teller –, kann ich versuchen, mich zu beherrschen und etwas langsamer zu machen. Ich höre aufmerksam zu, als der Drache zu sprechen beginnt. Seine Stimme dröhnt durch den Raum, so wie der Ozean unter uns.

»Ja, ich bin ein Drachenwandler. Mein Titel ist General. Ich habe eine lange und langweilige Geschichte als Krieger und Commander. Zurzeit leite ich die Jägergilde, und auch die Hellhounds unterstehen meiner Zuständigkeit.« Seine großen, aber eleganten Finger tippen auf den Tisch. »Mr. Brown hat recht. Da Sie unter meinem Schutz stehen, gelte ich als Ihr Vormund. Sie dürfen mich Aragon nennen.«

Kapitel Vierundzwanzig

Nach dem Essen stelle ich mit Entsetzen fest, dass er keinen Nachtisch hat, *gar nichts*. Wer hat denn bitteschön keinen Nachtisch! Angesichts des blanken Horrors auf meinem Gesicht wühlt der Drache, ähm, Aragon, im Gefrierschrank herum und findet einen traurig aussehenden Becher mit Vanilleeis. Es ist ein vereister Klumpen, der auf dem Boden des Behälters festgefroren ist. Aber ich sitze im Schneidersitz auf Aragons Ledersofa und stochere mit einem Löffel darin herum.

Aragon spricht über seine Erwartungen bezüglich der Regeln und wir kommen zu dem wahren Grund, warum ich hier bin.

Es geht nicht nur darum, mich vor Daniel zu schützen.

»Als Sie damals ins Krankenhaus kamen, wurden mehrere Probleme festgestellt«, sagt Aragon. »Der vordere

Teil Ihres Gehirns, der so genannte präfrontale Kortex, hat sich nicht richtig entwickelt. Das ist der Bereich, der für die Planung, das Setzen von Prioritäten und die Kontrolle von Impulsen zuständig ist.«

Aragon hat im Grunde also medizinische Daten, die darauf hindeuten, dass mein Gehirn im Teenagermodus feststeckt.

Ha!

Ich möchte jammern, dass ich keine Probleme mit meiner Impulskontrolle habe – die Zahl der Fälle, in denen ich mich entschieden habe, nichts Unüberlegtes zu tun, nimmt beeindruckende Ausmaße an. Ich bin ein absoluter Guru der Kontrolle. Aber ich sage kein Wort. Ich bin schlau genug, mich nicht mit einem Drachen und seinen medizinischen Daten zu streiten.

Ha, perfekte Kontrolle.

Aber ich wittere Bullshit – mit meinem Gehirn ist alles in Ordnung.

Genauso wie mit meinem Teenagergehirn ... Stichwort Augenrollen.

»Sie sind stärker als ein durchschnittlicher Wandler«, fährt Aragon mit seiner fesselnden, tiefen Stimme fort. »Selbst mit Ihrer kleinen Statur sind Sie auf dem Niveau eines Hellhounds.« Selbstgefällig hüpfe ich auf dem Sofa. Ich bin ein Super-Wandler! »*Nutty* ...«, murmelt der Drache, während er sich frustriert den Nasenrücken reibt. Ich höre auf zu hüpfen. »Das Auftreten Ihrer Feuermagie gibt Anlass zu ernster Besorgnis. Miss Hesketh, Wandler sollten diese Art von Magie nicht entwickeln, bevor sie mindestens sechshundert Jahre alt sind, wenn überhaupt, denn sie ist eine sehr seltene Gabe. Die Fähigkeit, sich mit dreiundzwanzig Jahren partiell zu wandeln, ist ebenfalls noch nie gesehen worden. Ich glaube, Ihr Bruder war über ein Jahrhundert alt. In Kombination mit Ihrem Wandeln in jungen Jahren sind Sie eine absolute Anomalie. Ein magisches und medizinisches Rätsel.« *Gut gemacht, Mum, und deine Lotto-DNA.*

Aragon versichert mir, dass es eine geringe Chance gibt, dass sich mein Gehirn mit der Zeit angemessen entwickelt. Aber ich mache mir keine Sorgen und bin nicht beunruhigt. An meinem Verstand ist verflixt noch mal nichts verkehrt.

Natürlich denke ich, dass ich ein bisschen verrückt bin, aber komm schon – wer wäre das nicht, bei meiner Vergangenheit? Ich bin durch die Hölle gegangen und rauchend wieder herausgekommen. Diese ganzen Tests sind nur eine Ausrede, um mich zu kontrollieren. Sie können mich nicht umherwandern lassen, ohne mich zu kontrollieren. Ich schaue ihn mit verengten Augen an. Da ich ein junger weiblicher Wandler mit Feuermagie bin, verstehe ich jetzt, warum ich zu Aragon verfrachtet worden bin.

»Wer könnte besser auf mich aufpassen und mich kontrollieren als Sie?«, frage ich und hebe meine Augenbraue.

»Ich versichere Ihnen, Miss Hesketh, dass ich alles tun werde, was nötig ist, um Sie zu beschützen. Ich wünsche mir nichts sehnlicher, als dass Sie in Sicherheit sind. Der Rat weiß nichts von Ihrer Feuermagie. Ich möchte, dass das auch so bleibt. Ich bin offiziell Ihr Vormund. Das ist eine Aufgabe, die ich nicht unüberlegt oder leichtfertig übernommen habe.« Die große Last, die in Aragons Blick liegt, ist beunruhigend. Er jagt mir Angst ein. Er glaubt eindeutig, was er sagt. Hat die Ernennung zu meinem Vormund ihn in Gefahr gebracht? Bin ich eine so große Bedrohung? Aragons Gesichtsausdruck ist herzzerreißend, und etwas in mir bricht auf. Ich hasse das. Ich lasse mein Kinn auf die Brust fallen und betrachte meine Hände, unfähig, seinem intensiven Blick zu begegnen.

»Okay, na ja, danke«, murmle ich mit einem Kloß im Hals.

Egal, was der Drache glaubt oder was ich denken will, ich muss mir klarmachen, dass ich auf mich allein gestellt bin. Ich bin eine Überlebende, kein Opfer, und ich werde meine Umstände nicht einfach hinnehmen. Das kann ich nicht. Irgendwann werde ich einen Weg finden, die Kontrolle über mein Leben zu erlangen.

Das wird nicht von heute auf morgen passieren, und ich kann es mir nicht erlauben, Trübsal zu blasen, wie ich es in den letzten Wochen getan habe. Im Moment habe ich einen verdammt furchterregenden, mächtigen Drachen, der behauptet, dass er mich beschützen will. Daniel kann sich verpissen und auch John kann sich zum Teufel scheren.

Ich habe Loyalität gegenüber Owen und Jodie. Auch Ava hat sich meinen Respekt und mein Vertrauen verdient. Aber die einzige Person, auf die ich mich verlassen kann, bin ich selbst.

Ich bin zurück in meinem Zimmer und mache mich bettfertig. Ich habe geduscht und meinen Schlafanzug angezogen, nämlich Trainingsshorts und ein T-Shirt. Seit ich im Krankenhaus die Kontrolle über meine Wandlung erlangt habe, schlafe ich in meiner Wolfsgestalt. In meiner menschlichen Gestalt kann ich nicht schlafen, da ich mich dann verletzlich fühle. Ich bin es gewohnt, als Wolf zu schlafen. Außerdem sind die Betten zu weich, meine Haut ist zu kalt und selbst der Versuch, in meiner menschlichen Gestalt auf dem Boden zu schlafen, hilft nicht weiter.

Was mich schlussendlich dazu bringt, im Pelz zu schlafen, sind die Albträume, die mich plagen. Seltsamerweise finden sie mich nicht, wenn ich ein Wolf bin.

Ich gehe zu meiner versteckten Nische und stelle den Fotorahmen auf ein unteres Regal. Ich erlaube der Magie, mich zu wandeln. Aragon will, dass wir um fünf Uhr morgens joggen gehen. Er denkt sicher, ich hätte etwas dagegen, aber ich trainiere gerne und die frühe Uhrzeit ist mir egal. Es ist ja nicht so, dass ich mich aus dem Bett quälen muss.

Ich rolle mich zu einem wolfigen Donut zusammen, meine Nase auf meiner flauschigen Rute. Ich blicke auf den silbernen Rahmen. *Ich liebe euch beide so sehr*, sage ich zu meinem längst verstorbenen Rudel. Jedes Blinzeln wird ein bisschen länger, während ich versuche, meine Augen auf ihren glücklichen Gesichtern zu halten, bis ich einschlafe.

ICH RENNE HINTER ARAGON HER, während wir einem schmalen Pfad folgen, der von vorherigen Fußstapfen abgenutzt ist. Der Morgen ist trocken und frisch. Der Weg führt uns durch einen Wald, Heideland und Torfmoore, die den Fuß eines Berges umgeben. Die Landschaft ist atemberaubend.

Während die Kilometer unter meinen Füßen verschwinden, wird mir klar, wie abgelegen die Heimat von Aragon in diesem Teil Irlands ist. Ich stelle interessanterweise fest, dass es nicht einmal eine Straße gibt, die zum Haus führt – Aragon wird wohl nur das Portal benutzen oder fliegen. Ich habe das Gefühl, dass wir die letzten Menschen auf der Erde sein könnten. Trotz meines ausgezeichneten Gehörs vernehme ich außer den Tieren und dem Rauschen des Meeres nur das Knirschen unserer Füße.

Oh, und das verrückte Brummen von Aragons Schutzwall.

Als ich gestern ankam, habe ich den Schutzwall nicht bemerkt, denn er ist meilenweit von unserem Haus entfernt. Ich bin erstaunt, ihn heute Morgen zu sehen. Anstatt nur das Haus zu umschließen, zieht er seine Kreise und bedeckt Kilometer um Kilometer. Er ist auch nicht so goldfarben, wie ich es gewohnt bin, wie der Schutzwall in der Wohnung. Nein, er ist bunt und leuchtet und knistert in der Dunkelheit. Man spürt, wie es durch einen hindurchschwirrt, tief in die Knochen. Niemand könnte sagen, dass er diesen Schutzwall nicht gesehen hat, wenn er zufällig darauf stößt. Es ist das magische Äquivalent eines Laserfeldes. Ich möchte nicht sehen, was es mit jemandem anstellen würde, der nicht willkommen ist.

Der Himmel hellt sich auf, als wir über die windgepeitschte Klippe rasen, während die Wellen endlos unter uns rollen. Aragon weist darauf hin, dass die Küste winzige Buchten und natürliche Badeplätze hat, die durch ein Riff vor der vollen Wucht des Atlantiks geschützt sind. Er erklärt die unterschiedliche Flora, das zarte einblütige Leimkraut, die Mormonentulpen und die Strand-Grasnelke.

Wir laufen eine gute Stunde lang in schnellem Tempo weiter. Ich bin noch nie zuvor mit jemandem als Mensch oder als Wolf gelaufen, und es ist großartig. Wenn ich mein Wolf gewesen wäre, hätte ich meine Zunge heraushängen lassen und ein albernes Wolfsgrinsen im Gesicht gehabt. Tatsächlich glaube ich, dass ich die ganze Zeit grinsen musste. Meine Wangen tun weh. Es ist episch.

Als wir zum Haus zurückkehren, erhellt sich der Himmel gerade mit der Morgendämmerung. Aragon sagt mir, ich solle um acht Uhr abfahrbereit sein und mich selbst am Frühstück bedienen.

Ich überlege, was ich anziehen soll, und entscheide mich schließlich für schwarze Leggings und einen süßen grünen Pullover. Aragon hat mich gestern Abend darüber informiert, dass ich meine magischen Armbänder nicht tragen kann – dass ich unter seinem Schutz stehe, bla, bla, bla, und dass er in der Lage sein muss, mich aufzuspüren. Also wickle ich das Duftmaskierungsarmband in Klopapier ein und stecke es in die praktische Tasche meiner Leggings, und das Betty-Tarnarmband lege ich mir um den Knöchel, damit es gut versteckt ist. Zeit fürs Frühstück.

Die Küche des verdammten Drachens ist für einen Riesen gemacht. Ich schnaufe, stemme die Hände in die Hüften und starre vor mich hin.

Alle Arbeitsplatten sind höher als normal – zum Glück

hat er fast alles in den unteren Schränken. Aber die Erdbeermarmelade befindet sich in einem großen Vorratsschrank, und zwar auf dem obersten Regal in etwa dreißig Metern Höhe. Ich lehne meinen Kopf zurück und starre drauf. Ich bin mir sicher, dass es in Ordnung ist, wenn man ein riesiger Drache ist, der auch noch fliegen kann, aber für mich, die ich nur um die ein Meter achtundfünfzig groß ist, ist das wie eine *Mission Impossible*.

Ich summe die Titelmelodie von *Mission Impossible*, während ich in meinen Socken den Tresen erklimme. Ich balanciere auf meinen Zehenspitzen und lehne mich über den Spalt. Meine Fingerspitzen können das Glas gerade so streifen, aber ich bekomme es nicht zu fassen. Frustriert knurre ich das Glas an, während ich meinen ersten Befreie-die-Marmelade-Versuch plane.

Ich werde springen und es mir schnappen.

Gerade als ich mich auf meinen ersten Sprung vorbereite, taucht Aragon an meiner Seite auf und erschreckt mich so sehr, dass ich fast meine Unterwäsche wechseln muss.

Bei seinem plötzlichen Auftauchen stoße ich einen Schrei aus, und mein mit Socken umhüllter Fuß rutscht weg.

Uff. Ich finde mich in Aragons Armen wieder, nachdem er mich aufgefangen hat.

»Ich wurde von dem unaufhörlichen Summen angelockt. Sie hätten mich rufen sollen, damit ich das für Sie hole«, sagt er schroff.

»Oh, ähm ... gut gefangen, entschuldigen Sie bitte, Sie, ähm ... haben mich zu Tode erschreckt«, stoße ich hervor. Ich blicke auf und sehe in seine schönen silbernen Augen –

er scheint nicht wütend zu sein, seine Augen tanzen vor Freude.

Seine Unterarme halten mein Gewicht mit Leichtigkeit.

Die Nähe zu Aragon verwirrt mich zutiefst. Aber sie erschreckt mich nicht, wie es bei jeder anderen Person der Fall gewesen wäre. Stattdessen stütze ich meine Hände auf seine Brust und beuge mich vor. Ganz nach vorn und streiche mit meiner Nase über seinen Hals.

Ich atme ein.

Sein rauchiger, moschusartiger Duft füllt meine Nase. Ich erschaudere und mein Magen dreht sich um.

Ich summe.

Scheiße, es fühlt sich gut an, in seinen Armen zu liegen. Warum fühlt es sich so gut an? Ich weiß, dass er gefährlich ist, und es ist nicht schwer, anzunehmen, dass er einer der mächtigsten Wandler auf dem Planeten ist. Wann habe ich aufgehört, mich vor diesem riesigen Mann zu fürchten?

Ich stöhne tief in meiner Kehle.

Seit ich ihn zum ersten Mal in seinem Büro gesehen habe, ist es, als ob alle schlummernden Hormone in meinem Körper auf einmal erwacht sind und um die Aufmerksamkeit meines Vormundes buhlen.

Aragon dreht seinen Kopf und ich spüre seinen Atem auf meinen Lippen. Ich öffne sie und schmecke sein Ausatmen.

Eine Gänsehaut breitet sich auf meiner Haut aus. Ich verhalte mich unangemessen. Was zum Teufel stimmt denn nicht mit mir? Ich richte mich auf, mein Gesicht brennt.

»Ähm ... Entschuldigung. Entschuldigung! Das habe ich noch nie gemacht. Du ... ähm ... Sie haben mich zu einem schlechten Zeitpunkt erwischt. Ich bin in Hunger-stimmung. Ich meine eher ... ähm ich habe eine schlechte Hungerlaune ...« Kauderwelsch. Ich bin verwirrt, ich weiß nicht, was ich sage. Ich zucke zusammen und versuche, meinen Blick nicht zu verzerren.

Warum habe ich ihn beschnuppert?

»Sie sind absolut *nutty*. Was soll ich nur mit Ihnen machen?« Aragon seufzt, als er mich sanft auf die Beine stellt. Auf dem Weg nach unten streift mein Körper den seinen. Ein Schauer durchfährt mich; er macht mich seltsam atemlos – Wärme sammelt sich tief in meinem Bauch.

Wow, oh ... ähm. Mein Herz fühlt sich an, als würde es mir aus der Brust schlagen, und mein Magen kippt wieder um. Ich mag es, ihm nahe zu sein. Aragon riecht so gut.

Aragon entfernt sich enttäuschenderweise von mir. Ich seufze frustriert. Er behält seine Hand in meinem Nacken, während er mühelos nach der Marmelade greift. Er stellt sie auf den Tresen neben den Toaster.

»*Nutty*, bitte klettern Sie nicht auf die Möbel. Beeilen Sie sich, Sie haben fünf Minuten Zeit.« Ich grinse über den Spitznamen: *Nutty*. Er drückt mir sanft den Nacken und schlendert dann aus der Küche.

Ich beobachte ihn beim Gehen. Er trägt heute einen dunkelgrauen Anzug, der sich gut von seinen silbernen Haaren und seiner Haut abhebt. Ich atme aus und meine Hände zittern, als ich meinen Toast fertigmache.

Gott, war das heiß.

Kapitel Fünfundzwanzig

Aragon nimmt mich mit zur Arbeit, wie schräg ist das denn bitte? Wir kommen durch das Portal in seinem Büro an. »Okay, Miss Hesketh, es sieht so aus, als müssten Sie sich selbst beschäftigen. Bitte sagen Sie Matthew Bescheid, wenn Sie etwas brauchen.«

»Kann ich Ihnen irgendwie helfen?«, frage ich, während die Aufregung in mir aufkeimt. Ich hüpfe ein wenig auf den Zehen und mein Blick schweift durch sein Büro. »Irgendeine Arbeit, die erledigt werden muss? Ich bin sicher, ich kann bei den Jägern aushelfen oder sogar den Papierkram erledigen. Ich könnte das Telefon übernehmen?« Ich lächle und nicke bekräftigend.

Meine Gedanken schweifen leicht ab, als ich mir vorstelle, wie ich die Welt rette, und ich habe das Bedürfnis, meinen schockierten Blick zu üben, für den Moment, wenn die Jägergilde mich mit einer Medaille für meine Tapferkeit ehrt. Ich summe.

Aragon neigt seinen Kopf mit einem Stirnrunzeln zur Seite. »Miss Hesketh, können Sie überhaupt lesen? Aus Ihren Unterlagen geht nicht hervor, dass Sie lesen und schreiben können.« Mir bleibt der Mund offen stehen und ich blinzle ihn an. Wie unhöflich! Natürlich kann ich lesen, verflixt noch mal! Ich war neun, als ich in meiner Wolfsgestalt gefangen wurde, nicht drei. Es ist ja nicht so, dass ich das Alphabet vergessen hätte.

Ich knurre ihn an.

Dann denke ich noch einmal darüber nach. Natürlich hatte meine Bildung für den Rat keine Priorität – wen interessiert es schon, ob eine wandelnde Gebärmutter lesen oder schreiben kann? Ein Glück, dass ich zu Hause unterrichtet wurde. Aragon kennt allerdings nicht die Details der Bildungspläne meiner Mum.

»Bitte seien Sie nicht beleidigt; es ist eine ehrliche und aufrichtige Frage.«

Ich verziehe das Gesicht und nicke ihm knapp zu, was er wohl als Bestätigung auffasst. »Nun, ich habe ein Bücherregal voller faszinierender Nachschlagewerke.« Er winkt mit der Hand in Richtung der Sitzecke und der vollen Regale. »Warum fangen Sie nicht dort an?« Er lächelt auffordernd und geht.

Dieser verfluchte, gut aussehende Schwachkopf!

Ich will keine langweiligen, ätzenden Bücher lesen. Ich liebe Bücher, aber nicht diese Art von Büchern. Ich will etwas Lustiges machen. Ich schnaufe, schließe meine Augen und tippe mit dem Fuß. Ich muss mich zusammenreißen. Ich muss mehr über Wandler lernen. Ich weiß nichts über meine Rasse, außer den Grundlagen, die ich als Kind gelernt habe. Nichts Nützliches.

Idealerweise sollte ich zumindest die Gesetze kennen, nicht nur um mich selbst aus Schwierigkeiten herauszuhalten, sondern auch, damit andere meine Unwissenheit nicht ausnutzen können. Wenn ich die Verhaltensregeln in- und auswendig kenne, weiß ich, wann ich jemanden in den Arsch treten kann und wann nicht.

Ich muss ernsthaft eine Lösung dafür finden, was sich als riesiges Fiasko entpuppt: mein Leben.

Ich weiß, dass ich weder dem Rat noch dem Drachen trauen kann, auch wenn ich einen seltsamen neuen Schnüffelfetisch habe. Es ist nur eine Frage der Zeit, bis ich es versaue und Aragon mich loswerden will. Zum Teufel, wenn mein eigener Bruder ... Ich schließe meine Augen. *Nicht daran denken.* Ich spiele mit den Enden meiner Haare. Wenigstens war ich so vorausschauend, die Armbänder mitzunehmen, denn ich habe das Gefühl, dass Aragon sie verschwinden lassen würde, wenn er die Gelegenheit dazu hätte. Wenn ich irgendetwas weiß, dann das.

Ich werfe einen Blick auf Aragons Bücherregale.

Ich schlendere hinüber, schleife meine Füße mit einem absoluten Mangel an Begeisterung über den Boden und fange an, die Titel zu lesen. Verflixt und zugenäht, ich brauche ein Hilfsbuch, um mich in diesem Scheiß zurechtzufinden. Gibt es hier ein Handbuch – *Wandler für Dummies* oder so was Ähnliches? Ich muss so schnell wie möglich so viel wie möglich über *alles* lernen. Ich frage mich, ob er ein Buch über Feuermagie hat. Ich summe. Wenn ich lerne, meine Feuermagie zu kontrollieren, wird es für einen Bösewicht schwer sein, mich zu entführen.

Vor allem, wenn er in Flammen steht und schreit. Ich grinse und stelle mir vor, wie ich Daniels Hose in Brand stecke. Ich reibe meine Hände aneinander und gebe ein mentales *Muahaha* von mir.

Ein paar Bücher fallen mir ins Auge, und sie sind überraschend perfekt. Nichts über Feuermagie, aber die Bücher enthalten die Informationen, nach denen ich suche. Ich schnappe mir sechs der wichtigsten und setze mich auf einen Stuhl, um zu lesen. Ich bin wieder dabei, *Mission Impossible* zu summen.

Das große Gesetzbuch hat einen geschwärzten Text, der meine Aufmerksamkeit erregt. Meine trockenen Augen weiten sich vor Entsetzen, als ich den Sinn der Passage erkenne, die ich lese. Ich knabbere an meiner Unterlippe und erschaudere am ganzen Körper.

Die Stelle, an der der Wandler beißt, ist geschwärzt, aber soweit ich das verstehe, gibt es eine Möglichkeit für einen Wandler, einen anderen zu kontrollieren. Das ist gruselig. Gedankenkontrolle! Ich halte mir den Mund zu. Das ist verbotene Gefährten-Sklaven-Magie.

Oh, das ist übel.

Oha, sie ist nicht verboten, weil sie absolut krank und unmoralisch ist – nein, sie ist verboten, weil, wenn ein männlicher Wandler den Biss durchführt und stirbt, folgt ihm das Weibchen, das er gebissen hat, in den Tod. Ich zittere wieder und die Haare in meinem Nacken stehen mir zu Berge.

Das war's. Ich glaube, wer auch immer dieses Buch geschrieben hat, der Rat, der unsere Gesetze gemacht hat, übersieht einen wichtigen Punkt. Es ist verdammte Sklaverei! Böse. Was zum Teufel stimmt mit den Wandlern denn nicht? Ich stoße einen zittrigen Atemzug aus und klappe das Buch entmutigt zu. Weibliche Wandler sind am Arsch – kein Wunder, dass wir so selten sind. Dummheit kann man nicht heilen.

Die Gesellschaft der Wandler ist verrottet.

»Miss Hesketh, ich habe den Rest des Tages frei – nichts Dringendes erfordert meine Aufmerksamkeit. Wir werden etwas essen gehen. Wenn Sie einverstanden sind?« Ich schaue auf und Aragon ist mit Matthew an den Fersen zurückgekehrt.

»Ja, sicher«, sage ich mit mürrischer Stimme. Ich springe auf und stelle die Bücher, die ich zu Ende gelesen habe, zurück in die Regale. Ich stupse mit dem Finger auf das Gesetzbuch und fletsche Zähne.

Das Ding muss verbrannt werden.

Aragon nickt Matthew zu, und als wir zum Portal gehen, winke ich dem Hexer freundlich zu. Ich folge leise Aragon. Ich versuche, vor Aufregung nicht zu hüpfen. Er führt mich zum Essen aus. Mein erstes Date!

Wir machen uns auf den Weg zu einem kleinen Restaurant in der Stadt. Es sieht nach einem netten Lokal aus; sie haben sich auf Gourmet-Burger spezialisiert. Aragon öffnet mir die Glastür und folgt mir dann hinein. Seine große Hand legt sich sanft um meinen Hals, während er mich zu einem Tisch führt. Mein Herz setzt einen Schlag aus. Ich genieße die schwere Hand in meinem Nacken, ein bisschen zu sehr.

Wir setzen uns gegenüber an einen Zweisitzertisch, der durch Aragons Masse deutlich kleiner geworden ist. Er hat keine andere Wahl, als seine langen Beine unter meinen Stuhl zu strecken. Ich kann nicht anders, als das Gefühl zu genießen, wie sich unsere Beine berühren. Da es noch früh für das Abendessen ist, ist das Restaurant nicht sehr voll und die meisten Tische sind leer.

Mein ganzer Fokus liegt auf Aragon. Er hat sein Jackett ausgezogen und krempelt nun verführerisch seine Ärmel hoch. Mit jeder Drehung des Stoffes gibt er langsam mehr von seinen muskulösen Unterarmen frei. Wie kann ein unscheinbares Körperteil so attraktiv sein? Ich schäme mich nicht, seinem sexy Unterarmstriptease zuzusehen.

Unsere menschliche Kellnerin ist ebenso fasziniert von den Unterarmen meines Drachens. Sie beachtet mich nicht, während sie sich mit der Hand durch die Haare und am Schlüsselbein entlang fährt und mit den Wimpern klimpert, als würde sie versuchen, die Dinger zum Fliegen zu bringen. Ich werfe ihr einen bösen Blick zu. Aragon ist so höflich wie immer und sein Blick verweilt nicht.

Der gut aussehende Mistkerl braucht eine Tüte über seinem Kopf.

Ich lese die Speisekarte nicht, bevor ich bestelle, sondern wähle einfach einen beliebigen Burger aus. Ich huste und werfe ihr einen weiteren bösen Blick zu, um sie zum Gehen zu bewegen.

»Und, wie war Ihr Tag?«, fragt mich Aragon mit seiner tiefen, brummigen Stimme.

»Gut. Sie haben nicht viele Bilderbücher«, sage ich mürrisch. Aragon reibt sich den Nasenrücken und seufzt.

»Es tut mir leid, Miss Hesketh, ich habe mich unpassend ausgedrückt. Bitte verzeihen Sie mir.« Eine Linie erscheint zwischen seinen Brauen und seine schönen Augen wirken bedrückt. Ich behalte mein trauriges Gesicht noch ein paar Sekunden länger bei. Aber ich kann nicht verhindern, dass sich langsam ein freches Grinsen auf meinem Gesicht ausbreitet. Ich winke seine Entschuldigung ab.

»Es ist in Ordnung, ich habe Sie doch nur auf den Arm genommen ... Ihre Bücher sind ... ähm, gruselig. Die Gesetze für Wandler in Bezug auf Frauen sind scheiße.« Ich wackle auf meinem Stuhl und überlege mir, ob ich noch etwas sagen soll.

Aragon legt den Kopf schief und hebt eine Augenbraue. Ich fuchtle mit den Händen und spucke meinen Ärger aus. »Mein Lebenszweck ist es nicht, eine verflixte Welpenmacherin zu sein. Ich bin mehr als mein Schoß! Die Welt, die ich bis jetzt erlebt habe? Das ist keine Welt, in die ich meine Kinder bringen will. Wenn meine DNA so einzigartig ist und ich die Quoten übertreffe und kleine Mädchen bekomme, will ich dann, dass sie in eine Welt hineingeboren werden, in der sich ihr ganzes Leben darum dreht, was zwischen ihren Beinen ist? In der sie wie kleine Fleischstücke umkämpft und wie Eigentum verkauft werden?

Ich bin ein Waisenkind, mein Vater starb vor meiner Geburt, als er versuchte, meine Mum und meine drei Schwestern zu beschützen. Nur meine Mum hat überlebt. Nicht einmal zehn Jahre nach dieser Tragödie musste ich mit ansehen, wie meine Mum sich selbst und meine zweijährige kleine Schwester Grace umbrachte ...« Traurig lege ich mein Kinn auf meine Brust. »Sie wäre jetzt sechzehn. Aragon, das ist nur mein Rudel. Fünf Weibchen, die für nichts und wieder nichts gestorben sind! Diese Scheiße muss aufhören. Die Gesetze, die uns schützen, existieren nicht. Sie sind mächtig, können Sie nicht etwas tun?«

Aragon wirft mir einen gequälten Blick zu. Ich schließe die Augen und nehme das als ein Nein auf. Warum habe ich das Thema überhaupt angesprochen? Ich hebe meinen Kopf und meine Unterlippe zittert. Ich seufze und straffe meine Schultern. Scheiß drauf, ich werde es selbst erledigen. Es liegt nicht in meiner Natur, Ungerechtigkeiten zu ignorieren und kampflos unterzugehen, selbst wenn die Dinge unüberwindbar scheinen. »Also, ähm, wann wollen Sie mich in ...«, ich senke meine Stimme zu einem Flüstern, » ... meiner Feuermagie unterrichten? Je eher wir mit dem Training beginnen, desto besser.« So kann ich anderen helfen.

Aragon schüttelt den Kopf, und bevor er antworten kann, kommt unser Essen. Die Kellnerin wirft mir meinen Teller buchstäblich vor die Nase. Sie muss denken, dass ich ein Mensch bin, oder sie ist verrückt.

Ich rümpfe angewidert die Nase und schaue mir meinen Burger mit wachsendem Entsetzen an. Ich stoße ein gequältes Wimmern aus. Irgendwie habe ich einen Veggie-Burger bestellt. Ich bin so enttäuscht. Ich schneide ihn in Viertel und stochere in ihm herum. Ich habe schon hervorragende vegetarische Sachen gegessen, aber dieser Burger ist nicht gut. Er fällt auseinander, sieht trocken aus und hat eine seltsame Farbe. Ich schnuppere verstohlen daran: Igitt, das riecht nicht mal nach Essen.

Es ist noch nicht lange her, da habe ich Hundefutter gegessen. Ich sollte also froh sein, dass es warm ist und es einfach essen. Ich hebe meine Oberlippe und fletsche die Zähne.

Aragon schaut mir fasziniert zu, seine Augen funkeln. *Jaja, Drachenjunge, lach nur!* Sein Doppelburger mit

Speck trieft vor Käse – er sieht so gut aus. Methodisch schneidet Aragon seinen Burger in Viertel. Ohne ein Wort zu sagen, nimmt er meinen Teller und tauscht ihn gegen seinen aus. Ich schaue auf seinen, jetzt meinen, Teller und den leckeren Burger hinunter.

Mein Herz schwillt an, und ich fühle mich jetzt genauso weich wie der Käse.

»Danke«, sage ich und versuche vergeblich, ein ganzes Viertel in meinen Mund zu bekommen. Aragon nickt mir nur zu und lächelt herzlich. Er isst meinen Veggie-Burger, ohne sich zu beschweren, aber ich merke, wie er gelegentlich das Gesicht verzieht.

Ich konzentriere mich auf die Ernsthaftigkeit des Essens. Nachdem ich meinen Burger praktisch inhaliert habe, versuche ich, das Gespräch wieder auf den Anfang zu lenken. »Also, das Feuertraining?«, frage ich Aragon erneut.

Er seufzt, wirft den Gemüseburger zurück auf seinen Teller und wischt sich die Hände mit einer Serviette ab. »Es gibt keinen Grund zur Eile, Miss Hesketh. Hellhound Owen hat zugestimmt, Ihr Selbstverteidigungstraining fortzusetzen. Sobald Sie einen guten Standard erreicht haben, können wir das Thema Magie wieder aufgreifen.« Ich stoße einen frustrierten Atemzug aus. »Das erfordert eine Menge mentale Kontrolle. Sie haben in kurzer Zeit eine Menge Herausforderungen gemeistert.« Er zieht bedeutungsvoll eine Augenbraue hoch. »Sie haben noch viel Zeit, Ihre Magie zu meistern.« Aragon schenkt mir ein sanftes Lächeln; seine Augen sind offen und ehrlich.

»Ihr Bruder hat versucht, Sie zu erreichen«, sagt er, um das Thema zu wechseln. Ich rümpfe die Nase und stopfe mir einen Zwiebelring in den Mund. Aragon wartet geduldig, den Kopf zur Seite geneigt, und beobachtet mich.

Oh, verflixt und zugenäht. Unbehaglich wackle ich auf meinem Stuhl hin und her. »Ich weiß, es ist kindisch. Aber ich möchte nicht mit John sprechen.« Ich betrachte meinen Teller und greife nach einem weiteren Zwiebelring. »Die ganze Sache mit Daniel? Er hat ein paar schreckliche Dinge gesagt ...« Ich schließe meine Augen. »Ich brauche einfach etwas Zeit.« Aragon legt seine große Hand auf meine und drückt sie.

»Ich werde es ihm erklären. Sie müssen nicht mit ihm sprechen, bis Sie bereit sind. Wenn es Sie irgendwie tröstet, ist er sich bewusst, dass er eine gravierende Fehlentscheidung getroffen hat.« Ich zucke mit den Schultern. John glaubt den Monstern immer noch mehr als mir. Einmal ist verzeihlich, aber er tut es immer wieder. Ich werde ihm niemals vertrauen. Meiner Mum zuliebe versuche ich, ihm zu verzeihen. Aber das ist schwer – um ehrlich zu sein, bin ich nicht der Typ, der vergibt.

Als die Kellnerin an unseren Tisch zurückkommt und wir beide den Nachtisch bestellen, ist ein weiterer Knopf an ihrem Oberteil offen!

Ich glaube, ich werde gleich schreien. Ich weiß, dass wir nicht auf einem richtigen Date sind, aber das weiß sie ja nicht. *Oi, du da, Blondie,* habe ich den Drang zu sagen, *warum setzt du dich nicht, wenn du so an ihm interessiert bist? Schnapp dir einen Stuhl und nimm dir einen Bissen ranzigen Veggie-Burger. Und möchtest du vielleicht auch meine Limonade, wenn du schon hier sitzt? Warum bediene ich nicht deine Tische, während du dem Drachen verrätst, was dein Sternzeichen ist.* Ich knurre, bis sie davonhuscht.

Ich knurre, als wäre Aragon Essen und ich am Verhungern. Was zum Teufel ... bin ich ... bin ich eifersüchtig? Ich drehe den Gedanken in meinem Kopf um. Hm. Ich habe noch nie Eifersucht empfunden. Ich habe keinen Grund, so zu fühlen; Aragon ist nicht meiner. Ich kratze mich am Hinterkopf. Obwohl ich von attraktiven Hellhounds und Wandlern umgeben bin, habe ich noch nie jemanden gemocht.

Das ist beunruhigend.

Ich schnaufe. Ich verstehe nicht, warum er nicht gemerkt hat, wie unangemessen sie sich verhält. Vielleicht mag er sie? *Scheiße!* Ich knirsche mit den Zähnen.

Dieser Gedanke gefällt mir nicht.

Ich widme mich der ernsten Aufgabe des Kuchenessens und bemerke nicht, dass Aragon noch nicht mit seinem warmen Schokoladenkuchen mit Sahne angefangen hat, während ich meinen esse. Okay, ich lüge. Natürlich habe ich es bemerkt. Es ist Schokolade!

Wieder tauscht er den Teller aus, meinen leeren gegen seinen vollen. Er bekommt ein strahlendes Lächeln und ich brumme glücklich, während ich mein zweites Dessert verdrücke.

Aragon hat die Messlatte für ein Date hochgelegt. Ich habe nicht einmal das Gefühl, dass ich meinen Teller bewachen muss. *Nicht, wenn du auf Aragon bewachst,* meldet sich meine abfällige, nicht sehr hilfreiche innere Stimme.

Als ich fertig bin, schwöre ich, dass ich ein kleines Essensbaby in mir habe. Was für eine Erleichterung, dass ich Leggings trage und keinen Knopf aufmachen muss.

Die blonde Kellnerin kommt zurück, um den Tisch abzuräumen und zu fragen, ob Aragon einen Kaffee möchte, und sie gibt ihm unfassbarerweise einfach ihre Nummer. Es ist, als würde ich gar nicht hier sitzen! Wer macht denn so was!

»Ich schwöre Ihnen, Miss Hesketh, wenn Sie unsere Kellnerin noch einmal anknurren, lege ich Sie vor all diesen Leuten übers Knie und versohle Ihnen den Hintern, und dann werden wir sehen, wie gut Sie damit klarkommen, sich wie ein Balg aufzuführen.«

Ich blinzle ihn schockiert an. Ich unterbinde mein Knurren.

Als die Möchtegern-Aragon-Diebin wieder an unserem Tisch vorbeischlendert, lasse ich ein so lautes Knurren los, dass sie erschrickt und den Teller fallen lässt, den sie trägt. Fröhlich hüpfe ich auf meinem Sitz und beobachte das Chaos, das ich angerichtet habe. Ich bereue gar nichts. Ich schaue unter meinen Wimpern hervor zu Aragon und grinse ihn frech an. Er reibt sich die Stirn und schüttelt den Kopf. Ich bin mir sicher, dass das Stirnreiben eine Taktik war, um sein Lächeln zu verbergen.

KAPITEL SECHSUNDZWANZIG

ARAGON STOLZIERT NACH DRAUSSEN, die Muskeln zucken entlang seines nackten Oberkörpers. Seine schwarzen Badeshorts sitzen tief auf seinen Hüften. *Oh, mein verdammter Gott.* Ich klammere mich an den Rand des Pools.

»Stört es Sie, wenn ich mich zu Ihnen setze?«, fragt er mit seiner tiefen, brummigen Stimme, die im Moment aus flüssiger Schokolade besteht.

Nein, ich träume nicht. Als wir vom Mittagessen zurückkamen, beschloss ich, in den Pool zu gehen. Es scheint, als hätte Aragon die gleiche Idee gehabt.

Ich schüttle energisch den Kopf und schlage ihn fast gegen die Glaswand. Ich beiße mir auf die Lippe – verdammt noch mal. Aragon ist eher schlank als korpulent, aber an ihm ist so viel dran – ich wusste nicht, dass ein

Körper so viele Bauchmuskeln haben kann. Ich kämpfe damit, meinen Blick auf seinem Gesicht zu halten und nicht auf seinem schönen Körper.

Er sieht aus wie aus Stein gemeißelt.

Bow-chicka-wow-wow.

Meine Gedanken schweifen ab, in eine unanständige Richtung ... meine Fantasie kommt ins Stocken, als irgendeine imaginäre, üppige weibliche Drachenwandlerin versucht, mich zu ertränken, weil ich Aragon *auf diese Art* ansehe.

Ohne nachzudenken, platze ich heraus: »Wird Ihr Mädchen nicht sauer sein, dass ich hier wohne?« Scheiße, halt die Klappe, verdammt! Ich schließe die Augen und reibe mit meinem Finger über die Kante der Bodenfliese. Ich spüre, wie meine Wangen rot werden.

»Nein«, sagt Aragon sanft.

Nein, es wird ihr nichts ausmachen? Oder nein, du hast kein Mädchen? Mein Verstand fordert meinen Mund auf. Ich möchte so gerne fragen, aber ich schlucke die Frage herunter.

Aragon steigt in den Pool hinab. Der Dampf des warmen Wassers umhüllt liebevoll seinen Körper.

»Also, sind Sie Single?« Scheiß drauf! Ich spreche die Worte aus. Sie sprechen sich beinahe selbst aus. *Scheiße, sieh ihn nicht an.* Ich kann nicht hinsehen. Ich sollte ihn nicht ansehen. Ich tue es.

Er hat sich ans andere Ende des Pools begeben. Er begutachtet die Aussicht. Sein Gesicht im Profil ist ein Wunderwerk. So perfekt. Eine atemberaubende Symmetrie. Der Drache ist so schön – ein ausgeprägter Kiefer, ausgeprägte Wangenknochen – und diese unglaublich silberne Haut. Was zum Teufel stimmt nicht mit mir?

»Ich habe zurzeit kein Weibchen. Haben Sie ein Männchen?« Ich lasse den Kopf sinken und grinse, ich kichere, ich begegne seinen ernsten Augen. Oh, er scherzt nicht. Steht das nicht in meiner Akte? Ich mache eine Geste des Abwägens mit meiner Hand. Aragon mustert mich und seine Augen verengen sich. Ich kichere wieder und schüttle den Kopf.

Ich lasse mich auf dem Wasser treiben und schaue in den Himmel darüber. Ich frage mich, ob dieser Pool auch im Winter benutzt werden kann. Der ganze Poolbereich muss zu dieser Jahreszeit eiskalt sein, aber während ich treibe, kann ich den Schimmer der Magie sehen, die wohl dafür sorgt, dass der gesamte Bereich temperiert ist. Magie ist unglaublich.

Mir wird langweilig, also summe ich die Musik aus *Der weiße Hai*, während ich Handstände und Purzelbäume mache, um mich zu unterhalten. Ich greife auch Aragons Zehen an. Nach einer Weile überlässt er mir das Feld.

Als ich gerade *Arielles Traum* aus *Arielle, die Meerjungfrau* gröle, kommt Aragon mit einem Handtuch zurück. Seine Augen glänzen und seine Lippen zucken.

»Kommen Sie, Nutty, es sind schon Stunden vergangen.« Ich grinse ihn an und klettere aus dem Pool, während er mich in das Handtuch einhüllt.

Der Rest der Woche läuft ähnlich ab: Morgens laufen wir zusammen, dann gehen wir in sein Büro. Meistens bleiben wir bis zum Mittagessen, und dann arbeitet Aragon von zu Hause aus – obwohl wir schon ein paar Mal den ganzen Tag in der Gilde verbracht haben. Owen kommt jeden zweiten Tag für mein Kampftraining.

Ich bin enttäuscht, dass ich im Büro nichts anderes tun kann als zu lesen. Ich verbringe meine Tage damit, so zu tun, als wäre ich in die dicken Bücher vertieft und mache mir mentale Notizen, weil ich keine Lust habe, mir etwas aufzuschreiben.

Wenn wir nach Hause kommen, werfe ich den aktuellen Text in das Regal in meiner Leseecke. Ich muss in meiner Wolfsgestalt eine Runde laufen und danach ein bisschen trainieren. Owen hat mir eine neue Trittkombination vorgegeben, und ich werde stundenlang daran arbeiten müssen, um sie zu perfektionieren.

Aragons schickes, gut ausgestattetes Heim-Fitnessstudio hat alles, was ich brauche. Die schweren Säcke sind etwas hoch aufgehängt, aber sie befinden sich eigentlich auf einer perfekten Höhe, damit ich meine Überkopfkicks üben kann.

Ich habe noch nicht gefragt, ob der Drache mit mir Sparring machen will. Kann man sich das vorstellen? Gott, ich möchte keinen Schlag von ihm einstecken. Aber ich würde gerne an meinem Bodenkampf arbeiten. Ich mache mir da nicht viel Hoffnung. Perverses Mädchen. Wenn es um Aragon geht, geraten meine Hormone außer Kontrolle.

Ich ziehe mich um und mache mich auf den Weg.

Der Drache wartet ruhig auf mich, als ich zurückkomme. »Kein Fell im Haus, Forrest«, sagt er streng. Oh, ich bin jetzt *Forrest*? Hm. Er hat mich die ganze Woche *Miss Hesketh* genannt. Ich lasse mich durch meine Magie wieder in meine menschliche Gestalt zurückwandeln und mache mich auf den Weg ins Fitnessstudio, als seine Stimme mich aufhält.

»Forrest«, sagt er, »ich würde gerne mit dir über etwas sprechen, das mir Sorgen bereitet. Bitte geh ins Wohnzimmer.« Und jetzt sind wir anscheinend auch beim du. Mein Herz hämmert. Ich nicke. Sein Gesichtsausdruck gefällt mir nicht; es ist ein Blick, der mich dazu bringt, wieder frech zu werden. Das ist normalerweise der Zeitpunkt, an dem ich in Schwierigkeiten gerate. Am liebsten würde ich salutieren oder ihm beide Mittelfinger entgegenstrecken und *Fick dich!* schreien.

Ich seufze ... und man sagt, ich hätte eine schlechte Impulskontrolle. Ich schaffe es, leise ins Wohnzimmer zu tapsen und mich zu setzen. Aragon muss von den Armbändern wissen. Ich ertappe mich dabei, wie ich herumzappeln will, als er ins Zimmer stapft. Ich beobachte ihn aus dem Augenwinkel und traue mich nicht, ihn direkt anzuschauen. Ich zupfe an einem losen Faden an meinen Leggings.

»Forrest, wenn wir auf der Arbeit sind, lasse ich ein paar Fae zum Putzen ins Haus kommen – sie sind Brownies.« Okay, was will er damit sagen? Ich hatte mich schon gefragt, wer die ganze Zeit geputzt hat. Spielt er jetzt endlich mit offenen Karten und gibt vielleicht zu, dass die Brownies meine Sachen durchwühlt haben? Auf der Suche nach meiner Magie? »Ich wurde darüber informiert, dass in deinem Bett noch immer niemand geschlafen hat. Meine Frage ist also: Wo schläfst du?«

Was? Ich starre ihn an. Damit habe ich nicht gerechnet. Was um Himmels willen soll ich nur sagen? Wird er es gegen mich verwenden? Wahrscheinlich. Ich halte meinen Mund und zucke mit den Schultern.

»Ich weiß, dass du nachts nicht das Haus verlässt.«

Ich betrachte meine Hände. Das Beste, was ich tun kann, ist, ihm nicht zu antworten. Ich kann spüren, wie er mich ansieht. Ich wette, sein Gesicht trägt eine falsche Maske der Besorgnis. Was kümmert es ihn, wo ich schlafe?

»Forrest, warum schläfst du in Wolfsgestalt auf dem Boden?« Daraufhin schaue ich zu ihm auf. »Die Brownies haben dein Fell auf dem Boden gefunden«, erklärt er, während ich an meiner Lippe knabbere. »Du wirst mir antworten.«

Nein, das werde ich verdammt noch mal nicht.

»Ich habe einen ganzen Schokoladenkuchen für dich bestellt ... Es wäre schade, wenn die Bestellung storniert würde.«

Was! Neeeeeiiiin! Nein, das kann er nicht tun, das ist so gemein. Ich starre ihn an.

»Schokoladenkuchen ist für brave Mädchen, die Fragen beantworten.« Er zieht die Augenbrauen hoch. Will Aragon einen Schokoladenkuchen als Geisel gegen mich verwenden? Verdammt noch mal. Ich habe die ganze Woche noch kein Stück Schokolade gegessen! Ich muss ihm etwas geben.

Ich rümpfe meine Nase. »Mir wird kalt. Ich finde Betten seltsam«, sage ich ihm ehrlich.

»Ich kann verstehen, dass du das Schlafen in einem

Bett seltsam findest, aber es ist schon über drei Monate her, dass du dich zurückgewandelt hast – du musst dich daran gewöhnen. Von jetzt an gibt es kein Fell mehr im Haus, Forrest.«

Ich werfe ihm einen bösen Blick zu, aber ich zucke mit den Schultern und schätze, dass es in Ordnung ist, weil ich draußen schlafen werde.

»Du wirst auch nicht draußen schlafen. Du wirst in deinem Bett schlafen.« Er verlässt das Zimmer.

Eine einzelne Träne läuft mir über die Nase und ich wische sie schnell weg.

Das ist doch Scheiße. Warum interessiert es ihn, dass ich in meiner Wolfsgestalt schlafe? Dieser kontrollsüchtige Mistkerl.

Ich gehe ins Fitnessstudio und trainiere wie eine Wahnsinnige. Als er mich ein paar Stunden später zum Abendessen ruft, steht eine Tüte auf dem Tisch. Ich schaue sie ohne Interesse an. Sie ist nicht kuchenförmig.

»Ich habe dir etwas gekauft, das dich hoffentlich weniger frieren lässt«, sagt Aragon aus der Küche. Ich werfe einen Blick in die Tüte und sehe etwas Flauschiges. Ich hole einen flauschigen Pyjama und ein paar ebenso flauschige Bettsocken heraus. Ich starre geschockt auf das liebevolle Geschenk.

»Danke«, sage ich und streiche mit meiner Hand darüber; sie sind so weich. Das langärmelige Oberteil und die Hose sind mit kleinen rosa Einhörnern bedruckt, und mit den Socken sollte mich der Schlafanzug komplett bedecken. Das war eine gute Idee; sie war auch sehr zuvorkommend. Ich schenke Aragon ein kleines Lächeln.

Kapitel Siebenundzwanzig

Ich habe seit drei Nächten nicht mehr geschlafen. Jetzt habe ich angefangen zu stolpern und stoße andauernd gegen irgendetwas. Heute Morgen bin ich als Wolf gelaufen, weil meine schlechte Koordination mit zwei Beinen nicht zurechtkam.

Ich bin so verdammt mies gelaunt. Ich möchte dem Drachen in den Allerwertesten beißen, weil er mich dazu gezwungen hat. Vom Essen dreht sich mir der Magen um, und ich habe schon fast aufgehört zu essen. Das Einzige, was ich hinunterzwingen kann, ist der verräterische Schokoladenkuchen.

Aragon hat nichts zu mir gesagt, aber ich kann sehen, wie seine Frustration zunimmt. Ich bin sicher, der Drache hält mich für dumm und stur. Ich habe ihm nicht gesagt, wie ich mich fühle, wenn ich als Mensch schlafe, und ich habe ihm auch nicht von den Albträumen erzählt. Vielleicht würde er mich in Ruhe lassen, wenn ich es täte?

Jetzt ist es zu spät, es ihm zu erklären. Meiner Erfahrung nach würde er mir wahrscheinlich sowieso nicht glauben. John würde das sicher nicht.

Ich sitze am Tisch und schiebe mein Essen auf dem Teller hin und her. Ab und zu senke ich meinen Kopf zum Tisch hinunter und nicke weg, während ich mich zwinge, wach zu bleiben. Aragons Geduldsfaden reißt und seine große Hand knallt auf den Tisch. Die Teller springen durch den Aufprall.

»Forrest, das wird langsam lächerlich. Du hast abgenommen und du siehst krank aus. Du lässt mir keine andere Wahl, als dir einen Schlaftrank zu besorgen!«

»Was?« Ich schaue zu ihm auf und bin plötzlich hellwach. O mein Gott, ich kann mir nichts Schlimmeres vorstellen – der Gedanke, in meiner menschlichen Gestalt magisch eingeschläfert zu werden und verletzlich im Bett zu liegen.

Das flößt mir eine Heidenangst ein.

Würde mich der Zaubertrank in meinen Albträumen gefangen halten? Sodass ich nicht mehr aufwachen kann? Ich spüre, wie die Panik meinen Körper ergreift, und schüttle verzweifelt den Kopf. Meine Augen flehen ihn an, während ich in meinem Stuhl kauere, eingehüllt in den Duft meiner Angst.

»Was willst du, das ich tue? Du wirst heute Nacht schlafen, Forrest. Als Mensch in deinem Bett, oder ich hole mir morgen den Trank und benutze ihn ohne deine Erlaubnis.«

Ich springe vom Tisch auf und mein Stuhl knarrt über

den Boden. Ich starre ihn mit verengten Augen an; ich zittere vor Angst und Wut. Das einzig Gute daran ist, dass der hohe Adrenalinspiegel in meinem Körper dafür sorgt, dass ich mich fast normal fühle.

»Du bist ein Monster!«, schreie ich ihn an. Ich drehe mich um und renne in mein Zimmer. Ich werfe mich mit voller Wucht auf den marineblauen Sitzsack in meiner Bücherecke. Ich schließe meine Arme um mich, rolle mich zu einem Ball zusammen und weine leise, den Kopf fast auf den Knien.

Ich will in diesem Körper nicht einschlafen! Ich will nicht! Aber ich bin so müde, und ich kann nicht riskieren, dass er mir einen Schlaftrunk aufzwingt.

Die meiste Zeit, wenn ich wach bin, kann ich mich selbst überzeugen, mich zwingen zu glauben, dass diese schlimmen Dinge nicht passiert sind.

Außer in meinen Träumen.

In meinen Träumen wackeln die Kisten in meinem Kopf, die mit schlechten Erinnerungen vollgestopft sind, und die Deckel lösen sich. Die Erinnerungen krabbeln durch meine Gedanken und quälen mich.

Als ich im Krankenhaus anfing, Albträume zu haben, hörte Owen mich schreien und schüttelte mich sanft wach. Dann setzte er sich auf und sprach mit mir, bis ich mich sicher fühlte. Owen war es, der mir vorschlug und mich ermutigte, in meiner Wolfsgestalt zu schlafen, und es funktionierte. Ich hatte nie wieder einen Albtraum. Aber jetzt ... Ich hätte Aragon die Wahrheit sagen sollen. Ich starre das Foto von meiner Mum und Grace an.

Ich bin ein dummer Feigling. Die bösen Träume können mich nicht umbringen.

Ich dusche und ziehe dann den blöden, flauschigen, süßen Einhorn-Pyjama mit den Socken an. Mit Abscheu beäuge ich das Bett. Ich ziehe die Bettdecke zurück und steige hinein. Das Bett ist so weich, als würde man auf einer Wolke schlafen. Ich hasse es. Ich ziehe die Decke bis zum Kinn hoch, schließe die Augen und versuche, meine Gedanken zu beruhigen. Ich schnaufe, werfe eines der Kissen auf den Boden und klopfe auf das verbleibende, um es platt zu machen. Ich beginne eine einfache Meditationsübung und noch bevor ich sie beendet habe, schlafe ich ein.

Ich bin in meinem silbernen Käfig in der Garage. Ich bin nackt und meine Haut ist kalt.

Meine Mum ist bei mir. Ich kann nicht so recht glauben, dass sie hier bei mir ist und ich nicht allein bin. Es ist schon so lange her, dass ich ihr schönes Gesicht gesehen habe. Gott, ich habe sie vermisst. Sie sitzt aufrecht, an die silbernen Gitterstäbe gelehnt, und ich kann riechen, wie ihre Haut brennt.

»Mum«, flüstere ich eindringlich, »deine Haut brennt. Bitte, du musst von den Stäben weggehen.« Ich greife ihr Handgelenk und versuche, sie wegzuziehen, aber sie bewegt sich nicht. Mum hat eine Puppe in ihren Armen. Das Spielzeug hat blonde Haare und kommt ihr bekannt vor. Sie beginnt seltsam zu kichern und drückt die Puppe an ihre Brust.

»*Du musst leise sein, Mum. Hör bitte auf zu lachen. Wenn Vincent dich hört ...*«

»*Wenn Vincent was hört?*« *Eine Stimme kommt aus der Dunkelheit, ich beginne vor Angst zu zittern, meine Zähne klappern und ich bedecke mich so gut es geht mit meinen Armen.*

Warum bin ich nackt?

Vincent tritt vor, den gelben Schlauch in der Hand. Plötzlich schießt kaltes Wasser in den Käfig. »*Du bist so ein dreckiges und ekelhaftes Ding, sieh dir die Sauerei an, die du angerichtet hast!*«*, brüllt er.*

Meine Mum kichert weiter und ich beobachte mit wachsendem Entsetzen, wie sich ihre Kehle langsam auftut und das Blut aus der Wunde an ihrer Brust herunterläuft. Das Blut leuchtet hellrot in der Dunkelheit. Das kalte Wasser aus dem Schlauch trifft sie, Wasser und Blut vermischen sich und spritzen rötlich gegen mein Gesicht. Ich lege meine Hände an ihren Hals und versuche, die Blutung zu stoppen. Aber dadurch öffnet sich die Wunde noch mehr und ihr Kopf rollt von einer Seite zur anderen, da ihr Hals sein Gewicht nicht mehr tragen kann.

Die Puppe fällt mir in den Schoß, während meine Mum meine Handgelenke ergreift und sie zusammenpresst. »*Du bist ...*« *Wegen des plätschernden Wassers kann ich nicht verstehen, was sie sagt, also lehne ich mich näher heran.* »*Du bist eine solche Enttäuschung. Warum bist du nicht gestorben, wie es dir gesagt wurde? Du bist verflucht.*« *Meine Mum stößt mich brutal von sich weg.*

Ihre Kehle klafft auf und sie gibt ein furchtbares gurgelndes Geräusch von sich. Sie blutet jetzt nicht mehr. Ihr Brustkorb bewegt sich nicht mehr, und sie sackt auf die Seite.

Ich weiß, dass sie tot ist. Herzzerreißende Trauer ergreift mich, und ich schluchze. Ich habe das Gefühl, dass mir langsam das Herz herausgerissen wird.

»Mum, Mummy«, wimmere ich.

Die Puppe in meinem Schoß fängt plötzlich an zu schreien und lässt mich zusammenzucken. Ich erkenne meinen Fehler – es ist keine Puppe, sondern meine kleine Schwester Grace. Ich schaue auf sie herab und streiche ihr mit zitternden Fingern die Haare aus dem Gesicht. Ich schaue in ihre großen, glasigen, toten Augen. Grace ist tot, aber sie schreit immer noch ...

»Forrest, Forrest, wach auf! Wach auf!« Meine Augen fliegen auf und ich schluchze, meine Kehle schmerzt, ich habe geschrien. Meine Handgelenke sind in Aragons Griff gefangen. Ich verstehe nicht, warum er mich so festhält, bis ich die Flammen bemerke.

Meine Arme stehen erschreckenderweise in Flammen. Ich brenne!

Die Flammen erhellen den Raum in einem dunstigen Blau. Der Geruch von Rauch steigt mir in die Nase. Mein einst flauschiger Einhorn-Pyjama ist schwarz verbrannt, und meine Bettdecke schmort vor sich hin. Ich schluchze noch heftiger. Was habe ich nur getan? Ich habe alles kaputtgemacht. Aragon wedelt mit einer Hand, und die kleinen Flammen um uns herum erlöschen. Er reißt mich in seine Arme und trägt mich aus dem Zimmer. Er stürmt mit mir durch das Haus und wir gehen eine Treppe hinauf.

»Es tut mir leid, es tut mir so leid, ich wollte die schönen Sachen, die du für mich gekauft hast, nicht kaputtmachen. Da...«, schluchze ich, »Das ist noch nie passiert. Nur die Träume, nie die Flammen. Es tut mir leid

...«, murmle ich immer wieder durch mein Schluchzen hindurch. Der Schock lässt mich noch heftiger weinen, als die Erinnerung an den schrecklichen Albtraum.

»Ich muss dir das ausziehen, dann kannst du dich wandeln und heilen.« Aragon beginnt vorsichtig, mich aus meinem kaputten Pyjama zu befreien. Das Oberteil ist geschmolzen und Stücke des Stoffes stecken in der Haut meiner Arme. Aragon zupft den Stoff schmerzhaft heraus, wodurch meine Arme anfangen zu bluten.

»Das ist der Grund, warum ich mir Sorgen um die Hexenmagie gemacht habe; es ist gefährlich, mit etwas zu hantieren, das man nicht vollständig versteht. Ohne den Trank in deinem Körper hättest du dich wandeln können. Ich weiß nicht, ob die Fetzen in deiner Haut bleiben, wenn du dich jetzt wandelst.« Er beendet schnell seine Aufgabe. »Wandle dich, Forrest!«

Ich wandle mich in meinen Wolf und will mich nicht mehr zurückwandeln. Aragon hält meinen pelzigen Kopf in seinen großen Händen, mit fester Stimme und flehenden silbernen Augen – fast allein mit seinem Willen zwingt er mich zurück zum Menschen.

Ich kehre nackt und zitternd zum Menschen zurück, aber dank Aragon bin ich vollständig geheilt. Er schnappt sich ein langärmeliges Shirt von seinem Bett und zieht es mir über den Kopf. Dann schließt er mich wieder in seine Arme. Ich weine nicht mehr, aber durch seine Reglosigkeit kann ich spüren, wie sehr ich zittere.

Er steigt ins Bett und zieht mich mit sich, sodass ich auf ihm liege. Ich kämpfe. Was passiert, wenn ich wieder aufflamme? Ich werde ihn am Ende noch verletzen. Aragon ignoriert mich und hält mich fest an seine Brust gedrückt. Erst spät bemerke ich, dass sein Oberkörper nackt ist.

»Ich bin ein Drache und ich bin feuerfest. Halt still.« Ich bin zu erschöpft, um mich zu wehren, und er fühlt sich warm an, er riecht gut. Ich lege meine Wange auf seine Brust und schließe meine Augen. Ich atme seinen rauchigen, moschusartigen Duft ein. Ich höre seinen Herzschlag, und das beruhigt mich noch mehr. Er hält mich mit seiner großen Handfläche im Nacken und drückt mich an sich. Seine andere Hand fährt sanft meine Wirbelsäule auf und ab. Mein Herz wird langsamer, der Rhythmus hämmert nicht mehr in meinen Ohren. Mein Körper hört langsam auf zu zittern. Ich wurde noch nie zuvor gehalten und sauge seine Zuneigung in mich auf.

»Hattest du schon mal schlechte Träume?«, fragt Aragon leise. Ich nicke. »Ist das der wahre Grund, warum du nicht in dieser Gestalt schlafen wolltest?« Ich nicke wieder. »Willst du mir von deinem Traum erzählen?« Ich schüttle den Kopf. Ich will wirklich, wirklich nicht darüber nachdenken. »Schlaf, Forrest. Ich werde über dich wachen.« Er zieht die Decke über uns; ich glaube nicht, dass ich jemals wieder schlafen werde.

Aber in seinen Armen fühle ich mich warm und sicher. Auf seinem harten, muskulösen Körper zu liegen, ist das Bequemste, was ich je empfunden habe. Mein Körper passt auf seinen wie ein perfektes Puzzleteil.

Ich wache so bequem wie noch nie in meinem Leben auf. Wärme umgibt mich. Mein Gesicht ist an warme Haut gepresst. Aragon. Ich öffne meine Augen. Meine Wimpern streichen sanft wie flatternde Schmetterlingsküsse über seine Haut.

Ich habe mich im Schlaf bewegt und sitze mit gespreizten Beinen auf einem warmen, nackten, silbernen Oberkörper. Meine Beine sind auf beiden Seiten von ihm; er ist so breit, dass sie das Bett nicht berühren. Eine meiner Hände ruht auf seiner Brust, die andere ist abtrünnig geworden und hat sich in seine langen silbernen Haare gewickelt. Sie sind so weich wie Seide.

Nur widerwillig lasse ich sie los. Ich stemme mich leicht auf meine Hände und benutze seine Brust zum Ausbalancieren. Ich schaue nach oben in sein Gesicht. In diesem Moment merke ich, dass seine warme Haut *überall* ist. Meine Augen weiten sich vor Schreck – ich habe keine Unterwäsche an! Ich sitze mit gespreizten Beinen auf ihm. Meine Brüste, die eben noch glücklich an seinen Oberkörper gepresst waren, streifen sanft über ihn, während ich mich bewege, und meine Brustwarzen werden hart. Die Intimität raubt mir den Atem und ich stoße einen kleinen Atemzug aus, als seine Energie über meine Haut kribbelt.

Aragon begegnet meinem Blick. Seine Augenlider hängen schwer und seine Pupillen sind geweitet. Ich gerate in Panik und versuche, von ihm herunterzuklettern. Aber seine Hand greift sanft in meinen Nacken; seine andere Hand legt sich um meinen Oberschenkel unter dem Shirt, so nah an der Wölbung meines nackten Hinterns, und er drückt mich wieder an sich, um mich an Ort und Stelle zu halten. Langsam setzt er sich auf und beugt sich vor, wobei seine Nase an meinem Ohr streift. Sein warmer Atem kitzelt mich im Nacken und lässt mich erschaudern. Ich stöhne ein wenig auf. Er atmet meinen Duft ein und lässt ein anerkennendes Knurren ertönen.

Die Hand, die meinen Nacken umklammert, hat sich jetzt leicht bewegt und umschließt meinen Hinterkopf. Er neigt meinen Kopf nach hinten, seine Augen sind auf meine Lippen gerichtet. Sein Daumen reibt sanft über meinen Wangenknochen. Mein Bauch kribbelt, als er näher kommt, seine Lippen berühren fast meine und dann hält er inne. Meine Lippen öffnen sich, und wir atmen den Atem des anderen ein.

Seine Augen schließen sich, Aragon stöhnt tief in seiner Kehle und seine Brust vibriert unter meinen Fingerspitzen.

Er seufzt traurig.

»Wie geht es dir?« Aragon legt seine große Handfläche auf meine Stirn, seine Finger glätten meine Haarsträhnen, sein Daumen streichelt meine Haut.

»Es geht mir gut ...«

Aragon zieht mich zurück an seine Brust, mein Kopf liegt unter seinem Kinn, und er hält mich fest, als wolle er mich nie wieder loslassen.

Kapitel Achtundzwanzig

WIR SIND DRAUSSEN und ich hüpfe nervös auf meinen Zehen. Mein Drache wird mir zeigen, wie ich meine Feuermagie benutzen kann. Nach der letzten Nacht scheiße ich mir in die Hose. Meine Hände verdrehen sich in meinem grauen Einhornpulli und ich kaue auf meiner Lippe herum.

»Nutty, wovor hast du Angst? Deine Magie wird dich nicht verletzen. Die Feuermagie ist ein Teil von dir, genau wie deine Wolfsmagie.« Aragon gibt sich alle Mühe, meine Angst zu zerstreuen. Ich weiß nicht, wen er auf den Arm nehmen will. Ich blinzle ihn ungläubig mit großen Augen an. Also versucht er eine andere Taktik. »Ohne angemessene Kontrolle könntest du andere verletzen und wir können nicht zulassen, dass das, was letzte Nacht passiert ist, noch einmal passiert. Ich könnte es nicht ertragen. Also werde ich dir beibringen, wie du deine Feuermagie kontrollieren kannst. Das hätte ich schon vor Wochen tun sollen. Und jetzt, als Vorsichtsmaßnahme ...« Aragon holt eine wunderschöne silberne Halskette aus seiner Tasche. »Sie ist aus Platin.« Mit zwei Fingern, die er unter der zarten Kette einhakt, lässt Aragon die Kette vor meinen Augen baumeln. Sie dreht sich und funkelt, das Licht wird von den vielen Facetten des tropfenförmigen Diamanten reflektiert.

»Sie ist wunderschön«, hauche ich.

»Es ist Fae-Magie, und sie wird dir helfen, die Kontrolle zu erlangen.«

»Was ... Wie? Wird sie mich davon abhalten, Menschen zu verletzen? Wird sie mich davon abhalten, dein schönes Zuhause niederzubrennen? Es tut mir so leid, dass ich ...«

»Forrest, ich bin derjenige, der die Schuld trägt. Ich habe dich hängen lassen. Ich hätte deine Entscheidungen respektieren müssen.« Aragon streicht mir die Haare aus dem Gesicht und legt mir die Kette über den Kopf. Sie ist lang und der Diamant schmiegt sich angenehm zwischen meine Brüste. »Ich habe dich hängen lassen. Ich hätte erkennen müssen, dass hinter der Sache mit dem Schlaf mehr steckt.« Er küsst mich auf den Scheitel. »Jetzt schließ deine Augen und lass uns anfangen.« Ich schließe meine Augen. Ich kann immer noch den leichten Abdruck seines Kusses spüren. Aragon bewegt sich hinter mir. Mit seiner tiefen, leisen Stimme sagt er: »Entspanne deinen Geist, spüre deine Magie. Die Feuermagie wird heißer sein als deine Wölfin. Die Magie wird sich anders anfühlen, pulsierend. Bring sie sanft in deinem Geist nach vorn.« Ich taste nach meiner Magie.

Das fast spielerische Ziehen meiner Wolfsmagie lässt mich lächeln. Hinter meiner Wolfsmagie steht eine Flamme. Heiß. Wütend. Beängstigend. Mein ganzer Körper fängt an zu zittern.

Meine Angst lässt meine Wolfsmagie nach vorn schnellen, und ich wandle mich.

Ich schnaufe meine Enttäuschung aus. Aragon lächelt auf mich herab. »Wandle dich zurück und versuche es noch einmal. Ich verspreche dir, dass du das schaffen kannst. Bitte hab keine Angst.« Enttäuscht wandle ich mich wieder in einen Menschen. »Jetzt schließe deine Augen ...«

ICH BIN im Büro der Gilde, und weil ich in den letzten Wochen ständig gebettelt habe, darf ich jetzt Matthew helfen. Das ist mein erster Job! In den ersten Wochen fand ich es so langweilig, zur Jägergilde zu kommen. Aber jetzt, wo ich etwas Produktives tun darf, vergeht die Zeit hier viel schneller.

Wenn ich die Wahl hätte, wäre ich auf der Straße, um als Jäger zu arbeiten, Haftbefehle zu verfolgen und Bösewichte zu fangen. Ich finde die Arbeit, die die Jäger für die Gilde machen, faszinierend. Meine Fantasie spielt verrückt vor Aufregung – *Jäger Hesketh* – o mein Gott, wie gut klingt das? Ich wiederhole es ein paar Mal in Gedanken und nicke. Ich werde mir eine passende Titelmelodie ausdenken müssen.

Zwischen den Telefonaten und dem Herumrennen übe ich meinen Feuerzauber. Nach wochenlangem soliden Training beherrsche ich meine Magie, ohne viel nachzudenken. Ich übe so viel, dass ich eine kleine Flamme in meiner Hand tanzen und von einer Hand in die andere springen lassen kann. Insgeheim denke ich, dass ich John mit meinen Fähigkeiten in den Schatten stelle. Ich kann eine Flamme in der Luft modellieren, und heute arbeite ich an einem Schmetterling; das wird episch werden.

Aragon ist zufrieden damit, wie schnell ich mir alles angeeignet habe. In ein paar Jahrzehnten, sagt er, sollte ich in der Lage sein, mein Feuer in Wolfsgestalt zu benutzen und mich wie ein richtiger Hellhound in Flammen zu setzen!

Flammendes Fell! O mein Gott, wie cool ist das denn!

Der eigentliche Grund, warum ich alles schnell gelernt habe, ist Aragon. Er ist ein beeindruckender Lehrer. Es hilft, dass er das Element perfekt beherrscht. Aragon kann nicht nur seine eigene Feuermagie kontrollieren, sondern auch die der anderen und das gewöhnliche Feuer.

Ich knabbere an einem riesigen Schokokeks, der wie von Geisterhand auf meinem Schreibtisch erschienen ist. Matthew muss ihn für mich dagelassen haben – er ist so aufmerksam. Er kribbelt seltsam auf meiner Zunge. Ich drehe mich mit meinem Bürostuhl und rolle quer durch den Raum, um an das klingelnde Telefon zu gehen. Warum laufen, wenn man rollen kann ... »Guten Tag, die Jägergilde, was kann ich für Sie tun?« Es ist Freitagnachmittag und ich habe Aragon schon seit Stunden nicht mehr gesehen. Er war den ganzen Tag mit Besprechungen beschäftigt.

»Miss Hesketh? Ich bin so froh, dass ich Sie erwische. Ich habe einen Käufer für das Haus, der über die Möglichkeit sprechen möchte, mehr Land als die angegebenen zehn Hektar zu erwerben«, sagt die Lady am Telefon und nimmt mein überraschtes Grunzen als Bestätigung, dass sie die richtige Person erwischt hat. Aha, ein Anruf von dem Immobilienmakler, der das Temple House verkaufen will. Ich habe keine Ahnung, woher sie diese Nummer haben. Ich trommle mit den Fingern auf meinem Schreibtisch. Ich habe mir vorgenommen, die fünfhundert Hektar zu behalten, aber brauche ich das ganze Land?

»Ich könnte sicherlich noch ein bisschen mehr Land verkaufen.« Es wäre gut, den Rat von Aragon einzuholen. Vielleicht sollte auch John mitreden? Obwohl ich seit der Sache mit Daniel immer noch nicht mit meinem Bruder gesprochen habe. Ich weiß, es ist kleinlich von mir; ich sollte das Richtige tun und ihn anrufen. Ich schätze, ich muss den Mut aufbringen, ihn zurückzurufen. »Ich muss darüber nachdenken. Kann ich Sie am Montag zurückrufen?«

Eine Welle von Schwindelgefühl überkommt mich und ich reibe mir mit dem Handballen die schmerzende Stelle zwischen den Augen.

»Miss Hesketh, der Grund für meinen Anruf ist, dass die Käuferin sich leider noch andere Grundstücke ansieht und erst morgen für eine Besichtigung zur Verfügung steht. Sie besteht darauf, dass sie den Kauf nur persönlich mit Ihnen besprechen will. Sie ist eine Barkäuferin, und wenn ihr das Temple House so gut gefällt, wie ich glaube, könnte der Verkauf noch in diesem Monat abgeschlossen werden.« Das Honorar für den Makler war astronomisch, also sollte man meinen, dass sie das auch ohne mich bei den Besichtigungen erledigen können. Ich stöhne und schnaufe in den Hörer. Ich öffne den Mund in der Absicht, die Maklerin zu vertrösten, aber stattdessen ertappe ich mich dabei, wie ich zustimme.

»Ich schätze, ich kann sie um ... ähm, Mittag im Haus treffen?« Ich zucke mit den Schultern. Das wird schon in Ordnung sein. Realistisch betrachtet, will ich so schnell wie möglich alles hinter mir haben. Wenn es nach mir ginge, hätte ich das Haus niedergebrannt. Aber Temple House ist das Erbe meiner Mum, also sollte ich mir wenigstens die Zeit nehmen, es an einen guten Besitzer zu verkaufen. Außerdem dreht sich mein Kopf und ich will nicht verhandeln – ich will einfach nur vom Telefon wegkommen.

Nachdem sie mein Einverständnis erhalten hat, beendet die Maklerin schnell das Gespräch. Gott, ich hasse dieses Haus. Ich freue mich nicht auf morgen.

Ich stoße mich vom Schreibtisch ab, rolle auf eine freie Fläche und drehe mich erneut. Statt eines Schmetterlings werde ich diesmal einen kleinen Drachen ansteuern.

Wenn ich an Drachen denke, muss ich enttäuschenderweise feststellen, dass ich den Drachen von Aragon noch nicht gesehen habe. Aragon ist unglaublich verschlossen. Ich glaube nicht, dass irgendjemand seine Drachenform seit Jahrhunderten gesehen hat. Ich sehne mich danach, seine veränderte Gestalt zu sehen. Ich bin nicht mutig genug, um zu verlangen, den anderen Teil von ihm zu sehen. Ich frage mich, wie groß er ist und ob er, wie seine menschliche Gestalt, silberfarben ist.

Der flammende Klecks sieht nicht wie ein Drache aus; ich starre ihn missmutig an.

Ich kann es kaum erwarten, nach Hause zu gehen; heute war es langweilig. *Nur weil du zurück zum Kuchen und dann ins Bett willst*, sagt diese hilfreiche, abfällige innere Stimme. Ich schnaufe und werde rot wegen meines inneren Monologs. Gott, ich bin so ein komischer Kauz.

Ja, also nachts besteht Aragon darauf, dass ich zu ihm komme und als Mensch in seinen Armen schlafe, damit er mich beschützen kann. Ich verbringe meine Nächte an ihn gekuschelt, sicher in seinen muskulösen Armen eingewickelt. Leider ist Aragon ein absoluter Gentleman und er stellt sicher, dass ich von Kopf bis Fuß in einen flauschigen Pyjama gehüllt bin, damit sich der Vorfall – der, der nicht genannt werden darf – nicht wiederholt. Ähm, also, dieser ganze Vorfall mit den nackten Teilen von mir auf den nackten Teilen von ihm. Mannomann.

Wenn ich so darüber nachdenke, hatte ich noch nicht einmal meinen ersten Kuss. Trotzdem habe ich die ungeplante, beeindruckende Stufe erreicht, bei der meine nackte Vulva auf dem Waschbrettbauch eines Drachenwandlers saß. Seit diesem Vorfall kann ich nicht anders, als noch mehr unanständige Gedanken zu haben. Ich bereue, dass ich meine Lippen nicht auf seine gepresst habe.

Aber meine Erfahrung in allem ist so mangelhaft, dass ich null Chance habe, irgendjemanden anzubaggern, schon gar nicht einen legendären Drachenwandler. Könnte man sich das vorstellen? Was, wenn er Nein sagen würde?

Natürlich würde er Nein sagen! Dann würde ich mich zu Tode schämen.

Als ob der Gedanke an ihn ihn heraufbeschworen hätte, stolziert Aragon durch das Portal. Seine Jackettknöpfe sind geöffnet und sein Haar ist zerzaust, als hätte er sie wiederholt mit den Fingern durchgewühlt. Aragons kurzes Lächeln und seine verkniffenen Augen zeugen von einem miesen Tag, und in seinem Gefolge schwappt die wütende Energie wie eine Welle um ihn herum. Wenn ich ihn nicht so gut kennen würde, würde ich mich unter dem Schreibtisch verstecken.

»Geht es dir gut?« Ich springe auf und eile zu ihm. Ich strecke meine Hand aus und lege sie auf seinen Unterarm. Das Unbehagen in ihm macht mich nervös.

»Ja, es geht mir gut, danke, Forrest.« Aragon fährt sich mit der Hand über das Gesicht und schließt die Augen, und als er sie wieder öffnet, hat sich seine wütende Energie verflüchtigt. Er hält seinen Arm hoch, und ich schmiege mich darunter. »Ich entschuldige mich. Ein Meeting ist nicht nach meinem Geschmack verlaufen. Ich will dich nicht mit unnötigen Details langweilen.« Aragon drückt mich an seine Seite und küsst mich auf den Scheitel. »Mein Terminkalender hat sich überschlagen und ich muss länger als geplant arbeiten. Soll ich dafür sorgen, dass Owen dich nach Hause begleitet?«

»Nein, schon gut, ich kann auch allein gehen.« Aragon streicht mit seinem Daumen über meinen Wangenknochen und hat einen sanften Ausdruck in seinen Augen. Ich schenke ihm mein bestes Lächeln. »Oh, die Maklerin hat wegen des Hauses meiner Mum angerufen. Ich habe einen Besichtigungstermin ...« Die Bürotür knallt auf und Matthew eilt herein, die Hände voller Papierkram und mit einem genervten, wilden Blick in den Augen.

»Ich sehe schon, du bist beschäftigt – das kann warten. Wir sehen uns dann zu Hause.«

Ich stelle mich auf die Zehenspitzen und küsse ihn auf die Wange, dann schiebe ich mich aus seinem Arm. Ich sprinte beinahe zum Portal. Ich werde Matthew auf keinen Fall bei dem ganzen Scheiß helfen. »Wir sehen uns Montag, Matthew«, rufe ich.

Kapitel Neunundzwanzig

Das Taxi setzt mich vor dem Haupttor ab. Es ist so seltsam, wieder hier zu sein. Erinnerungen flüstern durch die Bäume, während ich mich die Einfahrt entlang schlängele. Meine Stiefel knirschen auf den Blättern, die unbehelligt gefallen sind, und weitere rote, orangefarbene und gelbe Blätter wirbeln um mich herum. Die leichte Brise zerrt auch an meinen Haaren und reißt Strähnen aus dem schicken Seitenzopf.

Anfangs wusste ich nicht, was ich anziehen sollte. Es ist Mitte November, und obwohl es nicht zu kühl ist, wird mir trotzdem schnell kalt. Ich wollte eine Jeans anziehen, aber dann habe ich es mir anders überlegt. Ich sehe jung aus, und der Käufer könnte schwierig werden, wenn ich nicht wenigstens so aussehe, als würde ich ein fettes Herrenhaus besitzen. Also entschied ich mich für ein warmes schwarzes Pulloverkleid, eine dicke schwarze Strumpfhose und Stiefel, und krönte das Outfit mit einem teuren langen roten Wollmantel.

Ich ziehe den Mantel enger um mich und vergrabe meine kalten Hände in den Taschen, während ich zum Haus schlendere.

Irgendetwas in mir will nicht, dass ich in die Nähe des Hauses gehe. Vielleicht hätte ich die Besichtigung absagen sollen ... Nein, das wäre der Dame, die das Haus besichtigen möchte, gegenüber nicht fair gewesen.

Ich sehe, dass die Käuferin bereits hier ist; ihr leeres Auto steht vor dem Haupteingang. Ich nehme an, sie schaut sich das Grundstück an.

Ich wünschte, Aragon oder Owen wären hier. Ich habe den Fehler gemacht, alles bis zur letzten Minute aufzuschieben, und mein Kopf ist etwas benebelt. Ich reibe mir die schmerzende Stelle zwischen meinen Augen.

Ich schätze, ich habe nicht wirklich an diesem ganzen Zeitmanagement-Ding gearbeitet; heute habe ich mich faul darauf verlassen, dass mein fehlender Drache die ganze Planungsarbeit für mich erledigt.

Ich bin erst um elf Uhr losgefahren und es dauert gut dreißig Minuten, um von dem Portal meiner alten Wohnung zu diesem Haus zu gelangen. Ich habe gehofft, in der Wohnung ein freundliches Gesicht zu sehen, um einen der Hellhounds zu bitten, mich zu fahren und Bodyguard zu spielen. Als ich keinen hilfsbereiten Hellhound fand und Owen nicht auf meinen Anruf reagierte, nahm ich mir ein Taxi und schickte Owen eine Nachricht, um ihm alles zu erklären. Ich habe Aragon immer noch nicht gesagt, dass ich heute eine Besichtigung habe –

er ist mit Arbeit überhäuft und ist früh zur Gilde gefahren.

Ich habe mich nicht absichtlich rausgeschlichen und einen Zettel hingekritzelt. Ich wette, ich werde sowieso vor Aragon wieder zu Hause sein.

Ich schließe die Haustür auf und lasse sie hinter mir offen, während ich ins Haus bummele. Schaudernd sehe ich mich um. Es kommt mir wie eine Ewigkeit vor, seit ich hier einen Fuß hingesetzt habe. Alle Fotos und Porträts des Rudels wurden entfernt und an einem sicheren Ort gelagert. Die Wände haben einen frischen Anstrich bekommen und die Böden sind frisch gewachst. Ich habe eine Reinigungsfirma beauftragt, um sicherzustellen, dass das Haus tadellos bleibt.

Es ist nicht mehr so beängstigend wie in meiner Erinnerung, aber die Vergangenheit hallt immer noch in den Wänden wider. Ich weiß, dass es nicht die Schuld des Hauses war – was mir passiert ist, war das Ergebnis der Taten von zwei Männern –, aber es macht mich trotzdem krank und ich fühle mich unwohl, wenn ich hier bin. Meine Instinkte schreien mir zu, dass ich gehen soll, dass ich weglaufen soll.

Mein Telefon klingelt und ich fische es aus meiner Manteltasche – Owen ruft mich zurück. »Hallo, Nanny-Hound«, sage ich fröhlich.

»Forrest, wo bist du?«, fordert Owen mit drängender Stimme. Ich hasse es, wenn er diesen Tonfall anschlägt; er bedeutet, dass ich in Schwierigkeiten stecke.

»Ich bin im Haus meiner Mum und treffe eine Käuferin. Ist jeder ...«

»Forrest, verschwinde sofort aus dem Haus! Ich bin

auf dem Weg; du musst sofort von da weg! Wir treffen uns am Ende der Straße vom Haus. Geh in Richtung Dorf!« Er beendet den Anruf, ohne sich zu verabschieden.

Oh, Scheiße! Owen ist sauer, und Aragon wird auch sauer sein.

Ich weiß nicht, was ich der Käuferin sagen soll.

Ich drehe mich um und eile den Flur zurück zum Eingang, die Schlüssel in der Hand, bereit, die Tür abzuschließen. Ich komme zum Stehen.

Die verfluchte Liz Richardson steht an der Tür und grinst mich krank an. *Was zum Teufel macht Liz hier?* Zur Begrüßung winkt sie mir seltsam mit dem Finger zu. Ich schüttle den Kopf und rümpfe angewidert die Nase – Gott, sie ist wirklich eine Schwachbirne.

»Wie ich sehe, hat der Überredungszauber funktioniert. Hat dir der Keks geschmeckt?«

Was? O nein! Bevor ich ihr sagen kann, dass sie sich verpissen soll, werde ich von hinten gepackt; mein Kopf schlägt gegen eine harte Brust, und meine Arme werden an meine Seiten geklemmt.

Ich reagiere, ohne nachzudenken. Ich lasse mich fallen und verlagere mein Gewicht auf die Seite, was meine Angriffslinie auf die Leistengegend des Idioten öffnet. Ich schlage meine Hand, in der sich die Schlüssel befinden, hart nach hinten und treffe ihn; das lässt ihn vor Schmerz zusammenzucken und verschafft mir ein paar Sekunden Zeit, mich aus seinem Griff zu befreien.

Ich sollte jetzt rennen wie der Teufel, aber ich bin stinksauer. Als er wieder versucht, mich zu packen, lasse ich die Schlüssel auf den Boden fallen und verpasse ihm einen Kehlkopfschlag. Dann mache ich einen kleinen Hüpfer und haue ihm mit dem Ellbogen gegen die Schläfe. Als er zu Boden geht, erkenne ich ihn. Es ist Holzkopf zwei, der mit den braunen Haaren. Oh, verflixt und zugenäht. Zur Sicherheit kriegt er noch mein Knie ins Gesicht. Er sackt bewusstlos auf den Boden.

Ich drehe mich um, um zu gehen, und Liz steht direkt vor mir. Ich sehe das Messer in ihrer Hand erst, als sie mich damit sticht.

»Warum?«, keuche ich.

»Du hast meinen Geliebten Paul mit deiner dummen Aktion beim Essen getötet. Mein Bruder hat ihn gefunden und getötet. Und jetzt, Hund, werde ich jedes Mal, wenn ich auch nur einen Hauch deines Glücks erahne, einen Hinweis darauf, dass die Dinge gut für dich laufen, da sein, um es zu zerstören. Schöne Grüße von Harry ...« Sie stößt die Klinge tiefer in meine Seite, um ihren Standpunkt zu verdeutlichen. Sie grinst. »Ich hoffe, das tut weh.«

Die Wunde brennt, was darauf hindeutet, dass das Messer aus Silber sein muss – diese verrückte Kuh. Ich halte mein Gesicht ausdruckslos, um ihr keine Gelegenheit zu geben, sich an meinem Schmerz zu erfreuen. Das Silber wird mich verlangsamen und mich daran hindern, mich zu wandeln. Aber ich habe zehn Jahre lang in einem silbernen Käfig gelebt, und obwohl ich nicht immun bin, habe ich eine Toleranz gegen die Auswirkungen des Silbers entwickelt.

Ich schlage ihr gegen die Brust, und sie wird von mir weggeschleudert. Mit einem saugenden Gefühl wird das Messer herausgezogen. Liz hat die blutige Klinge immer noch in der Hand und fuchtelt damit vor mir herum, ihre Zähne sind gefletscht. Ich verenge meine Augen und folge ihr. Ich weiche zur Seite aus, halte meine Handfläche bereit und verpasse ihr eine Ohrfeige. Mit einem Tritt schlage ich ihr das Messer aus der Hand und mit Genugtuung höre ich, wie ihr Handgelenk knackt. Liz fällt auf die Knie, hält sich das gebrochene Handgelenk an die Brust und fängt an zu wimmern. Ich hebe die Klinge auf.

Ich stolpere an ihr vorbei und verlasse das Haus, während ich mir die Seite halte.

»Was soll der Scheiß, Liz, du solltest doch nur den Köder spielen und sie nicht mit Silber abstechen. Das ist meine Gefährtin, die du gerade gezeichnet hast«, schimpft eine Stimme. Ich schaue auf, und vor mir steht Daniel Kerr, der in seinem schwarzen Maßanzug wie ein Schurke aus dem Bilderbuch aussieht. Er stolziert auf mich zu.

Ich schiebe das Messer in meine Manteltasche und reagiere nicht, als Daniel meinen Arm packt. Ich kann mich hier nicht herauskämpfen. Er hat eine Gruppe von zwanzig Wandlern hinter sich, und ich blute die ganze Treppe voll.

Ich fange an, die Auswirkungen des Silbers zu spüren, und das ist nicht angenehm. Alles um mich herum hallt und dröhnt, als ob ich unter Wasser wäre. Ich schüttle meinen Kopf, um ihn zu ordnen. Ich falle fast auf ein Knie, aber Daniels Griff um meinen Arm stoppt meinen Sturz. Der Schmerz in meiner Seite schießt mir bis in die Fingerspitzen. Langsam wird meine Haut gefühllos und kalt, was die Lähmung der gesamten linken Seite meines Körpers signalisiert. Scheiße, das kann nicht gut sein ... Na ja, wenigstens tut es nicht mehr weh.

»Forrest.« Daniel zieht meinen Kopf an den Haaren nach hinten. Hätte er mich nicht festgehalten, wäre ich gefallen. »Ich habe dich vermisst, kleine Wölfin. Sieh dich an, so elegant herausgeputzt.« Er ist so ein Arschloch. Ein wortloses Knurren entweicht aus meinem Mund, das er ignoriert. »Lass uns in unser Haus gehen und die Dinge in Ordnung bringen. Versuch, kein Blut auf meinen Anzug zu schmieren.« Er lacht und zieht mich wieder zu sich. Daniel bringt mich zurück ins Haus, halb gezogen, halb getragen. Wir kommen an Liz vorbei, die immer noch weinend auf dem Boden liegt. »Wartet draußen, ihr alle! Ich brauche dafür kein Publikum. Marcus, Ron, kommt. Ich möchte, dass ihr die Bürotür bewacht.«

Daniel zerrt mich in das kleine Büro im Erdgeschoss; er muss schon vorher im Haus gewesen sein. Ich habe Mühe, aufrecht zu stehen, aber zumindest lässt die Blutung allmählich nach. Nach meinen Nachforschungen über Silbervergiftungen sollte es innerhalb der nächsten zehn Minuten aus meinem Körper verschwunden sein, sofern ich Glück habe. Dann kann ich mich wandeln und ihm die Nase abbeißen.

Daniel lächelt mich triumphierend an, lässt meinen Arm los und beugt sich zu mir. Ich mache einen kleinen, unsicheren, schlurfenden Schritt zurück. Mein Hintern stößt an die Wand, und ich benutze sie, um mich aufzurichten.

»Es hat mich Monate gekostet, dich von diesem verdammten Drachen wegzubringen. Gestern hat der Rat mir erlaubt, meinen Anspruch geltend zu machen. Ich habe ihm gesagt, dass du meine Gefährtin bist. Er ließ die Abstimmung durchführen.«

Er hat was? Ich glaube ihm nicht. Warum sollte Aragon das tun? Ich spanne meine Knie an und hebe mein Kinn.

Mein Hinterkopf knallt gegen die Wand. Daniel ist immer noch ein wahnsinniger Spinner.

»Ich weiß, dass dieser verdammte Drache mich nicht in deine Nähe lassen wird – er wird jeden Gefallen aufbrauchen, den er hat, um dich von mir fernzuhalten. Also dachte ich, ich beschleunige den Zeitplan. Ich brauche seine Erlaubnis nicht; ich habe die des Rates.« Daniel fletscht die Zähne. »Ich weiß, dass er dich seit Monaten fickt.« Er reißt mich von der Wand weg und in seine Arme und dreht mich so, dass er hinter mir steht. »Ich verzeihe dir das, Forrest.« Ich versuche, meinen Kopf zu drehen, um ihn nicht aus den Augen zu verlieren, aber meine Sicht ist voller schwarzer Punkte. Ich fühle mich, als hätte ich mehrere Schläge gegen den Kopf bekommen. Ich brauche all meine Kraft, um mich auf den Beinen zu halten.

Daniel zieht mich an seine Brust und packt mein rechtes Handgelenk, um es von der Wunde wegzuziehen, auf die ich Druck ausgeübt hatte. Er zieht meinen Arm quer über meinen Körper. Das Silber macht mich langsam, und ich reagiere nicht, als er das Gleiche mit meinem anderen Arm macht. Er hält meine beiden Handgelenke fest. Daniel kickt den Bürostuhl weg, setzt sich und zieht mich auf seinen Schoß. Sein Atem ist an meinem Hals.

Ich höre, wie er den Mund öffnet, das leichte Knacken des Kiefers, aber nichts bereitet mich darauf vor, dass er mich beißt.

Er muss seine Zähne gewandelt haben. Er beißt mir in den Nacken, seine oberen und unteren Eckzähne auf beiden Seiten meiner Wirbelsäule. Ich stoße ein schmerzhaftes Wimmern aus.

Es tut weh. Es tut weh. Es tut weh.

Der schiere Schmerz schneidet durch die Wirkung des Silbers. Ich schaffe es, mich ein paar Augenblicke zu wehren, aber es ist zwecklos. Er beißt mich weiter und alles bricht zusammen. Es ist, als wäre ich in mir selbst gefangen, unfähig, mich zu bewegen. Ich spüre, wie seine ranzige Gefährtenmagie dunkel und verdreht durch mein Blut in meinen Kopf sickert.

Schließlich lässt er meinen Nacken los; ich komme wieder zu mir, mein Atem ist flach. Mein Herz schlägt zu langsam.

Mein Hals fühlt sich feucht an und ich vermute, dass das Blut von dem Biss meinen Rücken hinunterläuft. *Daniel hat mich gebissen ...* Die Worte schwirren mir im Kopf herum, während ich versuche, mich an die Tragweite zu erinnern.

Daniel steht auf und schiebt meinen geschockten, nutzlosen Körper über den Schreibtisch. Er schiebt seine Hand unter meinen Mantel und mein Kleid und fängt an, alles anzuheben. »Ich muss mich beeilen, denn wir müssen gehen. Ich werde hier nicht weggehen, ohne unsere Paarung zu vollenden – ich habe zu lange gewartet.« Schmerzhaft reißt er mir die Strumpfhose und den Slip herunter; ich kann mich immer noch nicht bewegen. »Sieh dir diesen verdammten Arsch an – verdammt, du bist einfach perfekt. Ich bin ein Glückspilz.« Er klatscht mir auf den Hintern und lacht. Mein Herz schlägt schneller und jetzt fühlt es sich an, als würde es mir aus der Brust springen.

In meinem Kopf fange ich an zu schreien.

Seine Finger streifen zwischen meinen Beinen entlang,

und plötzlich wache ich auf, verdammt. Ich finde meine Stimme wieder. »Nein.« Es kommt als Flüstern heraus; ich sage es lauter. »Nein! Lass mich in Ruhe, das ist Vergewaltigung«, krächze ich.

»Oh, Zuckerschnute, du dummes Mädchen. Man kann seinen Gefährten nicht vergewaltigen. Ich weiß, dass du das nicht genießen wirst, aber ich schon.« Das Kratzen seines Reißverschlusses treibt mir die Tränen in die Augen.

Nein Gott, nein, das werde ich nicht überleben.

Ich zucke zusammen und die Messerwunde pocht rhythmisch, Wellen der Qualen im Einklang mit meinem rasenden Herzschlag.

Wie aus dem Nichts trifft mich plötzlich Energie. Sie füllt mich aus und ich weiß, dass das Silber endlich aus meinem Körper verschwunden ist. Ich möchte vor Erleichterung schluchzen.

Was auch immer der Biss mit mir gemacht hat, es wird mich nicht aufhalten.

Ich schleudere meinen Kopf zurück und erwische ihn mit einem heftigen Stoß. Daniel wird von mir weggeschleudert. Ich rolle auf die andere Seite des Tisches.

Der Idiot lacht. »Ich liebe es, wenn du kämpfst.«

»Dann wird dir das auch gefallen«, knurre ich, »aber nicht so sehr wie mir.« Bald wird Daniel nicht mehr lachen.

Ich nehme das silberne Messer aus meiner Manteltasche in die Hand. Dann lasse ich meine zurückgegebene Feuermagie meine Handfläche erhitzen. Ich schicke die Flamme die Klinge hinauf und erhöhe die Hitzestufe auf violett, meine heißeste Stufe. Das Silbermesser fängt schnell an zu schmelzen.

Daniel zieht mich an sich und lächelt krank vor Aufregung.

Ich hebe das Messer hoch und drücke die schmelzende Silberklinge in sein Gesicht.

Daniel schreit auf. Ich lächle.

Ich habe keine Zeit mehr, noch irgendwas anderes zu tun oder mir den Schaden anzusehen, den ich angerichtet habe. Ich richte meine Unterwäsche und Strumpfhose, wandle mich in meinen Wolf, springe auf den Schreibtisch und schlage gegen das Fenster des Büros.

Das Fenster zerspringt. Ich renne. Ich renne so schnell.

Ich höre Rufe hinter mir. Daniel hat aufgehört zu schreien. Was hat dieses Arschloch nur an sich, dass ich ständig aus dem Fenster springe, um vor ihm wegzukommen?

Ein rachsüchtiger, grausamer Teil von mir weiß, dass der Schaden in seinem Gesicht nicht zu heilen sein wird. Silberwunden vernarben furchtbar. Ich kann mir vorstellen, dass Daniels Gesicht jetzt zu dem passt, was er im Inneren ist. Jetzt ist er nicht mehr so hübsch. Der Gedanke bringt mich zum Lächeln und gibt mir ein gewisses Maß an Frieden.

Kapitel Dreißig

Ich muss nur ein paar Minuten warten, bevor ein Auto eintrifft. Ein elektronisches Surren ertönt, als sich der Kofferraum öffnet. Ich atme aus und mein Körper erschlafft vor Erleichterung, als ich Owens Duft in der Luft wahrnehme. Ich krieche unter der dichten Hecke hervor, in der ich mich versteckt habe, und springe in den hinteren Teil des Wagens. Der Kofferraum schließt sich elektronisch hinter mir mit einem Klicken, und das Auto fährt los.

Ich wandle mich zurück zum Menschen und klettere nach vorn auf den Beifahrersitz. Als ich mich bewege, verliere ich kleine verkrustete Blutreste und glitzernde Silberpartikel, die an meinem Mantel und meinem Kleid klebten. Owen ergreift meine Hand und drückt sie vor

Erleichterung. Diese Erleichterung verwandelt sich in Besorgnis, als er den Duft von Blut wahrnimmt.

»Was zum Teufel ist passiert? Ich habe deine Nachricht zur gleichen Zeit erhalten wie den Anruf einer Kontaktperson. Er meinte, Daniel sei mit einer Horde Schwerverbrecher unterwegs und es hätte etwas mit dir zu tun ...«

Wir fahren zurück in die Stadt.

Ich mache es mir auf dem Sitz bequem. »Es war eine Falle, ein Hinterhalt. Liz Richardson hat mir ein silbernes Messer in die Seite gerammt. Es geht mir gut.« Meine Stimme klingt in meinen eigenen Ohren kalt und roboterhaft. Misstrauisch beobachte ich Owens Reaktionen, während ich mich zur Seite drehe und mich mit dem Rücken gegen die Tür lehne. Meine rechte Wange drückt gegen das Leder und ich kauere mich zusammen.

Owens Nasenlöcher weiten sich. »Was zum Teufel hat diese scheußliche Kuh da gemacht? Die Wunde wird vernarben. Fühlst du dich okay?« Owen wendet seinen Blick von der Straße ab und sieht mich besorgt an. Ich lächle traurig; er ist in den Nanny-Modus übergegangen. »Du hast dich gewandelt, also muss dein Kreislauf gereinigt worden sein. Ist dir schwindelig oder übel? Ist deine Atmung in Ordnung?«

Ich nicke, während er mich weiter gründlich abcheckt. Ich ignoriere seine besorgten Fragen; sie sind im Moment nicht wichtig.

»Was passiert, wenn ein männlicher Wandler einer Frau in den Hals beißt?«, frage ich dumpf.

Owen tritt auf die Bremse. Ich stütze eine Hand auf das Armaturenbrett, als die Reifen auf dem Asphalt quietschen. Das Auto schlittert bis zum Stillstand. Owen dreht sich auf seinem Sitz um und fasst mit einer zitternden Hand sanft mein Kinn. »Lass mich mal sehen.«

Ich schaue mit toten Augen zu ihm hoch, nicht bereit, meinen Kopf für ihn zu senken, damit er meinen Nacken untersuchen kann. Owen fängt an zu knurren.

»Wer? Hat Daniel das getan? Hat er dich gebissen? Hat er sich mit dir gepaart?« Owen knurrt die Worte regelrecht heraus. Meine Augen füllen sich mit Tränen, aber ich weigere mich, sie zu vergießen. Wenn ich damit anfange, werde ich nie wieder aufhören. »Es erzwingt ein Gefährten-Sklaven-Band und macht das Weibchen williger. Leichter zu kontrollieren. Ziemlich archaisch und auch illegal. Hat ... hat Daniel dich gebissen?« Seine grauen Augen flehen mich an, Nein zu sagen. Ich wünschte, ich könnte es. Ich erzwinge ein steifes Nicken. Owen brüllt und schlägt mit beiden Händen auf das Lenkrad. Seine linke Faust knallt auf das Armaturenbrett und das Plastik zerbricht.

Ein paar Minuten lang ist es still.

Dann sagt er in einem leisen, entsetzten Ton: »Daniel wird dich aufspüren können. Ist das Band vollständig geschlossen?« Ich schaue ihn ausdruckslos an. »Forrest, hat Daniel ... dich vergewaltigt?«

Was Daniel getan hat, war Vergewaltigung – der Biss, seine Berührung –, aber ich weiß, dass Owen das nicht meint.

»Nein«, flüstere ich. Owens ganzer Körper erschlafft. »Und er wird mich für eine Weile nicht mehr aufspüren können.« Owens Augen glühen rot, seine Hellhound-Magie wütet in ihm. Ich greife über die Konsole und lege eine zitternde Hand auf seinen Arm. »Ich habe ihn aufgehalten und ihm ein silbernes Messer ins Gesicht geätzt. Er sollte für eine Weile außer Gefecht sein.« Ich sage das ganz sachlich und gehe nicht darauf ein, dass ich Daniels Gesicht für eine Wutbewältigungstherapie benutzt habe. Aber Owen versteht, was ich sage, und hört auf zu knurren. Er ergreift meine erstarrte Hand.

»Das Band ist also nur teilweise geformt. Wenn das Band vollendet ist, wirst du an ihn gebunden sein. Bis dass der Tod euch scheidet, im wahrsten Sinne des Wortes. Verdammt noch mal, Forrest, wir können ihn nicht in deine Nähe lassen. Ich rate aber auch davon ab, ihn zu töten; ich habe keine Ahnung, was das für dich bedeuten würde. Es könnte dich auch umbringen.«

»Kann das Band entfernt werden?«

Owen wendet sich von mir ab und starrt aus dem Fenster. Die Sorge und die Wut sind deutlich auf seinem Gesicht zu sehen. Ich glaube, er kann es nicht ertragen, mich anzusehen.

»Nein ... ja, theoretisch. Es ist an deinen Wolf gebunden; wenn du bereit bist, deinen Wolf aufzugeben, kenne ich einen Fluch. Der Fluch wird dich von deinem Wolf trennen. Für Daniel wird es so sein, als ob du gestorben wärst.« Owen lässt meine Hand los und umklammert das Lenkrad. »Es wird dich zu einem Menschen machen. So plötzlich von deiner Magie abgeschnitten zu sein, ist nicht gesund ... es ist riskant. Ohne Wandlung wirst du altern. *Wenn* du so lange lebst. Es wird nicht ohne Grund als Fluch bezeichnet ...« Owen startet das gestoppte Auto wieder und es fährt los.

Ich denke über seine Worte nach. Die Bisswunde an meinem Hals ist schmerzhaft und fühlt sich schwer an. Ich kräusle angewidert die Lippen, während ich mit zitternden Fingern über meinen Nacken streiche. Ich fahre mit den Fingerspitzen über die ausgefranste Wunde. Es scheint, als ob Sklavenbisse, wie Silberwunden, nicht durch Wandeln heilen. Ich atme tief durch, bin froh, wie ich den Scheißkerl zugerichtet habe.

Ich schaue auf meine Hände und entscheide in einem Sekundenbruchteil, dass ich das tun werde.

Ich will raus. Ich will den Fluch.

Das zu tun, nach dem Trauma, das ich gerade erlebt habe, ist verrückt. Ich muss wahnsinnig sein. Aber wann ist der richtige Zeitpunkt, diese Entscheidung zu treffen? Ich will raus.

Ich bin ruiniert. Ich stoße ein selbstironisches Lachen aus; ich bin schon halb mit einem verdammten Psychopathen verbunden. Er wird nicht aufhören, bis er die volle Kontrolle über meinen Körper und meinen Geist hat. Daniel wird nie aufhören, hinter mir her zu sein, und wenn nicht er, dann werden es andere Daniels sein.

Mir wird klar, dass meine Mum nicht mehr das *DNA-Euro-Millionen-Gewinnlos* ist. Nein, das bin ich.

In meinen Albträumen hat meine Mum mir immer und immer wieder gesagt, dass ich verflucht sei. War ich die ganze Zeit eine Hellseherin?

Mein Herz hat nur noch eine Anweisung – lauf!

Ich stoße ein ersticktes Lachen aus. Was hatte ich mir nur dabei gedacht! Ich bin in meiner Glücksblase herumgeschwebt. Meine kindischen, erbärmlichen Mätzchen, der peinliche, beschissene Versuch, ein süßer, glücklicher, liebenswerter Mensch zu sein. Diese dumme, kindische, küchenkletternde, stuhldrehende Idiotin ist in diesem

Büro, als Daniel sie gebissen hat, gestorben. Ich rümpfe die Nase und ziehe angewidert die Lippen hoch.

Ich habe jedes Fünkchen kindlicher Hoffnung, das ich vor den verrotteten Teilen in mir versteckt hatte, herausgelassen und genährt. Ich habe meinen eigenen Lügen geglaubt. Meine unschuldige, süße Maske klebte so fest auf meinem Gesicht, dass ich für eine Weile vergessen habe, dass sie nur eine Verkleidung ist. Ich habe vergessen, dass ich Wut, Hass und Verderben bin.

Manchmal sind die Menschen, die du liebst, nicht sicher für dich, und manchmal bist du selbst derjenige, der toxisch ist. Ich bin nicht sicher. Ich bin verflucht. Wird ein Fluch nötig sein, um einen anderen zu brechen?

Ich hätte nie aus diesem Käfig freigelassen werden dürfen.

Ich habe für eine Weile vergessen, dass ich in dieser Welt nie sicher sein sollte. Die Illusion von Sicherheit, von Freiheit, von Zufriedenheit, von verdammter Liebe. Es ist alles ein kosmischer Witz, und ich bin der größte Witz von allen, mit meinen dummen, kindischen Träumen. Ich dachte, ich könnte etwas bewirken. Ich dachte naiverweise, ich könnte Wahrnehmungen verändern. Anderen helfen. Dabei kann ich nicht einmal mir selbst helfen.

Ich fahre mit unsicheren Händen über mein Gesicht. Ich fühle mich komplett überwältigt und erschöpft

Meine Finger wandern zu der Kette, die wie durch ein Wunder immer noch um meinen Hals hängt, zu dem Diamanten, den Aragon mir geschenkt hat. Aragon ... Wenn ich an ihn denke, überschlägt sich mein Herz. Verzweiflung bricht über mich herein und meine Augen füllen sich mit Tränen.

Wie konnte das alles passieren?

Aragon und das Treffen gestern. Die Ratssitzung. Die Realität dessen, was Aragon getan hat, bereitet mir Bauchschmerzen. In der Sitzung ging es um mich; es ging um mein Leben. Er hat sich nicht einmal die Mühe gemacht, es mir zu sagen und mich vor Daniel zu warnen.

Mein Kopf sinkt gegen das Fenster hinter mir und das kalte Glas berührt die Bisswunde in meinem Nacken.

Ich liebe ihn – dumme, naive, verlorene Wölfin – ich habe mich so sehr in meinen schönen Drachen verliebt. Ein Leben mit ihm ... darf ich das überhaupt in Erwägung ziehen? Darf ich das auch nur träumen? Aragon zu lieben, und dass er mich auch liebt? Die Vorstellung ist absurd. Unmöglich.

Gott, das ist ein egoistischer Muskel – das Herz.

Ich reibe mir wieder das Gesicht und weigere mich zu weinen. Aragon wird mich vergessen. Ich war schon vorher vergessbar. Vierzehn Jahre lang wurde ich vergessen. Jetzt werde ich es wieder sein. Vielleicht werde ich als Kollateralschaden der Intrigen des Rates in Erinnerung bleiben.

Ich habe es so satt, benutzt zu werden und bin so überfordert damit, die Beweggründe der verschiedenen Leute zu ergründen.

Ich schließe meine Augen. *Sei tapfer!*

Ich bin eine kühle, ruhige Leere.

Die seltsame Ruhe, die sich in meinem Kopf ausbreitet, fühlt sich weniger wie Akzeptanz an, sondern eher wie die Ruhe vor dem Sturm, die aus purer, unverfälschter Hysterie besteht. Ich stoße ein weiteres ersticktes Lachen aus.

Fuck, ich werde es tun. Meine Angst wird mich nicht

aufhalten. Ohne meine Wölfin mag es ein langsames Todesurteil sein, aber ich werde frei sein. Freiheit ist das Einzige, was jetzt zählt.

»Ich will den Fluch«, sage ich leise. Dann sage ich etwas deutlicher: »Ich habe einen Plan. Ich muss mit meiner Freundin Ava sprechen. Kannst du mir helfen?« Ava hat mir einmal angeboten, dass ich fliehen kann. Ich werde sie beim Wort nehmen. Ich öffne meine Augen und schaue Owen flehend an. »Wirst du mir helfen?« Owen schüttelt den Kopf und fährt sich frustriert mit der Hand durch die Haare. »Vertraust du mir, Nanny-Hound?« Ich begegne seinem zerrissenen Blick, schlucke meine Traurigkeit und meine Scham hinunter, während ich Owen ansehe, ihn mit meinen Augen anflehe.

Er knurrt mich an – ein regelrechtes Zähnefletschen –, dann wischt er sich mit der Hand über das Gesicht und murmelt etwas Unverständliches vor sich hin. Er lässt die Hand sinken und die Wut lässt etwas nach.

»Ja, ich vertraue dir.« Mein Herz tut weh. Owen hat Vertrauen in mich. In diesem Moment fange ich an zu weinen. Große Schluchzer entweichen meinen Lippen, und Owen schließt mich in seine Arme. So viel zum Thema Tapferkeit. »Ich will nicht«, murmelt er leise in meine Haare, »aber ich werde helfen.«

Kapitel Einunddreißig

North-West News

DIE POLIZEI BITTET um Hinweise zur Identifizierung einer Frau, die heute Abend gegen 21 Uhr ins Meer gefallen ist. Die Polizei wurde verständigt, nachdem Zeugen berichtet hatten, dass ein Mädchen von der Ufermauer gesprungen war und mutmaßlich Selbstmord begangen hatte. Die Küstenwache wird die Suche nach der vermissten jungen Frau am Morgen aufnehmen, da der Seegang es unmöglich gemacht hat, am heutigen Abend nach ihr zu suchen.

Die Polizei hat die Jägergilde um Unterstützung gebeten, und ein falsches Spiel wird nicht ausgeschlossen. Ein Polizeisprecher sagte: »Wir werden mehr über die Umstände wissen, wenn die Leiche der Frau geborgen wird, aber ein Fluch oder eine geistige Beeinflussung kann zum jetzigen Zeitpunkt nicht ausgeschlossen werden. Bitte rufen Sie 111 an, wenn Sie Informationen haben. Wir möchten diese junge Frau gerne identifizieren und ihre Familie informieren. Vielen Dank für Ihre Mithilfe.«

Die Polizei hat mit Hilfe eines technischen Experten vor Ort die folgenden Videoaufnahmen veröffentlicht, um die letzten Aktivitäten der Frau zu rekonstruieren.

Einige Betrachter könnten das Material als beunruhigend empfinden, daher wird zur Vorsicht geraten.

Die Aufnahmen zeigen ein gebrochen aussehendes Mädchen in einem roten Mantel an einer Bushaltestelle im Dorf Singleton. Sie wird von der Überwachungskamera des Busses und von der Kamera der örtlichen Feuerwache, die sich in der Nähe der Haltestelle befindet, aufgezeichnet. Sie steigt in den Bus Nummer 75 ein und bezahlt ihren Fahrpreis.

Vierzig Minuten später steigt sie in Cleveleys aus dem Bus und die Kameras verfolgen ihren Weg durch die Stadt über das Videoüberwachungssystem der Polizei und auch über die Kameras einiger lokaler Geschäfte. Sie sieht aus, als würde sie schlafwandeln. Das Mädchen bewegt sich nicht, als ob sie verletzt wäre, aber sie hat einen dunklen Fleck und ein Loch in ihrem leuchtend roten Mantel.

Sie interagiert mit niemandem und reagiert auch nicht auf die Menschen um sie herum. Sie schlurft einfach in Richtung Strand und Promenade.

Wir sehen sie deutlich auf mehreren Überwachungskameras, wie sie über die Straße, über die Straßenbahnschienen und in Richtung der Meeresmauer geht. Die Wellen schlagen gegen den Deich, und als die Gischt sie trifft, zeigt sie keine Reaktion.

Ihr langes, markantes pinkes Haar fängt die Lichtstrahlen der Straßenlaternen ein, während es vom Wind herumgepeitscht wird. Sie zieht ihren roten Mantel aus und lässt ihn zu ihren Füßen auf den Boden fallen. Dann klettert sie auf die Ufermauer.

Die Kamera schwenkt auf die brutale Bisswunde in ihrem Nacken.

Sie schaut ein letztes Mal nach hinten, ein flüchtiger Blick, damit ihr Gesicht auf dem Film festgehalten werden kann. Dann dreht sie sich um, und mit einem Schritt fällt sie und verschwindet im Meer.

Ein klares Foto der Frau blinkt auf dem Bildschirm auf und bittet die Öffentlichkeit erneut um ihre Hilfe.

MORGENNACHRICHTEN: Die Polizei hat die Frau identifiziert, die gestern Abend gegen einundzwanzig Uhr ins Meer gefallen ist. Die Polizei wurde verständigt, nachdem Zeugen berichtet hatten, dass ein junges Mädchen von der Ufermauer gesprungen war.

Bei der Frau, die vermutlich Selbstmord begangen hat, handelt es sich um Forrest Hesketh, eine Wolfswandlerin. Das Rudel der Frau wurde informiert.

Die Gemeinschaft der Wandler hat mit Schock, Unglauben und Trauer reagiert, denn der Verlust einer so seltenen Frau ist ein schwerer Schlag.

Die Polizei hat sich bei der Öffentlichkeit für ihre

Mithilfe bedankt und bittet darum, alle weiteren Anfragen an die Jägergilde zu richten.

Die Polizei weist außerdem darauf hin, dass die Promenade für Fahrzeuge und Fußgänger gesperrt wurde. Bis auf Weiteres sollten alle Menschen die Gegend meiden.

Berichte über einen Silberdrachen, der bei der Suche hilft, wurden ebenfalls bestätigt.

Kapitel Zweiunddreißig

DIE SONNE WÄRMT MEIN GESICHT. Sie leuchtet orange hinter meinen geschlossenen Lidern. Ich blinzle und öffne meine Augen. Ich bewege mich, und das weiße Bettzeug unter mir wirbelt die Staubflocken in die Luft. Ich beobachte, wie sie durch einen Sonnenstrahl tanzen und herumwirbeln.

Ich blinzle. Ich schnappe nach Luft, als das allgemeine Bewusstsein des gestrigen Tages schlagartig auf mich einprasselt. Es trifft mich so hart, dass ich mich am liebsten zu einer Kugel zusammenrollen und heulen würde.

Sieh nicht zurück ... sei tapfer!

Ich lasse keine der schrecklichen Details in den Vordergrund meines Geistes. Ich stopfe alles wieder in eine andere verdammte Kiste.

Bald wird es nichts mehr geben, außer Kisten, die in meinem Kopf herumflattern.

Eine Träne läuft mir über die Nase und ich wische sie verärgert weg.

Stattdessen konzentriere ich mich auf den Moment. Auf das Hier und Jetzt.

Ich setze mich auf und stoße einen dicken Umschlag, der neben mir abgelegt wurde, auf den Boden. Ich nehme ihn in die Hand und reiße ihn auf. Darin befinden sich meine neuen Papiere.

Ich sitze auf der Seite des Bettes, mein Körper ist zusammengesunken. Körperlich geht es mir gut, ich bin müde und etwas träge, aber nicht so schlimm, wie ich erwartet hatte. Ich bin enttäuscht, dass ich meine Feuermagie nicht mehr spüren kann. Es sieht so aus, als hätte der Fluch sowohl Wolf als auch Feuer genommen.

Ich schnaufe und zucke mit den Schultern. Ich habe mein ganzes Leben ohne Magie gelebt, daher ist es weniger schlimm, in meinem menschlichen Körper gefangen zu sein, als in der Wolfsgestalt festzusitzen. Ich schätze, es ist die andere Seite der gleichen Medaille. Ich hatte nur sechs Monate lang Zugang zur Magie, das ist nicht gerade eine lange Zeit, wenn man das Gesamtbild betrachtet.

Ich blättere durch die Dokumente. Meinem neuen Ausweis zufolge bin ich die dreiundachtzigjährige Betty Green. Ich stoße einen Atemzug aus und ein mürrisches Lächeln umspielt meine Lippen. Ich stupse das Tarnarmband an meinem Knöchel an und bemerke, dass mein Duftmaskierer wieder an meinem Handgelenk ist.

Ich bin in Irland.

Ich umklammere meine Oberschenkel und beuge mich

vor, während ich versuche, zu verhindern, dass der Schmerz meine Brust zerdrückt. Ich bin in Irland. Ich habe keine Ahnung, wie Ava das geschafft hat. Es ist riskant; Wandler sind hier nicht willkommen. Ich muss besonders vorsichtig sein, obwohl ich durch den Fluch so nah an einem Menschen bin, wie es nur geht. Meinem Drachen so nahe und doch so weit weg von ihm zu sein, wird eine Herausforderung werden. Ich schlucke die aufsteigende Galle hinunter. Für ihn bin ich tot und ich weiß, dass er nicht mehr mein Drache ist. Das ist etwas, worüber ich hinwegkommen muss.

Sieh nicht zurück ...

Ich lebe jetzt in der Provinz Sligo. Ich stehe auf und schleppe mich von dem hellen Schlafzimmer weg. Wenn ich diesen Raum nicht verlasse, werde ich mir die Decke über den Kopf ziehen, als ob sie mich vor der Welt schützen könnte und diesen Raum niemals mehr verlassen. Ohne Begeisterung erkunde ich das Haus. Das traditionelle irische Cottage ist wunderschön; es ist modern und erstreckt sich über eine Etage. Ava muss eine Menge Geld ausgegeben haben, um diese Hütte so perfekt zu machen. Der Bungalow besteht aus einem großen Schlafzimmer mit eigenem Bad und einem offenen Wohnzimmer mit einer schönen modernen Küche im Bauernhausstil. Ein Flur verbindet die Vorder- und Hintertür mit einem kleinen Hauswirtschaftsraum und einem weiteren Badezimmer. Das Cottage liegt außerdem irgendwo im Nirgendwo; mein nächster Nachbar ist etwa sechs Kilometer entfernt.

Das winzige blaue Auto in der Einfahrt ist ein Schock. Ich habe zwar einen irischen Führerschein, aber keine Ahnung, wie man fährt. Das Cottage ist mit einer voll ausgestatteten Küche versehen, sodass ich in nächster Zeit nicht hungrig sein werde. Aber da ich so abgelegen bin, beschließe ich, dass meine Priorität sein muss, das Autofahren zu lernen und YouTube als erste Anlaufstelle zu nutzen.

Wenn ich einen Funken Licht in mir hätte, wäre das aufregend. Aber ich fühle mich innerlich tot.

Kapitel Dreiunddreißig

Es ist ein kalter Aprilmorgen und ich beschließe, in mein Lieblingscafé an der Strandpromenade von Strandhill zu gehen. Ich liebe diesen Laden. Dort gibt es das beste Eis im ganzen Land, aber ich will auch eine heiße Schokolade trinken und ein Stück Schokoladenkuchen essen. Ich habe das Haus seit Wochen nicht mehr verlassen, also gebe ich mein Bestes, um mich etwas herauszuputzen. Der streunende Hund, den ich im Dezember gefunden habe, will sich nicht bewegen; er hasst es, das Haus zu verlassen. Er macht es sich zur Aufgabe, mein Grundstück zu bewachen, und wird beleidigt, wenn ich ihn dazu auffordere, den Garten zu verlassen. Er hat eine eigenwillige Persönlichkeit.

Ich entdeckte den großen beigen Hund, wie er allein mit dem Kopf in einem Gebüsch steckte und fröhlich herumschnüffelte. Ich pfiff, um seine Aufmerksamkeit zu erregen, woraufhin er sich zu mir umdrehte und knurrte. Ich knurrte zurück.

Der Hund blinzelte, als ob er versuchte, herauszufinden, wer zum Teufel ich war – sein Gesichtsausdruck war urkomisch. Er ist groß, eine riesige Rasse, weit über hundert Kilo, und nach ein paar Internetrecherchen habe ich herausgefunden, dass er ein kaukasischer Schäferhund ist.

Ich liebe seine Gesellschaft und er ist begeistert von seinem neuen Zuhause, vor allem, weil ich ihm aus offensichtlichen Gründen unter keinen Umständen normales Hundefutter geben werde. Der verflixte Hund, den ich Lucifer nenne, frisst besseres Zeug als ich. Er ist ein hervorragender Wachhund und wir verstehen uns prächtig, vor allem wenn das rechthaberische Monster merkt, dass ich das Sagen habe und er seinen Willen nicht durchsetzen kann.

Ich mache mich mit meinem kleinen blauen Auto auf den Weg.

Als ich ankomme, sind die Parkplätze fast leer. Ich kann mir vorstellen, dass es schwierig sein wird, einen Parkplatz zu finden, wenn der Sommer endlich da ist. Schon jetzt gibt es einen ständigen Strom von Surfern, die das ganze Jahr über dem Atlantik trotzen, also kann ich mir nur vorstellen, wie voll es im Sommer werden wird.

Ich bestelle mein Getränk und meinen Kuchen am Tresen und suche mir einen Tisch. Die traditionelle Eisdiele hat ein warmes, maritimes Ambiente. Die Wände sind in einer Mischung aus Blau und Grau gehalten, der Boden ist schwarz-weiß kariert und an der Wand ist sogar ein altes Surfbrett aus Holz angebracht. Ich suche mir einen Platz mit dem Rücken zur Wand. Als ich sitze, schiebe ich den Holzblock mit meiner Bestellnummer auf den abgenutzten Holztisch. Ich kann kleine Zuckerkörner sehen, die durch die Ritzen gefallen sind. Ich streiche mit meiner Hand über das Holz und ertaste einige der Körner; sie fühlen sich rau unter meinen Fingerspitzen an.

Ich sitze neben einem großen Panoramafenster mit Blick auf das Meer. Ich beobachte, wie die Wellen rhythmisch gegen die Ufermauer schlagen, und meine Gedanken wandern an einen anderen Ort. Ich bin froh, dass es dasselbe Meer ist – ich vermisse das Glashaus von Aragon schrecklich.

Ich beschäftige mich zwar irgendwie, aber selbst mit Lucifers Hilfe fühle ich mich immer noch allein. Sollte es mir etwas ausmachen, dass die Einsamkeit, die mich als Wolf gebrochen hat, mir jetzt, da ich in der menschlichen Gestalt festsitze, Trost spendet? Ohne meine Wut, die einzige Emotion, die noch in mir ist, bin ich nur noch eine gefühllose Hülle.

Mein Körper und meine Sinne sind langsam menschlich geworden; ich brauche nicht mehr zu versuchen, wie ein Mensch zu laufen. Ich habe das Wandler-Stolzieren verloren. Ich habe auch festgestellt, dass ich mehr schlafe. Zum Glück plagen mich nicht viele Albträume, aber ich wache mitten in der Nacht oder am frühen Morgen mit dem Gefühl auf, Aragons Arme um mich zu haben. In dieser Zeit zwischen Schlaf und Wachsein stelle ich mir für ein paar Herzschläge vor, dass ich in seinen Armen liege. Ich lebe für diese imaginären Momente. Wenn ich dann richtig wach werde, habe ich das Gefühl, dass mir das Herz aus der Brust gerissen wird. Ich glaube, ihn zu vermissen, ist der schlimmste Teil meines neuen Lebens. Ich frage mich, ob er mich vermisst, aber ich weiß, dass das Wunschdenken ist.

Ein Stuhl schrammt über den Boden und ich schaue nach oben, um zu sehen, wie sich zwei fremde Männer hinsetzen. Einer von ihnen sitzt auf dem Stuhl neben mir und versperrt mir den Ausgang, der andere setzt sich mir gegenüber.

Ihr gesamtes Verhalten schreit förmlich Aggression, und sie sind keine Menschen. Obwohl ich meine Wolfsinne nicht mehr habe, erkenne ich, dass der Typ mir gegenüber ein einflussreicher, mächtiger, älterer Fae ist. Erschrocken und ängstlich stelle ich fest, dass der Kerl, der neben mir sitzt, ein Wolfswandler ist. Das allein jagt mir schon eine Heidenangst ein. Seine Nasenflügel blähen sich auf, als er die Angst in meinem Duft wahrnimmt.

Ich atme tief ein und schließe meine Augen. Warum ist mein Leben so beschissen?

Ich kann nicht vor ihnen fliehen – selbst in Irland finden mich die Wandler. Ohne meine Feuermagie und die Kraft meines Wolfes stecke ich in echten Schwierigkeiten. Ich öffne die Augen, drehe meinen Körper so, dass ich beide im Blick habe, und warte. Ich warte darauf, dass sie den ersten Schritt machen.

Die Kellnerin kommt mit einem Lächeln an der Tisch und bringt mir meine Bestellung. Ich lächle sie dankend an. Ich bin zu verängstigt, um die Worte auszusprechen, und es gibt keinen Grund, sie durch einen Fluchtversuch in Gefahr zu bringen.

Die Fae mir gegenüber ist elegant und tödlich. Riesige

blassblaue Augen und spitze Ohren verraten, dass er ein vollblütiger Aes Sídh ist, ein Kriegerelf. Seine schwarzen Haare sind lang, wie es bei ihnen üblich ist, und zu komplizierten Zöpfen geflochten. Ich weiß genug, um seine Kriegermarkierungen zu erkennen – sie sehen aus wie menschliche Tätowierungen und reichen von seiner rechten Hand bis zu seinem Hals. Er ist ganz in Schwarz gehüllt – Kampfkleidung.

Ich bin so was von am Arsch.

Der Wolf ist nicht so groß wie die Hellhounds bei uns zu Hause, nicht, dass ich ihn im Stehen gesehen hätte, aber im Sitzen überragt er mich trotzdem. Der Ausdruck in seinen Augen ist hart, und er schreit förmlich: alter Wandler. Er sieht aus, als wäre er schon in der Hölle gewesen und wieder zurückgekehrt. Seine hellen Haare sind bis auf die Kopfhaut geschoren und seine Augen sind braun. Beide Männer sehen mich an, als ob ich das letzte Stück Kuchen gestohlen hätte. Vielleicht habe ich das?

»Du bist kein Mensch – ich kann die Hexenmagie, die deine Identität verdeckt, überall an dir sehen. Du solltest in meinem Gebiet keine Magie einsetzen, die dein Aussehen verändert«, sagt der Elf säuerlich. Er verengt seine Augen, aber alles, was er zurückbekommt, ist ein leerer Blick. Ich zucke mit den Schultern. Was soll ich denn tun? Sie entfernen?

»Ich verlange, dass du die Magie entfernst.«

Also gut. Ich schaue mich um und versuche herauszufinden, wie ich entkommen kann, aber meine Möglichkeiten sind begrenzt. Ich habe mich dummerweise selbst in die Enge getrieben.

»Du wirst nirgendwohin gehen. Was auch immer du

bist, du bist gefährlich, besonders wenn du dein Aussehen verändern musstest.«

»Die ist entweder besonders oder dumm, denn sie hat mehr Angst vor mir als vor dir. Wie seltsam. Die stinkt vor Angst«, sagt der Wolf mit knurrender Stimme. Er hebt seine Oberlippe und zeigt mir seine Zähne – *ei, was hast du für ein entsetzlich großes Maul.* Es ist noch gar nicht so lange her, dass ich das letzte Mal so genannt wurde. Anstatt dass ich wütend werde, dreht sich mein Magen um und die Traurigkeit holt mich für ein paar Herzschläge ein. Ich schüttle sie ab.

Da ich keine andere Wahl habe, greife ich nach meinem Knöchel. Der Elf zieht eine eiserne Klinge und richtet sie auf mein Gesicht. Der Wolf knurrt. Ich starre die beiden an – entweder wollen sie, dass ich meine Verkleidung abnehme, oder nicht. Können die sich verdammt noch mal entscheiden? Ich halte meine Hände hoch, um zu zeigen, dass ich keine Waffen habe, und verdrehe die Augen, als sie beide auf meinen Knöchel schauen.

Der Elf legt sein riesiges Messer mit einem dumpfen Schlag auf den Tisch und zieht mein Bein zu sich heran, wobei er mich fast von meinem Stuhl reißt. Ich protestiere mit einem Quietschen, und der Mistkerl zieht noch fester an meinem Bein. Ich will ihn anschreien: *Meine verdammten Beine sind nicht so lang, du Arschloch!* Schließlich scheint er zu demselben Schluss zu kommen und duckt sich unter den Tisch.

Er zieht meine Leggings hoch und meinen Stiefel aus. Er findet meine beiden Armbänder für die Verkleidung und den Duftmaskierer, und ich spüre, wie die Magie verschwindet. Die Augen des Wolfs weiten sich, als er mein junges Gesicht und meine goldenen Augen wahrnimmt. Er gibt einen leicht schockierten Laut von sich, woraufhin der Elf unter dem Tisch hervorschnellt, seine Eisenklinge wieder in der Hand und auf mich gerichtet.

Auch er starrt mich mit einem Schock im Gesicht an.

»Was zum Teufel? Damit habe ich nicht gerechnet«, sagt der Wolf.

Ich nippe an meinem Getränk, während sie mich weiter mustern. Ich werde das nicht verschwenden – es ist heiße Schokolade und so habe ich etwas, womit ich meine zitternden Hände beschäftigen kann. Der Wolf beugt sich zu mir und schnuppert.

Ich starre ihn an. Das ist wirklich unhöflich.

»Sie riecht immer noch falsch, nach Magie«, brummt der Wolf. »Ich kann nicht glauben, dass sie eine Wandlerin ist. Wie alt bist du, Kind? Du siehst aus wie ... zwanzig? Wo zum Teufel kommst du denn her?«

»Auf ihr lastet ein Fluch«, sagt der Elf. Genau wie der Wolf starrt er mich fasziniert an.

»Was für ein Fluch? Warum bist du allein, Kind? Was zum Teufel machst du in Irland?«

Ich ignoriere seine Fragen und trinke weiter. Außerdem starre ich sehnsüchtig auf mein Stück Kuchen, das an der Tischkante steht. Der Wolf grunzt und schiebt den Teller näher zu mir. Ich nicke ihm dankend zu. Ich habe keine Ahnung, warum – manchmal bin ich zu höflich, aber meine Mum hat mir Manieren beigebracht, und das ist eine gute Angewohnheit.

»Ein Fluch, um ihre Wandlung zu verhindern. Er hat ihre Wandlermagie vollständig blockiert. Er bringt sie um«, sagt der Elf sachlich und neigt seinen Kopf zur Seite, als würde er einen seltsamen Käfer studieren. »Warum sollte dich jemand verfluchen?« Ich hebe den Kuchen hoch, ohne Rücksicht auf die Gabel, und stopfe mir die Hälfte davon in den Mund.

Der Wolf gibt ein wirklich wütendes Knurren von sich, das mich, peinlicherweise, zum Quieken bringt. Ich schleudere kleine Kuchenstücke auf den Tisch. Ich starre ihn an. Was für eine dramatische Reaktion auf ein paar unbeantwortete Fragen! Ich versuche, nicht zu husten; meine Augen tränen ein wenig. Ich habe das Gefühl, ein paar Krümel eingeatmet zu haben – was für eine verdammte Verschwendung von Kuchen.

Er ignoriert mich, sein Blick ist hinter mich gerichtet. Er packt die Rückenlehne meines Stuhls und zieht sie herum, bis er einen guten Blick auf meinen Nacken werfen kann. Für den Bruchteil einer Sekunde frage ich mich, was er sich da ansieht, was ist so inter... Die ausgefranste Bisswunde. Mein dummes Gefährtenmal. Ich möchte mir an die Stirn schlagen; ich kann nicht glauben, dass ich das vergessen habe. Ich ziehe die Schultern ein und schiebe meinen Stuhl schnell von dem neugierigen Wolf weg.

Ich werde nicht zurückgehen.

Ich kauere mich weiter zusammen. Ich kratze mit den Zähnen an meinen rissigen Lippen und der Geschmack von Blut füllt meinen Mund. Ich muss zurück in das Cottage zu meinem Hund. Fuck! Ich werde keinen von beiden ansehen. Ich gebe mein Bestes, um meine aufsteigende Panik zu unterdrücken. Ich will nicht gegen sie kämpfen müssen. Ich weiß, dass ich keine Chance habe, zu gewinnen. Ich erinnere mich an ein Zitat: »Erscheine schwach, wenn du stark bist, und stark, wenn du schwach bist.« Von Sun Tzu, *Die Kunst des Krieges*.

Ich setze mich aufrechter hin und stehe meinen Wolf, verdammt noch mal. Ich werde alles tun, was nötig ist, sogar gegen sie kämpfen, wenn es sein muss. Mein Hund braucht mich.

Ich schaue auf meine Tasse und überlege, was passieren würde, wenn ich dem Elfen meine Tasse mit heißer Schokolade ins Gesicht schleudere. Dann könnte er aufspringen und ich könnte mir sein großes Eisenmesser vom Tisch schnappen und es ihm ins linke Nasenloch schieben.

»Tja, jetzt wissen wir, warum sie eine Verkleidung trägt und warum sie sich in Irland versteckt«, sagt der Elf sachlich. »Entlaufene Gefährtin? Ihr Wandler könnt barbarisch sein.«

Der Wolf knurrt: »Sagt ein Mitglied der Aes Sídhe. Sie ist noch unschuldig, und ich kann kein volles Band an ihr riechen. Der fiese Mistkerl hat sie gebissen – das ist nicht richtig. Am liebsten würde ich ihm mit den Zähnen die Kehle herausreißen. Weibliche Wandler sind selten und sollten geschützt werden, nicht zerfleischt, verfickt noch mal.« Ich werfe einen Blick auf den Tisch und sehe, dass seine Hände zu Fäusten geballt sind. »Was ist mit dem Fluch?«

»Das ist ein verdammt primitives Ding, das ihn vermutlich davon abhalten soll, sie zu verfolgen?«

»Ja, denke ich. Du sagst, dieser Fluch schadet ihr?« Der Wolf wackelt in seinem Stuhl.

»Er *tötet* sie.«

»Was soll der Scheiß, Kind. Der Wolf, der dir fast das Genick abgebissen hat, ist er so schlimm, dass du lieber sterben würdest?« Endlich sehe ich zu dem Wolf auf. Ich lasse die Traurigkeit in meinen Augen erkennen, ich verstecke sie nicht vor ihm. Ich nicke. »Verfluchte Scheiße. Madán, wir können sie nicht so zurücklassen. Du musst doch was in deiner verdammten Trickkiste haben.« Der Elf, Madán, schüttelt den Kopf.

»Das geht mich nichts an und dich auch nicht. Wir sind gekommen, um eine Bedrohung zu überprüfen. Sie wurde gewarnt, keine Hexenmagie zu benutzen.« Er sieht mich mit schmalen Augen an. »Verwende keine Verkleidungsmagie, Wolf.« Ich nicke. Er steckt meine Armbänder ein und steht auf. Das war's? Gott, ich hoffe es. Madán schreitet davon, und gerade als ich erleichtert aufseufzen will, schaut er zu mir zurück. »In Irland gibt es keine Wandler. Nicht einmal solche, die sich nicht wandeln können. Aus reiner Höflichkeit gebe ich dir ein paar Wochen Zeit, um zu gehen. Wenn ich dich danach wiedersehe, wird es kein Fluch sein, der dich tötet.«

Ich nicke.

Wenn ich nur noch online einkaufe und das Haus nicht mehr verlasse, wird es vielleicht gut gehen. Ich stopfe das letzte Stück Kuchen in meinen Mund. Ich hatte schon schlechtere Chancen. Ich werde nicht gehen. Ich kann nirgendwohin gehen.

»Ich werde mit ihm reden«, sagt der Wolf barsch. Ich antworte nicht. »Mein Name ist Mac.« Ich blinzle zu ihm hoch, nicke und schenke ihm ein kleines Lächeln. »Falls du etwas brauchst.« Mac schnippt eine Visitenkarte auf den Tisch und folgt Madán zur Tür hinaus.

»Auf Wiedersehen, Betty«, flüstere ich.

Ich werfe einen Blick auf die Karte, auf der sein Name,

seine Nummer und der kühne Titel *Krieger* stehen. Ich stecke sie in meine Tasche. Ich habe nicht vor, ihn anzurufen.

Grummelnd suche ich unter dem Tisch nach meinem verlorenen Stiefel.

KAPITEL VIERUNDDREIßIG

MIT MEINEN NEUEN beschissenen Fahrkünsten ist es unmöglich zu beurteilen, ob mir jemand folgt. Anstatt also zu versuchen, zu fahren und dabei den Rückspiegel im Auge zu behalten, fahre ich einfach ein bisschen herum. Außerdem muss ich tanken.

Als ich zurückkomme, bellt Lucifer mich an wie ein Verrückter. Ich weiß, dass ich meine Betty-Verkleidung nicht trage, aber er ist daran gewöhnt, dass ich sie nicht trage. Er schnüffelt ewig an meinem Auto herum und bellt es an. Mein einziger Gedanke ist, dass ein anderer Hund an den Reifen gepinkelt hat.

Ich bin so deprimiert, dass ich nichts esse, sondern nur Lucifer füttere und früh ins Bett gehe.

Am nächsten Morgen schleppe ich mich wie ein Zombie mit geschlossenen Augen zur Toilette, weil ich nicht aus meinem Drachentraum aufwachen will. Ich weiß, dass ich eine verdammte Idiotin bin, aber mein schlafendes Gehirn will sich nicht benehmen.

Lucifer dreht an der Hintertür durch und bellt, als wolle er etwas töten. Es ist noch dunkel, also schalte ich das Außenlicht an. Hoffentlich wird das Licht die Kreatur, die ihn aufregt, verscheuchen, bevor ich ihn rauslasse. Wir haben einen jungen Fuchs, der gerne in Lucifers Revier umherstreift und dort pinkelt. Ich mag ihn für seine Dreistigkeit, aber nicht dafür, dass er Lucifer in den Wahnsinn treibt, denn in manchen Nächten schlafe ich tief und fest, und dann spielt der verdammte Hund mit seinem Gebell verrückt. Es gab auch einen Dachs, mit dem Lucifer gekämpft hat – der Dachs hat gewonnen. Er hat Lucifer fertiggemacht. Ich musste ihn zum Tierarzt in der Stadt bringen, damit er ein paar Spritzen bekommt und sein Bein genäht werden kann. Lucifer hat jetzt seinen eigenen riesigen Erste-Hilfe-Kasten ... na ja, wir beide haben einen, denn ich kann mich nicht wandeln, um zu heilen.

Als ich die Tür öffne, rennt er raus, als ob das Haus in Flammen stünde, und bellt weiter, also ziehe ich meine Gummistiefel an und gehe nach draußen, um nachzusehen, ob es ihm gut geht. Er benutzt sein lautes, wütendes Warnbellen.

Ich stehe in meiner Einfahrt und sehe die beiden Männer, die ich gestern getroffen habe – sie stehen vor meinem Tor. Was? Hätten sie nicht warten können, bis es hell wird?

Tja, jetzt, da sie wissen, wo ich wohne, bin ich geliefert. Von der Idee des Lieferdienstes kann ich mich verabschieden. Ich schnappe mir die Schlüssel für das Tor und lasse sie herein – ich kann es genauso gut hinter mich bringen. Schließlich kann ich mich ja nicht unter dem Bett verstecken.

Als ich an dem Auto vorbeikomme, erinnere ich mich an Lucifers Verhalten gestern und möchte mir an die Stirn schlagen, weil ich so dumm war. Sie müssen es mit einem Verfolgungszauber belegt haben – etwas, das ich vor sechs Monaten noch mit der eigenen Nase hätte entdecken können. Dann wäre ich heute Morgen auch nicht so überrascht gewesen. Menschsein ist scheiße.

Madán mustert mich von oben bis unten – natürlich tut er das, ich trage einen flauschigen Pyjama. Ich bin gerade aufgestanden und habe nicht mit einem Überfall gerechnet.

»Hübscher Schlafanzug«, kommentiert Mac. Ich knurre ihn an.

Lucifer bellt die beiden aus dem Schutz eines Baumes heraus an. Sein beiges Fell und seine schwarze Schnauze sind nicht gut getarnt. Trotz der Umstände bringt er mich zum Lächeln. Er soll ein furchterregender Wachhund sein, aber er ist viel zu schlau, um sich den beiden zu nähern und es mit ihnen aufzunehmen. Das macht mich irgendwie stolz auf ihn; er ist ein guter Hund.

Wir gehen ins Haus und ich entschuldige mich, indem ich andeute, dass ich mich anziehen muss. Ich ziehe mich um und kehre zu den beiden Männern zurück, die sich in meinem Haus umsehen.

»Deine Wohnung ist schön«, sagt Mac schroff, als ich ihn dabei erwische, wie er meine Küchenschränke durchstöbert. Ich zeige auf den Wasserkocher, und er nickt. Ich mache uns allen höflich Tee, und Mac erzählt mir fröhlich, wie sie ihn zu sich nehmen. Wir setzen uns alle ins Wohnzimmer; das ist so seltsam.

Lucifer ist mutiger geworden und bellt sie durch das Fenster an. Ich halte meinen Mund und warte darauf, dass sie mir sagen, was sie wollen. Nach Madáns Verschwinde-aus-Irland-und-ich-werde-dich-nicht-töten-Rede habe ich noch mindestens dreizehn Tage Zeit.

Madán beginnt das Gespräch. »Weißt du, woran ich gewöhnt bin? Ans Betteln. Wenn du einem erwachsenen Mann sagst, dass du ihn jagen und töten wirst, laufen sie entweder weg oder sie betteln. Die viele Bettelei …«, seufzt er. »Selbst die Verrückten betteln und versuchen, an meine Gefühle zu appellieren. Du kannst es dir bestimmt denken.« Er nimmt einen Schluck Tee. »Und dann bist da noch du, ein pinkhaariges Mädchen, ganz allein in einem feindlichen Land, mit deinen traurigen, wütenden Augen, das mir unglaublicherweise nur ein Achselzucken und ein Nicken schenkt. Du hättest wenigstens weinen können.« Er schüttelt den Kopf. Ich sehe ihn mit verengten Augen an. Ist er enttäuscht, dass ich nicht geweint habe? Was. Für. Ein. Arschloch.

»Das hat mich zum Nachdenken gebracht, Forrest …« Mir dreht sich der Magen um, als Madán meinen richtigen Namen sagt. Sie wissen, wer ich bin, was einfach nur großartig ist. »Für ein totes Mädchen siehst du gut aus … obwohl es nicht mehr lange dauern wird, bis du dank des Fluches wirklich sterben wirst. Ist es das, was du willst?« Er reißt spöttisch die Augen auf. »Wie lange schläfst du im Moment, etwa zwölf Stunden?« Es sind eher sechzehn, aber was interessiert ihn das?

»Ich habe einen alten Freund, der in deinem Namen

England auf den Kopf gestellt hat, Forrest. Weißt du, was passiert ist, während du tot warst?« Madán hat meine volle Aufmerksamkeit. Scheiße! Mir ist schlecht. »Der Rat ist dezimiert worden. In England herrschte beinahe ein Bürgerkrieg unter den Wandlern. Anstelle des Rates wurde eine neue Vereinigung gegründet, deren Mitglieder an die Macht gewählt wurden. Ihre erste Amtshandlung war die Einführung eines Notgesetzes zum Schutz aller weiblichen Wandler – Forrest's Law.« Madán zieht die Augenbrauen hoch. Ich versuche, mein Gesicht ausdruckslos zu halten. Forrest's Law? O mein Gott, ich frage mich, ob sie den Namen ändern werden, wenn sie herausfinden, dass ich noch quicklebendig und munter bin? »Die alten Gesetze der Wandler werden gerade aktualisiert oder geändert. Modernisiert. Das hat sich positiv auf die Wandler auf der ganzen Welt ausgewirkt. Die anderen Rassen schauen mit Interesse zu.« Madán lässt die Informationsbombe fallen, als würde er über das Wetter sprechen. Er nippt an seiner Tasse, wobei seine Augen meine nicht verlassen.

Ich wackle auf meinem Sitz hin und her. Ich fühle mich leicht unbehaglich und ein bisschen wie eine Betrügerin. Es war nie meine Absicht, ein Märtyrer zu sein. Ich bin egoistisch weggelaufen.

Wird diese neue Vereinigung die Fäulnis in der Gesellschaft der Wandler beheben? Ich bin mir nicht sicher, aber jeder positive Beitrag ist ein Schritt in die richtige Richtung. Ich denke über Madáns Worte nach: *Der Rat ist dezimiert worden.*

»Die Jägergilde, Aragon? Der General, geht es ihm gut?«, stoße ich hervor. Mein Herz klopft schneller. Die Sorge trifft mich mit voller Wucht in die Brust. Ich habe nicht die Energie, mich um mich selbst zu kümmern, aber was ist mit Aragon? Mein Drache.

»Scheiße, du redest ja *doch*«, sagt Mac fröhlich und lächelt mich an. »Ja, dem Drachen geht es gut. Er hat alles losgetreten, die Köpfe zusammengeschlagen, die ganze Vereinigung auf die Beine gestellt und ist dann verschwunden.« Ich atme erleichtert aus, als ich höre, dass mein Drache in Sicherheit ist. Die Welt ist ein besserer Ort, wenn er in ihr ist. Gott sei Dank.

Ich notiere in Gedanken, dass ich nach Owen und indirekt auch nach meinem Bruder John sehen werde.

»Er hat mehr als die Hälfte des Rates getötet«, sagt Mac lachend.

»Es wird dich interessieren, dass dein Gefährte noch lebt«, sagt Madán.

Ich rümpfe die Nase und verenge meine Augen. Meint er Daniel? Er ist nicht mein Gefährte.

»Verdammt, Kind, du hast dem Dreckschwein ganz schön zugesetzt – du hast ihm das halbe Gesicht weggebrannt. Er sieht aus wie Harvey Two-Face aus *Batman*.« Er schüttelt den Kopf und lacht: »Du hast beeindruckende Fähigkeiten, oder du hattest ...«, sagt Mac und schaut mich von oben bis unten an. Er runzelt die Stirn.

Ja, ich sehe beschissen aus. Ich gebe es zu: Der Fluch frisst mich auf. Ich zucke unbeteiligt mit den Schultern.

Madán fährt fort: »Nun ja, Aragon ließ ihn am Leben, nachdem er ihn ein paar Stunden lang befragt hat. Ich glaube, der Drache war zufrieden damit, ihn als Warnung für andere am Leben zu lassen. Besonders nach der Strafe, die du ihm verpasst hast. Obwohl Aragon ihm die rechte Hand abgeschnitten und alle Zähne gezogen hat ... Ich bin sicher, dass sie mit seiner Wandlung zurückkehrten, aber es müssen ein paar unangenehme Stunden gewesen sein.« Madán sieht mich mit einem neugierigen Gesichtsausdruck an. »Ich habe nicht verstanden, warum er ihn am Leben gelassen hat, bis jetzt. Ich glaube nicht, dass Aragon es riskieren wollte, ihn zu töten, wenn es eine Chance gäbe, dass du noch am Leben bist. Er hat deine Leiche nicht gefunden ... nun ja, aus offensichtlichen Gründen.«

»Es ist jetzt sicher für dich, zurückzugehen, Kind«, sagt der Wolfswandler. »Die neuen Gesetze werden dich beschützen.«

Ich bin so froh, so stolz, dass Aragon Veränderungen durchgesetzt hat, um anderen und der gesamten Gesellschaft der Wandler zu helfen. Der Rat hatte zu lange regiert; die Gesetze waren für eine andere Zeit bestimmt. Ich fühle mich überwältigt, nachdem ich weiß, was passiert ist – und bin froh, dass ich die richtige Entscheidung getroffen habe, als ich ging. Aragon hat das alles getan, weil ich nicht da war, um eine toxische Ablenkung zu sein. Ich bin trotzdem besser dran, wenn ich tot bin.

»Ich kann nicht«, sage ich heiser und schaue auf meine Hände. »Ich will es nicht«, betone ich leise. Ich schaue auf und sehe in Madáns Augen. »Ich kann betteln.« Ich werde auf die Knie gehen, wenn es sein muss. Seine Augen weiten sich, und meine flehen ihn an. *Bitte schick mich nicht zurück; bitte nicht. Ich will in Freiheit sterben.*

Ein Muskel in Madáns Kiefer zuckt, während er mich weiter anstarrt. »Aragon vermisst dich.« Ich schüttle verneinend den Kopf. Madán seufzt. »Er wird mich umbringen ... Okay, Forrest. Ich sehe, du bist nicht bereit, deine Meinung zu ändern. Ich werde dir helfen. Zuallererst müssen wir diesen verdammten Fluch beseitigen ...« Als ich panisch den Kopf schüttle, hält er die Hand hoch, um mich zu stoppen. »Und auch das halbe Gefährten-Band. Ich werde dich als Kriegerin an meinen Hof binden, so wie Mac.« Er neigt seinen Kopf in Richtung des Wolfswandlers. »Die Magie ist allmächtig; sie wird jede zersplitterte Magie bereinigen.« Er rümpft die Nase und deutet mit der Hand auf mich. »Das bedeutet auch, dass du in Irland bleiben kannst, ohne dass es irgendwelche Konsequenzen hat. Als eine Kriegerin des Hofes wirst du gebeten werden, bei einfachen Missionen zu helfen, ähnlich wie ein Jäger in der Jägergilde. Ich werde nicht mehr von dir verlangen, als du bereit bist zu geben. Ich biete dir Schutz, und du verpflichtest dich für mindestens zwanzig Stunden pro Woche. Ich werde dich für drei Jahre unter Vertrag nehmen, an die du dich halten musst. Es ist keine Festanstellung – nach drei Jahren kannst du gehen. Ich werde auf meine alten Tage wohl etwas weich«, sagt Madán und streicht sich die Haare hinter ein spitzes Ohr. Ich stehe unter Schock. Die Aes Sídhe können nicht lügen.

Mac schenkt mir ein breites Lächeln. »Was sagst du, Kind – kein Sterben, kein Psycho-Gefährten-Band, und du kannst deinen Wolf zurückhaben. Oh, und einen Job, bei dem du Menschen helfen kannst. Wenn du mehr als zwanzig Stunden arbeitest, bekommst du sogar Geld.« Mac zwinkert. Ich nicke zustimmend.

»Danke«, flüstere ich.

Madáns Angebot ist mehr, als ich mir je hätte träumen lassen. Ich schaue auf die Tasse in meiner Hand. Das ist mehr, als ich verdiene. »Wenn du bereit bist, mir zu helfen, wäre es mir eine Ehre, dem Hof zu dienen und anderen zu helfen.« Ich hebe meinen Blick und begegne Madáns blassblauen Augen. »Ich werde keine Unschuldigen verletzen, aber wenn du mich auf die Bösen angesetzt hast, bin ich startklar – ich habe eine Menge unterdrückte Wut.«

»Ich kann nachvollziehen, warum er Gefallen an dir gefunden hat«, sagt Madán mürrisch.

»Wann fange ich an zu arbeiten?«, frage ich. Eine kleine, unterdrückte Stimme in meinem Hinterkopf flüstert mir zu, dass ich eine Titelmelodie brauchen werde.

»Du musst dich von dem Fluch erholen; wir können die Kriegerverbindung jetzt machen. Ich befürchte, wenn wir noch länger warten, könnte es zu spät sein.« Ich nicke. Wow, ich schätze, ich sterbe heute doch nicht und ich bekomme meine Magie zurück!

»Ich muss meine Hände auf deinen Hals legen. Wird das ein Problem sein?«

»Nein, das ist in Ordnung.«

Madán rückt näher und legt seine beiden eleganten Hände auf meinen Hals. Sie umschließen mich mühelos und er hält mich sanft fest. Er schließt die Augen und beginnt in einer Sprache zu singen, die ich nicht verstehe. Seine Hände werden warm, und selbst meine menschliche Nase kann den Duft von Gras und Blumen wahrnehmen. Ein leichter Windhauch der Magie zerzaust meine Haare. Meine Sicht wird leicht getrübt und mein rechter Arm kribbelt.

Als Madán mich loslässt, ziehe ich meinen Ärmel hoch, und wir alle starren auf die silbernen Markierungen auf meinem Arm. Ich blinzle zu Madán hoch. Die Überraschung in seinem Gesicht ist ein wenig beunruhigend.

»Kriegermarkierungen«, sagt er leise und voller Ehrfurcht.

»Ist das normal?«, frage ich und stupse sie an.

»Nein«, antwortet er und stößt meinen Finger stirnrunzelnd weg. Er zieht meinen Ärmel weiter hoch. Natürlich muss meine seltsame Magie verrückt spielen und mir richtige Fae-Kriegermarkierungen verleihen, wenn sie es nicht sollte. Die Markierungen sind silbern und nicht schwarz, also sind sie anders. Ich frage mich, ob sie irgendetwas können. Eine weitere rekordverdächtige Leistung von Forrest, die Madán ausflippen lässt. Ich hoffe, er legt mir den Fluch nicht wieder auf. »Würdest du bitte deinen Pullover ausziehen?« Ich nicke und winde mich aus ihm heraus.

Auf meinem rechten Arm befinden sich meine Kriegermarkierungen; sie beginnen an den Fingern und gehen bis zur Schulter. Zuerst nehme ich an, dass es sich um ein zufälliges Muster handelt, aber nachdem er sie aus verschiedenen Blickwinkeln angestarrt hat, kommt Madán zu dem Schluss, dass die Markierungen den Baum des Lebens darstellen.

Anstatt mir darüber Gedanken zu machen, werde ich meinen inneren Freak ausleben – solange Madán und die anderen Fae nicht wütend werden und versuchen, mich zu töten, was durchaus möglich ist. Meine Augen schließen sich von selbst. Die Magie hat mich ausgelaugt.

»Also gut, Forrest, du wirst ein paar Stunden Schlaf brauchen, um dich zu erholen. Wir finden den Weg nach draußen auch allein. Mac wird dich benachrichtigen, wann dein Training beginnt. Spiel nicht mit den Markierungen«, sagt Madán mit Nachdruck. Ich nicke verschlafen zur

Bestätigung und er verlässt den Raum. Mac ergreift meinen Arm und führt mich in mein Zimmer und zu meinem Bett.

»Schlaf, Kind. Wenn du aufwachst, wirst du dich viel besser fühlen. Heute Nachmittag wirst du als Wolf laufen.« Ich murmle ein Dankeschön und schon fallen mir die Augen zu. Ich schlafe.

Kapitel Fünfunddreißig

Es ist über dreieinhalb Jahre her, dass Madán meinen Fluch und dieses abscheuliche Gefährten-Band beseitigt hat. Ich habe meine Freiheit und ich bin gesund.

Aber ich werde auch von der nörgelnden Stimme in meinem Hinterkopf verfolgt – die Stimme, die spät in der Nacht immer lauter wird und Aragons Namen flüstert. Die Hälfte der Zeit rede ich mir ein, dass Aragon nicht so besonders war und er mich letztendlich hängen gelassen hat oder mir zumindest nicht genug Informationen gegeben hat, um mich zu schützen. Ich versuche, mir einzureden, dass ich immer noch nicht über seinen Verlust traure.

Das Kriegertraining war brutal. In der ersten Woche machten sich die Jungs in meinem Kurs – die alle nicht kleiner als ein Meter dreiundachtzig waren – Witze darüber, dass ich das Quotenwandler-Maskottchen sei, der kleine Freak. Ich bin mir sicher, dass die einen Meter achtundfünfzig große, pinkhaarige Wandlerin in ihren Augen eine Witzfigur war. Sie dachten, sie hätten allen Grund, sich über mich lustig zu machen. Ich ließ mich nicht einschüchtern – ich habe schon weitaus Schlimmeres erlebt.

Zuerst war ich, tief im Inneren verborgen, am Boden zerstört. Wer will nicht gemocht werden? Ich empfand ihre Sticheleien und fiesen Kommentare als verletzend. Mac war wütend, aber ich zwang ihn, mir zu versprechen, dass er sich nicht einmischen würde. Ich habe mein Kinn hochgehalten, mich akklimatisiert und bin darüber hinweggekommen.

Ich habe mich bewährt und bekam eine Woche später meine Revanche, als wir mit dem körperlichen Training begannen.

Eine Unterrichtseinheit, mein Favorit, war das Kampftraining. An einem einzigen Nachmittag habe ich jeden Kerl in meiner Klasse verprügelt. Ich war so aggressiv, dass das Trainingsteam am Ende des Tages beschlossen hat, mich aus dem Sparring zu nehmen, zur Sicherheit meiner Klassenkameraden. Komischerweise hat danach niemand mehr über meinen Maskottchen-Status gesprochen. Mac hat den ganzen Nachmittag geklatscht und gelacht.

Die Fae, mit denen ich arbeitete, wurden immer misstrauischer mir gegenüber. Ich hätte wohl doch lieber das Witz-Maskottchen sein sollen und nicht die Psycho-Wandlerin mit den unheimlichen toten Augen, der Feuermagie und den gestohlenen Kriegermarkierungen.

Ich trug eine andere Maske und lernte, dass es besser ist, gefürchtet als gemocht zu werden.

Ich habe mir nicht eingeredet, dass ich dazugehören würde, und einem Teil von mir war das auch egal.

Die können mich mal. Ich bin innerlich tot.

Meine Seele ist in vergrabenen Erinnerungen verloren.

Die besten Teile von mir leben bei einem Drachen. Ich bin nur noch eine Hülle.

Ich habe darauf geachtet, mein Kinn oben zu halten und mit extra viel Selbstbewusstsein zu marschieren, während meine neue Kriegermelodie – Broken People aus dem Film Bright – in meinem Kopf abspielte.

Jahre später – als sie merkten, dass ich nicht verschwinden würde – verdiente ich mir langsam ihren Respekt.

Immer auf die harte Tour.

Eine Kriegerin zu sein, ist ein wenig antiklimaktisch. Es ist nicht so, wie ich dachte, dass es sein würde. Manchmal will man etwas so sehr, dass man sich in seinem Traum verliert. Dann stellt man fest, dass das, was man wollte, nicht das ist, was man sich ursprünglich vorgestellt hat.

Es ist Dezember und, uff, heute muss ich einen Idioten trainieren. Ich stoße einen frustrierten Atemzug aus, gähne und kratze mich am Hinterkopf. Ich bin froh, dass ich mich für die magischen Kameras entschieden habe, denn niemand würde diesen Scheiß hier glauben. Ich habe sie so eingestellt, dass sie meine Bewegungen aufzeichnen. Es ist, als würde dir dein eigenes Filmteam folgen. Die magischen Kameras filmen alles, was passiert, kreisen über und unter mir, um die besten Winkel zu erwischen. Das hilft beim Sammeln von Informationen und bei der Strafverfolgung.

Manche Krieger entscheiden sich gegen sie. Aber mich stört das nicht. Zuerst war es etwas, worauf Madán bestanden hatte. Aber in den letzten Jahren bin ich froh, dass er es getan hat, denn sie haben dazu beigetragen, mich von vielen Anschuldigungen wegen übermäßiger Gewalt zu entlasten. Keinem Kerl gefällt der Gedanke, dass eine winzige Kriegerin ihn in Gewahrsam nimmt, also behaupten sie jede Menge falschen Scheiß. Die Kameras sind so klein, dass ich sie selbst mit meinem Sehvermögen kaum erkennen kann.

»Was ist das?«, schreit der neue Krieger in der Ausbildung in völliger Panik. Er flippt komplett aus, und das ist amüsant. Das Schleimmonster, das er anschreit, ist eine amorphe, formlose, klebrige Kreatur, die Teile von sich selbst auf dem Bürgersteig vor meiner Lieblingseisdiele hinterlässt – demselben Ort, an dem ich vor Jahren Madán und Mac zum ersten Mal getroffen habe.

Der Neuling sticht mit seiner eisernen Klinge auf das Blob-Monster ein, und das Messer verschwindet einfach. Hm? Ich habe keine Ahnung, wohin es verschwindet, aber es gibt eine Art saugendes Geräusch, als es sich auflöst.

»Ich würde ihm nicht zu nahe kommen, Noel«, sage ich hilfsbereit und lecke an meinem Eis – was denn? Es wäre wirklich unhöflich, keins zu essen, wenn ich schon mal hier bin. Eine leckere Waffel, auch wenn es heute eiskalt ist – ich habe eine Kugel belgische Schokolade und eine mit Kirsche. Lecker, das beste Eis in Irland. Noel schreit auf und weicht einem Tentakel aus Glibber aus; ich verdrehe die Augen.

Dann erzeugt er eine Flamme. Er hat die Gabe des Feuers, weshalb er auch bei mir abgeladen wurde. »Noel,

setz bei ihm keine Flamme ein, Feuer funktioniert nicht.«
Noel ist gerade auf den Hintern gefallen, weil er über einen
Poller gestolpert ist, den er vor lauter Panik hinter sich
nicht bemerkt hat. Er windet sich auf dem Boden. Ich
runzle die Stirn, als Noel in einer Tonlage kreischt, die
höher ist, als ich sie jemals erreichen könnte. Mein Ohr, das
ihm am nächsten ist, klingelt schmerzhaft. Ich verziehe das
Gesicht und reibe es an meiner Schulter. Während er
schreit, wirft Noel seine Flamme auf das Schleimmonster.

Ich zucke zusammen und reibe mir die Stirn. Mit
einem *Wusch* steht das ganze Monster nun in Flammen
und verteilt nicht einfach nur Glibber, sondern auch Flam-
menglibber auf dem Bürgersteig.

Noel schreit wieder und das Geräusch kratzt in
meinem Gehörgang. Ich esse mein Eis auf und beschließe,
die Situation zu retten. Ich umkreise das Monster und
mache mich auf den Weg zu Noel, der immer noch auf
dem Boden liegt und winselt.

Ich gebe ihm einen Klaps auf den Hinterkopf. Endlich
hält er die Klappe und dreht sich mit panisch aufgerissenen
Augen zu mir um.

»Steh auf, du Idiot. Noel, du musst besser zuhören.
Du hast noch nicht einmal bemerkt, dass die Kreatur nicht
versucht, dich zu verletzen; sie steht einfach nur da!« Ich
stoße einen frustrierten Atemzug aus und zeige auf das
brennende Glibbermonster. »Du hast ihn ohne jeden
Grund in Brand gesteckt, mit Ausnahme deines völligen
Mangels an Kontrolle und deiner Angst.« Ich marschiere
auf das furchterregend aussehende Schleimmonster zu,
winke mit der Hand und bringe das Feuer, das es umgibt,
unter meine Kontrolle.

Ich habe über die Jahre viel gelernt, und das Feuer hört auf mich, als wäre es mein eigenes. Ich winke erneut mit der Hand, und das Feuer erlischt vollständig.

»Hi, Bert, danke noch mal für deine Hilfe bei der Ausbildung. Ich weiß deine Zeit zu schätzen. Tut mir leid wegen des Feuers ...« Bert, das Schleimmonster, nickt mit dem seinem Glibber-Kopf, rülpst und das vermisste Eisenmesser purzelt auf den Bürgersteig. »Grüß deine Familie von mir.« Bert bewegt seinen Glibber-Tentakel, um mir zuzuwinken – ich glaube zumindest, dass es ein schleimiges Winken ist –, und geht zu seinem Auto.

Bert und seine Familie sind so hilfsbereit. Sie helfen oft dabei, Neulingen beizubringen, wie sie auf eine Situation und nicht auf das Aussehen einer Kreatur reagieren sollen. Normalerweise ist das eine gute Lektion – aber leider hat Noel dabei kläglich versagt.

Ich schaue Noel, der immer noch auf dem Boden liegt, finster an. Sein Mund öffnet und schließt sich. Er ahmt einen Goldfisch nach, während er Bert beim Gehen zusieht.

»Du hast ihn gehen lassen? Er entkommt!« Ich verdrehe die Augen. Dieser Idiot braucht ein Wunder, um seine Ausbildung zu bestehen. Zum Glück habe ich das gefilmt. Ich kichere böse.

Kapitel Sechsunddreissig

Heute Abend spiele ich den Köder, denn wir sind auf der Jagd nach einem großen Bösen. Der fiese Mistkerl hat junge Mädchen getötet. Wir vermuten, dass es sich um einen männlichen Einzeljäger handelt. Er ist quer durchs Land gezogen und tötet, wo er kann. Er hat fünfzehn junge Mädchen ermordet und drei weitere sind noch immer unauffindbar. Angefangen hat er in Dublin, und die örtliche Polizei – die Garda Síochána, besser bekannt als Gardaí oder die Guards – und die Fae-Krieger haben nicht lange gebraucht, um ihm auf die Schliche zu kommen. Die Öffentlichkeit ist angepisst. Die menschlichen Zeitungen beschuldigen die Fae, und die Fae kontern, indem jeder mit dem Finger auf alle anderen zeigt. Das Ganze entwickelt sich zu einem totalen Durcheinander, einem Albtraum epischen Ausmaßes.

Ich konzentriere mich nur auf den großen Bösen und überlasse es den Höhergestellten, sich um den ganzen Scheiß, der hier passiert, zu kümmern. Die Dringlichkeit, die allen zugemutet wird, ist nichts im Vergleich zu dem Druck, den wir uns als Krieger selbst auferlegen. Wir müssen diesen Kerl finden, und zwar schnell.

Aus irgendeinem Grund ist es ihm egal, wen er auswählt – Mensch oder Fae, das scheint keine große Rolle zu spielen. Allerdings hat er einen bestimmten Typ: Er mag junge und zierliche Mädchen. Da liegt es nahe, dass ich mich anbiete, um den Köder zu spielen und ihn zu schnappen. Wir wissen, dass er auf dem Weg in die Region Sligo ist, aber wir wissen nicht, wann. Deshalb habe ich diese Woche meine Abende damit verbracht, in einem hübschen Kleid durch die Innenstadt von Sligo zu schlendern und einfach unwiderstehlich auszusehen. Wir haben ihn noch nicht gefunden, und ich bin inzwischen entmutigt. Positiv ist, dass wir bereits drei Idioten verhaftet haben, die es für eine gute Idee hielten, sich an mir zu vergreifen.

Die Selbstbeherrschung, die ich mir in den letzten Jahren angeeignet habe, ist beeindruckend; ich habe nicht die schlechteste Bilanz, wenn es darum geht, die bösen Jungs zu verprügeln. Manchmal wünsche ich mir nichts sehnlicher, als ein paar raubtierhaften Schwachköpfen ins Gesicht zu schlagen. Frauen sollten sich sicher fühlen und nach Einbruch der Dunkelheit ohne Risiko überall hingehen können. Ich hasse es, dass das in unserer modernen Multikreaturen-Welt nicht der Fall ist.

Heute ist Samstagabend und ich trage ein entzückendes goldenes Kleid. Es hat lange Ärmel und einen hohen Ausschnitt. Es ist megakurz, und ich muss mich immer wieder daran erinnern, nicht am Saum zu zupfen. Ich friere, verflixt noch mal, denn ich habe keine Jacke an. Anscheinend frieren junge Menschen gerne, wenn sie abends ausgehen. Ich bin siebenundzwanzig und finde das lächerlich. Ein Mantel wäre schön. Ich hasse die Kälte.

»Peter, dein Burger, wollteste Käse?« Arrah, ich hasse es, diese Idioten in meinem Kopf zu haben. Verflixte Gedankenverbindungen ... Zum Glück ist das ein Zauber, der nur bei solchen Einsätzen verwendet wird. Aber die Jungs, die heute mit mir Dienst haben, haben nichts anderes getan als zu essen.

»Ja, und Bacon.« Ich stoße eine Wolke aus heißem Atem aus. Mir ist kalt und jetzt habe ich auch noch einen Bärenhunger.

Ich schlendere zum nächsten Pub und hole mir ein Getränk und einen Snack an der Bar. Ich finde einen tollen Platz in der Ecke, wo ich alle beobachten und mich aufwärmen kann.

Außerdem isoliere ich mich und schreie damit förmlich: *Hey Raubtiere, guckt mich an, die leichte Beute, uuuh ganz allein, wie verloren sie aussieht.*

Zwei Mitglieder meines Teams plappern weiter über Essen. Mac sagt ihnen, sie sollen die Klappe halten, aber erst, nachdem er sein Essen bestellt hat. Was für ein Haufen von Deppen. Mein Magen knurrt zustimmend.

Ich mag diesen Pub. Er liegt direkt am Fluss Garavogue in der Stadt Sligo. Es ist die richtige Mischung aus traditionell irisch und modern. Ich finde es toll, dass er sich noch in Privatbesitz befindet, seinen Charakter bewahrt hat und nicht zu einer Pub-Kette gehört. An der linken Seite des Raumes befindet sich eine lange Bar. Rundherum stehen kleine Holztische und ein halbes Dutzend Sitzecken an der rechten Wand. Im Moment läuft Chart-Musik; die Live-Musik des Abends ist zu Ende. Die meisten Gäste trotzen dem kalten Wetter und sind im Biergarten, also dem Raucherbereich draußen.

Ich nippe an meinem halben Pint Guinness mit Schwarzer Johannisbeere. Außerdem knabbere ich Tayto Chips mit Salz und Essig. Trotzig lasse ich mein Knuspern in meinen Gedanken widerhallen. *Knusper. Knusper.* Mac stöhnt – er hasst Essensgeräusche. Das wird sie lehren, ohne mich Burger zu essen.

»Hi, bist du allein?« Ein Typ nimmt den Platz gegenüber von mir ein, ohne zu fragen – gruseliger Scheißkerl. Ich muss mich daran erinnern, dass ich den Köder spiele. Ich schaue unter meinen Wimpern hervor und lächle ihn hoffentlich schüchtern an. Ich frage mich immer, ob sie meine toten Augen bemerken und feststellen werden, dass ich nicht das bin, was ich vorgebe zu sein. Aber ich habe das zu einer hohen Kunst gemacht und sie sehen, was sie erwarten.

»Nein.« Ich schüttle den Kopf, dann zucke ich mit den Schultern und stoße ein kleines, traurig klingendes Lachen aus. Ich beuge mich vor und schaue mich um, als ob ich nicht will, dass mich jemand hört. »Irgendwie schon, denke ich. Meine Schwester hat mein Handy und mein Portemonnaie. Ich war auf der Toilette und sie hat sie für mich in die Tasche gesteckt, aber als ich zurückkam, war sie nicht mehr da. Ich habe sie gesucht, konnte sie aber nicht finden, also dachte ich, ich komme in diesen Pub, um zu sehen, ob ich sie hier finden kann.« Ich zucke wieder mit den Schultern und streiche mir die Haare hinters Ohr. »Sie kommt immer in diesen Pub. Ich glaube, ihre Freunde mögen mich nicht so sehr.« Ich weite meine Augen in gespieltem Entsetzen, dann schaue ich mich wieder um und suche nach meiner nicht existierenden Schwester.

Der gruselige Typ nickt. »Ich kann dir helfen, sie zu finden, wenn du willst. Ein schönes Mädchen wie du sollte nicht allein sein.« Ich nicke und schenke ihm ein Lächeln, während ich meinen Blick wieder auf den Tisch und mein Getränk richte.

»Danke«, sage ich, und er lächelt mich an, wobei er ein bisschen zu viele Zähne zeigt.

Er ist ein Troll, obwohl er auf eine fettige, zurückgegelte Achtzigerjahre-Troll-Art attraktiv ist. Trolle sind normalerweise recht einfach zu mögen. Sie sind groß und dumm und sie arbeiten häufig im Sicherheitsdienst. Aber dieser Typ, auch wenn er nicht unser Mörder ist, bedeutet Ärger. Mein Grusel-Bösewicht-Alarm schrillt wie verrückt. Kennt nicht jeder dieses Gefühl? Das weibliche Reptilienhirn, das dich warnt, dass jemand oder etwas gefährlich ist und du weglaufen sollst? Ich glaube, meins ist irgendwie defekt, denn es ermutigt mich immer, auf denjenigen zuzurennen und ihm ins Gesicht zu schlagen. Bei diesem Widerling juckt es mir in den Fingern, ihm mit dem Handballen unter die Nase zu hauen.

»Könntest du mir vielleicht dein Telefon leihen? Ich könnte meinen Dad anrufen und ihn bitten, mich abzuholen«, sage ich schüchtern.

»Klar, meine Hübsche.« Der gruselige Typ holt sein Telefon heraus. Er schaut mit einem gespielten traurigen Gesicht auf den Bildschirm, winkt mir zu und tippt dann das Telefon an seinen Kopf. »Kein Empfang. Wir werden nach draußen gehen müssen.« Ich schenke ihm ein süßes, schüchternes Lächeln, trinke mein Guinness aus und stehe auf. Ich wackle ein wenig, als ich stehe.

»Oh, der Raum dreht sich«, sage ich mit einem hickserhaften Kichern. Grusel-Typ ergreift meinen Arm und anstatt mich zum vorderen Teil der Bar zu führen, legt er eine Hand um meine Taille und drückt mich mit Muskelkraft in Richtung des Notausgangs an der Hinterseite.

»Es geht los, wir gehen durch den Hinterausgang. Haltet euch bitte für mein Signal bereit«, sage ich in Gedanken und dränge sie in die Köpfe meines Teams. Sie bestätigen es.

»Vielen Dank, dass du mir hilfst. Ich heiße übrigens Mellisa«, sage ich, während wir in eine Hintergasse schreiten. Ich stolpere ein wenig, dann drehe ich mich mit einem kleinen Lächeln auf dem Gesicht zu ihm um. Ich halte meine Hand nach seinem Handy aus. »Wenn ich jetzt also dein Telefon benutzen könnte?«

Er lehnt sich zu mir, legt einen Arm über meinen Kopf und stützt ihn an der Wand hinter mir ab. Er schaut auf mich herab und zeigt seine Zähne in einem finsteren Lächeln. »Klar, meine Hübsche. Mensch, du bist ein winzig kleines Ding ... so perfekt.« Er reicht mir das Telefon, und ich nehme es. Ich versuche, mich auf ihn statt auf das Telefon zu konzentrieren, aber kaum hat meine Hand das Handy berührt, verliere ich die Konzentration.

»Was zum Teufel ...« Ein Zauber überkommt mich und ich merke, dass meine Berührung des Handys ihn aktiviert hat. Es dauert nur ein paar Sekunden, bis meine

Magie sich durchgebrannt hat. Wäre ich ein Mensch, so wie ich mich gebe, wäre ich in ernsthaften Schwierigkeiten.

Aber die paar Sekunden reichen dem Fiesling aus. Er packt mich und *blinkt* mit uns woandershin.

Oh, Scheiße!

Kapitel Siebenunddreißig

Adrenalin schiesst durch meinen Körper und mein Herz nimmt seinen Rhythmus wieder auf. Tja, fuck, das ist interessant – ein Troll sollte nicht *blinken* können.

Blinken ist wie die Tore, nur ohne ein Portal. Mächtige Fae können blinken, aber dafür müssen sie schon uralt sein. Es ist so, wie man sich das Teleportieren vorstellt. Wir wussten nicht, wie er seine Opfer bewegt – jetzt wissen wir wenigstens Bescheid. Grusel-Typ muss unser Mann sein.

Ich lasse Grusel-Typ glauben, dass der Zauber funktioniert. Ich lasse mich gegen ihn plumpsen, was supereklig ist, aber wenn man die Rolle der Beute spielt, muss man sich so was gefallen lassen. Ich bin nicht überrascht, als wir plötzlich in einen Keller gehen.

Nicht zu wissen, wo ich bin, ist beunruhigend. Ich hoffe, ich bin noch in Irland.

Ich halte meinen Blick gesenkt, täusche Orientierungslosigkeit vor und nutze meine anderen Sinne. Ich rieche Blut, Erbrochenes und einige wirklich unheimliche Düfte, die ich nicht benennen möchte, um meiner geistigen Gesundheit willen. Ich höre Schreie und vier andere Herzschläge. Mein Magen dreht sich um und ich bin erleichtert, dass Grusel-Typ mich direkt zu den vermissten Mädchen geführt hat.

Gott sei Dank!

Verstohlen drehe ich meinen Kopf nach hinten und zur Seite und werfe zur Sicherheit noch ein Stöhnen dazu. Mein Blick schweift durch den Raum. Grusel-Typ hat alles vorbereitet, ein Paradies für Serienmörder: Ketten aus verschiedenen Metallen an den Wänden und ein halbes Dutzend Eisenkäfige – das volle Programm. Ich hoffe, dieser Scheißkerl versucht nicht, mich in einen Käfig zu stecken.

Wenn er das tut, werde ich ausrasten.

Man weiß, dass man verrückt ist, wenn man erleichtert ist, weil der Serienmörder, den man jagt, einen nur mit Handschellen an eine Wand fesselt. Ich sacke in meinen Ketten an der Wand zusammen, während der massive Stahl schwer in meine Handgelenke beißt. Er verlässt mich und murmelt, dass er später mit mir spielen wird, wenn ich aufwache, da er keinen Spaß mit mir haben wird, wenn ich nicht schreie. Scheißkerl. Die Tür knallt hinter ihm zu.

Ich bin so froh, dass es heute Abend geklappt hat, Mensch zu spielen.

Ich stelle mich gerade hin und rolle meine Schultern, um meine steifen Muskeln zu lockern. Ich drehe mich in meinen Ketten, während ich mir den Keller ansehe. Eine Tür für rein und raus.

»Jenny, Sarah, Mary?«, spreche ich in einem ruhigen, sanften Ton. Das Mädchen, das weint, hört auf. »Es tut mir leid, ich weiß nicht, wer das vierte Mädchen ist. Mein Name ist Forrest, und ich bin eine Kriegerin des Fae-Hofes. Ich werde alles in meiner Macht Stehende tun, um euch wieder nach Hause zu bringen. Könnt ihr mir sagen, ob dieser gruselige Mistkerl allein arbeitet? Habt ihr noch jemanden gesehen?«

Das schluchzende Mädchen antwortet und überrascht mich damit zu Tode. Tapferes Mädchen. »Mein Name ist Sally. Er hat mich heute Abend mitgenommen. Ich habe sonst niemanden gesehen.«

»Okay, danke, Sally.«

»Er arbeitet allein«, sagt eine leise Stimme; sie kommt aus dem Käfig in der Ecke. »Ich bin schon seit einer Weile hier. Es kommt mir wie eine Ewigkeit vor. Er vergewaltigt und er t... tötet. Ich glaube, er isst; ich glaube, er hat uns gegessen. Ich bin Mary ...« Sie gibt ein hustendes Geräusch von sich. Als sie sich wieder gefangen hat, krabbelt sie mit einem bitteren Lächeln auf den rissigen Lippen zur Vorderseite ihres Käfigs. »Was willst du denn machen? Angekettet an die verdammte Wand! Wer soll dich denn retten? Wir brauchten einen richtigen Krieger, nicht irgendein Mädchen.« Mary schlägt gegen ihren Käfig und wimmert, als das Eisen ihre Hand verbrennt. »Das ist ein Haufen Scheiße ... du verarschst mich doch«, murmelt Mary, während sie sich abwendet und ihre Hand versorgt. Die anderen beiden Mädchen reagieren nicht.

Ich weiß aus den Akten, dass er Mary, die Fae ist, seit etwa drei Wochen in seiner Gewalt hat. Ich werde ihre Worte nicht persönlich nehmen.

Mary wird nicht die letzte Person sein, die mich unterschätzt, und sie ist ein verängstigtes Kind. Ich bin irgendwie stolz auf ihre wütenden Worte – sie geben mir Hoffnung, dass sie genug Nerven hat, um diese Erfahrung zu überstehen.

Ich horche auf jede Bewegung außerhalb des Zimmers. Der Schweiß tropft mir den Rücken hinunter und lässt das goldene Kleid wie eine zweite Haut an mir kleben. Vorsichtig schicke ich meine Flamme in die Handschellen und zerstöre behutsam den Schließmechanismus. Ich bin überzeugt, dass alle Mädchen Opfer sind, und ich spüre, dass es an der Zeit ist, die Sache in Ordnung zu bringen. Ich muss dringend nach den beiden Mädchen sehen, die nicht auf meine Worte reagieren. Die Handschellen klappern, als sie mir von den Handgelenken fallen und gegen die Wand schlagen.

»Mac, hast du eine Spur von mir?«, lenke ich meine Gedanken, ohne dass eine Antwort kommt.

Tja, Scheiße.

Ich reibe mir die Handgelenke. Jetzt kommt die schwierige Entscheidung, ob ich die Mädchen, die wach sind, losbinden oder es sein lassen soll. Wenn ich sie losmache und sie in Panik geraten, könnte das ein Problem werden, aber wenn ich sie hier lasse und ich ausgeschaltet werde ... Scheiß drauf! Sie brauchen jede Möglichkeit, sich selbst zu retten.

Ich löse Sallys Ketten und flüstere ihr zu, sie solle ruhig

und still sein, bis ich allen sage, dass sie sich bewegen sollen. Ich knie mich vor Marys Käfigtür. Der Beton gräbt sich in meine Knie und Schienbeine. Meine Flamme macht kurzen Prozess mit dem Schloss und der Käfig schwingt auf.

Ich kanalisiere Owen und einige der ersten Worte, die er zu mir gesagt hat, kommen aus meinem Mund. »Mary, ich sehe, dass du Angst hast und durch die Hölle gegangen bist. Ich kann auch das Feuer in dir sehen. Nutze dieses Feuer – deine Wut – weiterhin. Lass es nicht nach innen gehen. Was dir passiert ist, ist nicht deine Schuld. Die Schuld liegt bei ihm, nicht bei dir. Lass ihn nicht gewinnen und lass nicht zu, dass er dir noch mehr wegnimmt. Manchmal ist es besser, die Erinnerungen zu begraben, bis du stark genug bist, um sie zu bewältigen. Es wird schwer werden, aber du musst einen Schritt nach dem anderen machen. Verstehst du das?« Ihre Augen treffen meine, und wir prüfen uns gegenseitig. Sie nickt. »Ich möchte, dass du mir vertraust. Bleib noch eine Weile in diesem beschissenen Käfig, nur bis ich dem Perversen in den Arsch getreten habe. Wenn mir etwas zustößt, vertraue ich darauf, dass du dir Sally schnappst und wie der Teufel rennst. Hast du das verstanden?« Ich halte dem Mädchen, das immer noch am hinteren Ende des Käfigs kauert, meine Faust hin. Ich warte. Langsam hebt sie ihren Arm und stößt ihre Faust gegen meine.

Ich vermisse meinen Freund Owen; er ist immer in meinen Gedanken, wie ein emotionaler Geist. Ich stelle mir regelmäßig die Frage: *Was würde Owen tun?*

Ich schließe die Tür und gehe weiter zu dem ersten

bewusstlosen Mädchen. Sie ist nackt, schwer verletzt und blutet stark. Ich streiche ihr die schmutzigen blonden Strähnen aus dem Gesicht. Ihre Atmung ist flach und ihr Herzschlag ist schwach. Ich erinnere mich an ihren Namen aus den Akten – es ist Jenny – und mein Herz schmerzt für sie. Ich schiebe meine Hand unter mein Kleid und krame in meinem BH nach den kleinen Fläschchen mit kondensierter Fae-Tracking-Magie und dem Schlaftrank. Die Mädchen müssen schlafen. Ich kann es mir nicht leisten, noch mehr Variablen zu dieser Shit-Show hinzuzufügen. Ich kippe die Plastikfläschchen und lasse die Magie in ihre Brust sickern; dann lege ich meine Fingerspitzen auf ihr Schlüsselbein. Meine Kriegermarkierungen fangen an zu leuchten; das silberne Licht blutet durch den Stoff meines Kleides. Die heilende Magie, die direkt vom Fae Hof kommt, strömt in Jenny. Ich warte und lausche. Es dauert nicht lange, bis ich höre, dass ihre Atmung besser geworden ist und ihr Herzschlag wieder einen normalen Rhythmus hat. Die Blutung stoppt, und die Wunden, die ich sehen kann, heilen. Erleichtert senke ich meinen Kopf.

Wir waren alle etwas überrascht, als sich herausstellte, dass es sich bei meiner Kriegermarkierung um Verteidigungsmagie handelt. Die Zeichen kanalisieren angeborene Magie – Heilung, Schilde, Schutzzauber und eine ganze Reihe cooler Verteidigungsfunktionen.

Das letzte nackte, bewusstlose Mädchen ist Sarah. Das dunkelhaarige Mädchen hat einen übel zugerichteten Arm. Ich benutze den Schlaftrunk zuerst, gieße das Fläschchen ein, warte ein paar Sekunden und bringe mich dann in Position. Ich wappne mich. Ich verziehe das Gesicht, als ich ihr Handgelenk und ihre Schulter greife. Meine Krieger-markierung leuchtet wieder auf, als ich scharf an dem gebrochenen Glied ziehe. Es knirscht und rastet wieder ein, während es heilt. Ich stoße einen zittrigen Atem aus – ich werde mich nie daran gewöhnen, Knochen wieder einzu-renken. Ich bin froh, dass sie bei dieser unangenehmen Arbeit geschlafen hat. Sarahs Gesicht entspannt sich von einer schmerzverzerrten Grimasse zu einem friedlichen Ausdruck.

Ich heile Sally und Mary, außerdem gebe ich allen Mädchen einen Ortungstrank, damit ein Mitglied meines Teams sie im Fall des Falles aufspüren kann – oder zumin-dest ihre Leichen finden kann. Ich schaudere und schlucke die Galle herunter, die mir die Kehle hochkriecht. Für einen Moment schließe ich die Augen und atme tief ein. Anstelle von Luft füllen Wut, Panik und Entschlossenheit meine Lunge. Ich muss diese Mädchen retten. Ich darf nicht versagen.

Ich eile zurück zur Wand und bringe mich wieder in Position, indem ich die kaputten Handschellen wieder um meine Handgelenke lege. Während ich warte, analysiere ich, was mit den Mädchen passiert ist, und ich muss an meine Situation und meine Vergangenheit denken. Ich bin seit Ewigkeiten auf der Flucht. Ich stoße einen Seufzer aus und schlage mit dem Hinterkopf gegen die Wand. Ich kämpfe gern für andere, aber ich habe noch nie für mich selbst gekämpft. Niemals. Ich renne immer nur. Ich liebe Aragon immer noch. Mein von mir selbst verschuldetes gebrochenes Herz ist nie verheilt. Ich habe nur gelernt, mit den Rissen zu leben.

Der Job, den ich mache, ist gefährlich, und vielleicht muss ich mich meinen inneren Dämonen ein für alle Mal stellen. Ich kann nicht zulassen, dass mein Trauma mich bestimmt. Vielleicht ist es an der Zeit, meine Kisten zu öffnen und zu verarbeiten? Zeit, sich um Daniel zu kümmern und Aragon zu sagen, was ich empfinde.

Kapitel Achtunddreißig

Es dauert nicht lange, bis Grusel-Typ zurückkommt. Die Kellertreppe quietscht bedrohlich unter den Schritten des Trolls und dann knallt der böse Mistkerl die Tür auf. Sie prallt gegen die Wand und springt wieder zu. Sally und Mary erschaudern beide. Ich stehe an der Wand und starre ihn an. Ich kann nicht zulassen, dass Grusel-Typ den anderen Mädchen Aufmerksamkeit schenkt: er muss sich auf mich konzentrieren. Ich hoffe, dass mein Trotz den gewünschten Effekt hat. Grusel-Typ lächelt.

Es ist Showtime.

Er lässt seine spitzen Zähne aufblitzen. Ich neige meinen Kopf zur Seite und frage mich, ob ich ein paar von ihnen raushauen kann. Er stolziert auf mich zu und ich lasse ihn so nah an mich heran, dass ich seinen ranzigen Atem rieche.

Ich halte mein Gesicht bewusst ausdruckslos und meine großen goldenen Augen weit aufgerissen.

»Ahh, du bist wach – das ist gut. Ich kann es kaum erwarten, dir etwas zu zeigen ...« Scheiß drauf! Ich warte nicht auf seine Schurkenrede oder darauf, dass der gruselige Arsch mich befummelt. Ich befürchte, dass ich von diesem Auftrag auch ohne sein Gerede Albträume bekommen werde. Ich schwinge mein Bein aus und ziele auf sein Knie. Ich setze meine ganze Kraft in den Tritt und höre und spüre, wie das Knie knackt. Sein Körper kippt in die eine Richtung, das Bein in die andere; der Schock in seinem Gesicht bringt mich zum Lächeln.

Ich packe ihn am Hinterkopf und schmettere sein Gesicht gegen die Kellerwand. Einmal: »Das ist nicht so reizend ...« Zweimal: »Wenn deine Beute sich wehrt ...« Dreimal: »Gruseliger Mistkerl«. Ich lasse seinen Kopf los, rümpfe die Nase und wische meine Hand an meinem Kleid ab, als er zu Boden sinkt.

Das war ein wenig antiklimaktisch.

Ich hatte einen etwas größeren Kampf erwartet. Grusel-Typ ist erledigt. Ich gebe ihm einen Tritt in die Rippen, nur um sicherzugehen, dass er keine Spielchen spielt. Ich bin etwas enttäuscht, als er keinen Laut von sich gibt. Ich nehme ein paar Eisenketten von der Wand und fessele seine Hände hinter seinem Rücken. Ich schnappe mir noch mehr und binde ihm die Füße zusammen. Ich summe, während ich die Ketten verbinde, sodass seine Hände mit seinen Füßen zusammenhängen – er sieht aus wie eine Fae-Brezel.

Ich ziehe ihn an den Füßen in Richtung eines offenen Eisenkäfigs. Mit viel Schnaufen und ein paar Tritten schaffe ich es, ihn hineinzuquetschen. Ich schließe die Tür ab und hänge dann Ketten daran. Um sicherzustellen, dass er nirgendwo hingehen kann, lege ich mit einem anderen praktischen BH-Fläschchen einen Schutzwall über den Käfig. Das wird ihn hoffentlich davon abhalten, irgendwo hin zu blinken. Als krönenden Abschluss schicke ich meine Flamme los, um den Käfig zu umschließen. Das Feuer erreicht eine Höhe von fast zwei Metern und bildet eine Kuppel. Zu viel des Guten? Scheiße ja, das ist es. Dieser Mistkerl wird nicht noch mehr Mädchen verletzen, nicht unter meiner Aufsicht. Wenn es nach mir ginge, hätte ich ihn direkt gekillt. Aber ich muss mich an das Gesetz halten; ich kann nicht herumlaufen und Leute umbringen, selbst wenn ich es möchte. Wenn ich mir die verängstigten Mädchen hier ansehe, mit dem Geruch dessen, was er ihnen angetan hat, in der Nase, möchte ich es tun. Gott, wie sehr will ich, dass er leidet.

Ich wische meine Hände wieder an meinem Kleid ab; ich will nichts von ihm auf meiner Haut haben.

»Okay, Ladys, lasst uns hier verschwinden. Ich brauche eure Hilfe, um Jenny und Sarah zu tragen. Wenn ich eine trage, könnt ihr dann zusammen das andere Mädchen tragen?« Mary krabbelt tapfer aus ihrem Käfig und hebt eine Augenbraue, als sie den brennenden Käfig sieht. Ich zucke mit den Schultern und mache ein Was-soll's-Gesicht.

Sally braucht ein wenig Überredungskunst. Ich bringe die beiden dazu, das vorher blutende Mädchen, von dem ich denke, dass es Jenny ist, zwischen sich zu halten, während ich Sarah aufsammele. Ich drücke ihr meine

Schulter in den Bauch und stemme sie über meine Schulter. Zum Glück ist Sarah nur ein bisschen größer als ich, was es leichter macht, als zum Beispiel einen Mann zu heben.

Ich öffne leise die Kellertür. Grusel-Typ war so selbstsicher, dass er sich nicht einmal die Mühe gemacht hat, sie hinter sich abzuschließen. Ich lasse meine Magie auf meiner rechten Handfläche tanzen und sie immer größer werden, bis ich aus den Flammen ein Schwert geformt habe. Ich halte Sarahs Oberschenkel mit meiner linken Hand fest und gehe mit dem Schwert in der Hand die Treppe hinauf. Ich werde die Mädchen nicht eine Sekunde länger mit ihrem Entführer in diesem Keller lassen. Sie folgen mir und bemühen sich sehr, dicht an mir dran und leise zu sein.

Kaum haben wir die Kellertreppe hinter uns gelassen und betreten das Erdgeschoss, knackt etwas in meinem Kopf. Ich kann mein Team wieder hören und, was noch wichtiger ist, mit ihnen sprechen. *»Ich habe das große Böse im Griff. Außerdem habe ich Mary, Jenny, Sarah und Sally bei mir. Ich brauche Kleidung, Heilung und dringende Unterstützung.«*

Alle reden auf einmal, was mich zusammenzucken lässt. Madán übernimmt die Kontrolle und bringt mit ein paar barschen Worten den Rest meines Teams zum Schweigen. Ich knirsche mit den Zähnen und ziehe meine Lippen zu einer festen Linie zusammen. Scheiße! Es gibt immer irgendein Problem, wenn sich dein Big Boss einmischt. Die Jungs müssen sich in die Hose gemacht haben, als dieser unbedeutende Widerling mit mir abgehauen ist.

Während Madán spricht, erkunde ich schnell das

Erdgeschoss des Hauses. Da ich auf mich allein gestellt bin und meine Priorität die Mädchen in meiner Obhut sind, mache ich mir nicht die Mühe, den Rest des Hauses zu durchsuchen. Ich werde sie nicht verlassen und ich kann niemanden sonst in der Nähe riechen oder hören. Ich nehme ein weiteres Fläschchen aus meinem BH und richte einen Schutzwall im Flur neben der Eingangstür ein. Es ist ein kleiner Bereich mit abblätternder Blümchentapete und es sollte einfacher zu verteidigen und viel sicherer sein, als die Mädchen nach draußen zu bringen.

Ich bin immer noch in Irland, und das ist gut zu wissen – die Kavallerie ist auf dem Weg. Madán blinkt zu uns, vebor das Portal errichtet ist und bringt Mac und einen Heiler mit. Er gibt mir über die Gedankenverbindung Bescheid, sodass ich die Tür zum Haus öffnen und die beiden durch den Schutzwall lassen kann. Ich informiere Mac, dass ich den Rest des Hauses noch nicht überprüft habe, also verschwindet er mit dem Eisenschwert in der Hand, um das Haus zu durchforsten.

Ich überlasse es dem Heiler, sich um die Mädchen zu kümmern. Madán wirft mir einen prüfenden Blick zu, nickt und holt dann sein Handy heraus. Er hält mir den Finger hin, um mir zu signalisieren, dass er nur eine Minute braucht. Ich kann seinen Teil des Gesprächs hören, aber er hat einen Zauber auf seinem Telefon, der verhindert, dass Kreaturen den anderen Anrufer belauschen, also habe ich keine Ahnung, mit wem er spricht. Ich vermute, dass er direkt mit einem der Eltern der Mädchen spricht, oder es könnte um mich gehen.

»Ich habe sie direkt vor mir. Es geht ihr gut. Sie scheint völlig unversehrt zu sein. Ja, kein einziges Haar ist fehl am

Platz. Ich werde dich informieren, wenn ich mehr weiß. Ja, das war etwas, das wir nicht vorhersehen konnten. Ich tue mein Bestes; du weißt, dass ich alles tue, um s... Ja, okay, ich werde dir mehr sagen, wenn ich die Informationen habe. Sie liegt mir auch am Herzen. Ich melde mich dann bald bei dir.« Madán beendet das Gespräch und marschiert zurück zu mir.

Die anderen Krieger sind schon da. »Forrest, bringst du mich bitte zu der Kreatur, die du gefangen genommen hast?« Ich nicke und werfe einen letzten Blick auf die Mädchen, um mich zu vergewissern, dass es ihnen gut geht. Inzwischen sind sie von Heilern umgeben.

Ich führe Madán und mein Team in den Keller und warne sie, dass ihre Gedankenverbindungen blockiert werden, wenn wir die Treppe hinuntergehen.

Wir gehen hinunter.

Peter pfeift durch den Raum, der jetzt unser düsterer Tatort ist ... nun, das wird er sein, sobald wir den gruseligen Bösewicht entfernt haben. Dann wird der ganze Raum auf magische Weise bearbeitet werden.

Sie alle starren auf meine Feuerkuppel. Ich zucke mit den Schultern. Ich bitte meine Flamme, zu mir zurückzukommen, und sie gehorcht sofort und schrumpft, bis sie nur noch eine kleine Flamme ist. Sie tanzt durch den Raum und kommt fröhlich zu meiner ausgestreckten Handfläche. Ich schließe meine Faust um sie, und sie löst sich auf.

Alle schauen von dem Brezel-Troll im Käfig zu mir. Ich zucke wieder mit den Schultern.

»Wie zum Teufel hast du ihn in den Käfig bekommen?«, fragt Peter. Ich mache mir gar nicht erst die Mühe zu antworten. Mit viel verdammter Mühe. Der gruselige Kerl ist wach und stöhnt. Bei Macs pünktlicher Ankunft öffne ich den Eisenkäfig und er hilft mir, die gruselige Brezel herauszuziehen. Meine Kriegerkollegen sind alle Fae und meiden den Eisenkäfig wie die Pest.

Grusel-Typ stöhnt erneut, also trete ich ihm gegen den Kopf. Mac stößt ein Glucksen aus und Madán gibt ein tadelndes Geräusch von sich.

»Was? Wir wollen doch nicht, dass er irgendwohin blinkt, und es sah so aus, als wollte er das«, sage ich ruhig, ohne mit der Wimper zu zucken. Wir nehmen ihm die Handschellen ab, ersetzen sie durch unsere eigenen und Mac legt ihm ein Plastikarmband an, das andere Magie ausschaltet. Kaum rastet es ein und legt sich um sein Handgelenk, wird die Magie aktiviert.

Wir alle beobachten, wie sich Grusel-Typs Gestalt verändert. Anstatt eines Trolls liegt jetzt ein Goblin auf dem Boden. Ha, interessant. Kein Wunder, dass es so einfach war, ihn zu überwältigen. Ich schaue Madán mit hochgezogenen Augenbrauen an, als wolle ich sagen: *Sind wir fertig?* Er nickt.

»Brauchst du medizinische Hilfe, Forrest?« Ich schüttle den Kopf. »Dann lass uns dich nach Hause bringen – du hast für heute Abend genug getan.« Madán streckt seine Hand aus und deutet mir an, zuerst die Treppe hinaufzugehen. Ich winke den Jungs mit einem Finger zum Abschied zu.

»Bekomme ich Ärger?«, frage ich, als wir draußen sind. Ich atme die kalte Winterluft ein und befreie meine Nase von den Schrecken des Kellers. Ich fange an zu zittern.

»Nein. Bitte klärt mich auf. Mir ist bewusst, dass alles, was heute Abend passiert ist, aufgezeichnet wurde, aber wenn du mir in deinen eigenen Worten erzählst, was passiert ist, werde ich deine Aussage in den Bericht aufnehmen.« Madán zieht seine Jacke aus und hält sie mir hin. Mit einem Lächeln und einem Dankeschön ziehe ich sie an. Sie ist noch warm von seinem Körper. Ich bin erleichtert, als ich höre, dass die magischen Kameras den ganzen Abend gefilmt haben und dass sie mit mir Schritt hielten, selbst, als ich weggeblinkt wurde.

Ich gähne, reibe mir mit der Hand über das Gesicht und erkläre im Detail, was passiert ist.

Als ich fertig bin, nickt Madán.

»Danke, ich werde dich persönlich nach Hause bringen. Ich werde einen der Krieger bitten, morgen früh dein Auto vorbeizubringen.« Er winkt mit der Hand über meinem Kopf, und mein Team-Link-Geplapper verschwindet. Ich seufze erleichtert und massiere meine Schläfe – das wird verhindern, dass ich starke Kopfschmerzen bekomme. Durch diese Handbewegung weiß ich auch, dass die Kameras aufgehört haben zu filmen.

Madán umfasst meinen Arm, und wir blinken zurück zu meinem Haus. Lucifer dreht durch – ich kann ihn im Haus bellen hören. Ich habe nur etwa sechs Stunden gearbeitet, aber es hat sich wie eine Ewigkeit angefühlt. Es war eine verdammt lange Woche, in der ich versucht habe, diesen miesen Scheißkerl zu fangen. Ich kann nicht glauben, dass wir es geschafft haben.

»Nimm dir den Rest der Woche frei, Forrest, du hast es dir verdient. Ich bin so froh, dass es dir gut geht und du unverletzt bist. Du hast mich heute stolz gemacht – hervorragende Arbeit.« Ich drehe mich um und umarme Madán impulsiv. Innerlich muss ich lachen, denn meine Zuneigung bereitet ihm immer Unbehagen. Zu meiner großen Überraschung umarmt er mich zurück. »Kümmere dich um deinen Monsterhund – er hört sich an, als würde er versuchen, sich durch die Tür zu fressen. Mac meldet sich, wenn deine nächste Schicht ansteht.« Ich nicke und er verschwindet, bevor ich noch etwas sagen kann. Ich habe seine Jacke noch an.

Ich muss über mein Tor springen, denn meine Sachen sind mit meinem Auto beim Hauptquartier. Ich schließe meine Tür mit meinem Ersatzschlüssel auf und Lucifer dreht durch, schnüffelt und fiept vor Aufregung, mich zu sehen. »Hey, Quietschebacke, hast du mich vermisst?« Offensichtlich nicht so sehr, denn Lucifer drängelt sich an mir vorbei und stößt mich fast von den Füßen, verrückter Hund. Er rennt nach draußen, wobei er den Garten genauestens absucht. Ich lasse ihn gewähren. Ich bin so hungrig, dass ich eine verkrustete Ratte essen könnte.

Zu meinem Glück wartet ein ganzer Schokoladenkuchen, mit meinem Namen drauf, auf mich. Ich springe und hüpfe in Richtung meiner Küche.

Komm zu mir, du leckere schokoladige Köstlichkeit, die in meinen Bauch will.

Kapitel Neununddreissig

ICH HASSE ES, eine Auszeit von der Arbeit zu nehmen. Es ist erst ein Tag vergangen und ich langweile mich schon zu Tode. Wenn ich Lucifer nicht hätte, würde ich in dem traurigen Versuch, mich zu beschäftigen, jede Minute arbeiten. Aber ich muss für meinen Hund zu Hause sein, auch wenn er keine Lust hat, Zeit mit mir zu verbringen. Lucifer ist zufrieden damit, Wache zu halten, die Straße zu beobachten und Vögel zu jagen, die es wagen, in seinem Garten zu landen.

Wir haben eine Unwetterwarnung wegen Stürmen und starkem Schneefall erhalten. Das Wetter ist grauenhaft, und die Öffentlichkeit wurde gewarnt, die Straßen zu meiden und zu Hause zu bleiben. Meine irischen Kollegen würden sagen, es ist ein Tag zum Rausschauen, nicht zum Reinschauen.

Kälte ist nicht mein Ding, und ich glaube, mein Gejammer über das kalte Wetter in der Vergangenheit hat meine Kollegen langsam in den Wahnsinn getrieben. Als Mac mein Auto abgestellt hat, meinte er zu mir, ich solle erst wieder zur Arbeit kommen, wenn die Temperatur gestiegen ist.

Ich wusste nicht, was ich davon halten sollte, aber ich habe es mit meiner üblichen Reife gemeistert, indem ich zum Abschied winkte und kichernd in mein Haus zurücklief. Ich hasse es, nicht bei der Arbeit zu sein, aber das kalte Wetter hasse ich noch mehr. Obwohl ich eine schnieke Solarheizung habe, finde ich nichts gemütlicher als ein Feuer im Kaminofen, also bleibe ich drinnen und lasse das Feuer brennen.

Während ich mich fürs Bett fertigmache, schneit es heftig und Blitze tanzen über den Nachthimmel. Verrückter Gewitterschnee – ich hatte keine Ahnung, dass er so etwas kann. Der Strom fällt aus. Ich schaue aus dem Fenster und erschaudere; ich versuche gar nicht erst, die Elektrik in Ordnung zu bringen, das kann bis zum Morgen warten.

Unerwartet höre ich draußen einen gewaltigen Knall und das ganze Cottage bebt, und etwas, das wie ein Glas in der Küche klingt, fällt auf den Boden und zerbricht. Das ist das Stichwort für Lucifer, um durchzudrehen. Ich renne zur Hintertür und lasse ihn raus, bevor er die Tür zerstört. Lucifer rennt bellend durch die Hintertür des Hauses.

Ich sollte lieber nach draußen gehen und nachsehen, was los ist. Ich schnappe mir schnell meinen dicken Mantel und hüpfe auf einem Fuß, während ich den anderen Fuß in meine Gummistiefel stecke. Kaum sind beide Füße in meine leuchtend orangefarbenen Hunters gehüllt, mache ich mich auf den Weg zu Lucifer und was ich sehe, bringt mich dazu, über den Zaun zu springen und wie eine Wahnsinnige über das Feld zu rennen.

Ein verdammter Drache hat auf meinem Feld eine Bruchlandung hingelegt!

Ein großer blutiger Drache! Ich renne, und eine tiefe Angst durchflutet mich. Das ist nicht möglich, das kann er nicht sein, das kann nicht sein. Als ich näher komme, beginnt sich der Drache zu wandeln.

»Aragon!«, schreie ich und werfe mich in die Furche, die durch seine Bruchlandung entstanden ist. Ich lande in dem tiefen Loch neben ihm.

Schneeflocken bedecken sein schönes Gesicht.

Ich wische den Schnee sanft weg, meine Hände zittern. Durch meine Berührung spüre ich, dass er friert. Ich versuche, nicht in Panik zu geraten, während ich darüber nachdenke, wie ich ihn sicher in die Wärme meines Hauses bringen kann.

Warum zum Teufel ist er so gigantisch, er ist viel größer, als ich ihn in Erinnerung hatte. Sein Herzschlag ist leicht beschleunigt, aber ich kann keine Wunden an seinem nackten Körper sehen. Er muss geheilt sein, als er sich zurückgewandelt hat. Ich ziehe meinen Mantel aus und decke ihn schnell zu – nicht, dass mein knöchellanger Mantel viel von ihm verdeckt, verdammter monströser Mistkerl.

Ich schicke meine Flammen so nah an ihn heran, wie ich mich traue, um ihn warm zu halten. Ich weiß, dass er feuerfest ist, aber mein Mantel ist es nicht.

Ich springe auf und klettere die Furche hinauf, wobei

ich darauf achte, dass der Schnee und die Erde nicht auf ihn fallen. Ich renne so schnell ich kann zu meinem Gartenhaus. Dort habe ich eine Plane, auf die ich Aragon rollen kann, um ihn ins Haus zu ziehen.

Es scheint mir ewig zu dauern. Es ist zu kalt und zu weit, um ihn zum Gartentor zu schleppen, also muss ich etwas von meinem Holzzaun eintreten, um ihn unter den Balken durchzuziehen. Es ist besser, ihn so schnell wie möglich ins Haus zu bringen.

Ich bekomme ihn ins Haus und irgendwie schaffe ich es, ihn einzuwickeln und ins Bett zu legen – ich bin so froh, dass ich stark bin. Erleichtert sacke ich an der Schlafzimmerwand zusammen.

Scheiße, er ist immer noch ohnmächtig.

Ich habe keine Ahnung, woher er kommt, warum er in meinem Feld gelandet ist und wer ihn verletzt hat. Ich hoffe inständig, dass er nicht vom Blitz getroffen wurde.

Ich schlurfe an der Wand entlang zur Tür. Ich muss den Raum verlassen und die Sachen holen, die Aragon braucht, wenn er aufwacht. Ich schüre das Feuer mit Magie und verstärke zur Sicherheit den Schutzwall um das Haus mit meinen Kriegermarkierungen.

Ich kann nicht glauben, dass er hier in meinem Haus ist – wow, das ist surreal. Ich reibe mir das Gesicht. Meine Hände zittern und mir ist schwindlig. Ich muss mich beschäftigen, damit ich nicht dasitze und den nackten Drachen in meinem Bett anstarre.

Oder noch schlimmer ... ich habe einen kleinen Aussetzer, bei dem meine Fantasie völlig durchdreht. Ich sehe mich selbst, wie ich mir heißes Seifenwasser und ein paar kleine Tücher schnappe und Aragons Körper vorsichtig wasche, während in meinem Kopf seltsame Bow-Chicka-Wow-Wow-Musik spielt.

Scheiße!

Ich gehe wieder nach draußen. Das Gewitter hat sich verzogen, obwohl es immer noch schneit. Ich überprüfe meine Solaranlage und schalte sie auf Batteriebetrieb um; das Licht im Haus geht wieder an. Ich stecke meinen Kopf in das Cottage, schalte die Außenbeleuchtung ein, hole meinen Hammer aus dem Schuppen und hämmere die Scheiße aus dem Zaun, während ich die Balken wieder befestige. Ich kann es ruhig jetzt machen, während ich noch am Ausflippen bin. Wenn ich es nicht tue, wird Lucifer einfach abhauen und sich verlaufen, und selbst in Wolfsgestalt will ich ihn nicht durch den Schnee verfolgen.

Es ist eiskalt und meine Hände sind blau, aber ich kann nicht zurück ins Haus gehen, denn in meinem Bett liegt ein verdammt attraktiver nackter Drache!

Lucifer sieht mir zu; der Schnee stört ihn nicht. Er rollt sich auf den Rücken und wälzt sich. Im Winter zieht er es vor, im kühleren Hauswirtschaftsraum zu schlafen. Meistens muss ich ihn nach drinnen schleppen, denn er ist viel lieber draußen und hält Wache.

Als ich keine Ausreden mehr habe, gehe ich zurück ins Haus. Ich entledige mich meiner Kleidungsschichten, schüre das Feuer und lege einen weiteren Scheit auf. Ich brauche das Holz nicht, aber ich liebe den Geruch. Meine Hände brennen von der Hitze. Ich stecke meine Nase in mein Schlafzimmer, aber Aragon ist immer noch nicht wach. Ich beschließe, dass er hungrig sein könnte, wenn er aufwacht, also mache ich mich daran, Hühnernudelsuppe zu kochen.

Als ich die Brühe fertig habe und nur noch die Nudeln in der Mikrowelle erhitzen muss, kommt mir ein Gedanke: Was ist, wenn Aragon Heilung braucht? O mein Gott, ich habe ihn gerade eine Stunde lang bewusstlos in meinem Bett liegen lassen und er könnte Hilfe brauchen! Ja, er ist übermächtig und wahrscheinlich der stärkste Wandler, den ich je getroffen habe, aber das heißt nicht, dass er meine Hilfe nicht brauchen könnte. Ich komme mir wie eine Vollidiotin vor.

Ich schleiche mich ins Schlafzimmer. Aragon ist immer noch bewusstlos, seine Atmung und sein Herzschlag sind gleichmäßig. Ich ziehe die Decke von seiner nackten Brust weg und beuge mich vor. Meine Kriegermarkierung leuchtet. Ich will gerade meine Fingerspitzen auf seine Brust legen, als Aragon sich plötzlich bewegt. In einem Moment lehne ich mich noch über ihn und im nächsten liege ich auf dem Rücken, mit ihm auf mir. Ich stoße einen schockierten Schrei aus. Eine riesige Hand ist ganz um meine Kehle gewickelt und die andere packt meinen Arm so fest, dass ich spüre, wie die Knochen gegeneinander reiben. Ich schreie vor Schmerz auf und Aragon blinzelt mich langsam an.

Seine schönen Augen weiten sich vor Entsetzen und er lässt mich los. Ich rolle unter ihm weg und falle auf den Boden. *Uff.* Nun, das war nicht ganz die Begrüßung, die ich mir in meinem Kopf vorgestellt hatte.

Mein Herz schmerzt ein wenig. Ich stehe auf und benutze die Wand, um mich zu orientieren. Ich nicke in Richtung der Klamotten, die ich auf dem Nachttisch liegen gelassen habe, und zeige auf das Badezimmer.

Dann verlasse ich schnell das Zimmer und gehe zurück

in die Küche. Ich stemme meine Hände auf die Arbeitsplatte und gebe mir die größte Mühe, nicht zu weinen. Ich weiß, dass der Drache sich erschrocken hat, als ich mich über ihn gebeugt habe, aber das war wahrscheinlich nur eine instinktive Reaktion. Er hat nicht absichtlich versucht, mich zu verletzen.

Ich reibe mir das Handgelenk und meine Lippen zittern.

Die Dusche im Bad geht an und keine zehn Minuten später kommt Aragon in die Küche, bekleidet mit der typischen Krieger-Rekruten-Jogginghose und dem T-Shirt, das ich in meinem Auto herumliegen hatte. Das ganze Outfit sieht so aus, als würde Aragon, wenn er einmal falsch einatmen würde, vor lauter Muskeln aufplatzen, als wäre er der Unglaubliche Hulk.

»Es tut mir leid, dass ich dir wehgetan habe, Forrest – ich wollte dich nicht mit Gewalt packen.« Anstatt sich zu setzen, schlendert Aragon auf mich zu und stellt sich vor mich.

Ich verstecke meinen schmerzenden Arm hinter meinem Rücken und zucke mit den Schultern. Ich kann mich schnell wandeln, um zu heilen, also ist das kein Problem.

Ich starre auf seine Brust und fühle mich unbehaglich. Was sagt man zu dem Mann, in den man immer noch verliebt ist und der gerade herausgefunden hat, dass man seinen eigenen Tod vorgetäuscht hat? Soll ich *Überraschung!* schreien und dabei mit Jazzhänden herumfuchteln?

Aragon legt seine Hand unter mein Kinn und hebt meinen Kopf an, damit ich ihm in die Augen sehen muss.

Mein Kopf hebt sich und seine besorgten, wunderschönen silbernen Augen treffen auf meine.

»Hallo, Nutty. Es tut mir leid, dass ich wieder in dein Leben gestürzt bin – das war nicht meine Absicht.« Gott, ist er schön. Mir wird ganz flau im Magen. Sanft greift er nach dem Arm, der hinter meinem Rücken versteckt ist, und inspiziert ihn. Er schockiert mich gewaltig, als er meinen Arm zu seinem Mund führt und sanft mein Handgelenk küsst, was wohl nur eine Entschuldigung sein kann. Ich erschaudere.

»Geht es dir gut?«, quieke ich heraus.

Wenn das ein Traum ist, will ich auf keinen Fall aufwachen. Ich kann meinen Blick nicht von ihm abwenden. Ich nehme ihn gierig in mich auf.

Ich dachte, meine Erinnerung an ihn sei so detailliert, dass ich alles über ihn weiß, von der genauen Farbe seines silbernen Haars und der Haut bis hin zum Farbton seiner schönen Augen. Der Aragon vor mir ... meine Erinnerungen wurden ihm nicht gerecht. Es ist, als hätte ich ihn in Schwarz-Weiß in Erinnerung, und jetzt steht er in Full-HD-Farbe vor mir.

Aragons gemeißeltes Gesicht ist ein Meisterwerk an maskuliner Schönheit. Mein Blick fällt auf seine vollen Lippen, von denen die untere etwas voller ist als die obere. Ich starre ihn ehrfürchtig an, und schockierenderweise sieht er mich genauso an. Als ob ich das Schönste wäre, was er je gesehen hat. Er muss sich den Kopf gestoßen haben.

»Es geht mir gut ... Ich habe den Sturm falsch eingeschätzt.«

Meine Augen weiten sich und ich frage ungläubig: »Du wurdest vom Blitz getroffen?«

»Ich wurde vom Blitz getroffen.«

Ich kichere. Aragon lächelt und reibt sich reumütig über den Nasenrücken, wobei er das T-Shirt bis an seine Grenzen strapaziert. Ich schlucke. Jede Erhebung und jede Wölbung auf seiner Brust ist deutlich zu sehen.

»Hast du Hunger?«, frage ich und lecke mir über die Lippen.

»Ich könnt was essen.«

Ich nicke und wende mich enttäuscht von ihm ab. Das ist auch gut so, denn ich habe den fast unkontrollierbaren Drang, ihn abzulecken und dann lauthals zu schreien: *Ich habe es abgeleckt, also gehört er mir!*

Aragon sitzt an der Kochinsel und beobachtet mich, während ich die Nudeln in die Mikrowelle werfe. Seine Anwesenheit und seine beachtliche Größe nehmen die ganze Küche ein. Ich sauge seinen rauchigen Duft ein und fühle mich zum ersten Mal seit Jahren wieder sicher.

Ich schütte die Nudeln in die Schüssel, gieße die Hühnerbrühe hinein und jage noch etwas Hühnerfleisch, das sich am Boden der Pfanne versteckt, um es in seine Schüssel zu werfen. Selbstgefällig und mit einem *Guck-was-ich-gemacht-habe*-Blick auf dem Gesicht stelle ich ihm die Schüssel vor die Nase.

Ich habe noch nie für eine andere Person gekocht, also ist es schön, damit anzugeben. *Sieh mal einer an, ich kann kochen, ich benehme mich wie eine Erwachsene.*

Aragon mustert seine Schüssel mit einem Lächeln; oben schwimmt ein Hühnerknochen. Ich weiß, dass die Nudeln ein wenig zusammenkleben und die Brühe ein wenig salzig ist, aber es ist das perfekte Wohlfühlessen. Die rosafarbenen Hühnerstücke sind köstlich, und die schwarzen Stücke machen es knusprig. Er sieht zu mir auf, seine Augen funkeln, und ich schenke ihm ein aufmunterndes Lächeln. Er hustet in seine Faust und nimmt seinen Löffel in die Hand.

Nachdem wir zu Ende gegessen haben, stellt sich heraus, dass Aragon doch nicht so hungrig war. Meine Neugierde steigt ins Unermessliche. »Wie bist du denn hier gelandet?«, frage ich.

»Forrest.« Aragon tippt auf den Tresen. Seufzend senkt er den Kopf und blickt durch seine Wimpern zu mir auf. »Da das Schicksal mir keine Wahl gelassen hat, werde ich dich nicht anlügen.« Sein Tonfall wird leiser und seine Augen werden flehend: »Ich habe die ganze Zeit gewusst, wo du warst. Ich habe dich in der Nacht aufgespürt, als du gegangen bist, aber ich kam zu spät, um dich von deinem Plan abzubringen«, sagt er fast flüsternd. »Ich hätte mich dir nie in den Weg gestellt. Deine Freundin Ava? Sie hatte vor, dich nach Amerika zu schicken. Aber ich habe ihre Meinung geändert. Das hier ist einer meiner sicheren Unterschlüpfe.« Er tippt wieder auf die Arbeitsplatte.

Ha, Aragon ist also auch niemand, der *Überraschung* schreit oder Jazzhände macht.

Kapitel Vierzig

Ich blinzle ihn an, denke ein paar Sekunden nach und nicke dann. »Okay.«

»Was?«, fragt Aragon mit angespannter Stimme. »Das war's? *Okay?* Du bist nicht wütend?« Er mustert mich.

Ich zucke mit den Schultern. »Wie kann ich wütend sein, wenn du mir geholfen hast? Ich bin weggelaufen, habe meinen Tod vorgetäuscht ... aber du hast mich gehen lassen und mir weiterhin geholfen. Ich sollte mich auch bedanken.«

»Ich habe dich ein paar Mal besucht ...«

»Pro Monat?« Ich unterbreche ihn freudig und hüpfe auf meinem Platz. Aragon schüttelt den Kopf und lächelt vergnügt vor sich hin.

»Nein, pro Tag«, sagt er und reibt sich den Nasenrücken. Er besucht mich ein paar Mal am Tag? Wow! Ich kann nicht glauben, dass ich mir eingeredet habe, es wäre ihm egal, wenn ich aus seinem Leben verschwinde. Der hinterhältige Drache hat mich beobachtet.

Ich stoße einen erstickten Husten aus und murmle leise: »Stalker.«

»Auf jeden Fall.« Er prustet ein Lachen heraus.

»Hast du Madán gebeten, mir meinen Job zu geben?« Ich greife nach ihm und drücke seinen Unterarm, weil ich Angst vor der Antwort habe. Ich mag meinen Job und er ist wichtig für mich. Ich möchte die Welt zu einem besseren Ort machen. Ich weiß, das klingt so verdammt idealistisch und naiv, aber ganz ehrlich, ich bin stolz darauf, eine Kriegerin zu sein. Wenn ich einem Kind eine Kindheit wie die meine ersparen kann, wenn ich die Bösewichte zur Strecke bringen kann ... dann ist das vielleicht nicht die Rettung der Welt, aber jeder Mensch, dem ich helfe, ist ein Leben mehr, das sicherer auf der Welt ist. Aragon dreht seinen Arm um und ergreift meine Hand.

»Forrest, nein, du hast deinen Job aufgrund deiner eigenen Verdienste bekommen. Madán ist sehr beeindruckt von dir. Ich hätte mir ganz sicher nicht so einen gefährlichen Beruf für dich ausgesucht.« Er grunzt. »In den letzten Jahren hatte ich die Ehre, dich nicht nur wachsen zu sehen, sondern auch zu erleben, wie stark, mitfühlend«, er grunzt wieder, »und brutal du sein kannst.« Er schüttelt den Kopf. Ein stolzes Lächeln blitzt auf seinen vollen Lippen auf.

Dieses Lächeln lässt mein Inneres weich werden.

Irgendetwas macht in meinem Kopf klick, und ich weiß es, bevor ich die Frage überhaupt gestellt habe.

»Madán hat dir Zugang zu den Aufzeichnungen der magischen Kameras gegeben.«

Aragon nickt.

Er reibt sich das Kinn, eine Vorbereitung darauf, mir noch etwas zu sagen.

»Eine letzte Sache muss ich noch beichten. Du warst allein, konntest dich nicht wandeln und hast viel geschlafen. Ich war besorgt«, ich verenge meine Augen, »also habe ich die beste Wachhundrasse gefunden und dafür gesorgt, dass du ihn findest.« Wachhund ... Lucifer? Aragon hat mir meinen Hund gekauft! Lucifer gehört mir, und zwar für immer!

Ich breche in Tränen aus, lauter peinliche Schluchzer. Ich kann nicht anders – ich liebe meinen Hund so sehr. Ich ignoriere Aragons erschrockenes Gesicht, als ich mich von meinem Hocker stürze und mich in seine Arme werfe. Ich ziehe Aragon zu mir herunter. Ich küsse meinen erstaunlichen, unglaublichen, fürsorglichen Drachen über sein ganzes hübsches Gesicht.

Er hat mir meinen Hund geschenkt, weil er wollte, dass ich einen Freund habe und mich um etwas kümmern kann.

»Danke, ich danke dir so sehr. Ich liebe ihn. Ich bin so glücklich, dass er mir gehört und niemand ihn mir wegnehmen wird.« Das war es, was ich zu sagen versuchte – es kam ein bisschen genuschelt heraus, wegen all des Rotzes und der Tränen. Aragon nickt ... Ich glaube, er hat es verstanden. Er nimmt meinen Kopf sanft in seine großen Hände und wischt mir mit dem Daumen die Tränen von den Wangen.

»Sehr gern geschehen«, sagt Aragon rau. Er hustet,

um sich zu räuspern. »Es gibt keinen anderen Menschen wie dich, Forrest Hesketh. Du bist so einzigartig. Ich möchte, dass du weißt, dass ich nie aus Pflichtgefühl gehandelt habe, wenn es um dich ging. Es war immer etwas Persönliches. An diesem ersten Tag in meinem Büro hast du meine Welt erhellt, als wäre alles vor dir nur Dunkelheit gewesen. Du hast mich gelehrt, was Einsamkeit bedeutet, denn wenn ich dich nicht sehe, fühle ich mich allein, und dich zu vermissen ist wie physischer Schmerz.« Er reibt sich mit der anderen Hand über das Herz auf der Brust. »Dich zu verlieren, weil ich eine Situation falsch eingeschätzt habe, war der schlimmste Moment in meinem Leben. Zu wissen, dass ich dich gehen lassen musste und nicht wusste, ob du zu mir zurückkommen würdest ...« Aragon schließt die Augen und lehnt sich vor. Seine Stirn streift meine. »Ich hätte mit dir reden sollen. Dir von meinen Plänen erzählen sollen. Ich habe dich wegen meiner Arroganz verloren. Du warst verletzt ...« Aragon knurrt und streichelt immer noch meine Wange. »Verzeihst du mir?«, bittet er.

»Okay«, flüstere ich schockiert.

Seine schönen Augen treffen auf meine.

»Du bist die Einzige für mich, Forrest. Ich habe ein Leben lang gewartet, damit wir uns treffen können.« Ich blinzle ihn an. Der Blitz hat ihn ganz schön durcheinandergebracht. »Ich verstehe, dass das für dich aus heiterem Himmel kommt. Ich weiß, dass du Zeit brauchst, um zu verarbeiten ...«

Scheiß drauf! Ich wische eklig mit dem Ärmel meine Nase sauber und küsse dann seinen schönen Mund, um ihn zum Schweigen zu bringen, bevor er sich aus dem, was auch immer hier gerade passiert, herausredet. O mein Gott, Aragon mag mich!

»Ich liebe dich, du verrückter Drache«, murmle ich. Ich entferne mich und schaue zu ihm hoch, um sicherzugehen, dass ich keinen dummen Fehler gemacht habe.

Aragon rennt nicht schreiend weg. Stattdessen steht er auf und seine Arme umschließen mich. Er hebt mich auf den Tresen. Ich atme scharf ein und mein Herz klopft in meinen Ohren. Schmetterlinge explodieren in meinem Bauch, als er sich zwischen meine Beine stellt und mich an sich zieht.

Er knurrt. Als Reaktion darauf beiße ich mir auf die Lippe. Eine von Aragons großen Händen umfasst meine Taille. Die andere wandert in meinen Nacken.

Aragon beugt sich vor, wickelt sich um mich und presst meinen Körper gegen seine muskulöse, harte Brust. O mein Gott! Mein Herz macht einen Sprung, setzt einen Schlag aus, und in meinem Bauch tanzen noch mehr Schmetterlinge. Wir sind so nah beieinander, dass sein Gesicht verschwimmt. Ich schließe meine Augen. Ich kann seinen Atem auf meinen Lippen spüren. Ich lecke mir über die Lippen und versuche, jede noch so kleine Spur seines Geschmacks, die noch auf ihnen liegen könnte, zu erwischen. Als ich das tue, trifft meine Zunge auf seinen Mund. Ich summe zufrieden. Aragon schließt den winzigen Spalt zwischen uns und küsst mich, seine vollen Lippen sind überraschend weich.

Zuerst ist der Kuss sanft, dann wird er mit schnellen Zügen intensiver, härter und inniger. Ich keuche. Aragons Zunge gleitet in meinen Mund, als hätte sie auf eine Einladung gewartet, und verschmilzt mit meiner.

Ich klammere mich an seine Unterarme, die einzigen Dinge, die mich in meiner schwindelerregenden, schwankenden Welt aufrecht halten. Die Bartstoppeln in seinem Gesicht reiben an meiner Haut, aber das ist mir egal. Ich stöhne in seinen Mund. Er zieht seine Lippen leicht zurück und flüstert: »Atme, Forrest ...« Ich stoße einen zittrigen Atemzug aus und merke erst jetzt, dass ich vergessen habe zu atmen. Sauerstoff ist völlig überbewertet. Wie kann man küssen und gleichzeitig atmen?

Ich inhaliere seinen rauchigen Drachenduft. Ich möchte ihn einatmen, ihn ablecken und verschlingen.

Ich habe einen Vorgeschmack bekommen und mir ist klar, dass das nie genug sein wird.

Aragon küsst sanft meine nach Luft schnappenden Lippen und zieht sich etwas zurück.

Langsam öffne ich meine Augen und blinzle zu ihm hoch; meine Lippen kribbeln auf die beste Art und Weise. Ich schenke ihm ein strahlendes Lächeln und sage grinsend: »Das war mein erster Kuss, und ich bin wirklich froh, dass er mit dir war.« Ich beiße mir auf die Lippe und hüpfe vor Erregung. »Können wir das bitte wiederholen? Ich werde besser werden, wenn wir üben.« Ich höre auf zu hüpfen und schaue ihm in die glasigen Augen. »Wirst du es mir beibringen, Aragon?«

Aragon stöhnt. Scheiße, das ist ein unglaubliches Geräusch.

Ich starre auf meine Knie und werde ein bisschen schüchtern – ich bin siebenundzwanzig, um Himmels willen. Ich musste die ganze Sache langsam mal angehen.

»Üben?« Aragons Stimme ist tief und rauchig, »Ich würde nichts lieber tun, als *alles* mit dir zu üben.«

Juhu. Ich nicke. Ich verzichte darauf, ihm einen Fist Bump zu geben.

Ich schenke ihm ein strahlendes Lächeln, ergreife seine Hand, springe von der Arbeitsplatte und versuche, ihn ins Schlafzimmer zu zerren.

Soll ich mich einfach ausziehen?

Oder ist es besser, wenn Aragon mich auszieht?

Ich mache mir ein wenig Sorgen. Hoffentlich weiß Aragon, was er tut. Ich ziehe, aber Aragon bewegt sich nicht, stattdessen zieht er mich wieder in seine Arme.

»Aber wir werden es langsam angehen lassen, Nutty. Das reicht also für heute Abend.«

Was! Was? Neeeeein. Nach dieser Rede, diesem epischen Kuss – was? Tja, das ist enttäuschend. Ich schnaufe und stampfe sogar mit dem Fuß auf.

»Spielverderber«, murmle ich vor mich hin. Wir gehen ins Wohnzimmer und ich werfe mich auf das Sofa.

Ich schmolle nicht.

Was hat Aragon nur an sich, dass er meine Unreife zum Vorschein bringt?

Aragon schüttelt den Kopf über mich und seine Augen tanzen. Er setzt sich elegant neben mich, als hätte er einen Anzug an und nicht die geliehene Jogginghose und das T-Shirt. Er nimmt meine Hand und spielt mit meinem kleinen Finger.

»Darf ich über Nacht bleiben? Zum Schlafen? Ich würde mich unwohl fühlen, wenn ich dich bei dem Sturm verlasse.«

Ich grinse ihn an und nicke wie verrückt. Will ich, dass der hübsche Drache, den ich gerade geküsst habe, über Nacht bleibt? Will ich mit seinen Armen um mich herum aufwachen und seinen Geruch in der Nase haben? Ich bin doch nicht blöd – auf keinen Fall werde ich Nein sagen, verdammte Scheiße.

Mit einem Quietschen springe ich auf und renne in mein Schlafzimmer, um mich fürs Bett fertigzumachen.

Kapitel Einundvierzig

Das war der beste Schlaf, den ich seit Jahren hatte. Es ist unglaublich, wie sehr ich ihn vermisst habe, und da er wieder in mein Leben gekracht ist, fühle ich mich so dankbar. Ich habe mindestens eine Woche frei und kann sie damit verbringen, Aragon wieder kennenzulernen.

Ich muss unbedingt daran arbeiten, das Küssen und so was zu üben, um mein Portfolio des Erwachsenwerdens zu erweitern. Ich habe zugegeben, dass ich in ihn verliebt bin. Er hat es nicht erwidert, aber das ist okay. Ich werde Aragon dazu bringen, mich zu lieben.

»Worüber denkst du so angestrengt nach?«, fragt Aragon unter mir. Ich liege auf ihm, ganz gemütlich in seinen Armen, wieder das kleine Puzzleteil, das so perfekt zu ihm passt. Ich spüre, wie seine Worte durch seine Brust dröhnen. Ich sollte mir keine Sorgen machen; Aragon ist hier mit mir in meinem Bett und zum ersten Mal seit langer Zeit fühle ich mich sicher und vollständig. Er schmiegt sich an mich und küsst mich auf die Stirn.

»Nichts«, murmle ich.

»Lügnerin«, sagt Aragon ruppig, »ich kann spüren, wie dein Gehirn verrückt spielt. Was bereitet dir Sorgen?«, flüstert er mir ins Ohr. Aragon reibt mir sanft den Nacken – scheinbar völlig unbeeindruckt von der furchtbaren Bisswunde. Ich neige meinen Kopf und sehe ihn an. Er streicht mir die Haare aus dem Gesicht.

»Hast du ... Bist du ... Aragon, liebst du mich?«

Aragons ganzes Gesicht wird weicher, als er mir in die Augen schaut, und ich sehe die Wahrheit in ihnen leuchten.

»Ich liebe dich mehr als alles andere auf dieser Welt. Du bist mein größter Schatz. Ich werde den Rest meines Lebens mit dir verbringen, wenn du mir die Ehre erweist. Und wenn wir nicht mehr auf dieser Erde sind, werde ich meine neue Existenz damit verbringen, nach dir zu suchen. Du bist die andere Hälfte meiner Seele, und ich bin nur vollständig, wenn du in meinen Armen liegst.«

Meine Augen weiten sich vor Schreck. Ich atme tief ein und blinzle ihn an. Er hat mir gesagt, was er wirklich empfindet. Wow! Puh, da fühle ich mich gleich besser.

Im Vergleich zu Aragons Worten kommt mir mein schnoddriges »Ich liebe dich« ziemlich beschissen vor.

»Oh, ähm, okay, danke ...«, flüstere ich.

»In meinem Büro war ich völlig überwältigt von dir. Du warst so liebenswert, mit deinem Kleid und den Mätzchen mit dem Wasserglas.« Aragon schnaubt und nimmt die fragliche abtrünnige Hand und küsst sie. »Als ich den

Bericht über dein Leben gelesen habe und wusste, was du durchmachen musstest ... war das erschütternd. Ich war am Boden zerstört. Ich wollte alles für dich leichter machen. Ich lebe schon sehr lange, und du hattest noch keine Chance zu leben.«

Aragon setzt sich auf, legt seine Hände auf meine Hüften, hebt mich hoch und dreht mich zu sich um. Meine Beine fallen zu beiden Seiten von ihm herunter – er ist so breit, dass sie das Bett nicht berühren. Er streicht mir die Haare hinters Ohr, fasst mir an den Hinterkopf und sieht mir in die Augen.

Seine Augen sind voller Überzeugung.

Ich beiße mir auf die Lippe, um ein Stöhnen zu unterdrücken. *Oh, das ist schön.* Wärme sammelt sich tief in meinem Bauch.

»Als du mit dreiundzwanzig Jahren einen Teilwandel vollziehen konntest und deine Feuermagie eingesetzt hast, war ich so verdammt stolz auf dich. Aber es hat mich auch zu Tode erschreckt. Wie zum Teufel sollte ich dich beschützen? Du hattest es schon mit so vielen Männern, die dich kontrollieren wollten, zu tun. Du hattest dich gerade erst in einen Menschen gewandelt, da wäre es unangebracht gewesen. Ich konnte mich nicht auch noch dazwischen drängen.« Er legt meine Hand auf seine Brust und zeichnet meine Kriegermarkierungen nach. »Du wärst sofort weggelaufen. Also dachte ich, wenn ich dein Vormund sein könnte, könnte ich dich offiziell beschützen, und du könntest mich kennenlernen und lernen mir zu vertrauen. Worauf wir dann aufbauen könnten. Ich wollte dir geben, was du zu diesem Zeitpunkt gebraucht hast, und das war ganz sicher kein dummer Drache.«

Ich beuge mich vor und küsse seine Brust. »Du bist kein dummer Drache. Du bist vielleicht alt, uralt sogar. Ich liebe dich trotzdem dafür, dass du du bist. Es geht mehr um die Seele als um den Körper, der sie beherbergt, und meine Seele ist auch alt.«

Aragon bewegt sich schnell und wirft mich auf den Rücken. Ich stoße einen Schrei der Überraschung aus. Er stützt seine Unterarme auf beide Seiten meines Kopfes und hält sein Gewicht über mich.

»Wen nennst du hier *uralt*?« Aragon beugt sich hinunter und streicht mit seiner Nase über mein Kinn, wobei er seinen Atem sanft über meine Haut streichelt und ich eine Gänsehaut bekomme. Ich wackle weg, und er folgt mir und pustet mir sanft ins Ohr. Ich stoße ein halbes Kichern und ein halbes Stöhnen aus.

»Jetzt hör auf, dir Sorgen zu machen, ich habe über vier Jahre ohne dich verbracht. Ich werde dich niemals gehen lassen.« Aragon küsst meine Nase. Ich strahle ihn an und er stöhnt tief in seiner Kehle. Seine Brust rumpelt über mir und vibriert fast wie ein Schnurren. »Hast du Lust, zu üben?«, summt Aragon mich an. Ich kichere und drücke meine Lippen als Antwort auf seine.

»Ich muss mich um ein paar Dinge kümmern und bin vielleicht erst morgen früh wieder da. Bitte halte dich von Ärger fern, bis ich zurück bin.« Aragon küsst sanft meine geschwollenen Lippen.

Lucifer grummelt ihn an. Mein Hund ist nicht beeindruckt von dem neuen Mann in meinem Leben. Er ist schon den ganzen Tag mürrisch und tut nicht, was man ihm sagt.

»Kein Problem.«

»Ich komme mit einem Auto zurück.« Ich lache und stelle mir Aragon vor, wie er sich mit den Knien am Kinn in meinen winzigen blauen Citroën quetscht. Ehrlich gesagt ist das Auto gar nicht so klein, Aragon ist nur verdammt groß.

Er fängt an, sein Oberteil auszuziehen … O mein Gott!

Mir wird klar, dass er sich umziehen wird und ich eine Show bekomme. Das T-Shirt hebt sich langsam und ein Achterpack kommt zum Vorschein … Ich weiß, dass gewöhnliche Wandler das die ganze Zeit machen. Aber wie ich bereits festgestellt habe, bin ich nicht gewöhnlich, und ich habe noch nie einen Mann beim Ausziehen gesehen.

»Fuck, ernsthaft. Du siehst aus, als wärst du gephotoshoppt.« bow-chicka-wow-wow-verdächtige Musik spielt in meinem Kopf, während ich seinen schönen Körper betrachte. Der Mann ist so perfekt, dass er nicht mal real aussieht. Ich unterdrücke den Drang, ihn zu piksen. Aragon hakt seine Daumen in den Bund der Jogginghose ein und enthüllt langsam seine untere Hälfte. Ich verschlucke mich fast an meiner eigenen Zunge. Ich schnappe nach Luft, blinzle und starre auf seine Zehen.

Er hat ausgezeichnete Füße.

Okay, okay! Ich erhasche keinen guten Blick auf seinen Penis.

Ich vermeide das absichtlich; Penisse machen mir Angst. Ich habe noch nie live einen gesehen, in natura. Und der Penis von Aragon? Schluck. Man muss kein Genie sein, um zu wissen, dass sein Monsterpenis proportional zum Rest von ihm sein wird ... O mein Gott, ich drehe gleich durch!

Ich glaube, ich brauche eine Papiertüte.

»Feigling«, sagt Aragon mit einem tiefen, kehligen Lachen, während er sich an mir vorbeischleicht. Ich bekomme einen schönen Blick auf seinen Hintern.

Ich folge ihm und versuche, meine Zunge in meinem Mund zu behalten. Ich habe das dringende Bedürfnis, mich auf ihn zu stürzen und in seinen Hintern zu beißen.

Als wir draußen sind, nimmt Aragon sanft mein Kinn zwischen Daumen und Zeigefinger und gibt mir einen sanften Kuss mit seinen knautschigen Lippen.

»Ich liebe dich. Es wird nicht lange dauern.« Dann klettert er über meinen Zaun auf das Feld, auf dem er letzte Nacht eine Bruchlandung hingelegt hat, und wandelt sich.

Sein Drache ist unglaublich.

Er muss das schönste Geschöpf sein, das ich je gesehen habe. Genau wie Aragon in seiner menschlichen Gestalt ist auch Aragons Drache silbern. Er ist viel größer als unser Haus; er ist atemberaubend.

Aragons eleganter Kopf ist lang und flach mit einer abgerundeten Nase, und mehrere beeindruckende, scharfe Silberzähne ragen seitlich aus seinem Maul heraus. Ich kann mein schwaches Spiegelbild in jedem einzelnen von ihnen sehen. Er hat vier Hörner, zwei an der Vorderseite seines Kopfes und zwei an der Rückseite, die nach hinten zeigen. Sein schlanker Hals geht in einen festen, muskulösen Körper über, der mit silbernen Schuppen bedeckt ist, von denen das Licht aufgefangen und reflektiert wird. Es ist eine perfekte Camouflage; man würde ihn nie am

Himmel sehen, wenn man nicht wüsste, wo man suchen muss. Die Haut unter ihm ist etwas dunkler. Er hat vier kräftige Gliedmaßen, die es ihm ermöglichen, stämmig und furchterregend zu stehen. Jedes Bein hat fünf Zehen, die jeweils in einer spitzen, gebogenen silbernen Klaue enden.

Aragons riesige Flügel gehen von seinen Schultern aus und er hält sie hinter sich und leicht abgewandt. Die Flügel sind fledermausähnlich. Die Membran der Haut ist dick, und ich kann die flexible Knochenstruktur durch den Flügel hindurch sehen. An der Spitze jedes Flügels befindet sich eine gebogene silberne Klaue. Sein Schwanz ist, soweit ich sehen kann, kräftig, muskulös und mit denselben silbernen Schuppen bedeckt. An seiner Spitze befindet sich etwas, das wie eine silberne Klinge aussieht.

Aragon beobachtet mich, während ich ihn mustere, und ich stelle begeistert fest, dass er seine unterschiedlichen Körperteile für meine Inspektion zur Schau gestellt hat. Ich kann das leichte Beben des Bodens spüren, wenn er sich bewegt. Ich bemerke, dass ich komplett über den Zaun gelehnt bin. Ich strecke meine Hand mit der Handfläche nach oben aus, um ihn zu streicheln. Sein großer Kopf neigt sich und er lässt mich langsam – mit Rücksicht auf den Zaun – mit meiner Hand über seine Nase streichen. Wow, sein Kopf ist so groß wie mein Auto.

Aragons Schuppen sind weich wie Seide. Aus irgendeinem Grund hatte ich mir vorgestellt, dass er sich hart anfühlt, als wäre er gepanzert, oder aus Metall.

»Du bist so schön«, flüstere ich, und die Ehrfurcht ist deutlich in meinem Tonfall zu hören. Er stößt einen Atemzug aus, der meine Haare nach hinten bläst. Ich kann mir ein Kichern nicht verkneifen. Ich beuge mich vor und küsse seine weiche Nase.

»Flieg sicher, Aragon, und wir sehen uns bald wieder. Fahr auch auf dem Rückweg vorsichtig; die Straßen werden vereist sein. Oh, und sag mir Bescheid, wenn du bei dir zu Hause ankommst, damit ich weiß, dass du in Sicherheit bist.« Aragon stößt einen weiteren Atemzug aus und ich glaube, wenn er könnte, würde er mit den Augen rollen. Aber stattdessen weicht er zurück und nickt mir zu.

Aragon bewegt sich in eine sichere Entfernung und springt dann mit einer solchen Agilität aus dem Stand in die Luft, als ob er nichts wiegen würde. Er bewegt sich mit einer solchen Anmut. Ich beobachte ihn, bis ich ihn nicht mehr sehen kann.

Ich schüttle den Kopf; es ist unfassbar, dass ich einem anderen Menschen sage, dass ich ihn liebe und ihn bitte, vorsichtig zu sein. Es hört sich albern an, wenn ich zu einem riesigen Drachen sage »Bitte sei vorsichtig«. Aber Aragon gehört mir.

Er liebt mich; niemand zuvor hat sich entschieden, mich zu lieben. Ich habe beschlossen, dass es für mich kein Zurück mehr gibt.

Diese beängstigenden Gefühle, die ich habe … ich werde sie in vollen Zügen auskosten.

Der Wind frischt auf und ich torkle murrend und frierend zurück ins Haus. Aragons nackter Hintern hat mich vergessen lassen, einen Mantel anzuziehen.

Kapitel Zweiundvierzig

»FORREST, wach auf!« Ich spüre das Flüstern der Lippen meiner Mum auf meiner Wange. Ich stöhne. Meine Augen sind vom Schlaf beschwert.

»Mum, was ist los?«, krächze ich.

Das Bewusstsein schleicht sich in mich ein. Ich bin allein in meinem Zimmer, es ist mitten in der Nacht, und mein Telefon klingelt.

Wow, das war unheimlich.

Ich erinnere mich an einen anderen Moment in der Vergangenheit, als mich meine Mum mitten in der Nacht auf ähnliche Weise geweckt hat. Dieser Moment hat mein Leben für immer verändert. Ich habe dadurch mein Rudel und meine Kindheit verloren.

Ich rolle mich auf die Seite und klatsche auf den Nachttisch, um das Handy zu suchen. Nach ein paar

Sekunden des Fummelns stoßen meine Fingerspitzen auf das Telefon und ich greife nach dem verdammten Ding. Ich verziehe beim Anblick des hellen Bildschirms das Gesicht – das Handy tut sein Bestes, um meine Augäpfel zu versengen. Ich schließe ein Auge und blinzle mit dem anderen. Der verschwommene Name wird langsam sichtbar. *Hm, Ava.* Irgendetwas muss nicht stimmen, wenn sie so spät anruft. Ich reibe mir die Augen und gehe ran.

»Hi Ava«, sage ich neugierig und versuche, nicht zu gähnen.

»Hi, Forrest. Kannst du reden?«

»Ja, was brauchst du?«

»Ich wollte dich nicht anrufen, aber leider habe ich keine andere Wahl. Der Fall mit dem Serienmörder und den Mädchen wurde von den internationalen Nachrichten aufgegriffen. Leider wird er morgen früh in allen britischen Medien zu sehen sein. Sie haben deinen Namen genannt, Forrest, und jetzt wissen die Wandler, dass du noch lebst.« Ava seufzt ins Telefon. Ich stöhne auf. Mein Herz setzt einen Schlag aus und mein Bauch krampft sich vor Sorge zusammen. *Ach, verfluchter Mist.* »Es tut mir so leid, dass ich die schlechte Nachricht überbringen muss. Daniel weiß, dass du lebst, und er ist auf dem Kriegspfad.«

Ahh, Scheiße. Jetzt bin ich richtig wach. Meine Nerven flattern, und das überschüssige Adrenalin schwappt durch meinen Körper und lässt mich zittern. Jeden Moment werde ich ausflippen und das Telefon fallen lassen, also schalte ich das Handy auf Lautsprecher. Okay, das hört sich nicht gut an.

Was ist nur los mit mir und meinem Talent, das Schicksal herauszufordern? Das Schicksal, die wankelmütige Schlampe, mischt schon wieder kräftig mit. Ich weiß, ich habe gesagt, dass ich mich mit Daniel auseinandersetzen will, als ich in diesem verdammten Keller war, aber komm schon, ich wollte, dass es ausnahmsweise nach meinen Bedingungen läuft, nicht nach seinen. Dieser verdammte Spinner wird mich nie in Ruhe lassen.

»Forrest, Daniels Finanzen haben sich wie verrückt verändert.« Ava fährt fort: »In den letzten vierundzwanzig Stunden hat er Söldner angeheuert und auch gut bezahlt. Ich wollte dich nur wissen lassen, dass Daniel kommt und dich finden wird, Forrest. Er wird dich schnell finden.«

»Ava, wie viel Zeit habe ich?«

»Stunden ... wenn du Glück hast. Die Informationen zeigen, dass Daniel mindestens dreißig Männer hat. Darunter sind mindestens ein Dutzend gut ausgebildete Söldner-Wandler, der Rest sind bezahlte Schlägertypen. Ich werde dir alles schicken, was ich über sie habe und dich auf dem Laufenden halten. Ich kann sie überall aufspüren, wo es Technik gibt.« *Stunden.* Ich erschaudere.

»Vielen Dank, Ava«, sage ich. »Es tut mir leid, dass ich es nicht geschafft habe, unterzutauchen.«

»Mir tut es leid, dass ich dir nicht genug Zeit gegeben habe, dich vorzubereiten. Es sind vier Jahre vergangen, und ich muss so viele Menschen überwachen und beschützen ...«

»Nein, bitte nicht. Ava, ich bin diejenige, die es versaut hat – das ganze verdammte Chaos ist meine Schuld. Ich hätte besser darauf aufpassen sollen, mich bedeckt zu halten.« Ich reibe mir frustriert das Gesicht. »Ich hätte nicht gedacht, dass mein Name in den Medien international bekannt werden würde. Einsicht ist eine tolle Sache.

Ich fühle mich wie ein Volltrottel ... Ich habe den Mädchen meinen Namen gesagt wie eine Idiotin, eine waschechte Idiotin.«

»Würdest du mich bitte auf dem Laufenden halten?«, frage ich mit rauer Stimme.

»Kein Problem. Viel Glück! Sag mir Bescheid, wenn du was brauchst.«

»Danke. Tschüss.« Ich setze mich auf die Bettkante und lege meinen Kopf zwischen meine Knie. Nach ein paar Minuten rufe ich Aragon an.

»Nutty, ist alles in Ordnung?« Seine tiefe, schokoladige Stimme rumpelt.

»Ava hat angerufen. Aragon, ich hab' Mist gebaut ...« Ich erkläre ihm, was passiert ist.

»Du hast rund um das Haus eine Alarmanlage und einen starken Schutzwall eingerichtet. Wir werden wissen, wenn sich jemand in deine Nähe begibt. Ich werde nicht zulassen, dass er dich anfasst.« Er knurrt.

»Aragon, es tut mir so leid.« Meine Stimme bricht. »Ich war egoistisch. Ich hätte mich mit Daniel auseinandersetzen sollen, als ich die Chance dazu hatte, aber ich bin lieber vor meinem Problem weggelaufen. Ich hätte bleiben und gegen ihn kämpfen sollen. Ich hätte mit dir sprechen sollen. Ich hätte so viele andere Dinge tun sollen. Ich bin ein verdammter Feigling, und ich schäme mich so sehr.« Meine Augen füllen sich mit Tränen.

»Hey, du bist kein Feigling. Alles geschieht aus einem bestimmten Grund, Forrest. Die Reise, die du beschritten hast, um eine Kriegerin zu werden? Die war wichtig. Du hast so viele Leben gerettet und bist gewachsen. Du hast getan, was du damals tun musstest, und vergiss nicht, dass ich dir geholfen habe zu gehen. Das war damals das Beste für dich, das Sicherste, was du tun konntest. Die einzige Person, die für dieses Chaos verantwortlich ist, ist Daniel. Du kannst nicht alles kontrollieren oder für jedes Ergebnis planen. Was geschehen ist, ist geschehen. Du brauchst jemanden, dem du die Schuld geben kannst? Gib mir die Schuld; ich habe Daniel am Leben gelassen. Als Madán euer Band gebrochen hat, hätte ich ihn zur Strecke bringen müssen. Damals wollte ich Rache, und ihn zu töten war mir nicht genug – ich wollte ihn leiden lassen. Man denkt, dass man mit dem Alter mehr Weisheit erlangt. Das ist wahr ... aber selbst alte Drachen irren sich. Keiner von uns ist unfehlbar. Wir alle machen Fehler, und jetzt, Nutty, werden wir diesen Fehler gemeinsam beheben. Ich bin auf dem Weg.«

Der gruselige Teil in mir kichert – er ist froh, dass dieser Scheißkerl Daniel hinter mir her ist. Ich bin nicht mehr das ängstliche Mädchen, das ich war, als wir uns das letzte Mal getroffen haben. Ich bin jetzt ein anderes Wesen, und meine Magie ist stärker. Ich bin eine verdammte Kriegerin, und dieses Mal habe ich meinen Drachen hinter mir.

Ähm ... oder auch nicht. Kaum habe ich diese Gedanken verinnerlicht, kribbelt meine Kriegermarkierung und signalisiert mir, dass ich unerwünschten Besuch habe. Wer auch immer es ist, er ist gerade an meinem Warn-posten vorbeigekommen. Verfluchte Scheiße!

Ich ziehe mir schnell mehrere Schichten an, bestehend aus meinen Thermosachen und meiner dunklen Kampf-kleidung. Der Schnee ist weg – in Sligo hält er sich nicht lange, und laut Wetterbericht soll es in den nächsten Tagen milder werden. Ich habe vor, diese Scheißkerle zu jagen, und dabei muss ich mich wohlfühlen. Ich flechte meine Haare zu einem festen Zopf und sichere das Ende, indem ich es durch den Zopfansatz fädle und mit Klemmen befestige, damit niemand danach greifen kann.

Methodisch gehe ich meine Ausrüstung durch und stecke verschiedene Zauber in verschiedene Bereiche meiner Kampfausrüstung. Ich befestige unterschiedliche Klingen in ihren Halterungen, und mein schwarzes Wakizashi, ein japanisches Kurzschwert, befestige ich an meiner linken Hüfte. Meinen zerlegten Bogen und ein Dutzend Pfeile mit Zaubertrankspitze trage ich in einer gepolsterten Tasche auf dem Rücken. Meinen Duftmaskierer befestige ich an meinem Knöchel. Leider ist meine Feuermagie nicht raffiniert genug, also sind traditionelle Waffen und Zaubertränke meine besten Alternativen. Hoffentlich muss ich sie nicht benutzen, denn ich habe genug Schlafzauber, um die halbe Stadt umzuhauen.

Als ich gehe, schicke ich aus Höflichkeit eine kurze Nachricht an Madán. Das Telefon, das sich nicht mit mir wandeln kann, lasse ich zurück. Daniel hat so eine große Klappe und so viel unberechtigtes Selbstvertrauen in seine Fähigkeiten. Es ist einfach unglaublich, dass er glaubt, er könne eine Gruppe von Söldnern ohne Repressalien und Konsequenzen nach Irland bringen und dabei einen tausend Jahre alten Vertrag ignorieren, der es Wandlern verbietet, ins Land zu kommen – es sei denn, man ist ein Drache, dem lebenslange Straffreiheit gewährt wurde, oder ein Mitglied eines Fae-Hofes. Er kann nicht einfach nach Irland kommen und eine dienende Fae-Kriegerin entführen. Madán wird wütend sein.

Daniels seltsame Besessenheit von mir, seine gruselige

Liebe auf den ersten Blick, hat nie viel Sinn ergeben. Er muss auf Rache aus sein – das ist die einzige logische Erklärung, die mir einfällt.

Ich trete hinaus in die Winternacht. Der kalte Wind peitscht durch meine Haare und beißt mir ins Gesicht. Ich ziehe meine Sturmmaske über meinen Kopf. Lucifer schnüffelt unter der Tür, weil es ihm nicht gefällt, dass ich ihn im Haus eingesperrt habe. »Es tut mir leid, Luca. Sei ein braver Junge. Ich bin bald wieder da.«

Ich habe einen Plan, der nicht von dem Bedürfnis getrieben ist, wegzulaufen. Einen offensiven Plan. Ich drehe mich leise um; mal sehen, was diese Idioten vorhaben.

Ich wandle mich in meinen Wolf und nutze dabei die Kraft meiner Kriegermarkierung. Als meine Pfoten auf der steinernen Auffahrt landen, bin ich nur noch ein verschwommener Schatten. Ich muss gegen den Drang ankämpfen, meinen Kopf zu heben und zu heulen.

In dieser Schattenform kann ich die gesamte Strecke in einem Bruchteil der Zeit zurücklegen. Ich folge den Geräuschen der Eindringlinge. Meine Nähe zur Gefahr schärft meine Sinne, und je dichter ich komme, desto öfter halte ich inne. Ich lausche. Ich bin die Jägerin, sie sind die Beute. Etwa vier Kilometer von dem Cottage entfernt, entdecke ich sechs Fahrzeuge und eine Gruppe von achtundzwanzig Männern.

Ich lehne mich gegen eine Hecke und beobachte sie. Wütend. Meine Augen huschen zu jedem einzelnen Mann, ich berechne und bewerte. Ein paar der Männer, etwa ein Dutzend, bewegen sich, als wären sie trainiert. Professionell überprüfen sie ihre Ausrüstung und murmeln sich gegenseitig etwas zu. Die anderen albern herum, lachen und scherzen.

Daniel ist nirgends zu sehen.

Ein glatzköpfiger Mann tritt vor und klatscht in die Hände, um die Aufmerksamkeit aller zu gewinnen.

»Kommt her zu mir!«, ruft er. Oh, hallo, schaut mal, wer das ist: Holzkopf eins, mit seiner glänzenden Glatze, aber ohne Ziegenbart. Ich knurre in meinem Kopf. »Ihr neun kommt mit mir – wir gehen nach rechts. Ihr neun nehmt die linke Seite, und ihr neun nehmt die Rückseite. Wir sind als Unterstützungsteam hier. Nur als Backup. Der Boss übernimmt im Morgengrauen die Front. Einsatzregeln: Es geht ums Erobern, nicht ums Töten. Das heißt aber nicht, dass es eine saubere Gefangennahme sein muss.«

»Dann machen wir sie also fertig, ja?«, sagt ein grinsender Narr. Holzkopf eins grinst den Kerl an.

»Haltet euch außer Sichtweite. Wenn sie abhaut, fesselt sie. Lasst die Schlampe nicht entkommen. Das wird leichtes Geld sein. Haltet Funkstille. Irgendwelche Fragen?« Ein paar schütteln den Kopf. »Versaut es nicht! Los geht's!«

Die Gruppe von Holzkopf hat die besten Söldner. Ich möchte mir angewidert auf die Stirn schlagen, als sie mit tödlicher Anmut in der Nacht verschwinden. Was denkt er sich dabei, die am besten ausgebildeten Männer in seine Gruppe zu stecken – warum setzt er sie nicht ein, um die anderen Teams zu führen? Ich beobachte die anderen, wie sie mit den Schultern zucken, auf etwas zeigen und miteinander streiten. Einer von ihnen schleppt seine Ausrüstung hinter sich über den Boden.

Am besten, ich schalte die zehnköpfige Gruppe von Holzkopf zuerst aus. Mit leichter Sorge mache ich mir klar, dass ich mich zurückwandeln muss, um meine Schlafträneke zu benutzen.

Ich gehe voraus und suche mir einen Platz zum Warten.

Die Gelegenheit bietet sich, als sie sich auffächern und voneinander entfernen. Sie lassen sich überwiegend in die Bauchlage fallen, mit der Brust auf dem Boden, die Augen auf mein dunkles Cottage gerichtet. Da ihnen niemand den Rücken freihält, ist es offensichtlich, dass sie keine Gesellschaft erwarten. Ich grinse und wandle mich zurück. Mit einer Handvoll Schlaftrunkkugeln mache ich mich an die Arbeit.

Kapitel Dreiundvierzig

Ich hätte nie gedacht, dass ich mal zu Hause in meinem Wald Bösewichte jagen würde. Ich fühle mich ein bisschen wie John Rambo – irgendwie surreal.

Ich bin in dem Wald, der sich unterhalb unseres Hauses befindet. Hohe Kiefern umgeben mich, und ich verstecke mich gerade in einem alten Ahornbaum eingebettet zwischen den Kiefern. Durch den Schnee und den starken Regen ist der Boden aufgeweicht. Die Kiefern wurden ursprünglich auf Moorland gepflanzt, und egal wie man den Wald betritt, es gibt nur einen einzigen klaren Pfad, der hindurchführt. Der natürliche Weg führt die Menschen unter den Baum, in dem ich mich gerade verstecke. Wenn sie nicht auf diese Weise durchkommen, muss sie später jemand aus dem tödlichen Sumpf fischen.

Ich warte auf die Gelegenheit, mein letztes Kontingent an Bösewichten abzugreifen. Neunzehn von ihnen haben sich bereits in Büschen und Deichen versteckt, alle schlafen. Dabei bin ich noch nicht einmal ins Schwitzen gekommen. Ich bin hinter der letzten Gruppe von neun Leuten her, die geplant haben, das Haus vom Wald aus zu erreichen und sich dann über das Feld Zugang zur Rückseite des Cottages zu verschaffen.

Zu ihrem Pech wird das nicht passieren.

Sobald das erledigt ist, kann ich nach Aragon und Madán sehen, während ich auf Daniels Ankunft warte. Da sie strikte Funkstille halten, wird Daniel nie vermuten, dass seine Verstärkung schläft.

Es tut sich was. Die Gruppe hat sich weiter aufgeteilt und es sieht so aus, als wären sie jetzt in Dreiergruppen unterwegs. Die drei Jungs, die auf mich zukommen, verhalten sich nicht besonders diskret. Ich schäme mich ein bisschen für sie. Diese Männer sollen Wandler sein, aber trotzdem stürmen sie hier durch den Wald. Sie sind keine Ninjas.

Es sind laute Kreaturen.

Wenn es in der neunköpfigen Gruppe eine kluge Person gäbe, würde ich vermuten, dass sie die drei lauten als Köder losgeschickt hat und ihnen dann heimlich folgt, um Fallen zu erkunden. Ich bezweifle das, aber ich werde meine Position nicht durch Dummheit verraten.

Ich warte, bis sie weiterziehen, und als sie fast außer Sichtweite sind, setze ich meinen Bogen ein. Die Pfeile treffen jeden Kerl leise und schnell nacheinander. Die Pfeile landen sauber und ich ziele auf ihre Beine, falls sie eine Panzerung tragen. Dank unzähliger Trainingsstunden bin ich eine gute Schützin, selbst in der Dunkelheit des Waldes. Ich grinse, als zwei der Jungs einen Pfeil in den Hintern bekommen. Alle drei gehen innerhalb von Sekunden zu Boden, da der Schlaftrank seine Wirkung sofort entfaltet.

Wie ein Geist tauche ich hinter den Kiefern auf, packe zwei der Männer an den Beinen und ziehe sie ins Unterholz, schnell gefolgt von dem dritten. Innerhalb von Sekunden sind alle drei Männer vollständig verschwunden. Ich werde ein wenig selbstzufrieden.

Ich schwinge mich zurück in meinen Baum und warte leise auf die nächsten Typen. Es dauert nicht lange, bis drei weitere Gestalten vorbei trampeln. Diese Wandler sind leiser, aber nicht wesentlich. Ich schieße schnell auf sie. Leider stößt einer von ihnen einen kleinen Schrei aus, bevor er bewusstlos wird.

Verdammter Mist. Ich bleibe sitzen und warte sechzig Sekunden lang, um sicherzugehen, dass ich keine weitere Gesellschaft bekomme. Ich muss die Körper wegschaffen. Alles scheint im grünen Bereich zu sein. Ich lasse mich vorsichtig auf meine Füße fallen. Ich lausche, aber ich höre nichts. Ich mache mich auf den Weg zu den drei schlafenden Schlägern und ziehe sie in die Bäume.

Zum Glück gibt es einen praktischen Graben hinter einer Reihe von Kiefern. Er ist zwar nass, aber trotzdem ein perfekter Ort, um die Körper außerhalb der Sichtweite zu lagern. Ich schnaube, als ich meinen wachsenden Haufen von Bösewichten sehe. Ich ordne meine Jungs sorgfältig an – ich will nicht, dass sie ertrinken – und gerade als ich mich auf den Weg zurück zu meinem Baum machen will, gibt es eine leichte Bewegung zu meiner Rechten. Ich erstarre. Ich hebe meinen vorbereiteten Bogen, um einen Pfeil abzuschießen.

Da höre ich ein Geräusch hinter mir, und bevor ich mich umdrehen kann, werde ich von hinten gepackt. Der Typ zieht mich an seinen Körper. Seine Hand wandert zwischen meinen Brüsten nach oben, legt sich um meinen Hals und drückt mich an seine Brust. Mit der anderen Hand zieht er mir die Sturmmaske vom Kopf und reißt mir dabei ein paar Haare aus.

Ich strecke meine Hände leicht an den Seiten aus. Ich halte immer noch meinen Bogen. Meine andere Hand greift heimlich nach einer Klinge, die an meinen Oberschenkel geschnallt ist; ich nehme das kleine Messer in meine Handfläche.

Die Bewegung, die ich wahrgenommen habe? Ein Lockvogel. Ich komme mir dumm vor, dass ich darauf hereingefallen bin, aber was geschehen ist, ist geschehen. Der Typ hinter mir stinkt. Ich rümpfe die Nase; ich glaube, er ist ein Hyänenwandler. Er drückt mir die Kehle zu und fährt mit der anderen Hand meinen Körper hinunter. Er verbringt viel zu viel Zeit mit meinen Brüsten; die Waffen in meinen Händen hat er nicht bemerkt.

Ich kann mir kaum verkneifen, mit den Augen zu rollen.

»Was haben wir denn hier, Jungs, seht euch diesen leckeren Happen an. Ich habe Lust auf ein Stückchen davon. Sie ist so verdammt winzig.« Er riecht an mir. »Ich kann deine Angst nicht riechen, verdammte Magie.« Sein Atem riecht nach Bier, Knoblauch und Lust. Er flüstert mir die schmutzigen Dinge ins Ohr, die er mit mir machen will, und reibt sich an meinem Rücken.

»Würde es dir was ausmachen? Ich kann die Beule spüren«, sage ich mit schlecht verhülltem Ekel. Ich atme durch die Nase ein und durch den Mund wieder aus. Ich zwinge mich, in seinem Griff ruhig und entspannt zu bleiben; ich werde diesen vergewaltigenden Scheißkerl umbringen.

Er wird einen grausamen Tod sterben.

Er hat es noch nicht begriffen.

Ich bin für niemanden eine Beute.

Überraschenderweise sieht einer der Kerle unglaublich unbehaglich aus. Er ist jünger als die anderen beiden und blickt sich erschrocken um, sein Duft wirkt beunruhigt. Der andere Kerl grinst, nickt und reibt seine Hände aneinander, als wäre er ein Kind am Weihnachtsmorgen, das kurz davor ist, ein Geschenk zu öffnen.

Der nickende, grinsende Typ blickt den Jüngeren an, als dieser zu betteln beginnt: »Barry, Jungs, kommt schon, lasst das Mädchen gehen – so ein Scheiß ist nicht richtig. Wir sind hier, um einen Job zu erledigen, nicht um Mädchen zu verletzen. Ich werde es nicht zulassen – lass sie einfach gehen.« Der junge Mann tritt vor, als wolle er sich einmischen.

»Dann wirst du eben zusehen müssen, Bursche. Ich kann nichts dafür, dass du schwul bist und deinen Schwanz nicht nass machen willst.« Der Hyänenwandler knöpft den Knopf meines Kampfanzugs auf, sein ganzer Fokus liegt darauf, meine Hose zu öffnen. Seine Unaufmerksamkeit bedeutet, dass ich jetzt reagieren kann.

Ich vergrabe mein Messer in seinem Innenschenkel. Ich

ziehe die Klinge heraus, drehe mich auf den Zehenspitzen und stoße die Klinge seitlich in seinen Hals. Das hält ihn effektiv ruhig. Ich trete zur Seite, um sicherzustellen, dass keine Blutspritzer auf meine Kleidung kommen.

Der vergewaltigende Mistkerl gurgelt und ich lächle, als er zusammenbricht und zu Boden fällt. Das alles ist in wenigen Sekunden erledigt. Ich knöpfe meinen Kampfanzug wieder zu.

»Nicht weglaufen«, sage ich, während ich auf den grinsenden Kerl zusteuere. Ich behalte den jungen Mann in meinem Blickfeld. Er nickt mir zu und öffnet dann seine Arme weit, verschränkt sie hinter dem Kopf und geht in die Knie. Ohne lange nachzudenken und ohne meinen Schritt zu unterbrechen, schieße ich einen Pfeil in seine Brust. Ich lasse den Bogen auf den Boden fallen, als der junge Mann bewusstlos wird.

Mein ganzes Augenmerk liegt jetzt auf dem grinsenden Kerl. Mein Wakizashi-Kurzschwert kommt mit einem Zischen aus der *Saya*. Der grinsende Kerl reißt seine schockierten Augen von den anderen beiden Männern am Boden los und begegnet meinem kalten Blick. Sein Atem stockt, er erschaudert und übergibt sich. Er hält seine zitternden Hände in einer beschwichtigenden Geste hoch.

»Ich wollte nichts tun, Mädchen«, fleht er. Ich kenne keine Gnade. Wenn ich die Chance bekäme, würde er mich vergewaltigen.

Ich schleiche mich an ihn heran. Ich nehme das Schwert in meine rechte Hand und bewege es in die Richtung des Wandlers. Im letzten Moment springe ich zur Seite, aber nach vorn und versetze ihm einen schwungvollen Hieb, der die Luft zum Singen bringt. Ich mache einen Schritt und eine halbe Drehung, wobei die Klinge einen Fächer aus schwarzen Blutstropfen hinter sich herzieht. Der Kopf des Wandlers kullert auf den Boden.

Ich wende mich wieder dem vergewaltigenden Hyänenwandler zu. Ich neige meinen Kopf zur Seite und höre, wie er gurgelt. Schwarzes Blut sickert durch seine Lippen. »Willst du nicht für mich schreien, Barry?«, frage ich und trete ihm in die Rippen, sodass er flach auf dem Rücken liegt. »Wie schade. Sieh dir das an – wenigstens hast du es geschafft, deinen Schwanz *nass* zu machen«, flüstere ich und weise ihn unnötigerweise darauf hin, dass er sich vollgepisst hat. Ich schiebe meinen Stiefel zwischen seine Beine. »Weißt du was, Barry Bursche, du riechst nach Pisse, Blut und Angst.« Seine Augen sind groß und rollen. »Ich wollte dir den Schwanz abschneiden und dich damit füttern. Aber ich fürchte, du wirst nicht lange genug leben, was wirklich schade ist.« Ich ziehe mein Kurzschwert über die Schulter und schlage ihm damit den Kopf ab. Ich trete den Kopf in das Loch, in dem die anderen bösen Jungs schlafen.

Ich stehe in der Dunkelheit des Waldes und zwinge mich dazu, ein paar langsame, tiefe Atemzüge zu nehmen. Mein weißer Atem füllt die Luft und verkündet meine Anwesenheit und meinen tobenden Zustand. Mein Körper singt vor Verlangen nach mehr Gewalt. Mein Verstand ist mehr als begeistert davon. Ich bin doppelt so tödlich, wenn ich in die Enge getrieben werde.

Wenn ich eines gelernt habe, dann, dass ich nicht der Richter und Henker über andere sein will – dieser Weg führt nur zu schlechten Entscheidungen und Selbstzerstörung. Aber bei diesen beiden Jungs bin ich bereit, eine

Ausnahme zu machen. Ich nehme den Schlag gegen meine Seele in Kauf, weil ich weiß, dass andere Frauen sicherer sind.

Ich räume die beiden Leichen weg und lege den bewusstlosen jungen Mann zu den anderen in das Loch. Ich bin immer noch ein bisschen mörderisch drauf.

Aragon taucht lautlos vor mir auf. Ein Muskel in seinem Kiefer zuckt, während er mich aufmerksam anstarrt; ausnahmsweise kann er seine Wut nicht verbergen. Selbst in der Dunkelheit der Kiefern, in der es fast kein Licht gibt, sieht er die Rötung an meinem Hals. Seine Nasenflügel weiten sich, als er auch den Duft des Hyänenwandlers und des Blutes wahrnimmt.

»Bist du verletzt?« Ich schüttle den Kopf. Aragon knurrt und zerrt mich an sich. Ich quieke, als er mich in seine Arme hebt. Instinktiv schlinge ich meine Beine um ihn, während er mir tief in die Augen schaut, als ob er versucht, die Wahrheit in meiner Seele zu lesen. Aragon grunzt, dann presst er seine Lippen auf meine. *Wow!* Der Kuss ist rau, leidenschaftlich, voller Wut, Angst und Erleichterung.

»Was ist passiert?«, fragt er, als er sich schließlich zurückzieht und mit einem Finger sanft über meinen Hals streicht. Meine Lippen kribbeln und ich fühle mich ein wenig schwindelig von seinem Kuss. Er lässt mich wieder auf meine Füße sinken. Ich schwanke ein wenig.

Ich knabbere an meiner Lippe und zucke mit den Schultern. Jetzt ist nicht der richtige Zeitpunkt. Aragon stößt einen frustrierten Atemzug aus. »Wie viele?« Seine Stimme ist dunkel und gefährlich.

»Back-up-Typen, achtundzwanzig. Sechsundzwanzig

habe ich mit Schlaftränken ausgeschaltet. Zwei Todesopfer.« Mein Blick fällt auf das Loch, und er schreitet hinüber und wirft einen Blick auf die leblosen Körper. »Angeblich ist Daniel auf dem Weg.«

Er knurrt und schleicht zurück zu mir. Er lehnt sich nah an mich heran und nimmt mein Gesicht in seine großen Hände. »Es tut mir leid, dass ich dich verlassen habe. Es tut mir leid, dass du das tun musstest. Wo ist dein Kriegerteam?«, fragt er und streicht mit seinen Daumen über meine Wangenknochen. Ich schaue nach unten und er knurrt wieder.

»Ich habe Madán eine Nachricht geschickt.«

»Madán ist ein alter Fae. Er schreibt keine Nachrichten.« Dessen war ich mir bewusst, deshalb habe ich es ja auch getan. Ich zucke mit den Schultern.

»Ich habe mich um sie gekümmert. Es tut mir nicht leid, dass ich andere nicht mit reingezogen habe. Es war nichts, womit ich nicht allein fertig geworden wäre.« Er küsst mich auf die Stirn, und ich nehme eine seiner Hände und drücke sie.

»Daniel ist zwanzig Minuten entfernt«, sagt er leise. »Ich bin über die Autos geflogen.« Ich nicke. Wir sollten uns besser auf den Weg machen. Ich hatte vor, ihn im Haus zu treffen. Ich will, dass Daniel denkt, er habe mich überrascht und überrumpelt. Aragon zieht mich zu sich heran. »Ich kann uns schneller zurückbringen.« Dann schockt er mich zu Tode und macht eine Teilwandlung. Schöne silberne Drachenflügel erscheinen auf seinem Rücken.

Ich starrte ihn an. »Wann hast du ... wie ... ich weiß nicht ...«

Aragon küsst mich erneut auf die Stirn und hebt mich

zurück in seine Arme. Ich wickle meine Beine wieder um ihn. Er schlingt seine Arme um mich, einen Arm unter meinem Po, um mein Gewicht zu stützen, den anderen in meinen Haaren, um meinen Kopf an seine Schulter zu drücken. Ich lege meine Arme um seinen Hals.

Aragon entfernt sich von den Bäumen und kaum hat er das Blätterdach hinter sich gelassen, fliegen wir auch schon los. Er hebt mit Eleganz ab. Ich vergrabe meinen Kopf an seiner Brust und schließe meine Augen fest. Ich traue mich nicht, mich zu bewegen, aus Angst, dass ich ihn aus dem Gleichgewicht bringe und wir abstürzen. Was dumm ist, denn in Aragons Armen bin ich am sichersten Ort, an dem ich jemals sein werde. Innerhalb weniger Minuten sind wir zurück im Haus. Wir landen sicher.

Drinnen angekommen, stolpere ich, als ich Owen erblicke, der auf meinem Sofa sitzt. Lucifer sitzt mit einem breiten Hundegrinsen neben ihm auf dem Boden. Owen fährt sich mit seinen großen Händen durch sein Fell. Mein Hund, der eigentlich niemanden mag, scheint Owen zu lieben.

»Owen ...«, flüstere ich mit zittriger Stimme, »wie kommst du hierher? Was machst du hier?« Owen steht auf und lächelt mich an. Ich werfe mich auf ihn. Aragon grunzt.

»Dein Hund ist unglaublich. Ich hatte eine Mitfahrgelegenheit.« Owen nickt in Richtung eines missmutigen Aragon. *Er hatte eine Mitfahrgelegenheit ... aber Aragon ist als Drache hergeflogen ... oh, wow.* »Ach, weißt du. Da du ja nicht mehr öffentlich tot bist, dachte ich, ich könnte dir helfen. Also, los los, Daniel wird bald hier sein. Bevor ich es vergesse: Ich reserviere mir Daniel.« Owen wedelt mit der

Hand in der Luft, als hätte er den Platz in der ersten Reihe verlangt. »Ich will ihm schon seit Jahren die Scheiße aus dem Leib prügeln.«

Ich stoße ein Lachen aus und drücke seinen kräftigen Oberkörper noch mal extra fest. »Von mir aus; ich will ihn nicht anfassen. Nur zu, Nanny-Hound. Ich sollte mich jetzt fertig machen.« Widerwillig lasse ich Owen los und bin schon auf halbem Weg durch den Raum, als er brüllt: »Oi, du hast mit deinen Kochkünsten geprahlt, also kannst du mich später als Dankeschön füttern.«

Ich drehe mich um und sehe, wie Aragon energisch den Kopf schüttelt, seine silbernen Augen sind weit aufgerissen. Ich runzle die Stirn. Was stimmt denn nicht mit ihm? »Oder wir gehen einfach irgendwohin und essen ein richtiges irisches Frühstück ...« Owens Stimme verstummt, während er Aragon wissend angrinst.

»Das klingt nach einer großartigen Idee«, antwortet Aragon und stupst mich sanft in Richtung Schlafzimmer.

Ich ziehe meine Klamotten und Waffen aus und wandle mich, um alle Spuren des Waldes, den Duft des Hyänenwandlers und das Blut zu beseitigen. Schnell ziehe ich mir meine normalen Leggings und einen Pullover an.

Nachdem wir den Plan durchgesprochen haben, benutze ich meine Kriegermarkierung, um den Schutzwall für alle außer uns undurchdringlich zu machen. Aragon und Owen verschwinden draußen im Garten, nachdem sie ein paar Tränke benutzt haben, darunter einen, der unsere Gedanken verbindet.

Während ich warte, mache ich mir eine Tasse Tee. Ich habe den Teebeutel gerade herausgenommen, als ich höre,

wie die Autos vor dem Haus vorfahren und wie die Auto-
türen auf- und zuschlagen.

Endlich steht der Wolf vor der Tür. Diesmal gibt es
kein Weglaufen. Ich atme zittrig ein. Tja, jetzt geht's los.
Showtime!

Kapitel Vierundvierzig

»Forrest, komm raus, komm raus, wo immer du steckst. Forrest, komm raus zum Spielen, dein Gefährte ist hier und wartet auf dich«, schreit Daniel. Ich rolle mit den Augen. Was für ein Schwachkopf.

Aragon knurrt in meinem Kopf und ist überhaupt nicht beeindruckt von Daniels Gefährten-Kommentar. Ich lasse mir Zeit und ziehe meine Kampfstiefel an. Ich schnappe mir meinen dicken, warmen Mantel, vollgestopft mit Schlaftränken. Ich öffne die Tür, atme tief durch und mache mich auf den Weg zur Vorderseite des Hauses.

Ich stapfe knirschend über die Steinauffahrt und begutachte meine unwillkommenen Besucher, die auf der anderen Seite der Gartenmauer stehen. Ich stehe mit dem Rücken zum Haus und halte meinen Tee in beiden Händen. Die Sonne ist aufgegangen. Ich schaue mit einem entspannten Lächeln in den Himmel und freue mich, dass es nicht regnet. Der Wetterfrosch hatte ja auch versprochen, dass es mild werden würde.

»Ah, da ist sie ja. Hallo, kleine Wölfin. Schön zu sehen, dass du nicht tot bist. Bist du überrascht, mich zu sehen?« Daniel lächelt, zeigt seine Zähne und ein vertrauter gieriger Hunger füllt seinen Blick, während er mich von oben bis unten mustert. Er trägt seinen maßgeschneiderten schwarzen Anzug und ein knackiges weißes Hemd. Die Männer, die um ihn herum auf der Straße verstreut sind, tragen schwarze Uniformen. Daniel klatscht langsam in die Hände. »Ich muss schon sagen, bravo für deinen vorgetäuschten Selbstmord – sehr realistisch. Du hast mich wirklich reingelegt. War es der Selbstmord deiner toten Mummy, der dich auf die Idee gebracht hat? Ich weiß, dass du es beim ersten Mal nicht geschafft hast, dich umzubringen.« Daniel lächelt strahlend; er macht eine Show daraus, etwas in den Mund zu nehmen und es dann fallen zu lassen. Ich blockiere die Wut, die ich in mir spüre. Ich antworte nicht; es kostet mich alles, was ich habe, um ihn ausdruckslos anzusehen. Er runzelt die Stirn über meine ausbleibende Reaktion und kichert dann. »Ich bin gekommen, um dich zurück nach England zu bringen, wo du hingehörst. Hast du vergessen, dass du mir gehörst? Und jetzt komm schön brav mit, oder diese Gentlemen werden dich zwingen.« Daniel fuchtelt mit dem Arm herum und deutet auf seine Männer.

In der Gruppe von zehn Männern stehen auch Jason und ein sich wehrender Harry. Es sieht so aus, als wäre Daniel sehr damit beschäftigt gewesen, meine Stiefbrüder einzusammeln – Gott, jetzt fehlt uns nur noch John, und dann ist das Set komplett. Ich bin froh, dass mein Hellhound-Bruder nicht unter ihnen ist.

Ich richte meine Aufmerksamkeit wieder auf Daniel und stelle Augenkontakt her. Ich neige meinen Kopf leicht zur Seite, während ich sein Gesicht mustere. Ich kann mir das selbstgefällige Lächeln, das ich ihm schenke, einfach nicht verkneifen. Es amüsiert mich, dass ich einen Anflug von Wut sehe, während ich ihn weiter anstarre – sein verwüstetes Gesicht. Daniels linkes Auge fehlt. Dicke, weiße Narben durchziehen die gesamte linke Seite seines Gesichts mit einer Masse von Narbengewebe. Im krassen Gegensatz dazu ist die rechte Seite seines Gesichts immer noch perfekt aussehend. Ich nehme einen Schluck Tee, um ihm zu zeigen, dass mich seine Anwesenheit nicht beeindruckt und nicht stört.

Wenn es jemand anderes als Daniel wäre, würde ich nie im Leben sagen, was ich jetzt sage: »Daniel, hast du da was im Gesicht? Es ist genau da.« Ich mache eine kreisende Bewegung mit meinem Finger und zeige auf die linke Seite meines Gesichts.

Wie erwartet, dreht Daniel durch. Er brüllt, rennt auf mich zu und prallt an meinem undurchdringlichen und unsichtbaren Schutzwall für böse Jungs ab. Jetzt bin ich dran, mit Kichern. Ich schüttle den Kopf. »Ups, alles in Ordnung? Das muss wehgetan haben. Ich hoffe, ihr bekommt viel Geld für die Arbeit mit diesem Idioten«, sage ich herablassend zu den Männern hinter ihm.

»Ich will, dass dieser Schutzwall abgerissen wird, und zwar sofort!«, schreit Daniel. »Denkst du, das wird mich aufhalten? Du dumme Schlampe. Du wirst nicht mehr lachen oder freche Sprüche ablassen, wenn ich dich in der

Hand habe. Ich habe so viele Pläne. Dein Leben wird die Hölle auf Erden sein.« Daniel knallt seine Handfläche gegen den Schutzwall. Ah, da ist er ja, der echte Daniel.

Aus den Augenwinkeln sehe ich eine Bewegung. Die Beifahrertür des führenden Fahrzeugs öffnet sich. Ein Fuß in blauen High Heels und der Saum eines blauen Kleides kommen zum Vorschein. Ich bin fassungslos, als ich sehe, wer aus dem Auto steigt.

Wie der sprichwörtliche falsche Groschen: Liz Richardson.

Ich schnaufe und meine Augen werden groß: eine hochschwangere Liz. Wow, Harry war fleißig.

In einem engen blauen Kleid, das ihren Bauch betont, watschelt Liz auf Daniel zu und hält sich an seinem Ellbogen fest und zerrt daran. »Ich weiß nicht, was wir hier machen. Wir sollten zu Hause bei unseren beiden Jungs sein. Ich kann nicht glauben, dass ich gezwungen wurde, dir zu folgen. Töte sie einfach, damit wir nach Hause gehen können, Schatz, ich will einfach nur nach Hause«, jammert Liz. Ich mustere die beiden und ziehe die Augenbrauen hoch.

Ich nehme einen weiteren Schluck Tee, um meine Verwirrung zu verbergen. Ich blase meine Wangen auf. Wow, Harry war also ganz und gar nicht fleißig. Ich blinzle die beiden an. Ich schätze, Harry hat Glück im Unglück gehabt? Mein Blick auf Liz lässt mich erschaudern – das hätte genauso gut mein alternatives Schicksal sein können. Ich kann nicht anders, als mir Sorgen zu machen. Ich hoffe, dass ihre Beziehung einvernehmlich ist – wenn Liz sich für Daniel entschieden hat, ist das Karma in Reinkultur. Sie muss eine absolute Plage für ihn sein. Aber dass Liz bei einem Monster wie Daniel landet? Das hätte ich wirklich nicht vorhersehen können. Mit all ihren Manipulationen hat sie sich ein noch größeres Monster als sich selbst geangelt.

»Wow, Liz, du ...«

»Ich bin nicht fett, ich bin schwanger, du dumme Kuh. Warum hat sie nicht schon längst jemand umgebracht!« Liz fletscht die Zähne.

»Wow, okay. Ich wollte sagen, ›Du hast wirklich in die unterste Schublade gegriffen‹, was das Zusammensein mit Daniel angeht, nicht, das ...« Meine Stimme verstummt, als ich das Gesicht verziehe und mit einer schlaffen Hand auf ihren Bauch deute.

»Warum bist du nicht tot geblieben? Daniel, Gefährte, töte die Schlampe, damit wir nach Hause gehen können«, jammert Liz. Daniel versucht, seinen Arm aus Liz' Griff zu ziehen, aber sie lässt nicht locker. Ihre Nägel graben sich in seinen Anzugarm.

»Ich bin ein wenig verwirrt. Hast du nicht gesagt, dass ich immer noch deine Gefährtin bin?« Ich zeige auf meine Brust und reiße die Augen auf. »Ich wusste nicht, dass man zwei Gefährten gleichzeitig haben kann ... Das ist ein wenig gierig, Daniel. Hey, es macht mir nichts aus, zur Seite zu treten«, sage ich mit einem Winken und Lächeln. Ein paar Wandler murren. Ich wette, es gefällt ihnen auch nicht, dass Daniel zwei Weibchen beansprucht.

»Hund, wovon redest du? Ich bin seine Gefährtin, er ist nur wegen der Gerechtigkeit hier. Wer will denn schon dein Gefährte sein?« Liz lacht spöttisch und sieht mich angewidert von oben bis unten an, als wäre ich von Kopf bis Fuß mit Hundekacke bedeckt.

Daniel schüttelt Liz von seinem Arm und schiebt sie nicht allzu sanft zurück in Richtung des Fahrzeugs. Sie stolpert. »Steig wieder ins Auto. Das hat nichts mit dir zu tun. Wir sind keine Gefährten; es gibt kein Band zwischen uns, du dumme Kuh. Ich bin hier wegen meiner echten Gefährtin, meiner wahren Gefährtin. Die für mich gemacht ist! Sie wird mir Töchter schenken. Drei Kinder, drei nutzlose Jungs ... du bist inkompetent. Steig ins Auto.« Mein Mund klappt vor Schreck auf. Ich kann nicht glauben, dass er das einfach so gesagt hat. Die Mutter seiner Kinder und seine Kinder als nutzlos bezeichnen.

Was. Ein. Arschloch.

Liz wendet ihre Aufmerksamkeit wieder mir zu und schreit ihre Wut heraus. »Das ist alles deine Schuld.« Ich kann nicht anders, als mit den Augen zu rollen. Sie streckt ihren Arm aus, und ein scharfer Nagel zeigt auf mich. »Wir wären nicht hier, wenn du nicht gewesen wärst. Wir sind glücklich. Warum willst du mir immer wegnehmen, was mir gehört?«

»Ich will Daniel nicht. Bitte behalte ihn!« Ich zucke mit den Schultern – mein Fehler. Ich kann verstehen, warum sie so denkt, aber das war nie meine Absicht. Ich habe nur versucht, sie davon abzuhalten, Harry zu verletzen. Ich hatte nie die Absicht, Liz zu verletzen. Auch nicht, nachdem sie mich getreten und andere dazu aufgefordert hat, mich zu töten, oder nachdem sie mich mit verdammtem Silber gestochen hat. Aber ich bin das Problem? Sie ist so eine Psychopathin.

»Gib nicht meiner wahren Gefährtin die Schuld. Es ging nie um dich – du bist zu mir gekommen, erinnerst du dich? Tu dir selbst einen Gefallen und halt die Fresse!«, knurrt Daniel. »Sobald das Kind draußen ist, verkaufe ich dich an einen Hyänenwandler. Der weiß nur zu gut, wie man mit Frauen wie dir umgeht. Er wird dich trainieren. Vielleicht lasse ich dir die Zunge herausschneiden. Es wäre so viel besser, wenn du nicht sprechen könntest. Das mag ich nämlich sehr an meinen Frauen.« Daniel packt Liz grob an den Schultern und schüttelt sie.

Ich beobachte ihn mit wachsendem Entsetzen. Die Männer um ihn herum zucken nicht mal mit der Wimper.

»Hey, Arschloch, lass sie los!«, schreie ich. Aus den Augenwinkeln sehe ich, wie Harry durchdreht. Normalerweise würde mich das nicht stören, aber wenn sie so schwanger ist, dass sie watschelt, muss Liz schon fast kurz vor dem Platzen sein.

»Du warst immer nur die zweite Wahl – zum Teufel, du wirst nie mehr als die letzte Wahl sein. Ich hätte dich nicht angefasst, wenn ich nicht getrauert hätte. Ich hatte immer vor, dich zu verkaufen. Ich bin nicht verrückt genug, um dich für immer bei mir haben zu wollen. Bring sie ins Auto.«

Liz schreit. Sie versucht, Daniels verbliebenes Auge mit ihren Fingernägeln zu kratzen. Er hält sie an den Handgelenken fest, um sie zu stoppen. Zwei von Daniels Männern stürmen vor und zwingen eine knurrende, spuckende Liz zurück in den vorderen Teil des Wagens. Ein Mann stellt sich schützend vor die Autotür.

Ich frage mich, ob Daniel von dem gleichen toten Hyänenwandler Barry spricht, der im Wald seinen Kopf verloren hat? Wenn er es nicht ist, werde ich ihn jagen.

»Jetzt der Schutzwall. Ich wollte diesen Schutzwall schon vor zehn Minuten entfernt haben!«

Ein Mann schiebt sich in Daniels Blickfeld, wobei er ängstlich von einem Fuß auf den anderen wippt. »Sir, die, ähm ... der Schutzwall ist Fae-Magie, Sir, ich kann ihn nicht entfernen«, sagt er und ringt mit den Händen, sein Körper zittert sichtlich.

»Ihr seid alle nutzlos«, murmelt Daniel. »Nun ja, Forrest, ich bin froh, dass ich deinen geliebten Bruder mitgebracht habe. Liz hat mir erzählt, wie wichtig dir der gute Harry ist und wie sehr du ihn liebst. Ich wollte dir ein Wiedersehen mit dem Rudel ermöglichen.« Daniel winkt mit der Hand und deutet auf mein altes Rudel. Jason tritt vor und schubst Harry. Das löst zumindest das Rätsel, warum Harry hier ist. *Netter Schachzug, Liz.*

Ich richte meine volle Aufmerksamkeit auf meine beiden Stiefbrüder. Jason sieht mich mit purem Hass an. Es ist selten, dass die Marionette Gefühle zeigt. Ich winke ihm kurz zu. *Damit sind wir schon zwei, Kumpel – du bist so gut wie tot und du weißt es nicht einmal.* Ich sehe Harry stirnrunzelnd an. Er blutet, hat Prellungen und sein linker Arm hängt gebrochen an seiner Seite. Noch kann ich nichts für ihn tun, aber das werde ich.

»Du hast also eine Wahl, kleine Wölfin. Tritt hinter deinem Schutzwall hervor und komm mit mir, oder ich werde Harry hier töten.«

»Hey, kleine Schwester.« Ich möchte über die Bezeichnung mit den Augen rollen, aber jetzt ist nicht der richtige Zeitpunkt. »Du wirst mit diesen Mistkerlen nirgendwohin gehen – bleib, wo du bist. Besser noch, geh ins Haus, schließ die Tür ab und ruf um Hilfe ...« Daniel schlägt Harry mit dem Griff des Messers ins Gesicht und schneidet ihm das Wort ab. Harry stöhnt. Ich verziehe das Gesicht.

Jason starrt mich weiterhin mit hasserfüllten, toten Augen an und verschwendet keinen einzigen Blick an seinen jüngeren Bruder. »Du warst schon immer ein egoistisches Miststück. Harry wird nichts passieren, es sei denn, du gehst nicht mit Daniel mit«, sagt Jason mit einer hohen, nasalen Stimme. Der sonst so stoische Wandler redet normalerweise nicht viel – kein Wunder, seine Stimme ist schlimmer als meine. »Tu ein einziges Mal in deinem Leben, was man dir sagt – rette Harry. Opfere dich! Gott, es wird dich nichts kosten, außer dass du deine Beine breitmachen musst, und das ist sowieso alles, wozu du gut bist.«

Ich glaube, das sind die meisten Worte, die der stille, unheimliche Wandler je gesagt hat; es ist, als ob Vincent durch ihn sprechen würde. Ich kann nicht verhindern, dass ich erschaudere.

»Ich habe dich in den Nachrichten gesehen, wie du die Kriegerin spielst – eine Art Quotenwandlerin der Fae. Du bist keine Heldin. Du bist ein Feigling. Du bist immer noch der gleiche wilde, dreckige Wolf, den wir jahrelang in einen Käfig sperren mussten.«

Ich ignoriere Jasons Tirade. Ich gähne. Es ist mir völlig egal, was er denkt. Warum jeder denkt, dass ich für die Handlungen aller anderen verantwortlich bin, ist mir ein Rätsel. Und doch ist es immer meine Schuld.

Ich habe es satt, mich darum zu scheren.

»Was hast du gemeint, als du sagtest, ich sei für dich gemacht?«, frage ich stattdessen Daniel.

Daniel lächelt. Die Sanftheit, die seine blauen Augen durchflutet, ist beunruhigend. Er genießt meine Aufmerksamkeit. »Kleine Wölfin, du wurdest für mich geschaffen, meine wahre Gefährtin. Alles wurde von der Magie entworfen, um perfekt zu sein.« Daniel wedelt mit seinem Silbermesser in der Luft. »Für mich. Für meine Bedürfnisse. Du bist meine Schicksalsgefährtin.«

»Ich wollte die Beste. Schneller, stärker, klüger, und sieh dich an ... Geschmiedet im Feuer. Gemacht aus Stahl.« Daniel drückt Harrys Gesicht gegen den Schutzwall und zeichnet mit der Spitze der Klinge meine Umrisse auf der Oberfläche nach. Ein seltsames, manisches Lächeln überzieht sein Gesicht; das gruselige Lächeln ist wegen der Narben in seinem Gesicht etwas schief. »Kleine Wölfin, hast du es immer noch nicht begriffen? Ich habe den Dämon dafür bezahlt, dich zu holen, als du noch ein Kind warst.«

Kapitel Fünfundvierzig

Ich wackle auf meinen Füssen. Ich bin etwas geschockt, während ich Daniels zufriedenes, selbstgefälliges Lächeln anstarre.

Daniel hat mein Rudel in das Visier des Dämons gebracht. Er hat die Ereignisse dieses Tages ausgelöst – er war das!

Verdammte Scheiße!

Fuck, ich kann nicht fassen, dass ich das alles noch nicht begriffen hatte.

Ich reibe mir die Schläfe und eine verschwommene Erinnerung kommt zurück: Der Dämon im Auto sagte etwas über ein Ratsmitglied, das mich kaufen wollte. Was war das? Ich werfe einen mentalen Blick in die Kiste:

»Leider bin ich der Mittelsmann bei diesem Geschäft – du wurdest für einen Wucherpreis an ein Ratsmitglied

verkauft. Wenn du reifer bist und dein Körper sich verändert, wirst du ihn in den Wahnsinn treiben. Jetzt, wo ich dich gesehen habe, möchte ich dich am liebsten für mich behalten.« Der Dämon stupst mir auf die Nase. Ich blinzle ihn an. *»Es hätte mir großen Spaß gemacht, dich vor allen Wandlern zur Schau zu stellen. Es ist so aufregend, dass ein Ratsmitglied dich gekauft hat – wer weiß schon, was aus dir wird. Ich habe das Gefühl, dass du für einige Zeit in meiner Obhut sein wirst. Dann wird dein Besitzer auf einem sprichwörtlichen weißen Pferd kommen und dich retten – deshalb macht das alles so viel Spaß.«* Er tippt mit den Fingern auf den Sitz zwischen uns.

»Ich habe eine Abmachung getroffen, dich zu holen. Dein Besitzer hat nichts davon gesagt, dass unsere Abmachung geheim bleiben soll.« Der Dämon gluckst und er zwinkert mir zu. *»Ich kann dich vielleicht nicht behalten, aber ich kann die Dinge ein bisschen aufmischen. Ich hasse Happy Ends. Also merke dir, junge Forrest, dass von jetzt an alles die Schuld deines Besitzers ist und nichts mit mir zu tun hat. Lass dich nicht von seinem hübschen Gesicht täuschen, so ein braves Mädchen.«*

Verdammte Scheiße!

Daniel beginnt zu schimpfen. »Der Dämon hat alles zu weit getrieben. Er hat mit deinem Stiefvater, dem gierigen Dave, hinter meinem Rücken einen Deal gemacht. Seine Anweisungen waren einfach: Er sollte dich mitnehmen. Ein vermisstes kleines Wandlermädchen hätte ich vertuschen können. Aber nicht den Tod eines ganzen verdammten Rudels. Deine Mutter hätte dich ausliefern sollen. Ich habe verdammt viel Geld bezahlt, um dich zu bekommen. Nach einer Weile wurde mir klar, dass ich den

Job selbst machen muss, wenn ich will, dass er richtig gemacht wird.« Er hört auf zu reden und schenkt mir wieder dieses verrückte, strahlende Lächeln.

»Oh, und der Grund, warum du in der Wolfsform gefangen warst? Jason hat dir immer wieder seltene, nicht nachweisbare Magie verabreicht, die verhindert hat, dass du dich zurückwandeln konntest.« Daniel lacht und grinst weiter, während seine silberne Klinge gegen den Schutzwall klopft. »Ich wollte, dass du schneller Zugang zu deiner angeborenen Magie bekommst. Aber dafür musstest du leiden. Du musstest kämpfen. Je mehr du gequält wurdest, desto stärker wurde deine Magie schließlich. Ich wollte auch, dass du gefügig und dankbar bist.« Daniel schüttelt den Kopf und seine Lippen verziehen sich zu einem Zähnefletschen. »Ich war nur noch wenige Tage davon entfernt, dich zu retten. Ich hatte alles vorbereitet. Ich ließ Jason die Dosis auf fast nichts reduzieren. Und dann, kleine Wölfin, musstest du ja unbedingt losziehen und diesem Idioten helfen.« Daniel schlägt Harrys Kopf gegen den Schutzwall. »Du hast dich selbst gerettet. Dank dieser dummen Schlampe, die meine Pläne durchkreuzt hat.« Mit einem weiteren Zähnefletschen wirft er einen Blick auf Liz im Auto. »Kleine Wölfin, du wirst immer mir gehören. Ich habe dich erschaffen. Ich habe dich zum einzigen weiblichen Hellhound der Welt gemacht. Deine Feuermagie, deine Fähigkeit, dich partiell zu wandeln? Das alles verdankst du mir. Ich habe für dich bezahlt. Jetzt bin ich hier, damit ich kassieren kann.« Mein Blick fällt auf Jason; seine toten Augen zeigen keine Regung. Aber seine Lippen verziehen sich zu einem selbstgefälligen, zufriedenen Lächeln. Ich nehme das als Bestätigung.

Ich blinzle zu Daniel zurück.

Was zur Hölle? Das wird mir jetzt ein bisschen zu viel. Ich hatte einen Hauch von *muahaha* erwartet, aber nicht das!

Anstelle von Wut oder Entsetzen spüre ich eine seltsame Erleichterung.

Ich wusste, dass ich anders bin. Als ich in meiner Wolfsform feststeckte, gab ich mir die Schuld. Die Teilwandlungen, meine Feuermagie, die Kriegermarkierungen. Ich war so besorgt, hatte Angst, ein Freak zu sein. Aber jetzt ergibt das alles einen seltsamen Sinn. Zum ersten Mal weiß ich tief in mir, dass alles gut wird. Das war nicht ich, und ich war nie gebrochen. Es war die ganze Zeit Daniel.

Es war alles die Schuld des wahnhaften Spinners, der vor mir steht.

Innerlich schüttle ich mich ein wenig. Ich muss wieder in die Spur kommen und Daniels seltsame Schurkenrede zu Ende bringen.

»Schau nicht so besorgt, kleine Wölfin, du bist zu einhundert Prozent perfekt. Die Magie in dir hat sich entwickeln können und verleiht dir jetzt die stärksten Eigenschaften. Du bist einzigartig. Unsere Töchter werden unglaublich sein«, fährt Daniel süffisant fort. »Ich bin nur noch wenige Tage davon entfernt, die Vereinigung zu übernehmen – deine Zeit in Irland neigt sich ohnehin dem Ende zu. Ob ich dich also heute oder nächste Woche mitnehme, es wird so oder so passieren.« Daniel pikst mit seiner Klinge an Harrys Hals. »Der einzige Unterschied ist, dass Harry heute noch lebt, aber nächste Woche unter der Erde liegt. Wähle weise, kleine Wölfin.«

Ich tippe mit den Fingern auf meine Tasse, als ob ich

nachdenken würde. Dann nicke ich und sage mit einem Lächeln: »Ich glaube, ich entscheide mich für Option B.« Das Geplapper in meinem Kopf lässt mich wissen, dass wir auf mein Signal hin loslegen können.

»Option B ... was redest du da für einen Scheiß?«, fragt Daniel. Ihm gefällt weder mein Lächeln noch meine Antwort.

Aragon taucht hinter mir auf. Ich reiche ihm meine Tasse und er nimmt sie mir freundlicherweise aus der Hand. »Danke«, sage ich mit einem kleinen Lächeln.

»Was zum Teufel ...«, ruft Daniel.

»Jetzt«, sage ich laut, und dann bricht die Hölle los.

Ich höre das dumpfe Geräusch fallender Körper, als die umliegenden Bösewichte mit meinen Schlaftränken ausgeschaltet werden. Drei sind erledigt, sieben fehlen noch. Zur gleichen Zeit taucht Owen in Wolfsgestalt aus dem Nichts auf und beißt Daniel in die Wade.

Gott, ich liebe Magie.

Daniel lässt Harry los und versucht, Owen mit dem Messer, das er noch in der Hand hält, zu erstechen. Owen schnappt sich den Arm und beißt zu, wodurch sein Angriff gestoppt wird. Daniel wandelt sich in einen braunen Wolf. Seine Kleidung flattert auf den Boden und sie fangen an zu kämpfen.

Ich rufe mein Flammenschwert und verlasse den Schutzwall, indem ich über das Tor springe.

Ich ziehe Harry auf die Beine und stelle mich vor ihn, dann schiebe ich uns beide nach hinten. Ich drücke Harry mit dem Rücken in Richtung der Mauer und der Sicherheit des Schutzwalls. Ich wirble mein Schwert herum, um uns vor allen zu schützen, die sich uns nähern wollen.

»Forrest ... wo zum Teufel kommt das schicke Schwert her? Du musst dich in Sicherheit bringen, Forrest ...« murmelt Harry. Aragon packt Harry kurzerhand im Nacken und reißt ihn über die Mauer.

»Runter auf den Boden!«, rufe ich. Der ängstliche Mann, der sich um den Schutzwall kümmern sollte, sinkt auf die Knie und nimmt die Hände hinter den Kopf, Sechs. Ich schnippe einen Zaubertrank in seine Richtung.

»Wo zum Teufel ist unsere Verstärkung?«, schreit Jason und hämmert mit den Fingern auf sein Handy ein.

»Meinst du die achtundzwanzig Typen, die das Haus umstellt haben?«, frage ich hilfsbereit. »Ja, die werden nicht kommen.« Ich zucke mit den Schultern und wirble mein Schwert herum. »Die habe ich schon vor Ewigkeiten aus dem Weg geräumt. Nicht schlecht für die Quotenwandlerin der Fae«, sage ich höhnisch. »Du hast keine Verstärkung. Tu dir selbst einen Gefallen, geh auf deine verdammten Knie und nimm die Hände hinter den Kopf.« Die übrigen vier Wandler schauen sich an und ignorieren mich dann komplett. Sie ziehen ihre Waffen hervor.

Hallo, ich hab hier ein Flammenschwert! Ich schnaufe. Manchmal wünschte ich, ich sähe furchterregender aus. Aragon räumt an der Wand auf und kommt zu mir – *oh hallo, Hübscher.* Er hat sich zum Teil gewandelt und zeigt seine Flügel, seine vierzig Zentimeter langen Silberklauen und einen beeindruckenden Satz Kauwerkzeuge.

»Ich werde langsam ungeduldig!«, warnt Aragon mit einem leisen Knurren. Rauch entweicht auf einschüchternde Weise aus seinem Mund. Die vier verbleibenden

Wandler fallen sofort auf die Knie und werfen sich unterwürfig auf den Boden.

Ich knurre und hebe eine Augenbraue in Richtung meines Drachens. Aragon zuckt mit den Schultern und zwinkert mir zu.

Ich bewerfe sie alle mit Zaubertrankkugeln. Ich behalte Jason im Auge, der immer noch steht – wenn man gegen ein Auto lehnen und wie ein Blatt zitternd ›stehen‹ nennen kann. Seine großen Augen sind auf Aragon gerichtet. Owen und Daniel kämpfen immer noch, aber Owen sieht aus, als hätte er die Oberhand und würde nur mit Daniel spielen.

Jason, der seine Chance sieht, stürmt verzweifelt auf mich zu, ein silbernes Messer in der Hand. Aragon stellt sich vor mich. Seine Krallen durchbohren Jasons Brust.

Ich spähe um Aragons Masse herum und sehe, wie das Licht aus Jasons Augen verschwindet.

»Verrotte in der Hölle, du elender Mistkerl.« Ich kann mir ein Lächeln der Zufriedenheit nicht verkneifen. Gott, ich werde langsam zu einem schlechten Menschen. »Ich hätte ihn gehabt, Aragon«, jammere ich. »Das hätte ich auch selbst tun können.« Aragon wandelt sich wieder in einen Menschen und beugt sich zu mir herunter, um mich sanft auf die Lippen zu küssen.

»Nutty, ich wollte nicht, dass du dein altes Rudel töten musst«, sagt Aragon mit ernster Miene.

Jason war nie mein Rudel. Er war nur der Wächter für meine Zelle. Jason hatte es verdient, und es war nur eine Frage der Zeit, bis ich ihn zur Strecke bringen würde. Ich wollte ihn nicht am Leben lassen, nachdem was er mir angetan hatte. Er wäre immer eine Bedrohung gewesen.

Der schwarze Wolf, Owen, steht über einem liegenden Wolf, Daniel. Er hat sein Maul um Daniels Kehle gewickelt. Daniel wimmert seine Kapitulation. Owen weicht zurück und wandelt sich. Auch Daniel wandelt sich zurück in seine nackte menschliche Gestalt. Er steht auf und starrt Owen an. Eine Autotür öffnet sich mit einem Klicken und Liz steigt aus dem Auto. Tränen laufen ihr über das Gesicht.

Sie hält etwas in ihrer rechten Hand und bettet es zwischen ihren Brüsten. Daniel steht mit dem Rücken zu ihr. Liz bewegt den Gegenstand und stößt ihn mit einem Kriegsschrei in Daniels Rücken.

Ich merke zu spät, dass es eine silberne Klinge ist. Liz hat getan, was sie am besten kann: Sie ist ihrem vermeintlichen Gefährten in den Rücken gefallen ... oder na ja, hat ihm in den Rücken gestochen. Liz zieht das Messer heraus. Daniel gibt einen erstickten Laut von sich und dreht sich mit einem ungläubigen Blick zu Liz um.

»Du kannst mich nicht verkaufen, wenn du tot bist, du Mistkerl. Ich hätte jeden Gefährten nehmen können, jeden! Aber ich habe dich gewählt. Dich mit deinem missgebildeten Gesicht! Du hast Macht und Geld verloren! Trotzdem habe ich zu dir gehalten. Doch du konntest nicht anders, als dieser Hure nachzulaufen, und wofür? Für die Möglichkeit einer Tochter? Du bist ein Idiot!« Sie beendet ihre Tirade mit einem Schrei. Das Messer, das sie immer noch in der Hand hält, sticht wieder auf Daniel ein, in seine Brust. Sie sticht noch dreimal zu und folgt ihm, während er auf den Boden fällt. Daniels Blut spritzt über ihr Gesicht und ihren Hals.

Die Worte *poetische Gerechtigkeit* kommen mir in den

Sinn, als ich mit aufgesperrten Lippen dastehe, während Liz zum Slasher wird. Liz ist auch ein Opfer von Daniel. Nein, kein Opfer – ich schüttle den Kopf bei diesem Gedanken – eine *Überlebende*.

Owen und Mac ringen mit ihr und versuchen, ihr das Messer aus der Hand zu nehmen, ohne sie zu verletzen. Ich winke Mac zu. Ich wusste nicht, dass er angekommen ist.

Madán schlendert zu uns, er ist spät dran für die Party. Lässig schaut er sich um und hebt eine Augenbraue angesichts der manischen Frau. Er schenkt mir ein Lächeln und Aragon ein Nicken.

»Statusbericht, gibt es Verluste?«, fragt Madán.

»Keine Verluste auf unserer Seite, Sir«, antwortet Owen, nachdem er die Kontrolle über die blutverschmierte Liz gewonnen hat. »Aber drei Tote«, er blickt zu Daniel, »vier Tote, sechsunddreißig Gefangene und diese Lady.« Owen deutet mit dem Daumen auf Liz.

»Gute Arbeit. Ich werde dafür sorgen, dass sie eingesammelt und der Jägergilde zur weiteren Bearbeitung übergeben werden«, sagt Madán mit einem Nicken. »Oh, Forrest, ich habe eine Versetzungsanfrage erhalten – ein Wandler namens Owen? Er hat dich als Referenz genannt? Ich schätze, das bist dann wohl du ...« sagt Madán und hebt eine Augenbraue in Richtung Owen. Ich schenke ihm und Owen ein Lächeln. Nanny-Hound!

»O mein Gott, ja, er ist mein Freund! Du wärst verrückt, ihn nicht zu nehmen. Bitte sag, dass du ihn annimmst! Ich bin so aufgeregt ...« Ich quietsche erschrocken. Aragon hebt mich hoch und schiebt mich von einer blutigen Hand weg, die sich nach mir ausstreckt. Verdammt, das ist echt gruselig. Daniel hat es geschafft, sich über den Boden zu uns, zu mir zu schleppen.

Eine Blutspur zieht sich hinter ihm über den Boden.

»Du wirst immer mir gehören. Ich habe dich besessen, seit du ein Kind warst. Ich bin dein Schicksal, ich habe dich geschaffen.« Daniel streckt seine Hand aus und sagt mit seinem wohl letzten Atemzug: »Kleine Wölfin ...«

Seine Hand fällt.

Wir starren alle auf den toten Daniel am Boden – obwohl ich irgendwie auf den klassischen letzten Horror-Moment warte, in dem er aufspringt und versucht, mich zu töten. Ich zittere. Aragon zieht mich fester an sich.

Ich kann hören, wie Liz zu Owen und Mac sagt: »Ich bin kein schlechter Mensch. Ihr wisst schon, dass das alles nur an den Schwangerschaftshormonen liegt. Ich hatte keine Ahnung, was dieser Mann vorhatte. Damit ihr es wisst, ich habe zwei kleine Babys zu Hause, um die ich mich kümmern muss – sie brauchen mich. Und ein weiteres ist auf dem Weg. Ich bin hochschwanger, seht ihr das nicht?« Ich kann nicht anders, als Mitleid mit ihr zu haben und mir Sorgen um ihre Kinder zu machen. Was wird mit ihren Kleinen passieren?

»Warum kommt dieser Hund ungeschoren davon?«, jammert sie. Ganz ehrlich, sie kann sich einfach nicht zurückhalten.

»*Hund*? Wenn du von der Kriegerin Hesketh sprichst, dann tut die Kriegerin gerade ihren Job und beschützt die Unschuldigen. Und jetzt halt die Klappe!« Mac knurrt: »Die Jägergilde wird mit dir sprechen wollen.«

Liz zuckt bei dieser Nachricht mit den Schultern. »Ich bin eine reinblütige Wandlerin. Der einzige Ort, an den ich gehen werde, ist zum nächsten Männchen. Es gibt ein neues Gesetz, das mich schützen wird. Forrest's Law ...« Ich kann mir ein reumütiges Grinsen nicht verkneifen. Das neue Gesetz schützt Wandlerfrauen unparteiisch, auch wenn die Frau ein schrecklicher Mensch ist. Ich habe das Gefühl, dass es Liz gut gehen wird. Ich beobachte, wie Liz auf den Rücksitz eines Autos verfrachtet wird. Mac klatscht ihr ein Anti-Magie-Band um das Handgelenk.

Ich hoffe wirklich, dass ich sie nicht wiedersehe.

Harry hockt über Jason. Er greift nach unten und schließt mit zwei Fingern die Augen von Jason. Dann steht er auf und macht sich auf den Weg zu uns. Er hält Aragon die Hand zum Schütteln hin, und nach einer Pause lässt Harry die Hand fallen. Aragon grunzt. Ich glaube, Aragon mag Harry nicht.

»Darf ich?« Aragon verengt die Augen, dann nickt er widerwillig. Harry zieht mich in eine Umarmung. »Danke, dass du mir das Leben gerettet hast.« Ich schnaufe. Harry fährt sich mit der Hand durch seine blonden Haare. Ich werfe einen Blick auf Aragon, der Harry anschaut, als wolle er ihm den Kopf abreißen.

»Harry, Harry, ich brauche dich!«, jammert Liz aus dem Auto und klopft mit ihren Fingernägeln gegen die Scheibe. Harry schenkt mir ein kleines Lächeln und huscht davon. *Tschüss dann.*

Ich denke einen Moment nach und fühle mich ... leichter. Bestätigt. Viele der imaginären Kisten in meinem Kopf haben sich aufgelöst und die Erinnerungen haben die Macht verloren, mich zu verletzen.

Aragon beugt sich herunter und küsst mich auf den Kopf.

Alle verschwinden langsam. Owen geht ins Haus, um sich umzuziehen. Madán nickt uns zu. »Erklärung morgen, Kriegerin Hesketh. Ich werde den Papierkram für deinen Freund erledigen. Um die schlafenden und toten Körper, die hier verstreut liegen, werden wir uns kümmern«, sagt er, während er geht. Juhu!

»Ist es vorbei?«, frage ich und lehne mich in Aragons Wärme.

»Ja, Nutty, es ist vorbei.« Er küsst mich auf die Wange.

»Können wir zurück zum Glashaus gehen?« Ich mag dieses kleine Cottage, aber ich vermisse mein erstes richtiges Zuhause. Außerdem werde ich mich hinter Aragons Schutzwall sicherer fühlen. Ich vermisse unsere Joggingtouren und außerdem braucht Owen einen Platz zum Wohnen, und er wird dieses Cottage lieben.

»Alles, was du willst, Nutty.«

»Oh, können wir Kuchen holen?«

»Wir werden immer Kuchen holen«, antwortet Aragon.

Liebe Leserin, lieber Leser,

zunächst einmal *vielen Dank*, dass du meinem Buch eine
Chance gegeben hast.

Meinem allerersten Buch! Ich hoffe, es hat dir gefallen.
Wenn das der Fall ist und du Zeit hast, wäre ich dir sehr
dankbar, wenn du eine Rezension schreiben könntest.

Jede Rezension macht einen *riesigen* Unterschied für einen
Autor – vor allem für mich als brandneue, glänzende
Autorin – und deine Rezension könnte anderen Lesern
helfen, mein Buch zu entdecken. Ich würde das sehr zu
schätzen wissen, und es wird mir helfen, weiter zu
schreiben.

Tausend Dank!

Oh, und es besteht sogar die Möglichkeit, dass ich deine
Rezension für meine Marketingkampagne auswähle.
Kannst du dir das vorstellen? Das ist so aufregend!

Alles Liebe,
Brogan x

Über den Autor

Brogan lebt mit ihrem Mann und ihren elf pelzigen Kindern in Irland: fünf pelzige Minions der Dunkelheit (auch bekannt als Katzen), vier Hellhounds (also Hunde) und zwei traditionelle Einhörner (fette, haarige Irish Tinker).

Im Jahr 2019 beschloss sie, ihre Verrücktheit auszuleben und über die imaginären Kreaturen, die in ihrem Kopf leben, zu schreiben. Ihre größte Liebe gehört ihrem pelzigen Lieblingskind Bob, dem Irish Tinker, und dann dem Lesen. Wenn sie nicht gerade liest oder schreibt, steckt sie knietief in Pferdeäpfeln und Fell und ignoriert dabei glückselig alle Erwachsenenpflichten.

amazon.com/author/broganthomas

facebook.com/BroganThomasBooks

instagram.com/broganthomasbooks

goodreads.com/Brogan_Thomas

bookbub.com/authors/brogan-thomas

www.ingramcontent.com/pod-product-compliance
Lightning Source LLC
Chambersburg PA
CBHW060727190726

48285CB00001B/97